2022年“新时代中国法治文学精选”丛书

中国社会主义文艺学会法治文艺专业委员会 编

刑侦女警

群众出版社

图书在版编目（CIP）数据

刑侦女警／中国社会主义文艺学会法治文艺专业委员会编 .—北京：群众出版社，2023. 5

（2022 年“新时代中国法治文学精选”丛书）

ISBN 978-7-5014-6290-2

Ⅰ.①刑…　Ⅱ.①中…　Ⅲ.①侦探小说—中国—当代　Ⅳ.①I247. 5

中国国家版本馆 CIP 数据核字（2023）第 057787 号

刑侦女警

中国社会主义文艺学会法治文艺专业委员会　编

出版发行：群众出版社
地　　址：北京市丰台区方庄芳星园三区 15 号楼
邮政编码：100078
经　　销：新华书店
印　　刷：**天津盛辉印刷有限公司**

版　　次：2023 年 5 月第 1 版
印　　次：2023 年 5 月第 1 次
印　　张：13. 75
开　　本：880 毫米×1230 毫米　1/32
字　　数：370 千字

书　　号：ISBN 978-7-5014-6290-2
定　　价：49. 00 元

网　　址：www. qzcbs. com
电子邮箱：qzcbs@ sohu. com

营销中心电话：010-83903991
读者服务部电话（门市）：010-83903257
警官读者俱乐部电话（网购、邮购）：010-83901775
文艺分社电话：010-83901330　　010-83903973

2022年“新时代中国法治文学精选”丛书编委会

前言

为贯彻习近平新时代中国特色社会主义思想，弘扬社会主义核心价值观，讲好中国法治故事，以法治文学的力量，服务于社会主义现代化国家建设，经中国社会主义文艺学会批准，中国社会主义文艺学会法治文艺专业委员会决定自2021年起开展“新时代中国法治文学精选”丛书征稿编选工作。中宣部原副部长、原文化部部长贺敬之同志担任编委会总顾问。2021年入选的优秀作品，已收入群众出版社2021年“新时代中国法治文学精选”丛书出版发行。其中，收入长篇小说2部（《山重水复》《弹壳》）、中短篇小说集1部（《疑似命案》）、报告文学集1部（《微尘鉴罪》）。这是一年一度的法治文学精选的征稿编选工作，对于推动中国法治小说、报告文学原创作品的发展，促进法治文学人才脱颖而出，有着十分重要的积极作用。

2022年“新时代中国法治文学精选”丛书的征稿编选工作现已圆满结束。此次征稿，自2022年1月27日至7月31日，共收到作品73部（篇）。其中，长篇小说13部，中篇小说25篇，短篇小说17篇，报告文学18部（篇）。经中国社会主义文艺学会法治文艺专业委员会专家认真审读，最终确定25部（篇）作品入选2022年“新时代中国法治文学精选”丛书。凡入选作品的作者，均由中国社会主义文艺学会法治文艺专业委员会颁发“特约作家”证书，并在中国社会主义文艺学会网站公布。

2022年“新时代中国法治文学精选”丛书由群众出版社出版发行，共8部，收录了长篇小说6部，中短篇小说集1部，报告文学集1部；同时附录所有入选作品名单。

中国社会主义文艺学会法治文艺专业委员会

2023年3月30日

刑侦女警

郭秀景

目录

第一章　一滴血迹

二十一世纪的第一个十年刚刚进入尾声。

这年秋天的一个下午，在南沧市的环城高速上，一辆桑塔纳轿车正在匆匆急驶，开车的女孩名叫林筱筱，她是南沧市桥西区刑侦队的一名女警，主要负责现场勘查工作。南沧是北方的一座省会城市，依山傍水，一条宽阔的河流在城西流过，林筱筱是二代南沧人。

“到哪儿了？那边正等着呐!”

“路上了，晚不了……”

接到闺蜜肖依依的电话时，林筱筱仍在急驶着。她此行的目的，是去肖依依替她约好的相亲地点。

肖依依给她介绍了一个相亲对象，林筱筱本来不想去，可肖依依再三叮嘱她一定要去。要不是因为在单位和同事黄玲玲以及师兄吴迪闹别扭，她还真有可能不去，对于这种介绍的相亲对象，林筱筱有些不以为然，她觉得相成的可能性太渺茫。

在林筱筱看来，相亲看的首先是人的外表，以貌取人之人大多城府一般，而且自己的相貌也不占优势，相成的概率也就微乎其微了。

之所以这次答应来，一是赌气出来散散心，接触一下外边的世界。二是抱着有枣没枣先打一竿子的心态，想着万一瞎猫撞上个死耗子呐！

她想尽快把自己嫁出去，好让姥姥放心。

“这次表现还不错。穿得像样点，别又穿你那千年不变的工作服了，让人看着心里就不舒服。”临了，肖依依还不忘叮嘱了两句。

“行了，知道了，赶紧哄孩子去吧！”放下电话，林筱筱看了看自己的着装，一身警服蓝，警服裤子，警服T恤背心，这着装也是啊！没点年轻姑娘的味道，都怪自己一赌气就不冷静了，一不冷静就急匆匆出来了，要不然也不至于忘了换衣服。好在后备厢里还有件便装T恤，可以打破一下这身庄重的色调，只不过那件T恤侦查时穿过很多次，也不知道有没有沾上过不该沾的东西。

挂了肖依依的电话，林筱筱开始专心开车，车又前行了十多分钟，眼看着时代大厦就在眼前，她放慢车速，开始找寻停车场的入口。

挂了林筱筱这边的电话，肖依依又赶紧打通石雨墨的电话。

她不无温柔近似讨好地说道：“她在路上了，一会儿就到，耐心等一下下。”

“嗯！知道了。”石雨墨不冷不热回应了一声。

对于这位富家公子，肖依依真是恨不当初未嫁时就能认识了，可惜嫁了以后才认识，而且自己还成了人家有名有实的表嫂，纵是有百般柔情，也无法下手了。

好在还有一位同学加闺蜜的林筱筱可以听从调遣，这万一要是把他俩给撮合成，自己同样也可以好处多多了。

肖依依对林筱筱很了解，林筱筱不在意金钱，林筱筱万一真嫁成了石雨墨，自己以后有个紧急需要什么的，林筱筱肯定有求必应。就是平常，自己去打个小秋风，估计足可以贴补家用了，而且没准林筱筱还会双手奉送，这就是她极力撮合林筱筱和石雨墨见面相亲的缘由。这是肖依依为自己准备的蓝筹股，她对自己的聪明才智一向很自信。

接通肖依依电话时，其实石雨墨并没有动身。

对于这位表嫂硬要塞给自己的相亲对象，石雨墨实在提不起兴趣。主动拒绝吧，又怕表嫂找表哥麻烦，而且这位表嫂的嘴巴一向不饶人，不知还会编排成什么理由，在亲戚堆里散布他的是非，所以这才勉强同意去见见。见了面，也就算是对表嫂和自己宠妻奴的表哥有一个交代了。

为促成两人相亲，肖依依可是费了不少口舌，她是劝了左边又劝右边，左右两边的好话，把她学过的好词基本都用光了。比起两边的相亲对象，肖依依更急，可“皇上不急太监急——没用”，她都说了好长时间，两边才同意见面。

正是暑假期间，因时代大厦和游乐场相邻，游人特别多，停车场上的车位都是满满的。林筱筱转了好几圈，终于看到一个停车位置。

她赶紧开过去把车停好，打开后备厢，拿出自己那件穿了也不知道多少次，不是工作服却被当成工作服使用的彪马 T 恤，检查着上边有没有明显的硬伤痕迹，虽说好长时间没洗了，但好在还不至于脏得看不过去。

林筱筱四处踅摸着，想找个卫生间换一下衣服，广场上倒是有个卫生间，但离得比较远，她从外边看了看车内，贴膜还不错，从外边看不到里边。

林筱筱钻到后排座位上，准备脱下警服背心，车内空间较小，她弓着身子刚脱出两只胳膊，口袋里的手机“叮铃铃”响了起来，她习惯性地迅速掏出电话接听。

电话刚接通，队长季青松的声音就飞了出来：“喂，林筱筱，哪里呢？速到元坊桥西南角集合，有个现场。”

“是，马上到。”挂断季队长的电话，林筱筱赶紧把刚伸出来的两只胳膊又缩了回去，随后快速从后排座位转到驾驶位置，发动汽车，如离弦的箭一般急驶而去。

至于时代大厦那位约好在“云海之谣”咖啡厅见面的相亲对象，此时已被她忘到了九霄之外。

在林筱筱掉转车头刚刚驶离停车场不久，一辆哈雷摩托车拖着“轰隆轰隆”的炸地声音，驶进时代大厦另一侧的停车场，这人正是石雨墨。

石雨墨在接完肖依依的电话后才出发，好在他骑的是摩托车，根本不受车流限速，仅用十来分钟就到了时代大厦。

停好车后，他快步上楼，进了“云海之谣”咖啡厅，向周围扫了一眼，没有看到手拿《啄木鸟》杂志的姑娘。其实别说拿《啄木鸟》的姑娘了，咖啡厅里根本就没有什么人，仅有的两个人还是一男一女坐着聊天。

石雨墨找了个靠窗边的位置坐下来。

来时路上车辆比较少，此时的环城路，因临近下班高峰时间段，车辆明显密集起来。虽说南沧比不上北上广深等一线城市，但怎么说也是省会城市啊！而且刚刚又经历二十年的突飞猛进发展，整个城市不但人口、面积迅速扩容，就连私家车的保有量也是节节攀升，然而与私家车相匹配的道路发展却远远没有跟上。

林筱筱的车速明显慢了许多。她小心地开着车，一有空隙，就发挥出钻、闪、超、移的高超驾驶技术，她想尽快赶到现场。无奈纵有千般技能，可惜汽车也长不出翅膀，只能在地面行驶，无法上天空飞翔。

路上，林筱筱终于想起了相亲这件事，她想给肖依依打个电话说一声，可又怕肖依依没完没了责怪她，给相亲对象打，又没有对方的号码，于是只好作罢，谁的都没有打。

石雨墨是肖依依爱人卢旺达姑妈家的表弟。卢旺达和石雨墨从小一起长大，卢旺达只比石雨墨大三岁，但卢旺达始终宠爱着这位小表弟，小表弟就像跟屁虫一样始终跟在他后边，一跟就是十几年。

石雨墨的父母早年外出做生意时，石雨墨就住在舅父家，对于这个情谊，他必须领。他不是看在肖依依的面子上，而是看在卢旺达的面子上，才答应去相亲的。

石雨墨身边根本不缺女孩子，只要他愿意娶，想嫁他的人一大堆。当然，他也没有觉得谁好，他觉得姑娘们只不过是看上了他家的钱。石雨墨的父母经过多年打拼已坐拥一家上市公司。

肖依依在石雨墨面前几次三番说自己的这位同学不一样，从来就不在乎钱，人长得漂亮又聪明，而且还是警察。

石雨墨倒想看看这样的女孩到底是个什么样子，所以也就抱着猎奇的心理答应来相亲。

今天难得石雨墨有好心情，他坐在咖啡店的靠窗位置，要了杯特调，一边品着，一边看向窗外的美女，猜测着她们当中谁可能会是林筱筱。可惜一拨又一拨的美女走过窗前，他始终没有发现有眼缘的女人，也没有等来他的相亲对象林筱筱。

此时的林筱筱，正焦急地行驶在赶往现场的路上。

林筱筱离现场距离本来不远，也就七八公里的路程，平时开车只需十来分钟，可因为交通拥堵，她开了二十多分钟才赶到现场。等她下车后，队里的几个年轻人都已到齐。

看来今天这个现场又是不同以往了。每次遇到特殊情况，季青松都会叫上年轻人，让大家多学习，多长见识。

季青松和吴迪正站在外围，一边向远处眺望，一边似乎在交流着什么。

看到林筱筱姗姗来迟，吴迪立马上前责问：“你怎么才来？就差你了，赶紧的。”

林筱筱白了他一眼，心里想：要不是因为你，我才不答应去相亲呐！也不可能来晚，这会儿在领导面前，你倒是装起好人了。

“有点事耽搁了。”林筱筱淡淡地回了一句。

“什么事能比工作重要？上班时间干什么去了？”吴迪还想追问。

“先工作吧！”季青松及时拦住了吴迪的话题。显然他没有想追究林筱筱来晚的原因，只是冲着她说道：“命案。”

只这两个字，林筱筱就知道案件的重要性了。

大城市中，最忌讳这种案子了。如果不小心被记者添油加醋一报道，很可能就会引起炒作，一炒作，有人就会质疑警察的破案能力。可岁月静好的背面，总是会出现这样或那样的不和谐声音，给人们的安宁生活添点堵心事。

命案必破，是南沧这座城市刑侦界引以为荣的骄傲，这个纪录已连续十多年了。南沧下辖八个区、十一个县、三个县级市，总人口两千八百多万。不管市区还是下属诸县，一旦发生命案，大家都会不遗余力想尽各种办法去破案。因为谁都不想打破这个多年保持的纪录，否则将会成为质疑警察破案能力的有力佐证。

现场在一片银杏和毛白杨间种的小树林中。

正是深秋季节，金灿灿的阳光透过树叶的间隙洒进来。杨树的叶子半绿半黄，而银杏树叶已经全黄，鹅黄的银杏树叶，在和煦的秋风中摇曳出一串串风情，地上早落的叶子已铺了一层，被风一吹，发出窸窸窣窣的声音。

如果不是眼前摆着的一具尸体，这绝美的仙境很适合人们散步，也适合浪漫的谈情说爱。只可惜如此美景，却被地上趴着的这具男尸破坏了。

男尸呈卧位姿势，上穿蓝格衬衫，下着牛仔长裤，头朝东北方向，除颈部有勒痕外，背部并无其他外伤，尸身上已散落了一些树叶，现场没有明显脚印，提取不到任何足迹。

林筱筱顺着尸体的方向看了看头部的情况，那边的树叶很平整，没有移动过的痕迹，脚的方向同样也没有，身体平行方向的位置只是轻轻有一点位移。

林筱筱围着尸体转了一圈。

她考虑着凶手可能有的抛尸动作。从现场情况来看，此地肯定不是第一案发现场，抛尸人应该是提前做了充分准备，而且还是个心思缜密之人，否则不会不留下一点痕迹。

卧位勘查完毕后，尸体被翻了过来。除颈部勒痕外，身前部位同样也没有外伤，死者三十岁左右，身高一米七八，身材匀称。正是年轻力壮之身，就这样轻而易举被杀，凭第六感觉，林筱筱觉得很可能是熟人作案。

林筱筱抬头向远处看了看。

树林虽不是很大，但距离东边南北方向的三环辅路起码有百十米的距离，距离北边东西方向的南雄路有二百米左右，西边是建筑群，南边是一栋高楼。

林筱筱判断着凶手有可能来自哪个方向。

从西边建筑群过来，只有小路。如果背着尸体，目标太大，容易被人看到，这种可能性不大。南边是单位，外边的人进不去；如果是单位的人，从里边直接出来，绝对不会以这种方式搬运出来。因为单位都有监控，不可能明目张胆，而且按照正常逻辑思维，尸体也会被抛得远远的，不可能就扔在附近。

这样，抛尸人来的方向也就只有东边和北边了，究竟会是哪一边呢？林筱筱的大脑快速运转着。

东边方向过来，头朝东北方向，那凶手只有一种可能：抱着尸体过来，到达想要扔的位置，顺手放下。这种可能性会有，但以一般人的常识，抱着这么一个大男人，得有多大力气才能抱得动？除非举重运动员，否则一般人做不到。当然，也不排除两人或多人抛尸的可能，不过根据以往经验，两人或多人抛尸的案情非常少，所以先暂定一人作案。

抱过来不可能了，那还有两种情况，背过来或者扛过来。不管是这两种情况中的哪一种，按照常人动作习惯，在尸体没有僵硬前，为了搬运方便，背着尸体时，死者的脸部应该面向抛尸人的后背。扛着的时候，死者面部应该朝下。如果是背过来，从东边过来，顺着放的话，头应该向西；从北边过来，头应该向南。当然，也不排除逆着放的可能，那样的话，脸部应该朝上，而不是向下。除非放下后再给翻个身子。

如果是扛着走的话，通常应该是头在后边。头在前边等于和凶手对视，这种可能性不太大，杀人者忌讳自己的形象留在死者的瞳孔中。右肩扛过来，头朝后，从东边过来，扔的时候应该头部方向朝东南，和目前的方向不相符；或者直接向前摔出去，那样的情况下，头应该向西。左肩扛过来的情况基本也是这个样子，那最大的可能，就是凶手从北侧过来，向南行走。因为林中方向不太好判断，认为走了足够距离后，就把尸体扔下了，这种可能性最大。

在最大可能的情况下寻找线索，就能节约时间。林筱筱分析的这些，只是一般规律，当然也可能会有特殊情况。在没有明确侦查方向的情况下，先排除一般，再找特殊。

师父说过，每一个复杂案子的背后都有迹可寻，就看自己用不用心。

再狡猾的凶手也有疏忽的地方，只要找到凶手的疏忽，案子也就等于破了一半；剩下的，也就是寻线觅踪了。

想到这，林筱筱大致判断了一下抛尸者有可能行进的路线，运送这样一具尸体，不可能直接背过来，肯定会借助其他工具。那凶手的行进方向基本也就是从哪个方向来，就从那个方向回了，即使不走同一路线，上下也不会差太远。

林筱筱沿着凶手最大可能的行走路线，开始细致地勘查起来。

她一会儿弯下腰捡起一两片踩过的树叶看看，一会儿又直起身子，看看自己前行的左右方向有没有可疑的痕迹。

侦查员们都在认真工作着。有的扒拉着树叶瞧一瞧，有的捡起块砖头看一看，也有人举着个树枝在阳光底下照一照，观察树枝上有没有异常的痕迹。

黄玲玲就在林筱筱身后的不远处。她蹲着身子，似乎在低头看树叶，而眼睛却不时瞄着周围的动静，就像上课的小学生，一边听老师讲课，一边走神偷窥别的小朋友那样。

林筱筱看都没看黄玲玲。

对于她的存在，林筱筱选择视而不见。不就是想借用一下吴迪吗？就算是她男朋友，不愿意借可以好好说，至于发那么大火吗？

当着大家的面把她痛骂一顿，一点情面都不留，别说都做了好几年同事，就算大街上碰到个陌生人，也不至于得理不饶人吧！平时看她一副娇滴滴大小姐的样子，可骂起人来，和泼妇形象相差无几。

再说了，这事不愿意也应该是吴迪来说，而不是她出头，这八字还没一撇呐！怎么就轮到她出来嘚瑟了。这还没结婚呐！要是结了婚，会不会都不允许自己和吴迪说话了。

对于这样的人，林筱筱觉得自己惹不起那就躲着点吧！

昨天下午，林筱筱和吴迪说，想让他陪着自己回趟家，去看看姥姥。姥姥生病了，也不知道能不能挺过这一关。姥姥一直催着自己早点嫁人，自己告诉她有男朋友了，本意是想让姥姥放心，结果姥姥却想见见。所以想让吴迪假扮一下自己的男朋友，让老人看看。

吴迪当即答应：“可以，你想什么时候去，我就陪你一起去。”

在得到吴迪同意的答复时，林筱筱心里这个高兴啊！

她和吴迪是校友，大学期间就认识。她很喜欢这位师兄，两人也是经常成双成对出入，在林筱筱的心中，早已认定自己就是他的女朋友了，只是没有正式宣布而已。吴迪不宣布，自己也不好意思说出来。所以这次也是委婉地请人家假扮自己的男朋友，没想到他答应得很爽快，言外之意，是不是说明自己就是他的女朋友了呗！

然而，事情并没有按预期进行。

午饭后，林筱筱在办公室写破案报告时，就听到楼道内传来黄玲玲的叫骂声。开始她不以为然，只想着这孩子怎么了，谁得罪她了，多大的事啊！至于嘛！骂得这么难听。

可听来听去，发现不对劲，对方竟然提到了吴迪的名字。

林筱筱这才认真听了听，才知道对方骂的是自己。什么老女人不值钱了，想男人想疯了，不要脸可以出去卖啊！没有男朋友也不能抢啊！要抢就抢别人的去啊！吴迪可是本姑娘的男朋友，也不瞧瞧自己长得什么德行……反正是什么难听，就骂什么。

虽说上午队领导都出去开会没有回来，但大部分同事还在，林筱筱本想出去和她理论，可对方都这样认为了，自己能理论得清楚吗？还有必要理论吗？

黄玲玲的叫骂声持续不断，林筱筱的脸上挂不住了，一气之下，她出了办公室，开着车就上高速了。

直到林筱筱走后，黄玲玲才停止叫骂。黄玲玲叫骂期间，大家始终没有见到吴迪的身影，也不知道他是外出了还是故意躲起来了。

有人出来劝了黄玲玲几句，黄玲玲仍是不依不饶，也就没人劝了。

在高速路上跑着的林筱筱一肚子的委屈，于是就给好友肖依依打了个电话，同意见她给介绍的那个男朋友。

肖依依一听就高兴了，她迅速操作起来，赶紧给石雨墨又打电话，又是一番苦口婆心的劝慰，石雨墨也同意见了。肖依依觉得这事不能拖，于是又给他们定地点，又是定时间。看看离约定时间差不多时，肖依依又给她打了个提醒电话。

这边林筱筱已认真投入到现场勘查中，再说那边的相亲对象，石雨墨在咖啡厅内看着来往的美女，猜测着谁有可能会是林筱筱，可走过去的美女总共数到了五十七个，也没有发现那个拿着《啄木鸟》杂志的林筱筱。

肖依依难得有如此好心情在家看着两个孩子，空闲之余她还准备好了晚饭，等到老公回来后，第一次没有抱怨看孩子累，而是笑脸迎接着自己的亲老公，要知道平时她总是会撒着娇，说大宝淘气，二宝不听话，累得她腰酸胳膊痛，得让老公给捶捶背揉揉腰，娇滴滴一副小姐样，令老公酥麻半天。

看到自家媳妇这番表现，卢旺达不无宠溺地询问道："这是中大奖了，还是捡到钱了，这么高兴？"

"我啊！今天办了一件大好事。"肖依依故作神秘地卖着关子。

"什么好事？快说来听听！"

"就不告诉你。"说着这话，肖依依笑眯眯努出小嘴伸到卢旺达面前，看着娇妻这副可爱的小模样，卢旺达搂过来使劲啄了半天，直到肖依依心满意足为止。

"好了，乖，什么高兴的事，说来听听。"

"我让石雨墨和林筱筱去相亲了。"肖依依就把怎么促成林筱筱和石雨墨相亲的事说了一遍。

"就他那混世魔王，你也能说得动？"卢旺达有些不相信这是真的，对于这个小表弟他非常了解，就是一个小混球。

“那当然了，这有什么难的，就凭我这三寸不烂之舌，他这不就乖乖地去了。”

“你净整这不靠谱的事，他俩能走到一块才怪呐！”在卢旺达看来，林筱筱和石雨墨两人八竿子打不着，一个不着调，一个太刻板。

“错了，这就是缘分，越是看着不靠谱的两个人，成功的概率就越大，这叫性格互补。而且越陌生的圈子越有吸引力，否则你表弟不感兴趣的话，他也不去见啊！再说了，筱筱多好的人啊！正好可以管着你那混球弟弟点！”

“这话倒是，一个警察管着一个无赖小混混，亏你想得出，你就不怕把林筱筱推进莺莺燕燕的火坑。”卢旺达知道表弟整天泡在女孩子堆中。

“你瞧瞧你，这还是亲表哥呐！都不向着你表弟说话，这男人成熟得晚，结了婚也就变好了。没结婚时，都是瞎玩，你看看你现在变得多好。再说了你表弟又不是坏人，也就是贪玩，我这是肥水不流外人田。”

“还真是啊！一边你闺蜜，一边亲表弟，这可是亲上加亲的好事。你这一说，我也觉得他俩有戏，再合适不过了，要不要给他们打个电话，问问相得怎么样，有没有感觉。”听了娇妻这么一番通畅的解释，卢旺达也觉得两人再合适不过了。

“别，这会儿两人没准正聊得热火朝天呐！你这电话一打反而添乱扰了兴致。咱先吃饭，不用管他们。”

“行，行，行，都听你的，你说怎么办就怎么办。”媳妇高兴，就由着她性子折腾吧！反正除了在家带孩子，她也没有别的事情可干，只要她高兴，自己怎么着都行，管他靠谱不靠谱，都先放一边再说了。

卢小牛2.0版已经睡着，1.0版正在玩着玩具，卢旺达叫来大儿子，一家三口开始收拾碗筷热热闹闹地吃饭了。

侦查员们都很尽心尽力，但事情却不尽如人意，大半天过去了，也没有发现任何线索。

林筱筱从相亲现场过来，她没有带勘查工具，就这么顺着抛尸人有可能行走的路线仔细搜查着。

吴迪并没有参与到勘查的队伍中，他和队长站在外围负责周边的警戒，以免引起群众围观，现场没有拉警戒线，这样更不会引起群众的注意。若真有人注意，两人出面解释一下，群众也能理解。如果拉上警戒带，反而会适得其反，引起人们的围观。

在负责警戒的同时，吴迪时不时往林筱筱和黄玲玲这边瞟上一眼，但望向林筱筱的次数更多一些。

黄玲玲离林筱筱的距离不远，她时不时向林筱筱这边瞄上一眼。对于黄玲玲的窥视，林筱筱只当没看到。平时，她们的交集就不多，不在一个探组，两人只能算是同事，谈不上有什么交情，而且林筱筱也不喜欢咋咋呼呼的人，她们之间有一种白发如新的感觉。要不是中午的冲突，见了面起码还能打个招呼，而此时却是不想有任何的交集了。

突然，林筱筱看到一片黄色的叶子上有一滴凝固的血迹，血迹已呈深褐色。

可以明显看出，叶子并没有完全干透，叶柄处还有很多水分，干涸的叶子犹如风烛残年的老人。而这片叶子颜色还比较黄，显然是不久前落下的。干透的叶子虽然也呈黄色，但那是一种没有生命的黄，而且很脆，一捏就碎。而这片叶子可以说是半透。

林筱筱在那片叶子面前停顿了一会儿，随即蹲下身子，观察着那片叶子的特征。

她判断着血迹滴落的距离，那是一片杨树叶，叶子背面朝上，还没有完全干涸。干涸的树叶会自然弯曲，卷成心脏形状。而这片叶子只是微微发了一点皱，像腰疼的人一样，稍微弯了一下腰。

林筱筱看着那滴血，又抬起头看了看天，旁边的树冠不是很大，再加上部分树叶已经掉落，没有把天完全盖住。蓝蓝的天空，风和日丽，蓝天、黄叶交相辉映，就像是以蓝色为底面，以黄花为衬托织成的美丽花布，但这美并没有在林筱筱的心中停顿三秒钟。

她抬头，是为了观察一下林中有没有风，风向何处，风力几级。

林筱筱蹲下身子，仔细地观察着那滴血。

那滴血因被空气氧化，已呈深褐色，外观看上去很圆润，比黄豆大些，比花生米小些，平铺在那片半干不干的叶子上。

林筱筱的一举一动，都被黄玲玲看在眼里。

她见林筱筱在一个地方好久没动，她知道，很可能是林筱筱发现了什么，于是迅速凑过来，顺着林筱筱的目光看下去，她也发现了那滴血。

她拿出放大镜，举到了那滴血上。

林筱筱和黄玲玲的一举一动，吴迪也都看在了眼里，虽然距离有些远，看不清她们发现了什么，但知道她们一定是有所发现。

放大镜中，那滴血往西北方向有所倾斜，倾斜的地方就像圆圆的红豆要发芽一般，而且西北方向的颜色比其他地方的要浅一些，这应该是风向和重力加速度所致。

凭经验，这应该是人的血而不是动物的血，正常的动物血要比这个鲜艳一些。虽然如此，也不能仅凭肉眼直接排除，还有待进一步血象分析。

不管怎样，先假定是人血，这就证明有人从北边过来，而不是从东边过来。至于是谁的血迹，目前还不能下定论。

首先排除死者血液的可能。死者没有外伤，颈部勒痕也没有出血情况。假如不是抛尸人的血液，只要是人的血迹，以这样的距离，起码能看到这具男尸，属地派出所早就应该接到报案了。

而目前报案的是一位前来捡拾银杏果的老人，老人午休后没什么事，就想着到树林中捡点银杏果子，老人经常来这个树林，结果这次果子没捡多少，就看到这具尸体了。老人没有任何外伤。就算是老人的伤，一两个小时内，也不至于氧化成这么深的颜色。

当然还有一种可能，先有这滴血后有那具尸体，那样的话，血液的主人也就不存在看见与看不见尸体的可能了……林筱筱的大脑快速转动着，思考排除着一个又一个的可能和结论。

“报告，地上发现一滴血。”黄玲玲立即用电台上报了这一重大发现。

黄玲玲的这句话，犹如平静的水面扔进了一块石子，虽然没有掀起太大波澜，却也引起了大家的注意。有人高兴，勘查起码有了收获，不至于无功而返；有人义愤填膺，大骂凶手的狡猾。

林筱筱狠狠瞪了黄玲玲一眼，但也没有发作，而是继续蹲在地上，拿着黄玲玲提供的工具，拍照，取样，最后把那枚带血的树叶整体装进了物证袋中。

黄玲玲拎起那个装有树叶的物证袋，把它放进了自己的工具箱内。

天渐渐黑下来，侦查员们又仔细勘查了几遍周围的现场。除了那滴血外，没有其他收获，季青松一声令下：“收工。”

尸体被拉回队里做进一步尸检，大家收拾各自所带工具。黄玲玲拎起她的那个装有物证袋的工具箱，看都没看林筱筱就走了。

林筱筱没有东西可收拾，拍拍身上的灰尘，也就收工了。

剩下的事，就是确定死者的身份和那滴血的血象情况了，这些事情只待法医给出结论。除了值班人员，各自下班回家。

约好的下午四点见面，可石雨墨坐在咖啡厅内等了一个多小时，也没有见到林筱筱的影子。

他心里这个气呀！等着见他的美女可都排着队呐！而这次，为一个没见过面的女人，竟然浪费了这么多时间。

石雨墨有心给林筱筱打个电话，挖苦几句，可手机里又没有她的电话。他和林筱筱的约见，都是肖依依从中间传来传去，就连见面的时间、地点都是肖依依给定的。给肖依依打电话？他是实在不想和她说话。

这火是有地生却没地发，他再也坐不住了，打了几个女孩子的电话，约她们到咖啡厅。他想等林筱筱到来后，当面羞辱她一番。随即到来的四个女孩，哥哥长哥哥短地干掉了几瓶价格不菲的红酒，却最终也没有见到那个手拿《啄木鸟》杂志一头短发的女孩子。

石雨墨心有不甘，从来都是他放别人的鸽子，没想到这次竟然被别人放了鸽子。虽有几个女孩左右陪伴，但他心中的那股无名火却始终无法消解，最终石雨墨还是驱散了她们，独自骑上他的炸地摩托，一路风驰电掣消失在夜色中。

回到家门口，林筱筱去了一趟超市，买了一斤活虾，这是她和家中那只乌龟的晚饭了，乌龟吃生的，她吃熟的。进家门后，一天没见她的乌龟已趴在门口等着她了，她放好水，扔了五只活虾进水里，随后把乌龟放了进去，乌龟咬住一只虾就快速在盆里转着圈跑起来。这阵势一向是这只龟宝的伎俩，它怕林筱筱抢它的食物。

看着龟宝护食的样子，林筱筱禁不住编排了它几句：“馋鬼，谁抢你的，我也有，行，行，你慢慢吃，我不看你，行了吧!”

为了避免再次引起龟宝的误会，林筱筱走进厨房开始煮自己的虾，不一会儿虾就煮好了，她端到客厅，打开电视，剥着虾吃起来。清水煮虾一直是她的最爱，什么调料都不蘸，原汁原味地吃，她觉得虾特别的甜。

就这样，一人一龟吃得不亦乐乎。她一边看着电视，一边思考着案件的相关情况，以及接下来的侦查方向。

黄玲玲回到家后，把现场情况和父亲描述了一遍。

父亲是老刑警了，破过很多案子，虽说离开一线当上了大领导，但以往那些破案经验还是有的。对于这样的案件，他只是略加思索了一会儿，就给出了黄玲玲几套可能有的情况，以及接下来的侦查方向。

父亲一边讲，黄玲玲一边记。对于父亲的一番讲解，她是压根儿就没有想出来，当然，她也没有去想过。回家路上，她在想明天穿什么衣服，背哪个包包，她家有钱，又有一个靠山父亲，工作对于她来说，只是一个消遣的去处，压根儿就没必要用那个心思。

一夜无话。第二天上班后，季青松在楼道内大声招呼着大家："昨天参加现场勘查的人员会议室开会。"

听到队长的招呼，大家快速聚到会议室，法医宣布了尸检结论：死者被勒致死，排除其他死亡可能。那滴血是人血，不是动物血液，而且和死者血液不是同一个人，比对现有血液数据库，没有相同数据，死者身份还没有确定。

接着法医的话题，季青松说道："虽然发现了一滴血，但现在还不能确定二者的关联性，而且死者身份还没有确定。请大家说说自己的看法，下一步该怎么处理，如何开展侦查？谁有什么想法？"

林筱筱举起了手，还没等她开口说话，黄玲玲"噌"的一下站了起来："我说！"

大家齐刷刷把目光转移到了她身上。

黄玲玲没看任何人，自管自顾说了起来："首先，从那滴血的情况来看，应该是歹徒的。就一滴血，说明歹徒受伤情况不是很严重，但应该也是出血不少，否则不至于流到第二现场还不止。这样可以排查一些小卫生所，看看有没有手部、胳膊受伤的人员。腿部受伤，也就是顺着腿往下流，不可能形成滴落现象。当然，这样的人也不一定去找医生。

"其次，从死者卧位方向和血迹滴落的情况来看，这人从北边进入的小树林，应该排查北边来往车辆。看看有没有可疑车辆，先以晚上为主，排查不到，再排查白天的。因为那一片树叶没有干透，说明时间不是很长，倒着往回看，先从清晨开始，每两个小时为一个时间段进行倒查。如果那块没有监控探头，就去调附近的探头，截取有可能行走的路线当中同一时间段内车辆离开的时间情况。开车来抛尸，花费的时间肯定要比直接开过去的时间长。当然，也有可能不是开着车抛尸，而是小板车或者三轮车，但无论如何不可能直接背着过来，那样目标太大。

“最后，排查死者身份，发布协查通报，看看有没有人认识死者。这个应该只在内部排查，避免流入社会当中。如果这些都没有进展，再研究下一步方向。”

听着黄玲玲的叙述，林筱筱吃了一惊，这不正是自己想说的吗？

她都说出来了，自己也就没有必要再说了。

对于黄玲玲的一番讲述，众人也是刮目相看。以往一到研究案情，她很少发言，她只顾穿名牌，拎名包，还有在意的就是吃喝。今天这么一反常态，这是哪根筋搭错了，还是小姑娘忽然间改邪归正准备以事业为重大干一番了？不过，黄玲玲的发言倒是条理清晰，很有行家水准，看来平时真是低估她了。小姑娘是不想干，一想干就能技压群芳。转而一想，小姑娘有个有本事的老爹，这样的现场，她老爹肯定是见多识广，手到擒来了。

黄玲玲说完，季青松又问了一遍：“还有没有人发言？”

大家都摇了摇头。

他又接着问了一句：“林筱筱还有没有补充的，刚才你不是举手了吗？”

“没有了，她说得很好。”林筱筱的思路基本也就是这些，她也就没必要再补充了。

随即，季青松安排起了工作：“那好，就地成立个攻坚组，由吴迪负责，大家分头开始行动。吴迪和杜衡、刘芷、林筱筱、黄玲玲一组去路边查看监控探头位置，顺便重走那条路线，看看有没有分岔口，查到后，到交管局和属地派出所分别调取监控录像。齐光和郑则、喻明一组走访周边群众，发布协查通报，工作要认真细致，不放过任何一个可疑线索。陆离，把你手头的案卷送检后，也配合大家一起工作。”

对于黄玲玲的工作思路，季青松没做什么评价，在没有出结果前，这方法是好是坏无法界定，不过他这分工安排算是肯定了黄玲玲的思路，也完全按照她说的布置的人马。

两拨人马各自行动。话说吴迪这一边，吴迪开了一辆车，杜衡也开了一辆，刘芷上了杜衡的车，林筱筱也想上他的车，结果杜衡好像对她有意见，大声说了一句：“我们负责侦查路况。”说着一脚油门就开走了。

剩下林筱筱在那里莫名其妙，自己没得罪杜衡啊！他这是怎么了，明显这是故意不想让自己上他的车啊！

其实杜衡对林筱筱并没有意见，他讨厌的是吴迪。他不喜欢吴迪吃着碗里的还占着锅里的，谁都能看出来林筱筱喜欢他。只不过林筱筱内敛，心眼实，不爱表白，他就这么不清不白地一直在黄玲玲和林筱筱之间和着稀泥，最终还是被黄玲玲宣誓了主权。

既然是这样，杜衡就想看看吴迪到底怎么处理他们三人之间的关系，而且同为侦查员，吴迪大半心思都没有用在工作上，而是时刻在打着自己的如意小算盘。

“傻站在那里干什么？上车啊！”别无选择，听到吴迪召唤，林筱筱只好上了他的车。车上三人保持着沉默，谁也没有说话。

吴迪通过后视镜看着林筱筱，他想找个话题打破一下沉默。可林筱筱头扭着，只顾看着窗外。黄玲玲也不说话，就他们三人了，她也没必要发飙了。

杜衡他们负责路况，吴迪他们负责查看沿路的监控探头。

吴迪把车开得很慢，每到有探头的地方，林筱筱就会主动下车，标记好探头的位置和编号。他们沿着进城方向的南雄路，由西向东缓慢行驶着，靠近小树林位置的路段没有探头，但在小树林两侧的路段都有探头。而且西侧正好还有一个红绿灯，红绿灯位置的探头一般都是交管系统安装的高清探头，拍摄效果清晰。最终一个小时后，他们标注完了沿线两侧的所有探头位置，只等去查看拍摄情况了。

一个小时后，杜衡和刘芷也走完了路况，标注了路线图，来和吴迪他们会合了。

不到拐弯处，就有监控探头，大家分析了一下，觉得应该先看监控，路线图可以先放一放，监控找不到有用信息再考虑路线图的用途。

经过与属地派出所核实，沿线所有监控探头都是交管系统安装的，派出所没有连入系统，他们一行人又去了交管视频大厅。

视频大厅内来看监控的人很多，全市交管系统的视频资料都在这里。他们拷贝了三天的资料，准备带回去慢慢看。

观看路段视频，是一件非常枯燥的活，需要的就是大家的耐心，视频只能慢慢对比着看，不能快进，否则，很容易错过线索。

大家分工合作，从发现尸体当天早七点到前一天晚八点时间段内，每人先观看一个小时，谁看完了再接着看后边的时段，六点到七点之间杜衡负责，五点到六点之间刘芷负责，四点到五点之间黄玲玲负责，三点到四点吴迪负责，两点到三点林筱筱负责，一点到两点……

大家各自拷贝了相关时间段的视频资料，就坐在计算机前开始观看了。其实看这个视频非常麻烦，看完上一个探头的进入情况，就得接着看下一个探头的驶出情况，在没有好办法可行的情况下，也就只能用这种既耗时又费力的方法一点一点排查了。

黄玲玲打开视频，看了一段时间后，就打开蜘蛛纸牌游戏。没人走动时，她就玩一会儿游戏；有人路过时，她就打开视频装模作样接着看。

林筱筱打开驶入口的视频资料，每五分钟为一个时间段，用慢进方法观看驶入的车辆，同时用笔记下驶入车辆信息，包括颜色和车牌号码。然后再打开下一个驶出位置的视频资料，同刚刚记录下来的车辆进行一一核对，她就这样坐在计算机前，一边看一边记，一坐就是半天时间，连喝水上厕所的工夫都自动取消了。

看视频监控是个细致活，尤其是核对车辆，没有点耐心，万万做不来。好在晚上的车辆相比白天少多了，如果查看白天的监控，会比此时更费事。

吴迪和林筱筱先后看完了各自时间段的视频资料。

随后，吴迪接着开始看一点到两点之间的监控，林筱筱开始看零点到一点之间的监控，当林筱筱看到零点四十三分时，有一辆白色的 SUV 进入了她的视线。

那辆车在驶入口驶入后，迟迟没有驶出去，林筱筱记下了那辆车的号码和基本特征。记下那辆车后，林筱筱接着继续往下看，直到她看完零点到一点之间的所有视频，那辆车也没有驶到下一个探头的位置。

看完晚八点到早七点的监控后，总共发现三辆车中间停留的时间比较长，一辆是林筱筱发现的那辆SUV，直到一点三十分才驶出下一个视频路段；一辆是杜衡在十一点到十二点之间发现的黑色奔驰，这辆车在盲区停留了二十分钟后才驶离视线；一辆是刘芷发现的一辆金杯面包，面包车驶入盲区后，就没有发现离开。

大家一合计，先排查三辆车的行踪，排查清楚了，再进入下一步程序。如果全部排除，就接着看视频；如果有可疑情况，就追踪可疑车辆。

在求助交管部门后，很快有了结果。SUV车辆号牌和登记车型不一致，奔驰车主是一位老板，白色面包当晚被拖车拖进了修理厂，目前车还在修理厂，奔驰车还在正常行驶，白色SUV近几日未有出动。

三辆车均需进一步核实情况，杜衡、刘芷负责核查奔驰车，吴迪、黄玲玲和林筱筱负责SUV和面包车，大家分头行动。

黑色奔驰很快排除了。当晚奔驰车主接了一位女性朋友，因为知道那块地段没有探头，他们就把车停在辅路位置，两人暧昧了一番，然后驶离了那一路段。面包车主是位货拉拉司机，当晚本来是去救助一辆爆胎的摩托车，没想到走到半路，自己的车也坏了，最终还遭到了摩托车主的投诉。

而SUV就没有找到车的影子，按照车牌号查到的是一辆现代伊兰特。询问车主，根本就不知道自家车牌被套用的事。那辆SUV似乎隐藏了一样，始终没有发现踪迹。

车越是找不到，越是可疑。

几位侦查员又开始沿着SUV来时的路线和消失的路线，继续查看监控视频资料，但仍然一无所获，最后不得不发布协查通报查找 SUV 的去向。

虽然工作一度陷入了僵局，但好在还有路可寻，虽说每条路走起来都比较麻烦，但破案的过程往往就是这样，让你急不得，躁不得。有时一个案子百转千回，你总觉得案件马上就要破了，可往往事与愿违。而且有时费尽千辛万苦，最终一无所获，一切可能又回到了原点。

案子破不了，各方面的压力可想而知，他们每天都得向队长汇报案件进展情况。

协查通报发布后，很快传来消息，SUV 正在医院停车场中。得到这一信息后，众人兴奋了一把，感觉目标就在眼前，只要找到车主，也就等于抓到凶手了，这事也就板上钉钉了。

众人猜测，看来这是因为凶手伤势过重去医院治疗直接被收治入院了。

为了不打草惊蛇，侦查员们着便装，分乘两辆地方牌照车进了医院停车场，开始围着那辆可疑车辆布控。

吴迪带着林筱筱、黄玲玲先对车辆进行了一番核查，发现的确是那天晚上的车。至于是谁开来的不知道，车上已有一层灰尘，还落了一些树叶，显然车已经有几天没有动过了。

吴迪现场召集大家简单开了一个小会，讨论下一步的工作方向。

大家一致认为车主是关键，应当先找到车主。杜衡和刘芷去找医院协调查看监控，从当天车在抛尸现场消失的时间段看起，吴迪和黄玲玲准备守株待兔，林筱筱负责走访停车场管理员。

停车场管理员只有三个人，他们的工作是三班倒，走访起来倒也方便。

其中一人反馈，SUV 是一天清晨五六点钟开过来的。当时管理员正坐在椅子上打盹，听到响声睁开眼睛看了看，一看是辆白色的车。至于什么牌子，他没注意，因为停车场内空车位很多，他也就没有站起来指挥停车，车子停好后再也没见开动过。当时车上下来什么人，因为管理员又闭上了眼睛也就没有注意到。之所以说是五六点钟是看天亮的程度，当时天虽然亮了，但还没有亮透彻，因此猜测应该是五六点钟。

获取这一信息后，林筱筱赶紧给杜衡和刘芷打了电话，让他们注意观看早晨五点到六点之间的视频，如果没有发现那辆车，再向外拓展时间段。

走访完停车场管理员，林筱筱又去急诊科查询收治情况。

她先查了事发当日五点到八点之间的收治情况，她想如果当日没有什么特殊情况，就接着查第二日、第三日同一时间段的收治情况。因为车是清晨开过来的，那一时间段，只有急诊开门，其他门诊八点以后才开门。

六点十二分，那辆白色的 SUV 开进医院大门。在停车场停下后，下来一个男子，男子下车后绕到副驾位置，搀扶着一位上了岁数的女人下了车。女人花白头发，佝偻着腰，右手捂着肚子。男子半搂半抱着女人，两人慢慢走进了急诊室的大门。

在急诊科很快查清楚了那位妇女的基本情况。

那人姓华，是一位七十岁的大妈。陪同大妈一同前来的，是大妈的儿子华小兵。大妈得了急性肠炎，又拉又吐，高烧不退，入院治疗时几近虚脱。现在大妈已转入消化内科住院治疗。华小兵这几天一直陪在大妈身边，几乎形影不离。

第二章 目标翻转

华小兵进入了大家的视线。

吴迪请示季青松，要不要对华小兵进行传唤。老季给出的答复是：要慎重，先继续侦查，证据确认后，再行抓捕也不迟；既然他妈在住院，可先外围取证，争取一招制敌。

明明歹徒就在眼前，却不抓捕，吴迪对于队长的做法有些意见。不光是吴迪，就连其他几位侦查员也是不理解，这都过去一周了，大家都很疲惫，案子马上就要水落石出了，结果队长还不让动。

挂断队长的电话，吴迪气哼哼来了句：“他奶奶的，怎么会这样，行不行，不行就让位。”说完自觉失态，赶紧闭上了嘴巴。

不过有意见也只能归有意见，谁官大听谁的，这叫执行命令。如果违反命令贸然行事，这帽子可就大了。

吴迪心想，这要是让凶手跑了，谁能负得起这个责任，他对老季的做法是一百个不服气。

其他成员尚可，虽有不解，但并没有太多怨言，至于听队长的还是吴迪的，他们都是在执行命令。无论是谁下的命令，他们都要把自己的活干好。

杜衡和刘芷看完了监控，又开始查询华小兵的住址和一些基本情况。他们想去华家看看，检查一下家中情况。

过了一会儿，吴迪平息了心中的愤怒，他捋了一下工作头绪，准备先做足外围证据，考虑到华大妈还在住院，最好不要引起老人的怀疑而影响治疗。

吴迪决定让黄玲玲假扮成实习小护士，陪同老护士一起进病房检查，目的就是查看华小兵有没有受伤。

吴迪找到院方，在出示证件说明情况后，院方积极配合，还给黄玲玲找来一套合体的白大褂。还别说，黄玲玲是那种小圆脸，天生给人的感觉比较小巧，再穿上白大褂，挺像那么回事。老护士带着她进了病房。

一个病房内两张床，华小兵的母亲在靠近窗户位置，靠近门口位置住的是另一位老人李阿姨。

她们进门时，华小兵正背对着门，坐在椅子上陪着母亲说话，母亲在输液。听到有人进门，华小兵头都没有回。

老护士带着黄玲玲来到靠门的老人床边，老护士给黄玲玲讲了老人的情况，护理这样的病人需要注意的事项，黄玲玲嘴里连连“嗯啊”回应着，眼睛在观察着华小兵的情况。

华小兵上身穿短袖上衣，两只胳膊露在外边的部分没有受伤，下身着长裤。

黄玲玲心中想着，会不会是腿部受伤造成的，她在盘算着怎样才能看到华小兵的腿部。

在讲完靠近门口老人的基本情况后，老护士又带着黄玲玲来到华小兵母亲的床前。

黄玲玲故意走到华小兵身边，她一个转身没有站好，撞在了华小兵的身上。本来坐得好好的华小兵，被这么一撞，赶紧站了进来。

黄玲玲立马道歉："对不起。"

"没什么！"华小兵说完，绕过黄玲玲的身后，站到了床尾，给黄玲玲腾出了位置。

"你怎么这么不小心？她是新来实习的，刚开始有些毛糙，还请见谅啊！"老护士打着圆场，给黄玲玲开脱。

"没关系的！"华小兵说完，直接走出了病房。

黄玲玲一见华小兵出了病房，就想跟着出去。

老护士看出了她的意思，直接来了一句："好好听，认真学，不要一心二用。"

老护士怕屋里两位老人起疑心，这是在提醒她，要做得像个样子。她们又讲解了一番，这才走出了病房。

门口并没有华小兵的影子，黄玲玲只好找吴迪汇报情况去了。

自从老护士和黄玲玲进门后，靠近病房门口住的李阿姨始终笑眯眯地看着黄玲玲。直到她们离开屋子，李阿姨的眼神才从她们的背影上收回来。在她们说话时，华家妈妈也盯了黄玲玲好几眼。

两人走后，两位老太太就开始热火朝天聊了起来。门口李阿姨神秘兮兮小声道："这个实习的小姑娘不错，既漂亮又机灵，我看可以做你家儿媳妇。"

"这孩子是漂亮，可我怎么看都觉得有股子不踏实的感觉。我不太喜欢脸小的，那小脸一团团，没有福相，我喜欢脸大的，看着富态。这孩子是真俊，可感觉有股子媚劲儿，就我这不着调的儿子，还是找个憨厚朴实点的好，不过孩子们和咱的观点不一样，儿子真要是看上了，我也不反对。他也老大不小了，早就该成个家了。”华家妈妈发表着自己的高见。

“我觉得有戏，那姑娘一进门，就盯着你家儿子看。你看，你家儿子也跟着出门了。这几天我就一直见他围着你转，就没见他出去过。”

“是啊！这孩子是不让我省心，但对我还孝顺。”几天住院下来，两个老太太因为年龄相仿，聊得很投机。

“都是孩子嘛！多多少少都有些脾气。我看着你家儿子就喜欢，要不是我闺女结了婚，我就把她嫁给你家儿子。咱老姐俩投缘，要是再来个儿女亲家，那可是亲上加亲，多好的事啊！可惜娃早嫁了，还找了个外地的，每次见我那窝囊女婿就来气。我这次住院，他倒是把我送来了，可送来后，又说家里老父亲也住院了，得回老家去看看。他是一撅屁股就走了，这一走连个电话也不打，这都过去十来天了，苦了闺女了，又是上班，又是照顾我，家里还有孩子，你说说找这么个外地的能干吗！关键时刻一点都指不上。闺女打过电话，没接，只回了个信息：在忙，老人身体还行，等闲下来再联系。也不知道怎么个忙法，就是不回电话。”说到痛心处，老人家是满肚子的感慨加牢骚。

“孩子们的事，还是靠他们自己吧！咱老了，和他们的眼光不一样了，孩子们说什么咱就听什么吧！眼看着儿子这么大了，我也着急，一开始还说他两句，可说多了，他就烦。我就不说了，看开了，唉！”华大妈叹了口气，望向了窗外。

“也是。”李阿姨也陷入了回忆中。

两位老人不再说话，想着各自的心事。

杜衡和刘芷对华小兵做了一番调查，得知他是一位古董商人；脾气比较暴躁，年轻时经常打架斗殴；近几年或许是上了点岁数的缘故，打架情况稍有好转；土生土长的老南沧人，祖上皇亲国戚，家中有些底子；住的地方离医院不是很远，是单独的一套不算很大的四合院，三十八岁，未婚。

经过黄玲玲的侦查，视线所及的部位没有发现华小兵身上有伤，但被衣服遮盖起来的地方是否有伤还不好说，不过也不太像有伤的样子。

还有两点可疑的地方，需要进一步侦查。这就是华小兵所开的那辆SUV汽车和他家，如何去侦查。

几人想不出什么高招，没有十足的证据，直接去问显然不妥。假如对方真是凶手，宁死不招，又不能刑讯逼供。办案讲究的就是一个证据，如果不是凶手，有可能会影响人家的正常生活，让人反感。

几人陷入了沉思。

过了一会儿，林筱筱主动提议道："我去试试吧！"

"你有好办法了，怎么去试？"吴迪问道。

不只是吴迪，其他侦查员听林筱筱这样说，也都以为她肯定想出了什么好方法，所以都在期待着听听她的好法子。

"没有，我只是觉得就这样待着也不是个事。直接破门贸然进家检查也不合适，直接开门验车也不合理，还不如主动出击，见机行事。"听她这样一说，众人都很失望，本来燃起的那点希望瞬间又熄灭了。

黄玲玲更是不屑一顾地撇了撇嘴角，轻哼了一声。

林筱筱了解了同病房老人的信息，又查询了老人子女的情况。老人有一个女儿叫李浩然，在一家公司上班，年龄和林筱筱差不多。

她决定欲擒故纵，直接会会华小兵，看能不能找到车钥匙，能不能搭讪到华小兵。至于能不能成功，她也只是摸着石头过河，走一步算一步。

林筱筱到医院门口超市买了一束花，然后又买了一箱牛奶，背着自己的民族风包包，通过门缝看到华小兵也在病房后，拎着东西就进去了。

她来到靠近门口的老人床前，甜甜地叫了一声：“阿姨好，我来看看您老人家。”

“你是?”面对这样一位又是笑脸又是拎着东西的姑娘，老人一时没有反应过来。

林筱筱赶紧自我介绍：“阿姨，我是浩然的同学，刚知道您在这里住院，我来看看您，以前我还去过您家呐！阿姨，您不记得我了?”

“记得，记得。”一听是女儿的同学来看自己，老人这个高兴啊！这说明自家女儿人缘好，这位都主动来医院看望自己了，再说不记得显然不合适了。

林筱筱倒也不客气，直接拉出床底下的凳子，坐到老人身边，和老人聊起了天。

“我给闺女打个电话，说你来了。”李家阿姨张罗着要给女儿打电话。

“阿姨别打，浩然工作忙，这会儿打不合适，别耽误她工作；我也没事，就是来看看您老人家。”林筱筱极力阻止着老人给李浩然打电话，她怕电话真要是打通了，自己会露馅儿。老人待得很烦闷，这会儿正盼星星盼月亮地盼着女儿下班，女儿没来，和女儿的同学聊聊天，正好也可以打发一下无聊的时间了。

林筱筱也不看华小兵，她的注意力全都集中在和老人的聊天上。老人拉着林筱筱的手聊这聊那，还不忘八卦地询问道：“闺女，结婚了没有？”

林筱筱故作不好意思地说道：“阿姨，您看我长这么丑，不像浩然姐姐那么漂亮，我哪有人要啊！阿姨，我到现在还没有男朋友呐！您要是有什么合适的人选，想着给我介绍介绍。”

“好好，有合适的，我一定给你介绍。”说完这话，老人冲着华大妈挤了一下眼睛，林筱筱就当作没有看到。

听着两人的聊天，华大妈也来了兴趣，禁不住夸奖了几句：“这姑娘真懂事，女人啊！心好就行，什么丑俊，都没用；又不是吃青春饭，过了那个年龄，再好看也没用了。”

一听华大妈这样说，李家阿姨立即来了精神，这意思华大妈比较中意这位姑娘，要是就这么给撮合一下，真要是成了，也是一件美事。

于是李家阿姨立即上了心，开始询问林筱筱：“闺女，要什么条件的啊？”

“什么条件的都可以，只要人好就行；至于干什么我不在乎，能养家糊口不啃老就行。”林筱筱一本正经地说着。对于她们的谈话，华小兵始终没有参与。他低着头在发信息，好像和谁在聊天。

林筱筱也不去看他，她给人的感觉就是专门来陪老人们聊天的，就是为了让老人们高兴。

“瞧瞧这姑娘真懂事，就是，人好比什么都强。闺女，你干什么工作啊？我怎么和人家介绍啊？”李家阿姨这是真的上了道。

“我没有工作。”林筱筱故意拖长了尾音，把这句话说得很重，她想就工作这个事多聊两句，心里在盘算着如何给自己安一个合适的名头，才能引起华小兵的注意。

"没有工作？你靠什么生活啊？"李家阿姨对没有工作这件事果然显得很在意。

"我父母开了个典当行，他们年龄大了，我就帮他们打理一下生意。干自家的活，这就不能算是工作了。"林筱筱随口编了个和古董沾点边的行当。

"这，这样啊！"显然，李家阿姨没有意识到对方是这么个没有工作，本来还想炫炫自家姑娘工作好，这会儿她不知道该接什么话题了。

"你们典当行，主要做什么生意？""典当行"三字还真就引起了华小兵的注意。

华小兵抬起头，扭过身子询问，打量着林筱筱。

林筱筱好像刚发现有这么个人存在一样，立刻说道："大哥好！抱歉，我们聊天声音太大，打扰到大哥了。行，阿姨回头我再来看您。"说着，林筱筱起身就要走。

"没，没有，我就是对典当行比较感兴趣。"

"我还以为大哥这是嫌弃我们女人聊天呐！"此时，林筱筱才抬起头正视华小兵。

林筱筱心中不免一惊。再看华小兵，一身中式服装打扮，对开襟的盘扣短袖，中式休闲长裤，整个人很清瘦，一副温文尔雅的样子，又有点道风仙骨的感觉。

林筱筱搞不明白，这样的一个人怎么能和脾气暴躁联系在一起呐！看来这眼见的不一定就是真实的，看这人的外表，真还不能代表内心，这就是现实版的表里不一啊！要不是提前做了调查，她肯定会对眼前的华小兵产生好感。

林筱筱赶紧掐了掐手上的合谷穴，让自己迅速恢复应变能力。

“我们除房子外，其他基本都做，但主要做一些名人字画之类的。”

“你们家的店叫什么名字？开在什么地方？”

“阡陌轩。”林筱筱没有想到他会问这么细，于是随口就把母亲生前画室的名字报了出来。林筱筱对典当生意也不清楚，只是听朋友讲过，这就半路出道，现学现卖了，她觉得这个名字比较适合做典当行的店名。

“没有听说过。店在什么地方？”华小兵显然对她的话题感兴趣。

“我们是小本生意，以前不怎么对外，就是在亲戚朋友中间做一些。父母年龄大了，家中来往人多，老是影响他们休息。前段时间刚在长风国际那边租了一个店面，正在装修。”此时的林筱筱，有点佩服自己信口开河的说谎能力了，简直是张嘴就来啊！

前两天，林筱筱倒是去长风国际上过勤。当时市领导到长风国际视察，准备提前彩排开业相关事宜。林筱筱进大厅里边看了看，知道商厦在招租，所以随口就来了。

“这样啊！回头等开业庆典时，我们去祝贺。”华小兵真的上道了。至于是对典当行感兴趣，还是对她这个人感兴趣，林筱筱可没考虑，反正她就是冲着人家的车和家去的，能取了证，其他都不重要。

“好啊！好啊！太感谢了，我还想怎么找些朋友去捧场呐！以前都是爸妈在经营，我入行晚，也没什么朋友，这下好了，大哥肯到场，我那小店肯定是蓬荜生辉了。”林筱筱忙捡些好听的词汇热情相邀。

“好，一定去。”华小兵欣然应承。

看到两人聊得情投意合，两位老人已笑得合不拢嘴。

她们感慨，这人啊！真是缘分来了什么都挡不住，这两人没准就这么成了。

聊到这，林筱筱也觉得差不多达到效果了，再往下聊，她怕自己露馅儿；当然也有欲擒故纵的意思在里边，她想看看华小兵到底有没有真的上钩。

她看了看表，赶紧站起来告辞。

“两位阿姨，还有这位大哥，今天就聊到这吧！我得赶紧回家给爸妈做饭去了。他们按点吃饭，要是到点吃不上饭他们就着急了。等有时间了，我再过来陪你们聊天。”林筱筱说得很诚恳。

“这就走啊！”华大妈有些意犹未尽。

“嗯！爸妈年龄大了，身体不好，血糖高，就怕饿，外边买的又不喜欢吃。”林筱筱又把自己孝顺女的形象充分补充了一下。

“你住哪里啊？离得远不远？开车了没有？”从没见过这么乖巧懂事的乖乖女，华大妈是真心开始喜欢了，她是想方设法多了解一下姑娘。

“我住世界名苑，司机送我过来后，我就让他回去了，没事，一会儿我打车回去，就不让他来回跑了。”

“呀！你住世界名苑啊！正好离我们家不远，让兵子送你一趟吧！他也好几天没回家了，让他回去换件衣服。”华大妈赶紧给儿子找了个合适的理由。

林筱筱说的这个世界名苑，就在华小兵家附近，是一个别墅区。林筱筱就是找这么个地方吊一下华小兵的胃口。

“谢谢阿姨。不用了，我自己回去就行。”见华小兵没说话，林筱筱觉得这事她不能答应下来，她还没有摸准华小兵的脾气，这万一他不想送，只是他妈的意愿，自己应承了，岂不很尴尬。

“没事，一起吧!”此时华小兵才悠悠地应了一声。不知他是在试探林筱筱，还是真不想送，这半天才答应。

听到这一声，林筱筱心中暗自窃喜，但又不能表露出来，故作不好意思道:“别，初次见面，不能给大哥添麻烦。”

“顺道的事，没什么麻烦的。再说了，刚不还说，你家店开业，不还邀请我去剪彩吗?”

“是，是，就是，反正都是麻烦大哥的事，那就恭敬不如从命，反正我也没有兄妹，今天就认下你这位大哥了，以后还请大哥多多关照。”

“哈哈，就是啊!你们都是年轻人，以后多交流，遇事相互有个照应。”华大妈真是心花怒放了。这幸福来得太突然，双眼望穿盼着儿子快点遇到个中意的，没想到这中意的说来还真就来了，就这么不经意间来了。

大妈感慨，千里姻缘一线牵，无缘对面不相识啊!

林筱筱告别了两位大妈，和华小兵一起走出了病房。看到林筱筱和华小兵一起出来，吴迪他们也不知道这是个什么状况，又不敢贸然上前，林筱筱看都没看他们，若无其事地从他们的车旁走过。经过车前时，她在背后摆了一个 OK 手势，意思是告诉他们，一切进展顺利。

华小兵打开车门，林筱筱坐到了副驾上。她扫了一眼车上，没有看到可疑的地方，她快速盘算着怎么把他支开。

“抱歉，大哥，车上有水吗?光顾聊天了，这一出来就觉得口渴了。”

“我找找。”华小兵左右看了看车门上，没有发现水，他又下车打开后备厢查看，也没有找到水。华小兵打开后备厢的同时，在他身后装作路过的吴迪，也就顺道完成了对后备厢的侦查工作。

“车上没有水，我去买瓶。”发现没有水后，华小兵转身去买水了。

他一走，林筱筱立即开始检查前排座位。吴迪拉开后车门，迅速上车，开始检查后排座位。

给李浩然母亲买东西时，林筱筱去过小超市，她大概计算了一下，从停车位置到医院的小超市来回没有任何耽误的情况下，需要五分钟时间。

五分钟内，他们必须完成侦查工作。当然，对于他们来说，这时间已足够用了。虽说感情没有了，但多年的默契配合依然存在。他们一直做搭档，有些事不用挑明，只一个眼神，一个动作，就明白对方什么意思。真到工作起来，先前的不快早就忘光了。

驾驶座前的脚垫上，林筱筱发现有一片的缝隙颜色比其他部位深，仔细看，发现有擦拭过的痕迹，她用小刀、试纸清理了一小块；又在方向盘的下方发现了一小点深色痕迹，她一并收入物证袋中。

后排位置，吴迪发现车门处有一小块土，好像鞋子蹬过的痕迹，吴迪取了底样。

在华小兵回来之前，两人的勘查工作都已完成。

林筱筱把自己提取的东西，连同袋子一起交给了吴迪。

华小兵回来时，林筱筱已正襟危坐在副驾座上。

华小兵发动汽车后，林筱筱给吴迪发了条信息：十五分钟后，安排人进入华家。

吴迪迅速回复了一个笑脸。

车速开得不是很快，华小兵没有说话。

“谢谢大哥啊！又给我买水，又送我回家。”林筱筱率先打破了沉默。

未等华小兵回应，她又接着道：“大哥，不好意思，怎么称呼您?”

直到这时，林筱筱才想起还有这么一个正事没有干，她庆幸自己想起了这事，否则一不小心就把人家的名字给说出来，还不得引起怀疑，真是差一点就百密一疏了。

“华小兵，怎么称呼你?”

“林筱。”

“电话?”

“什么?”林筱筱装作没有听清，实际上她是不想给电话。

“电话号码？没有电话号码，以后怎么联系你啊?”华小兵又强调了一下要电话的目的。

“133……”林筱筱报出了自己的电话，华小兵迅速拨通了，林筱筱正要接。

“我的号码。”

“好的，我这就存下来。”林筱筱赶紧在那里摆弄手机。她万幸自己说的是真实号码，这要是人家没有打通，肯定就会有所怀疑了。哪有人不知道自己的电话号码，更何况还是年轻人。

很快，他们就到达了世界名苑小区。

华小兵执意要把她送到家门口，林筱筱表示，小区里都是熟人，不太方便，华小兵也就不再坚持。

看着华小兵的车子开走后，林筱筱又给吴迪发了一条信息：我已到家，跟上。

杜衡和刘芷穿上了燃气公司的工作服，在华小兵到家后不一会儿，他们就上门了。

听到敲门声，华小兵去开门。打开门后，他发现不认识。

“你们这是?”

“我们是燃气公司的，主要负责咱们这一片的天然气检修，这一片的基本都检修完了，就剩你们家了，来过几次，家里没人，这次来碰碰运气，没想到还真就有人了，检修完你们家，我们这片的活也就该交差了。”

华小兵将两人让进了屋。杜衡进了厨房，他一边和华小兵聊天，一边像模像样打开燃气表，抄写上边的数据。

刘芷以检查管道为名，迅速观察着客厅，顺走了烟灰缸中的几个烟头，又在玻璃杯上提取了几枚指纹，检查了一下卧室，都没有发现异常。虽说家中东西比较多，但摆放得很整齐，没有发现打斗过的痕迹，也没有什么异常情况。

两人很快出了华家，所有的提取物都去送检了，队员们稍微松了一口气。

吴迪还是不放心，他从医院那边赶到了华家附近。他决定在华家附近蹲守，对于华小兵这个重点怀疑对象，他觉得还是小心为妙，这事不怕一万就怕万一，千万不能让他逃跑了。

华小兵在家洗了个澡，换了身衣服，出去吃了个饭，晚上又回了医院。

回到医院后，两位老人这一通问：一路上和姑娘聊得怎么样?晚上有没有一起吃个饭?约了吗?下次什么时候再见面?

华小兵一一答复。

华家妈妈再三叮嘱儿子，这次一定要主动点，难得有这么懂事又孝顺的好姑娘，过了这个村，可就没有这个店了。你不主动，就被别人抢走了。

华小兵微笑着，一一答应下来。

正在他们聊得起劲时，李浩然下班来看母亲了，她拎着在超市刚买回来的牛奶，一进门，李家阿姨就迫不及待说道："你怎么又买奶了，今天你同学来看我，给带了箱奶，还有鲜花。这是我头一次收花。当年你爸那个死鬼，从来就不知道浪漫。"

"我哪位同学?"

"叫什么来着？你瞧瞧我这记性。"说这话时，李家阿姨拍着脑门，在努力想着名字。

"叫林筱。"华小兵报出了林筱筱的名字。

"林筱?"李浩然停顿了一下，"我怎么想不起有这么个同学了。"李浩然托着腮想了想，也没有想出有这么个人来。

"反正人家说是你同学。"李家阿姨又强调了一句。

"她说是就是吧！这段时间太忙了，老是忘事，一时半会儿想不起来了，没准儿是谁改名字了。"管她是谁呐！焦头烂额的李浩然，是真心不愿再去想。

"东升回来了吗?"

"没呐。"

"怎么还不回来?"

"他发信息说家里忙，过几天再回来。"

"你瞧瞧他，这都多长时间了还不回来，他眼里还有没有这个家。"说起这个女婿，李家阿姨就是一肚子怨气，要不是看在女儿面上，巴不得他一辈子不回来才好呐!

其实这两天李浩然也在生丈夫的气，明明说好的就在家待一周，这都快两周了，怎么还不回来。打电话也不接，只是回信息：“在忙，不方便接电话。”

李浩然就纳闷了，难道是家里出了什么大事，还是不想要这个家了。但在母亲面前，李浩然也不敢说什么，丈夫是自己选的，母亲本来就不同意，这要是再说个不接电话，还不把母亲气炸了。

聊了一会儿，李浩然就告辞回家了，她说该去接孩子了，她给孩子报了个托管班，托管班能晚一会儿接孩子，但也不能太晚，所以她得往回赶了。

华小兵想送她回家，华小兵是想等李浩然平静下来后，可能会想起林筱这个人，他想多了解一下林筱有什么特点，可惜她说自己开车了。

李浩然实际并没有开车，有位同事和她住在一个小区，同事前来医院看望病人，他们约好完事后就在楼下等她，她怕引起误会，就谢绝了华小兵的好意。

回到家后，李浩然想了想，这气归气，毕竟是一家人，老公是自己选的，除了人老实外，也没什么坏心眼，而且孩子还老是问爸爸什么时候回来，那就自己放低姿态。

李浩然开始拨打丈夫的手机，铃声响了半天，还是没有人接，她一赌气恶狠狠地把手机摔到了床上。自己则是一屁股坐进沙发里开始生闷气，生了一会儿气后，她决定把电话打去公婆家，问问他们，这人到底干什么去了。

李浩然和老公结婚时，公婆什么都没有给，因为这，李浩然和公婆之间一直有嫌隙，很少有来往，就算过年过节，也都是丈夫往老家打电话，她从来不过问。这次她想告诉公婆一声，如果丈夫再不回来，就不要他了，让他做好准备，回来后就直接去办离婚手续。

这电话不打不要紧，公爹告诉她儿子早就回去了，都一个星期了，而且还带走了五十万元钱，老家的房子拆迁了，考虑到他们结婚时父母也没有给彩礼，所以就让儿子带了五十万元现金回来。村里给的现金，老人家就直接把现金给了儿子。

听了这个信息，李浩然这个气呀！不就是五十万元钱嘛，至于嘛！连家都不回了，这是拿着钱去哪里耍了，找小姐嫖去了，还是赌去了？放下电话，李浩然就在那里开始了各种猜测。

再说负责查找死者的齐光，这天接到一外区派出所民警的电话，说有人反映，看到死者照片有点像他们单位的一个员工。但那个员工请假回老家了，说家中父亲生病，已经回去一段时间了。再说看着也只是像，没有最后确定是不是，毕竟这死人和活着时的样子还是有差别的。

得到这个消息，齐光和郑则、喻明立即赶往派出所兄弟反馈的单位，了解详细情况去了。

齐光和郑则到外区派出所兄弟反馈的单位核实后，得知回老家的人叫魏东升。经单位领导辨认，现场发现的死者正是魏东升。十多天前，魏东升向单位领导请假说回老家，至今未归。领导打过电话，想问他什么时候回来，电话没有接，只回了条信息：“在忙，抽空联系。”这一抽空，就再也没了下文。经过一番走访，他们得知，此魏东升就是李浩然那位回家探亲的丈夫。齐光将这一情况通报给了吴迪。

很快，送检样品反馈了结果，SUV 车上的血迹与现场的血迹一致，是同一个人的血迹。华小兵车上的脚印，与死者左脚掌前侧鞋印一样。华小兵家中烟头的DNA和车上的血迹不是同一个人。

吴迪猜测，烟头会不会是外人在他家抽烟时留下的呢？虽说还有待进一步确定，但这个不难。

这些信息的反馈，让各位侦查员如获至宝，虽不能完全确定人是华小兵所杀，但都一致认为这事肯定和华小兵有关系。

吴迪请示队长，说在华小兵的车内发现了和现场一样的血迹，检验结果属于同一个人，应该对华小兵采取措施，没必要再绕来绕去走弯路，他想直接传唤。

季青松问，是否确定是华小兵的。吴迪坚信，在他车上发现的，不是他的还能是谁的。老季只好同意传唤。

吴迪想多带几个人去传唤，他怕华小兵万一拒传，可林筱筱不同意。

她说：“别直接传唤了，我把他约出来吧！他妈有病，让老人看见了不好。”对于林筱筱这个提议，众人也都赞同。

林筱筱打了个电话，说有点事找他。

华小兵问什么事。

林筱筱只说，见了面再说，她说了个地点。

华小兵从医院出来后，吴迪、杜衡直接上前出示证件：“请跟我们走一趟吧，协助调查一起案件。”

见是警察，华小兵有心拒绝，可这又不是能拒绝的事，只好跟着他们进了公安局。

吴迪负责讯问，杜衡负责记录。

吴迪开口讯问道：“你知道我们为什么找你来吗？”

“不知道。”

“别抗着了，自己犯了法还不知道？”

“你这人怎么说话，我犯什么法了?”对于自己为什么被传唤，华小兵有些莫名其妙。

“你不犯法，我们干吗要找你过来?”

“你们找我来，肯定是知道我犯了什么法。知道我犯了什么法，还不告诉我，你们怎么能这样?”对于吴迪的质问，华小兵有些气愤。

“我来告诉你。”

“那就直说，别绕弯子了。”

“魏东升你认识不?”吴迪直接切入正题。

“不认识。”华小兵回答得很干脆。

“他死了，被人杀死了。”说这话时，吴迪观察着华小兵的面部表情。

华小兵气哼哼地回道：“他死了，和我有什么关系。你不去找杀他的人，找我干什么?”

“我们怀疑这事和你有关。”

“和我有关？你们警察怎么断案的，逮谁都怀疑吗？你们有证据吗？凭什么怀疑我?”华小兵有些恼了。

“我们在抛尸现场发现了你的车。”

“我的车?”

“对，就是你的车。”

“我的车一直在楼下停车场放着。自从我妈住院后，我就没开过车，凭什么说是我的车，有本事你们对车进行检查。”

“我们查了，的确是你的车。你车上的血迹和现场留下的血迹吻合，脚印也和现场死者的脚印一致。”

“你们什么时候查的？我看你们这是凭空捏造。”

“你不用管什么时候，反正就是我们查了。”

“你说查了就查了，我还不相信呐！我还说你诬赖好人呐！可以吗？”

“你不相信我们查了？”

“当然不相信了，有本事你把证据拿出来啊！”华小兵坐在椅子上，对于吴迪的讯问早就不屑一顾了。他没想到警察就这种破案水平，自己再坚持下去，会不会被整个屈打成招。

虽说在对华小兵的汽车进行扣押后，对车和房屋又进行了复勘，重新提取了物证，再次比对与上次检验结果一致，但就是这样的结果，华小兵还是不相信。

见讯问没有实质性进展，一直在监控室中看着他们讯问的林筱筱有些坐不住了。

她推开门直接进了讯问室。

“我查的。”林筱筱答道。

一见林筱筱，华小兵着实诧异了一下。他没想到自己竟然被一个小丫头给套路了。自己看上的古董还从来没有打过眼，没想到这看人的本领，还有待修炼，可惜自己的一世英名啊！竟然被这个小丫头给毁了。

华小兵真是咽不下这口气了。

他怒从心头起，指着林筱筱的鼻子道：“你，你个小骗子，上次故意套路坐我的车，你这是没安好心呐！你别告诉我，你都结婚了啊！要是那样的话，我投诉你感情诈骗。”

一听他说这话，吴迪“扑哧”一声笑了。

“本来我还对你有好感，这下可好了，在我这彻底删除了。”说真的，自从上次林筱筱从他的车上下去后，华小兵还真想过要不要认真追一下林筱筱，可这行动还没有开始，刚刚萌发的爱情小火苗就被浇灭在萌芽状态了。

当初只是为了办案，林筱筱根本就没有考虑过自己会给华小兵留下什么印象，至于他有没有当真，她觉得这事和自己无关，只是礼貌地回道："承蒙抬爱，谢谢！"

"小样的，没想到被你骗了，这事我和你没完，看我以后怎么收拾你。"

"我不是有心骗你。老人身体不好，我怕影响她治疗。"林筱筱自知理亏，说话的底气有些不足。

"你还挺有心，你要是有心就不该抓我。我妈心大，什么事都能承受，从小我就经常打架斗殴，没少给她惹麻烦，也不差这一次。我也看出来了，你是专门来坑我的，你凭什么认为人是我杀的?"

"凭你的汽车是嫌疑车辆，这事我们得调查清楚，给你妈打个电话吧！告诉她今天你外出有事，别让老人家担心。"说着，林筱筱递过了自己的手机。

"你等着，这辈子我记住你了。"华小兵有些气急败坏了，自己一颗真心向明月，可惜人家明月照沟渠了。

但他还是接过了林筱筱递过来的手机，拨通了母亲的电话。

"妈，今天临时有点事，我就不过去了。你老人家让护士帮着给买点饭，等我这边完事了，我再过去看你。"

"好的，你忙你的，别到处惹事啊！"

"妈，你就放心吧！我不是小孩子了，我跟林筱在一起。就是前两天去看李家阿姨那位姑娘，她家有点事，让我帮个忙。你就放心吧！有她看着我，我不会学坏的。"华小兵一边说着，一边挑衅似的看着林筱筱。

林筱筱恶狠狠地瞪着他，她没想到这会儿华小兵还拉上了自己。

“啊！啊！和林筱在一起啊！好好，好好，妈这就放心了，你去忙吧。”一听这话，华家妈妈高兴得把电话挂了，又和李家阿姨聊去了。

“怎么样，我这招高吧！得让我妈彻底放心。”华小兵看着林筱筱微笑着。

林筱筱又气又恨，却也说不出什么。不管怎么说，他还真是和自己在一起。

“注意，注意，言归正传，不但你的车上有血迹，而且你的车还是套牌车，哪来的车牌?”吴迪及时提醒跑了题的华小兵。

“我靠，这瓜有点大，让我消化一下。”华小兵摸着脑门沉思了一会儿，然后抬起头，“能给我支烟吗?”

吴迪点着一支烟，递给了华小兵。

原以为他要交代案情了，没想到接下来华小兵所说的却是另外一种情况。

“我没想到白敬责，真不是个东西。我把他当好哥们儿，他却反过来坑我。我让他给买辆车，不管多少钱都行。现在车牌不好整，他答应得挺痛快。没过多长时间，就给我开过来一辆。对，就是我现在开的这辆SUV，他说手续都办完了，是一个哥们儿家不用的车。哥们儿家开公司，以前买的车多，现在公司不景气，养不起这么多车了，就决定卖几辆。就这一辆车，他在我手中拿走了七十万元，他说主要是车牌贵，开了一年多，车倒挺好开的，也没出过什么问题。我让他把手续办了，他说办完了，后来就把手续给我拿过来了。对了，手续就在我家放着呐！不信你们可以去家里看看。

“前些天，他说有事，就把车开走了。他有两辆车，很少借我的用。他说自己的车，一辆被朋友开走了，一辆被媳妇开走了，我就把这辆 SUV 借给他了。那天晚上，我老妈生病，我给他打电话，才把车给我送回来，会不会是这小子干的?”

停顿了一会儿，华小兵又质疑了自己的猜测：“倒也不至于吧！虽说这小子一阵阵的不太靠谱，可要说让他杀个人，我觉得他没有那个胆子。”

听着华小兵的述说，吴迪大失所望。

他还以为人是华小兵所杀，本来板上钉钉的事了，没想到事情却来了个大翻转，华小兵倒成受害者了。

对于华小兵所说的这一切，吴迪将信将疑，但也没有更好的办法。当务之急，就是找到那个叫白敬责的人。

吴迪随即请示季队，得到批准后上网发布协查通报，查找白敬责的下落。

齐光和兄弟们找到李浩然时，已是第二天上午。

他们赶到李浩然的公司。

得知警察来找自己，李浩然潜意识认为，警察都找上门了，丈夫肯定是非赌即嫖了。她下定决心，等丈夫出来后一定要和他离婚。

可让她万万没有想到的是，警察告诉她，她的丈夫死了，被人杀死了。丈夫虽然有点小家子气，但平时也没什么坏心眼，这人好好的怎么就没了呐！

李浩然看着警察手里的照片，她不相信这是事实，直到警察带着她辨认过尸体后，她才真的相信老公的确不在了。此时的她真是万念俱灰，自己不图财只图人，原本就想着找一个家中弟兄多的老公，自己是独生女，很孤单，找来找去，才找到现在的老公，没想到最后却是这么个结局。

李浩然是既痛恨又心疼。生气丈夫这都回来了，也不和自己说一声，自己连他哪天回来的都不知道；心疼的是，好好的一个大活人怎么就没了呐！以后自己孤儿寡母的上有老下有小怎么过啊！

想着想着，悲从心中来，不由得撕心裂肺大哭起来，哭得侦查员们心里也不是滋味。他们破案子还行，可碰到这种事，也不知道如何劝慰了。

“什么？不会吧！这么巧。”当林筱筱得知被害人是李浩然的丈夫时，她惊讶得瞪大了眼睛，过了好半天才反应过来。

她没有想到，这事也太诡异了，这是冥冥之中的安排吗？两个住院老太太，竟然因为这事而产生关联。看来上天让你来相聚，这辈子是怎么都逃不过了。

对华小兵的讯问到时限后，除了获得了一个白敬责的名字外，也没有获得其他有用信息。

虽说华小兵爱意气用事，但做事还算靠谱；有过劣迹，但都没达到违法标准。

华小兵被释放了。

临走前，他以一副无赖的表情看着林筱筱说：“这事咱可不能就这么算了，你这个骗子，我得让你赔偿。”

“让我赔偿，凭什么让我赔偿？”林筱筱有些不解。

“你骗我来的，就得赔偿我。”

“赔你什么?”

华小兵一本正经地看着林筱筱，说道：“请我吃饭，这事就算过去，否则我和你没完。”

“不请，坚决不请。”林筱筱也不甘示弱。

这种事她见多了，自己这是为了工作，什么样的人都有可能碰上。今天答应请这个吃饭，明天还不知道再来个啥呐!

“好，你等着。”见这点面子都不给，华小兵一副誓不罢休的表情讪讪地走了。

齐光他们排查了魏东升周围来往人员，发现他和一个叫白敬责的人过从甚密。

白敬责是一公司老板，主要从事建材生意。魏东升曾经在白敬责的公司当过会计，后来从白的公司跳槽到一家科技公司，但两人的关系依旧很好。按理来说，大多数跳槽的人，基本都是因为和之前所在单位出现矛盾才选择跳槽。他们不但没有矛盾，反而关系比以前更加友好。

齐光发布协查通报查找白敬责时，才知道吴迪已上网协查了。

齐光给吴迪打了个电话，询问了一番情况，才得知白敬责的来龙去脉。

对于吴迪的这种做法，齐光心中有些不爽，觉得这信息沟通得也太不顺畅了。既然你想干，就去干吧！他向季队长汇报了一下工作情况，就带着其他几位侦查员回去休息了，还告诉兄弟们原地待命。

出来后的华小兵，赶紧去了医院看母亲。

他还想着到医院后，怎么应付两位老人的“八卦”，却没想到自己高高兴兴进门，准备接受一番拷问时，两位老人竟然没有一个人说话。

他心里开始害怕，琢磨着难道是老妈知道了自己进局子的事。

可转而一想，这事不应该吧！他老老实实坐到母亲面前，准备接受一番训斥。在母亲没有发火之前，他小声试探着：“妈，您想吃点什么？我去买。”

华妈妈冲着他努了努嘴，示意他不要说话。随即华家妈妈小心翼翼地询问李家阿姨：“李家大姐，你想吃点什么？我让兵儿去买。”

没过一会儿，李家阿姨长长地叹了一口气。这一问不要紧，李家阿姨哭了起来，边哭还边絮絮叨叨：“你说说，我这命怎么这么苦呀！”

没摸清方向的华小兵，禁不住向母亲询问道：“妈，这是怎么了？”

“你这一天不在，发生了很多事，李家阿姨的女婿去世了，年纪轻轻的就没了。你阿姨受不了，想起来就哭，一天了也没吃饭。”

“怎么没的？不是好好的吗？”华小兵禁不住发问。

“具体怎么回事，女儿来电话也没有说。女婿前段时间回老家，迟迟没回来，我还生他气，老是数落闺女。我这是冤枉他了，可怜我那闺女啊！以后的路可怎么走啊！”李家阿姨一边落泪，一边又开始絮叨起来。

“你家姑爷叫什么名字来着？”华妈妈想通过聊天，分散一下李家阿姨的注意力。

“姓魏，叫魏东升。”

“啊！魏东升！”一听这名字，华小兵禁不住大吃一惊。

听到他这“啊”的一声，李家阿姨有些不解，自己家死了女婿，他有什么大惊小怪的，不由得问道：“你认识?”

“不，不认识。”华小兵赶紧掩饰住自己的失态。

“不认识啊！我还以为你们认识呐！其实他是个挺好的孩子，在家也特别勤快，又孝顺我，怎么这人说没就没了呐！”说着，李家阿姨又哭了起来，至于以前对女婿的那些不满，如今都化成了全部的好。

“阿姨，您节哀，我去给您买点饭。”说着华小兵便逃出了病房。

出来后，他长长出了一口气。这事有点邪乎，怎么这么寸这么巧，他一时半会儿还没消化完，索性就站在院子里一支接一支地抽起了烟。

这事闹的，等有时间了，得去五台山烧烧香拜拜佛了，今年看来是流年不利了。抽了几支烟后，华小兵来到护士站询问母亲的病怎么样了。

他决定给母亲办出院，即使母亲不好，还需要住院，他也不准备让母亲在这里住了，这家医院晦气。

医生告诉他，母亲的病基本痊愈，再吃几天药也就没事了。

华小兵请医生给母亲开了出院通知，当天下午就出院。

华小兵去食堂买了些饭菜，又给李家阿姨充了饭卡，就拎着饭菜回了病房。“阿姨，我给您买了些饭，又给您充了张饭卡，小李最近肯定很忙，我怕她顾不上您，您这几天就先在医院订点饭吃吧！人死不能复生，您老得坚强起来。多吃点饭，以后还得帮衬着姑娘呐！”

“是，你说的很在理，可我没有胃口吃啊!”

“阿姨，没胃口，也得强迫自己吃。孙女还小，您老要早点好起来，回家还得帮闺女看孩子呐!”

“嗯！是，我吃我吃。”

看着李家阿姨开始吃饭，华小兵又把另一份饭菜端到母亲面前。

“妈，医生说您的病已经好了，下午咱就出院回家。”

“下午就走啊?”

“对，病好了，咱就不占着床位了，留给需要的人吧!”

对于儿子急于办出院，华家妈妈有些诧异，但也没说什么，只是觉得李家阿姨正是难过的时候，自己这会儿就出院有点不落忍，还想着多陪她两天呐!

两位老人吃完饭，华小兵给她们收拾了碗筷，随后就去办理出院手续了。

看着华家妈妈出院，李家阿姨有些不舍，但这事又不能挽留，只好恋恋不舍看着他们走了。

华小兵自己的车也不开了，他叫了一辆出租车。

“儿子，你是不是有事瞒着我?”出了医院大门，华家妈妈忍不住问儿子。

华小兵没想到母亲对自己这样着急忙慌办出院，还是怀疑了。

“没有，我怕您和李家阿姨住在一起晦气。”

“原来是这样啊！我还以为你又惹什么事了！你的车呢?”

“怎么会呐！我又不是小孩子了，车被朋友开走了。”

“和小林谈得怎么样了?”

“就那样呗!”

“赶紧的，给我追家来，我还等着抱孙子呐!”

“哪有那么快!”

“行，那就给你半年时间。”

“好。”母子俩在对林筱筱的各种畅想中回家了。

一周后，肖依依才知道相亲的事连见都没有见成。她本来给林筱筱打电话，想打听见的情况如何，可打了两次，林筱筱都没有接。她知道肯定是又去忙了，林筱筱一忙起来就是这个样子，一旦闲下来肯定会回电话，索性她也就不再打了。打了两次石雨墨的电话也没有接，肖依依这个气呀！两人这是商量好了吗？怎么都是这么个臭脾气。

林筱筱直到忙完手头的事情后，才想起相亲这个茬。

她给肖依依打去电话，本意是想表达一下自己的歉意，顺便让她给转达一下。

肖依依一听就急了，忍不住就训上了：“好你个林筱筱，你到底什么意思？什么人都敢放鸽子？”

“姐们儿，你听我解释。”林筱筱还想辩解一下。

可接下来肖依依的话，就像连珠炮一样不断了：“你都老姑娘了，好不容易给你介绍个对象，你就这么不知道珍惜。你一辈子要和工作过吗？为了这个对象，为了让人家见你，我都磨破嘴皮子了。你倒好，就这么不珍惜，我家都卢小牛 2.0 了，你瞧瞧你，连个对象都没有。要不是看在多年的情分上，我都懒得管你，你就跟工作过一辈子吧！等你老了，看看是工作亲还是老公孩子亲，有个头疼脑热了，是工作给你整饭，还是怎么着……”叽里呱啦，这一顿数落，把林筱筱说得鼻子不是鼻子，脸不是脸的。

对于好友的责怪，林筱筱也不恼，干脆把手机放到了一边，就这么任由她数落。她知道，数落完也就没事了。这是惯例，只要是林筱筱惹着她，就会被她数落一顿，数落完后，火气散了，也就没事了，该怎么着还是怎么着，谁让自己的确有错在先。

数落了半天后，肖依依听不到林筱筱回话，还以为她没在听，于是大声叫道：“林筱筱!”

“在!”

“有没有听我说话?”

“娘娘，奴婢一直在聆听娘娘训诫，请接着讲。”

一听这话，肖依依忍不住笑了，合着自己发这么大火，好比一拳打在了棉花上，她也就不数落了，林筱筱也知道这是火气下去了。

“依依，抱歉啊！我也没想到事情会是这样。可能我们俩没有缘分，以后有合适的再接着给我介绍吧！你也知道，我家那追命的老活宝想着赶紧把我嫁出去，嫁不嫁倒没关系，起码得先整个男朋友糊弄过去，省得老人家饭吃不香，觉睡不好，老觉得没把我照顾好，对不起我妈。”

“行，知道了，我再帮你物色物色，有合适的接着给你介绍。”挂了林筱筱的电话，肖依依想着怎么给石雨墨打个电话把自己摘出去，又不至于落埋怨。

她想了一会儿，石雨墨都没打电话和自己说这事，是不是他就没当回事。

得看看这事还有没有挽救的余地，越是介绍不成，肖依依反而觉得两人特别合适，这就是好事多磨，老天爷故意在考验他们。既然如此，就不能操之过急，得慢慢来。

第三章　即时奖励

已上网十来天，还是没有白敬责的消息，也不知道他是潜逃了，还是蒸发了。

吴迪很着急，他想把这个案子尽快破了，要知道专案组可是由他负责。这案子要是破不了，他觉得不但会影响自己进步，而且还会让大家怀疑自己的能力。

吴迪去找齐光询问侦查方向有没有新的进展。

没想到正在玩游戏的齐光头都没抬，不但没告诉他进展情况，反过来倒还将了他一军：“你不是都上网通缉了吗？还没有抓到吗？不应该啊！这都好几天过去了，以吴大探长的能力，有名有姓找个人还不简单。”

听了这话，吴迪也不解释。他知道，要想尽快破案，还得依靠弟兄们的通力合作，而且凭自己目前的威望，根本就不会让他们心服口服，但必须得让他们老老实实把活干完。

和齐光没有谈妥，吴迪直接找到季青松，委婉地把齐光的情况向队长反映了一下。

老季一听火就蹿起来了，上班时间不出去查案子，窝在宿舍玩游戏，这是想反天的节奏啊！

他急冲冲要去找齐光算账，又被吴迪拉住了。

吴迪说：“队长，您不要生气，您这一生气去找他，就像我要来打小报告一样，都是同事，传出去不好。您可不可以只问问侦查到哪一步了，有没有进展。其他的都不要管了，都是年轻人，偶尔玩会儿游戏也很正常。”

听吴迪这样一说，老季的火气降了一半。

他说回头再去找齐光算账，先让吴迪继续紧盯这个案子，争取尽快破案。

这天，黄玲玲正在前台值班。

电话铃声突然响起，响了好几声，她才不紧不慢接起来，对方自称林州分局太庄派出所民警，在辖区抓到了白敬责。

一听抓到了白敬责，黄玲玲立即热情起来，好一通感谢，记下了对方的电话。放下对方的电话，黄玲玲赶紧给吴迪打电话，把这个好消息告诉了他。

一听人抓到了，吴迪也来了精神，他又叫了两名侦查员，立即赶到林州太庄派出所，把白敬责押了回来。

林州是南沧下辖的一个县级市，在南沧东边，和桥西区相距百十公里。人押回来后，他们连夜突审。

还以为会是一场艰巨战，没想到白敬责倒是痛快，来了个竹筒倒豆子——一干二净，痛痛快快全招了。

魏东升从老家回来时，一上火车，就给白敬责打了个电话，说给他带了点土特产，让他去火车站接一下自己，把东西给他后，自己再回家。

白敬责因为恋上赌博已成瘾，公司也黄了，而且还把自己的两辆车变卖后都用于赌博了，可次次血本无归，老婆一气之下和他离了婚。

魏东升给他打电话，两人关系不错，他也不好意思拒绝，而且白敬责也想着在魏东升那里借点钱，于是就答应去接站。

白敬责自己没车了，便去借了华小兵的车。

当初魏东升要离开白敬责的公司时，白敬责不但没有责怪，还给他多结了一些工资，他说魏东升帮着公司挣了不少钱，是自己亏待了他，所以执意多给。他这一多给，整得魏东升倒不好意思了，先前的那些不快也都化为乌有了。魏东升不但多给的钱没要，就连应该属于他的那一部分也没有拿。所以，在魏东升离开公司后，两人还会时不时聚聚，喝点小酒，关系反而比以前更好了。

接到魏东升后，两人就一起回了白敬责家。

白敬责有意向他借钱，所以特别热情，执意要给魏东升接风。喝到尽兴处，魏东升不无炫耀地说起自己这次回老家，白得了五十万元钱。

本来白敬责就想借钱，一听魏东升有了这么多钱，直接开口想借二十万元，并再三保证就借几天，等自己回了本，会加倍奉还。

一听白敬责借钱是去当赌资，魏东升死活不借了。

两人三说两说，就说岔了。想钱想疯了的白敬责，火就上来了，见财起意，看到身边有一根网线，便拿起那根网线勒向了魏东升的脖子。

忙乱之际，魏东升抓到桌子上的一把水果刀，扎向了白敬责的手。

虽然扎破了白敬责的手背，但红了眼的白敬责并没有放手，而是紧紧勒住那段网线，直到魏东升咽了气为止。

看着魏东升的尸体，白敬责的酒醒了一大半。他害怕了，他没想到自己真的杀人了。可事已至此，已没有挽回的余地，思考一番后，白敬责干脆来个一不做二不休，想着尽快把尸体处理掉。尸体放在家中也不是个事，他想分尸，可自己又下不去手。

想来想去，他决定找个地方把尸体埋了，主意一定，反而不害怕了。冷静下来的他，反侦查意识倒是挺强，他找了副手套戴上，还给双脚套了好几层塑料袋。

夜深人静时，白敬责把魏东升的尸体扛到了华小兵的车上，开着车就往郊外跑。

可走到半路，华小兵给他打电话，说老母亲病了，要用车送医院，他答应着一会儿就送回去。

中间华小兵又打过电话，问他到哪里了。

慌忙之间，他看到路对面有一片树林，因中间有隔离带，于是就在前方掉头，开到小树林处靠边停了车。在车上待了一段时间，观察着来往车辆情况，等到没有车经过时，他迅速打开车门拽出魏东升的尸体扛起来就进了小树林，在树林中边走边察看周围情况，最后找了个感觉合适的位置扔下了尸体。

尸体扔完后，也可能是因为神经有所放松的缘故，此时的白敬责感觉戴着手套很不舒服，他便摘下手套。本来被扎伤部位流出的血液已经凝固，而且已和手套粘在了一起，可他这一摘手套，部分血痂就被手套拽了下来，因此伤口又流血了。虽然出血量不大，但还是在积聚到一定程度后，顺着手指滴到了树叶上，也就是林筱筱发现的那滴血。

脱下的手套，白敬责一直没有扔。等他返回车上后，便把手套连同脚上脱下来的塑料袋装在一起，开着车就去了华小兵家。

在华家门口，他定了定神，才发现手部的血滴到了车上。

再去洗车，凌晨时间已不可能，他匆忙间擦了擦，看不到明显痕迹后，就把手套和塑料袋扔进了华家门口的公共垃圾桶内，便给华小兵打了电话，说车已送到。

华小兵当时只顾着送母亲去医院，没有发现车上有什么异常，只是觉得车上有股酒味。他以为迟迟不来还车就是因为喝了酒，也就没在意。

车停在医院停车场后，华小兵也没有再开过，等到要送林筱筱回家时，已经过去好多天。车上的酒味早就散去了，血迹已经干枯，不是内行人，也就看不出来了。华家门口的垃圾桶，一大早就被环卫工人清理了，那副手套连同套过脚的塑料袋，早就进了垃圾焚烧炉。

白敬责有心想等天亮后再去树林中看看，埋了魏东升。但转而一想，大白天的去埋人，不就等于自投罗网了吗？

他考虑再三，决定还是出境赌博，等到自己赢了钱，就在那边跑路，再也不回来了。

想好后，白敬责简单收拾了一下，带上身份证打了辆车，直接去了机场，买了张机票出境了。

等他走进赌场，他扔的尸体就被捡拾银杏果的老人发现了。刚开始，老人看到地上有个人，还以为是在那里晒太阳，本想过去聊个天，结果走近一看，发现是个死人，老人赶紧报了警。

走进赌场的白敬责，口袋里一下子有了五十万元，这回底气又足了。一开始，他把把赢，还真赢了不少，他只想着多赢点，好让自己以后的生活舒适一些。然而谁承想，赢了近千万以后，他的运气用完了，结果开始把把输。他不甘心，只想着再赢回来，最终又是血本无归，连回来的机票钱都没有了。

无奈之下，他借了点高利贷，买了张机票，鬼使神差又回来了。

回来后，自己的家也不敢回了，就在林州太庄找了个出租屋，大门也不出了。但别的东西可以不买，饭得吃啊！那点高利贷也花完了，最后实在没有办法了，他准备卖掉自己的房子。

由于他挂的价格比较低，刚把房子挂到网上，就有人约看房子。对方看了房子后，觉得还可以，就想和他签约。签约需要身份证，这一拿身份证，也就被逮着了。

原来，吴迪一直都在关注着和白敬责有关的消息，自从他的房子挂在网上后，吴迪就和中介联系上了，只等着他自投罗网了。

华小兵那辆 SUV 是白敬责从二手市场买来的，SUV 原车主只开了三天，就出了一起车祸，原车主觉得晦气决定卖车。原车主找的中介，正好就是帮白敬责卖他那两辆车的中介。

华小兵知道白敬责交际广，就委托白敬责帮他买辆车，中介给白敬责推荐了这辆 SUV。白敬责一看各方面都符合华小兵的要求，唯独一点就是没有车牌，此时中介又打了包票，再给整副车牌。

车买好后，没几天就下了一场大雨，有人在雨中捡了个车牌，询问中介这东西能不能卖。中介说能，中介花三千元钱收下了那个车牌。有了一个车牌，中介又找人照着样子给做了一个，然后交给了白敬责。中介实话实说，这是一副套牌，要的话可以便宜点。最后收了白敬责一万元钱，还帮他办好了所谓的手续，这辆车总共花了不到三十万元，白敬责却从华小兵那里拿走了七十万元。

虽然案件耗费了一段时日，但好在是破了，众人皆大欢喜。

林筱筱写完案情报告，给指导员赵子琪送了过去。

赵子琪告诉她，黄玲玲已经写完。林筱筱没有在意，自己又拿了回来。

一桩命案用了近一月时间。好在案件成功侦破，否则众人还得继续奋战，因为命案必破已成为南沧刑侦界约定俗成的自觉遵守目标。当然，即使再辛苦，只要有结果，那都不叫事。

白敬责送监后，当天下午没什么事，吴迪发话："这段时间大家辛苦了，今天没什么事，都早点回吧！手机开着，有什么事电话联系。"

"谢谢探长。"

"谢谢探长。"

一听说让回家，大家都很高兴，纷纷向吴迪致谢后，开始收拾东西陆续离开。

林筱筱收拾了一下笔记本，把写了一半的案件记录存好。她有个好习惯，每次破完一个案子，都会像记日记一样，把当时的情况记录下来。她本来想写完再走，可探长发话了，不走不合适。

临出门时，指导员赵子琪在楼道内大喊了一声："明早大会点名，全部参加，不在的各位探长通知一下。"

平时，队里点名情况不多，一般有事才点。发布这通知，意味着第二天肯定是有事情了。

林筱筱心里嘀咕，这又是怎么了，点个名就点呗！有什么咋呼的，还要全都参加，为了开个会，工作都不要了。得，肯定又是有大事了呗！探长让走了，就走呗！明天的事情明天再说。

出了单位大门，一看时间还早，林筱筱开着车去了趟超市，买了些姥姥能吃的东西准备回家，她还给姥姥准备了两万元钱。这两万元钱是她的工资节余，参加工作以来，也没剩下什么钱，但也没再从家拿过钱。每次姥姥问她，她都说够，可除了房租和日常开销，她还真没剩下什么钱。

到家后，林筱筱就拿出准备好的钱，高高兴兴递到老人面前：“姥姥，这钱给您留着买点好吃的。”

“筱筱，姥姥不要你的钱，你自己留着当嫁妆吧！比起钱来，姥姥更希望你早点把男朋友领回来。”老人又老生常谈，提起了让林筱筱头痛的男朋友这事。

“快了，他最近出差了，等他回来后，一有时间就带过来见您。”林筱筱随口对姥姥撒了个善意的谎言。

“真的？干什么工作的？”一听说外孙女有了男朋友，老人一下子来了精神头，忙不迭地追问道。

“同学。”有句话说得好，有了一个谎言，后边就得编造千万个谎言来圆。

“同学啊！好好好，这样有共同语言，等他回来，抓紧时间带过来让姥姥见见。要是小伙子不错，家长都同意，咱就尽早把婚事办了，我这一把老骨头也就没什么遗憾了，到了那边和你妈也就有的交代了。”

“姥姥，以后不许您再说这话，您要看着我结婚，还要等着我生娃，生了娃，您还得给我带娃呐！”林筱筱搂着姥姥的脖子撒着娇，想着法地哄老人开心。

姥姥是这世上最疼她的人了，她真不希望老人离去，可老人的身体一日不如一日，她也真想快点找个男朋友，带到老人面前，让老人放心。本来以为这辈子就和吴迪了，没想到半路上又杀出了黄玲玲。

“等你结了婚，姥姥也就放心了。”

“嗯！这才是又听话又懂事又乖巧又讨人喜欢的好姥姥。”林筱筱故意奶声奶气拖长尾音撒着娇，一字一顿地夸奖着老人。

祖孙俩着实地高兴，对于这样的天伦之乐，林筱筱从心底奢望，她不知道等老人走了后，这种欢乐还能去哪里寻找。祖孙俩玩了一会儿，林筱筱怕老人的身体吃不消，就让老人休息一会儿。老人不肯，还想和林筱筱一块聊天，难得外孙女回来一趟，老人是怎么看怎么喜欢，怎么待着都觉得高兴。

“姥姥，您先休息会儿，今儿我不走了，就在家里住。”看到老人高兴的样子，林筱筱也不想扫了老人的兴头，所以决定在家住一晚。

“真的?”

“那当然了，单位没什么事，我这不就早回来了嘛!”

“好，那我先歇会儿。一会儿你舅妈回来，让她做你爱吃的饭菜。”

“嗯！做好多好多。”林筱筱一边说着，一边赶紧服侍老人躺下。

老人躺好后，林筱筱不再说话，她坐在床边静静地看着姥姥，老人的精神大不如以前了，以后自己有空就多回来陪陪她。不一会儿，老人就睡着了，林筱筱怕自己整出声响影响老人睡眠，于是就蹑手蹑脚从老人的屋子里退了出来。

林筱筱独自来到屋后，坐在竹林边的椅子上小憩。

家中的这片竹子，是母亲年轻时种下的。母亲喜欢竹子，当年她到岳阳采风，专门带回来几根香妃竹种到屋后，没想到全都成活了，后来又种了几根人面竹，二十多年过去了，如今两种竹子混在一起，一根根长势喜人，而母亲却早早离开了人间。院子背后的小山包，连带着邻近的这块地，都是他们家的私产。

舅舅在辟出来的空地上，建了个简易凉亭，亭子下放了几把躺椅。

林筱筱坐在躺椅上，透过竹林的缝隙看着被切割成一小条一小条的蓝天。看着母亲种的这些竹子，林筱筱感觉特别的亲切。她喜欢坐在竹下的藤椅上，感受母亲的气息。

连日的疲惫一下子得到放松，不知不觉中，林筱筱的上下眼皮就合上了，她做了个梦，梦到自己和母亲坐在一条大河边，母亲拉着她的手，让她背诵《春江花月夜》，她流利地背诵，春江潮水连海平，海上明月共潮生，滟滟随波千万里，何处春江无月明……皎洁的月光洒在水面上，远看河水一片平静，近看水中的月亮随微风吹起的细浪上下翻飞着，母亲让她感知诗中所写和眼前实景能不能做到完美契合。当她细细体味时，禁不住被诗句的优美和河水的平静所陶醉。

正当林筱筱沉浸在梦境中的美好时光时，一个中年妇女的大嗓门传了过来：“呦！林大警官在这呐！这是来看姥姥呐！还是跑这躲清闲呢?”

林筱筱一个激灵警醒过来，一看是舅妈，她赶紧站起来，甜甜地问好：“舅妈好，舅妈回来了。”

“嗯！回来了，你姥姥打电话，说是贵客来了，让早点回家做饭，我这不就妥妥地一溜小跑回来了。在这个家，你舅妈没本事，舅舅又窝囊，你姥姥的命令，就是圣旨，谁敢不听啊！”

“舅妈，瞧您说哪去了，这个家要是没有您撑着，还不知道怎么样了呐！”

“我可没有这个本事。反正在这个家，我们说了都不算。”对于老人打电话叫她回来做饭，舅妈一百个不乐意，可对老人不敢发火，所以这怨气也就撒到林筱筱这里了。

“怎么会呢？我们都听舅妈的。”对于这个舅妈，林筱筱是一百个小心。

妈妈去世后，林筱筱就和姥姥一家生活，姥姥舅舅对她非常亲。就是这个舅妈，小时候，家里有人时，她就给林筱筱做饭；没人时，她说自己要减肥，也就不管林筱筱饿不饿了；高兴时，会拿个馒头扔给林筱筱，不高兴时，就连个馒头也可能没有。课堂上，有时林筱筱饿得肚子咕噜噜直叫唤，肖依依和林筱筱坐同桌，经常听到她肚子叫唤，就会给她带点吃的。林筱筱也去过肖依依家，每次去后，肖依依的妈妈总是会给她做些好吃的饭菜。虽然肖依依家的条件有限，父母都是工人，因为就依依一个女儿，吃喝用度倒也没有缺过什么。林筱筱去了后，肖妈妈做的也就是一些家常饭菜，但在林筱筱看来，那是妈妈做给女儿的爱，除了好吃外，更多了一份温暖在里边。

林筱筱的母亲去世后，她的父亲搬出了这个家。父亲再婚娶的是妈妈以前的同事。继母以前曾经来过林筱筱家，还给林筱筱买过衣服，可林筱筱始终就不喜欢她。母亲去世后不久，她就嫁给了父亲。对于这事，林筱筱的心里始终有一个结，她总觉得母亲去世肯定和继母脱不了干系，所以她很少去那个新家。

“舅妈，这是我给姥姥准备的一点钱，回头您给姥姥买点好吃的吧！平时我也没时间，姥姥想吃什么就给她买点吧！辛苦舅妈了。”说着，林筱筱拿出那两万元钱，递到舅妈手中。

“你的钱我可不敢要。要是让你姥姥、舅舅知道了，还不骂死我。”

“放心吧！这钱是给您的，咱不让他们知道。”

一听这话，舅妈立即放心了，瞬间脸上堆出了一圈笑容。

“行，那我就先拿着，咱一家人不说两家话，照顾老人是我应该的。”舅妈一边说着，一边接过了林筱筱递过来的钱。舅妈的整张圆脸都笑成了一朵花。

“我去做饭。”

“我帮您一起做。”

“不用，你在这坐着吧！难得有休息的时候，饭好了，我来叫你。”舅妈高高兴兴地走了。

林筱筱又坐到了椅子上，她不愿意和舅妈待在一起，舅妈的嘴总是会唠叨个没完。一顿饭倒也迅速，很快饭菜做好了，舅妈还专门做了林筱筱爱吃的宫爆虾球，整了个六菜一汤。饭桌上，她还一个劲儿地给林筱筱夹菜，舅舅疑惑地看了舅妈好几眼，又看了看林筱筱，平时她们之间可从来不是这般友好。

“孩子不经常回来，在单位总是吃食堂，好不容易回来一次，我就想着给孩子做点好吃的，没妈的孩子就是可怜……”

舅舅瞪了舅妈一眼，舅妈也意识到饭桌上说这话不合适，立马改口道：“筱筱，多吃点，以后常回来。多陪陪姥姥，咱家下一代就你和小俊，你们俩最亲了，要多在一起沟通感情。再说了，你也比弟弟大，万一我们有个什么事，不还得依靠着你照顾弟弟。”

“舅妈，您说什么呐！咱一家人都好好的。”林筱筱忽然有些难过。舅妈再不好，可也是她的亲人，她不愿意他们有任何的闪失。

“这么多饭，还堵不住你的嘴，瞎胡咧咧什么呐！整得孩子心情不好，连顿饭都吃不踏实。”一向怕老婆的舅舅生气了，也不知道当年怎么就瞎了眼找了个这样的媳妇，光看着漂亮了，一辈子在为自己当年的眼光买单。

舅舅这样一说，舅妈立刻不说话了，一家人开始安静地吃饭。

吃完饭，林筱筱陪了姥姥一会儿，就上楼回了自己的房间。

楼上原本是他们一家居住，一间她的卧室，一间父母的卧室，还有一间母亲的“阡陌轩”画室。自从母亲去世后，父亲搬离了这个家，楼上的样子一直没有动。舅妈几次想把楼上装修一番，都被姥姥制止了。

林筱筱拉开窗帘，关了灯，坐在窗前，静静地看着外边的一切。

他们家的位置比较高，透过窗户，华灯明亮，一条蜿蜒的马路伸向小区外边。深蓝的天空中，零星飘散着几颗星星，外边很静。也不知待了多长时间，她才爬上床沉沉地睡去了。

第二天一大早，大家聚在会议室等待点名。

不一会儿，人就到齐了，除本单位的人员以外，还来了几位上级部门领导。

人到齐后，指导员赵子琪宣布：“正是世博会、亚运会期间，通过大家的努力，及时破获了元坊桥抛尸案件，给南沧的治安消除了一大隐患。如此恶性案件，假如被不法分子炒作，肯定会引发不良后果，所以今天上级领导要对我们单位进行即时表彰，以鼓舞士气，凝聚警心。

“经过大家讨论，一致认为在这次破案过程中，黄玲玲同志表现优异，不但在现场发现了一滴血，给案件侦破带来关键性突破点，而且在后期的侦查过程中有勇有谋，始终冲在一线，给破案争取了时间。案件完成后，又及时整理材料，撰写破案报告，总结此次案件侦破过程中的经验和不足。这样的好同志我们应该给予多多鼓励和表扬，以督促年轻人进步，所以这个三等功即时表彰，经研究决定，就给黄玲玲同志了。”

听到这话，大家面面相觑。

这事和谁商量的不得而知。当然，队长、指导员、副队长也有好几个，这意思就是队领导研究讨论的，和探长们没关系，和普通民警就更没有关系了。

“请黄玲玲同志上台接受表彰。”指导员的话音刚落地，就听到“咯噔咯噔”的高跟鞋声从会议室的后边响起。

众人扭头看去，黄玲玲正装姗姗而来。

合着人家这是早就知道了，否则也不会着正装点名了。

走上台后，黄玲玲敬礼接过证书和奖章，转过身，落落大方地冲着大家又是致意又是敬礼。

“感谢大家对我工作的肯定，今后我会更加努力，不辜负诸位领导对我的培养。”

黄玲玲说完，在众人百味杂陈的目光中款步盈盈走下了台。

颁奖完毕后，上级部门领导就走了。

赵子琪宣布接着开会。对于颁奖这事，他没有再提，而是开始传达市政府、区政府、市局、分局各级领导的会议精神。

赵子琪在上边说，有几个人在下边玩着各自的手机。

看到有人玩手机，赵子琪发话了："嗨嗨！玩手机的同志，拿出笔来记一下，特别是市局会议精神，吴局长提了五点意见，过几天就会来检查，查到谁要是没有笔记，到时候我可帮不了你。工作要干，思想也要进步。"

听他这样说，大家纷纷拿起笔，就像小学生听老师讲课一样，开始鬼画符般在本上记着所谓的重点。

赵子琪讲的重点很多，好像故意要拖长会议一样，可能也是有意在消解三等功这事。

对于这群喜欢跑跑颠颠的侦查员，要说办个案子还行，可这一坐下来学习，他们的屁股底下就像长了草一般，早就坐不住了。

终于四十分钟后，赵子琪讲完了，问了问大家还有没有其他要说的事，在得到没有的答复后，结束了早点名会议。

散会后，林筱筱匆匆往外走。

对于这个即时三等功，她没有想过。即使想过，这事也轮不到她。可就算轮不到她，她觉得无论如何也不应该给黄玲玲。可千真万确就给了她。林筱筱的心中虽有不平，但也没有多少影响。

没想到刚走出楼门，吴迪就追了过来，"筱筱，你等我一下"。

听到叫声，林筱筱站住了。

"你为什么不说出来?"吴迪问道。

"说什么?"对于吴迪的问话，林筱筱有些莫名其妙，不知道他问的是什么。

"明明是你发现的那滴血，该立功的人是你!"吴迪有些气愤地说，似乎在为林筱筱打抱不平。

"没必要。"林筱筱面无表情地回了一句。

她没想到吴迪拦住她，竟然是为了这事。对于这样的吴迪，她有些不认识，也不想再和他有太多的瓜葛，随即迈开步子就想走。

“你什么都没必要。当初要不是你，你说一句也行啊！我和她在一起，本来就是想气气你，结果发现……”

没等吴迪说完，林筱筱直接抢过了话茬：“说这个还有必要吗？你不是我的菜。这事已过，不要再提了好吗？人家都宣示主权了，你以后就不要来找我了。我怕下次不是被骂，应该是直接被打了。”

林筱筱没想到吴迪竟然把自己的背叛说得这么堂而皇之，她真的生气了。

“你要是同意，现在还来得及！”一激动，吴迪竟然说出了这句话。

对于他这种吃着锅里又想占着碗里的龌龊想法，林筱筱很是生气。她看着吴迪，足足看了半分钟。看得吴迪心里直发毛，看得他的眼神都不敢和她对视。

最后，林筱筱悠悠地来了一句：“她爸可是省厅领导，你舍得放弃？”

“我和她交往，根本就不是因为她爸。”

“不是因为她爸，难道还是因为我？”

“就是因为你。如果我不对她好，她会处处为难你。”

一听吴迪这种说辞，林筱筱反而被气乐了。双方沟通的主旨，明显没在一个台面上。吴迪能说出这样牵强的借口，林筱筱很是吃惊。说难听点，这明显就是既想当婊子，又想立牌坊的节奏；说好听点，明明自己做得不对，还想跑过来当个好人。

“我承认，一开始我是为了气你。可和她交往后，我发现她心地特别善良，就是爱耍点小聪明，有时还古灵精怪得很可爱。真心交往了，才发现这样的女人很有趣。”吴迪为自己的行为辩解着。

“别说得那么一副谦谦君子的样子，谁不知道谁啊！知道什么叫道貌岸然吗？”林筱筱心中感慨，真是情人眼里出西施啊！这男人的思维和女人的明显不一样，女人不喜欢的女人，永远在男人那里有市场。

听着林筱筱当面反驳自己，吴迪也不高兴了，禁不住回敬道：“那你的意思，你不反驳，同样也是因为她爸是大领导？”

“我破案，是为了还死者一个公道，不是用来争功的。”说完这话，林筱筱把头一甩，一副趾高气扬的表情，扭过身子就走了。

她的脚下正好有一块小石子，林筱筱使劲一踢，把它踢到了很远很远的地方。虽然她表现得趾高气扬，但转过身的那一刻，眼中的泪水却不听话地簌簌流下来，多年的感情就在这一脚中彻底地灰飞烟灭了。

要说不痛心，那是假话；可要说痛心，为这种人不值得。林筱筱很想问问他，原来那些好，是不是都是虚情假意。

可这话她问不出口，她不是爱纠缠的人，在她这里只有黑和白，没有中间色。她也不是祥林嫂，她知道自己能坚强地面对，只不过是个时间问题。在时间的角落里独自疗段伤，一切都会过去的。

林筱筱转身走了，剩下吴迪傻傻地站在原地。

看着林筱筱离去的背影，他的内心同样也是久久不能平静。

他们两人谁都不知道，身后二层办公楼的一个房间窗前，黄玲玲正贴着玻璃盯着两人的一举一动。

虽说听不清他们的对话，但黄玲玲却目睹了两人的整个过程。

看着窗外的一切，还有他们拉扯的动作，在她的视角处看来，他们两人的距离很近，她恨恨地摔着桌子上的笔记本，咬牙切齿自言自语道：“走着瞧！”

林筱筱回到家后，打开门，一股臭气迎面扑来。她知道，这是她养的那只龟宝又造反了。

见到林筱筱，乌龟立马从鞋架上跳下来。鞋架的第一层，林筱筱没有放东西，就成了乌龟的窝。龟宝吃饱喝足后，经常爬到上边去，似在那里睡觉，又似在等林筱筱回来。看到可爱的龟宝，林筱筱心中的不快也就慢慢被治愈了。

三天没回来，客厅的地板上已堆了好几摊黄稀稀的排泄物，林筱筱接好水，把乌龟放进盆里后，就去打开窗户透气，随后拿来墩布收拾地面。

参加工作后，林筱筱就以家离单位太远为由，自己租了这套房子。母亲买的那套带着半个小山包当后院的别墅，就留给了姥姥舅舅他们居住。

她要搬出来住时，姥姥虽然有些不舍，但家离单位的确太远。有时下班太晚，她一个人回家姥姥不放心，所以也就依了她。

林筱筱租的房子不大，一室一厅，五十多平方米，一只乌龟和她做伴，这面积足够了。这只乌龟是对门邻居家的小男孩搬走时送给她的。

当时小男孩跑过来敲门，林筱筱开门后，小男孩说：“姐姐，你能帮我养着它吗？爸妈离婚了，爸爸走了，我和妈妈要回老家了，妈妈说火车上不让带乌龟，姐姐你先替我养着好不好？等我长大了，我就开着汽车来接它。”

看着小男孩清澈的大眼睛，以及如此郑重的恳求，林筱筱不知道如何拒绝。

她接过小男孩装有乌龟的箱子后，小男孩深深鞠了一躬，然后转过身抹着眼泪走了。

从那以后，这只乌龟就在她这安了家。六年来，林筱筱对乌龟的习性已非常了解，乌龟喂养起来很简单，夏天一天喂一次，冬天一周喂一次。每天把它放到水盆里一会儿，吃喝拉撒一次性解决。如果林筱筱几天不回来，虽说龟宝吃不到饭，但屎和尿倒是一样不会少。尤其吃的不对付时，就会随地大小便，整得满屋子臭气烘烘。本来乌龟属于冷血动物，可被林筱筱养成了温情动物，冬天也不冬眠了，好像专门为了陪伴她一样。

林筱筱收拾完了一切，看着可爱的龟宝，情绪恢复了许多。

她打通了肖依依的电话，一是想和她聊会儿天，二是再催催她给想着点对象的事。

肖依依又是一通埋怨，把上次相亲那事又倒腾出来，数落了她一遍，数落完后，气消了，也就答应了她的请求。

她们又闲聊了一会儿，挂断电话后，林筱筱抱着乌龟坐在沙发上开始看电视；而肖依依在大脑中开始过滤着熟悉的人，给林筱筱物色相亲对象。

还没等肖依依想出头绪，那边卢小牛 1.0 版和 2.0 版因为一件玩具就已经撕扯到一起了。1.0 版三岁半，2.0 版一岁两个月，肖依依也恨自己怎么一下子就沦为生育工具了，可这事是她自愿的，怨不得别人。婚后，卢旺达说过两年再要孩子，肖依依怕自己拴不住男人的心，毕竟自己家条件没有婆家好，能嫁到卢家，她也有自知之明，卢家虽比不上石雨墨家腰缠万贯，但毕竟也是财大气粗。两人谈朋友时，卢旺达出手就是名牌包包，这也是肖依依下定决心要嫁的缘故。婚后婆婆公公倒很开明，要钱给钱，生了娃后，怕她上班辛苦，就让她在家照顾孩子，还说要给雇个保姆，被她拒绝了。既然是好儿媳，这好她得领，而且雇保姆又得花钱，把钱省下来，虽说现在不一定给自己，但早晚都是自己的。这样既能落个好儿媳的名声，还省下了一大笔钱，一举两得。

这边，林筱筱在家抱着它的乌龟治愈心伤；那边，黄玲玲人逢喜事精神爽的像个胜利的英雄。

这天正是她值班，黄玲玲和赵子琪一个班。

吃过晚饭，看着林筱筱走了后，黄玲玲就敲开了赵子琪的门。一进门，她就甜甜地说道：“指导员，万分感谢啊！谢谢您帮我争取三等功。”

黄玲玲天生丽质，粉嫩的小圆脸就像一朵花，只是看着就让人有种赏心悦目的感觉，更何况她还有一张巧嘴，经常哄得赵子琪特别开心，所以赵子琪有什么好处都会想着她。当然，这其中还有另一层关系，赵子琪在打着自己的如意小算盘。

“这是你工作干得好。自己干出来的，哪里是我争取来的。”

“我干得再好，不还得仰仗指导员帮忙提名嘛！否则就算我干得再好，队长也不会想着我的。队长眼里只有林筱筱，根本就看不到我。”

“听说你和林筱筱闹得有些不愉快，有没有想过离开这里，或者让她走?”见黄玲玲主动提起林筱筱，赵子琪顺便就把自己小道得来的消息透漏一下。一来是为了证实一下消息是否属实。黄玲玲大骂林筱筱时，他不在队里。二来也是听着黄玲玲对季青松有意见，他也不好表态，所以就想岔开这个话题。

“指导员，您这是说哪里去了，我们女孩子之间，都是些鸡毛蒜皮的小事，过几天就好了。我不走，她也不能走。我走了，我的业务还没学好呐！她走了，好像我给挤对走的一样，所以我们都不走。指导员，我们女孩子之间的事情，我们自己能处理好，您就不要替我们操心了。”黄玲玲可不想让赵子琪插手她和林筱筱之间的事情，她觉得自己还没玩够呐！怎么着也得在林筱筱身上找点乐，得好好练练如何玩人的本领。

“行，随时有想法，随时来找我。”其实，赵子琪也就是探探黄玲玲的口风。说真的，他谁也不想得罪。要真是把林筱筱给整走，队里那帮老家伙肯定饶不了他。

“好的，指导员，我就不打扰您了，回头我有哪里做得不对的地方，还请给我指出来。”

“哪里的话，有黄书记这位老英雄把关，今后你的路，绝对错不了，回头给书记带好。”

“您认识我爸?”

“咱公安系统谁不知道你爸啊！他可是大人物，侦破过很多起有影响的典型大案，当年的‘张西华杀人案’，都是你爸破的。虎父无犬女，好好干，以后前途肯定无量。”

“谢谢指导员夸奖，我走了。”黄玲玲高高兴兴地走了，剩下赵子琪在那里琢磨着如何用好黄玲玲这层关系。

第四章　初带新人

接下来的日子，林筱筱见到黄玲玲就躲着走。

每次黄玲玲总是意味深长地远远看上林筱筱一眼。双方相安无事，也就没再发生什么不愉快。

工作倒也没像以前那样，再发生什么大案件。原先经常是一件事情发生后，就会接二连三发生类似事件，为什么会出现这种情况，大家都没有搞明白。这次并没有发生连续命案，只是发生了几起盗窃案件。

这天林筱筱值班。

她接到一起入室盗窃案件，辖区红景家园小区发生入室盗窃。林筱筱带着勘查工具，还有刚分来的新警马小虎去勘查现场。

转眼之间，一茬一茬的新人到来，林筱筱也开始带徒弟了。虽然她带这个徒弟名不正言不顺，没有经过大会通过，但人家小伙子一个劲儿地师父师父地叫着，她也不想把小家伙给带歪了。当初师父带她时，可说是手把手，师父把自己知道的东西都教给了她，不但教技术，还教给她如何做人。师父不但本领高，要求更严格。

大学时，林筱筱学的是刑事侦查技术专业，学习成绩很不错，痕迹检验学、微量物证等学科成绩非常优秀。大学期间的理论知识储备，为她以后的实战提供了坚强的保障。林筱筱只不过是想向父亲证明自己不比男孩子差，所以高考时自作主张报了警校。没想到，学着学着，她就对那一个个扑朔迷离的案子有了兴趣，特别是《福尔摩斯探案全集》，林筱筱一本没落，认认真真看了一个遍。而且像《杀死一只知更鸟》《大教堂凶杀案》《马耳他之鹰》《白夜行》等书籍，警校那几年，她也是一路豪看。每月《啄木鸟》杂志中的一些破案小说，她也认真看。要不怎么说，和石雨墨相亲时，她还要带本《啄木鸟》当标识呐！肖依依安排他们相亲时，问她怎么相识，林筱筱就说了她要带一本《啄木鸟》，看到手拿《啄木鸟》的姑娘，就是她了。虽说林筱筱看的这些都是书本知识，但对她拓宽思路提供了很多帮助。

林筱筱的师父是李木渔。这个老李，平时不怎么爱说话，但却是业内有名的人物，一年内破获的各类大案要案少说也得四五十起；有外单位碰到疑难杂案时，也会经常请他去帮忙。李师傅出现场从不空手而归，只要他到现场一转，就能迅速看出嫌疑人的活动轨迹，哪里能有指纹、哪里能有DNA痕迹、哪里能有有价值的线索都一目了然。

跟着这样的师父学习，起点本身就不一般，再加上林筱筱的悟性又高，很快她就出师了，能独自完成现场勘查工作了。

上班后，经过几年的锻炼，林筱筱爱上了自己的岗位。一个“爱”字，让她把这几年的工作干得如鱼得水。虽说她和李木渔现在不在一个班组，但他们之间的关系非常亲密，工作中有想不明白的地方，林筱筱还是会去请教李木渔。李师傅看着她这几年的进步，也是特别欣慰，觉得自己没有看错人。

林筱筱记得自己刚到刑侦队不久，就赶上一个死亡现场。李师傅让她独自勘验尸体，她有些不相信师父这么快就让她独自操刀。可看看师父严肃的表情，她知道这事没有退缩的余地，就是吓破胆，也得硬着头皮把任务完成。

虽说林筱筱在学校时的成绩很不错，但这理论和实际操作毕竟不是一回事，二者之间还有很大差距，当真需要自己面对一具尸体时，林筱筱的心里还没有完全准备好。更确切地说，她一直抱着侥幸心理，觉得生活中哪有那么多命案可查，哪有那么多冤魂。后来才知道，现实生活还真不是那回事，案子天天有，隔不长时间就会出起命案。有时甚至一天内就会碰到两三起，虽不一定都是刑事案件，但的确是有人死亡。

现场，是一位老太太在卫生间内上吊死亡。经向老太太的女儿，也就是报警人了解，老人七十多岁，有轻微的抑郁症。两周前，女儿回家看过老人后就离开了，等到女儿再回家时，发现老人已在卫生间里吊着了，女儿立马报警。

老人究竟是他杀还是自杀未知，必须得勘查。

当时这个勘查任务就落到了林筱筱的身上。

林筱筱刚上班不久，虽然理论知识学得比较扎实，但真正面对尸体时，她还是胆怯了。她虽然很不情愿，但这事她必须得干，于是就壮着胆子进了卫生间。

经过初步勘查，根据老人的尸斑颜色，基本确定死亡时间在一周以上。究竟是自杀还是他杀，需要进一步排查，就需要对尸体做进一步的细致勘查。

从表面看，老人是上吊自杀，卫生间顶部装有一根一厘米粗细的晾衣竿，晾衣竿的两端固定在两侧的墙壁上。站在马桶上，个子高的人正好可以够着晾衣竿，个子矮的人，搬个凳子同样也能够得着。

房子是老旧小区，卫生间设计得很小，平时容纳一个人上厕所还可以，要说一下子容下两个人，实在是没有地了，而且卫生间的门只能朝里开，要想在里边转个身子就必须得把门关上。

林筱筱噘着小嘴，一副很委屈的表情关上了门。厕所内弥漫着一股尸臭的味道。老太太的尸体，直挺挺悬挂在座便器的正上方。

老太太如果真是自杀，那就是踩着坐便器上去的。

关上门后，里边就剩下了林筱筱和老人的尸体。老人的尸体挂在厕所的顶部，要想够到尸体，就得踩到凳子上。原本很麻利的林筱筱，几次想爬上凳子，都没能爬上去。

林筱筱的腿不听使唤地颤抖着，平时一蹦就能上去的凳子，那次却努力了好几次才爬上去，站在凳子上的双腿还在一个劲儿地抖着。

老太太属于前位缢形，绳子把脖颈处勒出了一道沟。因为死亡时间过长，老人的尸体已经变质，脸色发绿，嘴巴微张，舌尖外露，微睁的一双眼睛，无论从哪个角度看去，都像是在和林筱筱对视。

林筱筱的脸色惨白着，吓得小心脏都要蹦出来了。狭小的空间内，一白一绿的两张脸形成了鲜明的对比，林筱筱已被吓得魂不守舍。

片刻后，林筱筱定了定神。

她使劲掐了掐自己的大腿，直到掐痛为止。尽管如此，那种害怕的感觉并没有减少多少。像这样零距离和尸体接触，这可是林筱筱的第一次啊！人的第一次有很多，但像这样虐心的第一次，估计谁都不愿碰到。

林筱筱再次定了定神，努力调整着自己的情绪。

她知道这事再怕也得干，师父安排自己独自勘验现场，自然有他的道理。如果这次败下阵来，那以后恐怕再难有突破了，也会让师父看不起自己。

渐渐地，心态平静后，林筱筱那股不服输的劲头又来了。她拿起工具开始干活。

“筱筱，各种数据都要测量到。”此时，师父宽厚磁性的声音慢慢传来，仿佛给林筱筱打了一剂定心针，也给了她很大力量。

“哎，好的。”林筱筱立马应答着。

勘查现场，不但要看尸体呈献出来的表面特征，还要测量各种数据。最终根据这些数据和特征，定性是自杀还是他杀。

林筱筱咬着嘴唇，虽说情绪平稳了，但手脚还是不能像平时那样利索。她哆哆嗦嗦拿着测量仪，站在凳子上，检查着老人有没有外伤。

在确定没有外伤后，她测量着老太太从脖颈到天花板的距离，从脚面到地面、从马桶到地面的距离，以及尸体高度等数据。

每量一处，她就大声向师父报着数据，听着师父的应答，给自己壮着胆子。

为避免有误差，李师傅要求每个数据最少量三遍。

量完这些数据，林筱筱解开挂在老太太脖子上的绳子，抱着尸体慢慢放下来，把尸体拖到厕所外边，又从头到脚量了尸体的长度。

对于林筱筱来说，她感觉时间过得太慢了，等到全部勘查完毕，才发现，前前后后只不过用了半个多小时。

可就那半个多小时，林筱筱觉得真如下油锅般煎熬。

最终经过走访周边群众、法医检验，确定老人是自杀身亡。至于老人为什么自杀，她没有留下只言片语，也就不得而知了。

万事开头难。开了头，以后的事情也就顺理成章了。有了那个现场，以后再碰到任何现场，林筱筱再也没有害怕过。

想想那时的自己，林筱筱禁不住哑然失笑。当时发生的那一幕还历历在眼前，可转眼这事都过去六七年了。

林筱筱不禁感慨时间的流逝，这几年有师父在，虽说自己小错不断，但好在师父总是及时帮她补救了，自己倒也没发生过什么大的过错。在林筱筱的心中，她非常感谢师父，有时觉得自己对师父的那种依赖，都胜过父亲了。

林筱筱这样想着，转眼间就来到了案发现场。

现场发生的是一起入室盗窃案件。房主早起八点左右锁好门出去买菜，十点左右回的家。开门时，觉得门锁有点不对劲，她明明记得自己锁门时，向内转了两圈；开锁时，钥匙插进锁孔，只拧了一下，门就开了。房主还以为自己走得匆忙，只锁了一道，自己给记错了。等她进屋后，才发现屋内被翻得乱七八糟，这才意识到不是自己记错了，而是家里招贼了。

林筱筱询问房主，丢了什么东西。

房主说自己怕破坏现场，也就没有进去看，至于丢了什么，她也不知道。

在林筱筱看来，盗贼大白天就敢明目张胆作案，这是明显不把警察放在眼里，有公然挑衅的嫌疑。

林筱筱暗下决心，这案子无论如何也得破，让贼看看，南沧警察可不是吃素的。

林筱筱站在门口，观察了一会儿屋内翻乱的物品。她在寻找盗贼可能留下痕迹的地方。

在大脑中对屋内情况大致做了一番分析后，她就开始带着马小虎进行现场勘查了。门窗没有任何损坏，从外观看，门锁很正常，也没有任何损伤，属于技术开锁作案。整个现场勘查了一遍，根本就没有发现任何痕迹。

凭借经验，林筱筱认定这是一个老手所为。

因为从作案手段来看，新手达不到这样的超常水准。尽管有些新手掌握了一定的技术开锁要领，但要做到如此完美，应该还有差距。因为现场不但用了技术开锁，而且在那些乱糟糟的物品上，并没有找到指纹和足迹。显然盗贼是做了一番功夫才来实施盗窃的，所以也就难怪敢大白天作案了，这反侦查意识可不是一般的厉害。

林筱筱看着现场沉思着。

第一次带新同志出来，就这么空手而归，未免有些丢面子。

虽然有很多案件现场并不一定都能提取到有用的东西，但每一个嫌疑人进入现场后，都应该有迹可寻。如何找到这有用的痕迹，就靠所下的功夫和细致程度了。

林筱筱带着小徒弟查看了楼道内的监控录像，的确发现了盗贼的身影。

只不过这贼是有备而来，从监控录像中无法看清楚贼人的脸。贼人在楼道内出现时，戴着口罩和手套。案发地位于老旧小区，监控能用的不是很多，找着找着，就找不到那人的踪迹了。

监控指望不上了，林筱筱又带着马小虎回到了现场。

不服输的她，又开始勘查了。每一处角落，她都不放过。林筱筱和李木渔一样，每次勘查现场，提取不到东西绝不罢休。

她把一双眼睛瞪得圆圆的，仔细地盯着被翻动过的所有物品。

终于功夫不负有心人，在一个翻动过的床头柜内的抽屉里，她提取到了一枚指纹。

看着这枚指纹，林筱筱如获至宝。

她紧皱的双眉立刻舒展开来。

抽屉里放的是房主的首饰盒，盒子里的首饰全部被盗。

回去的路上，马小虎一脸敬佩地询问林筱筱：“勘查现场有没有什么经验？”

林筱筱笑着说：“技能源于经验，经验源于实战，实战需要不断提炼，提炼全靠用心应战。”

听着林筱筱所说，马小虎一时没有反应过来。

林筱筱又通俗地解释了一下：“就是案子见得多了，经验也就慢慢总结出来了。无论做什么工作，都要干一行爱一行，认真干了，行行都能出状元。”

这下马小虎听明白了，他一个劲儿地点着头。

回到单位，林筱筱对指纹进行了一番处理，上传到数据库后，比对上了一个刚出狱不久的盗窃犯。

好巧不巧的是，当初抓那个坏蛋时，也是林筱筱勘查的现场，最终将他抓获。如果没记错的话，这家伙应该在里边待了三年，这是刚放出来不久，没想到又重操旧业了，估计他在里边还没有待够。有了比对目标，很快盗贼落网了。

等他落网后，他也没有想到自己竟然这么快又进去了。

那人本来想着自己经过了一番乔装打扮，即使被人发现，也不会被认出来，就算是监控拍到，也看不出来是谁。只不过在撬床头柜时，因为那把锁太小，戴着手套不方便，所以才摘了手套，没想到就留下了指纹。

那人倒是痛快，还供出了一个窃贼团伙。团伙中的一个成员，和他曾是狱友。那个狱友出狱后，就召集原来的狐朋狗友，组建了新的团伙。最终经过布控，将十二名盗贼全部抓获。团伙成员供述作案数十起，供述的案件，经过核实，悉数属实。

通过一枚指纹，打掉一个盗窃团伙，马小虎高兴了，他对林筱筱更加崇拜了。

以前是听人说林筱筱如何厉害，这次是自己真正见识到了。

他跑到指导员赵子琪那里，主动要求当林筱筱的徒弟。

赵子琪说，再考虑考虑，没有当场答应他。

小伙子一激动，又跑到队长季青松那里。老季很痛快，当即就给做主了，直接让马小虎当了林筱筱的徒弟。

小伙子这个高兴，出了队长办公室，一蹦三跳跑到林筱筱面前，单腿跪地：“师父，请受小徒一拜。”

还没等林筱筱说话，齐光在旁边打趣道：“小子，你这一跪，知道的这是拜师来了，不知道的还以为是来求婚的呐！”

“这不行，太简单了，怎么着也得整个拜师宴。没有拜师宴，这事可不算。”杜衡也在旁边附和着。

“也是呵！就算不整拜师宴，起码也得拿束花吧！我们筱筱可不是那么随便的人。”一向不多话的刘芷，也慢悠悠来了这么一句，引得众人禁不住哈哈大笑起来，以至于齐光笑得前仰后合，差点没从椅子上摔下来。

大家你一言我一语，把马小虎整了个大红脸。

“行，那我挑个日子，就整个拜师宴。”本来意气风发的马小虎，被众人一闹腾，有些不好意思了。

“别听他们瞎打岔，咱们这一直实行传帮带机制，不管谁带你，都会认真教的，这点你放心。如果领导安排我带你，我会义不容辞，咱们共同学习。”林筱筱替马小虎解着围。

马小虎挠着头皮，一个劲儿轻声“嗯”着。

王小帅和马小虎都是刚分来的新警，和他们一起分来的还有两人，四名新同志每班安排一个。赵子琪让他们先跟着班组走参加值班，熟悉工作情况，并没有明确谁来当他们的师父。

在林筱筱破获入室盗窃案的同时，黄玲玲也接了一起抢劫案件。

黄玲玲带着新警王小帅勘查现场。案件发生在一条马路上，案发时间是夜晚十一点多，冬季天黑得比较早，十一点多路上基本已没什么人。被抢的是一位老人，老人在路边独自行走，身后突然冲过来一名骑自行车的男子。男子冲到老人面前，拿着一根木棒威胁老人把钱掏出来，吓得老人赶紧掏出裤兜里的钱包。男子一把抢过钱包，骑上自行车就要跑。醒过神来的老人大喊着：“救命啊！有人抢劫，救命啊！有人抢劫……”听到老人的喊叫，附近门店中立即有人向着老人所在方向跑过来。歹徒一见有人往这边跑，吓得一个趔趄，连人带车摔在路边。歹徒爬起来后，也顾不上自行车了，一个人匆匆逃跑了。

同样是出现场，王小帅可就没有马小虎那么幸运了。也不知道是黄玲玲嫌弃老人，还是故意要考验王小帅的真才实学，她站在一边，指挥着王小帅勘查，自己根本就不动手。

小伙子没干过这种实际活，开始有些不知所措，惹得黄玲玲很不高兴。

她大声训斥着：“你在学校怎么学的，学的知识是不是就着饭吃下去了。”

王小帅知道这事逃不过，他使劲回想着书本上教过的勘查步骤，在黄玲玲的训斥下一点一点勘查着。幸好，也算老天不负苦心人，王小帅在嫌疑人扔下的自行车上，提取到了嫌疑人的指纹和脱落的细胞组织；后又通过监控录像寻踪觅迹，找到了嫌疑人租住的出租屋，成功将嫌疑人抓获。

开始那人并不承认自己对老人实施了抢劫，还进行了一番狡辩。可当民警出示现场视频，以及采集到的指纹及脱落细胞组织和他本人的比对结果后，在证据面前，他不得不低下了头。

当晚，这名骑车男子在超市买了一根擀面杖后，因为无事可干，就骑着自行车到处闲逛。骑着骑着，就骑到了案发时的那条路上，正好看到路边有一位穿着比较讲究的老人独自行走。男子以为老人是个有钱人，于是临时起意，对老人实施了抢劫。刚买来的那根擀面杖，也就充当了抢劫工具。老人一喊叫，他就害怕了，又看到有人向他们跑过来，他更害怕了。这一害怕不要紧，还摔了一跤，爬起来后，他连自行车也不要了，赶紧逃跑了。

回到出租屋后，骑车男子一直后悔自己不该有这念头，可他又抱着侥幸心理，认为警察不可能找到他。就算找到他，也就是抢了一百五十元钱，警察也不会把他怎么样。殊不知，当他举起擀面杖的那一刻，他就把自己给毁了。抢劫不管金额多少，都属于刑事案件，都会被判刑的。本来他还想着等处理完手头的事，过两天就回老家，再也不来南沧了，这还没有走，就被警察抓到了。

案件的告破，又让黄玲玲无比得意了一番。在破案报告中，她把案件侦查过程描述得非常仔细。至于功劳，当仁不让也就全部归她自己了，和王小帅没有一毛钱关系。

生活又恢复了平静，暂且没有什么大案发生。

这天林筱筱正在百无聊赖时，突然肖依依打来电话，告诉她找到相亲对象了。

林筱筱忙问，对方什么条件。

一听这话，肖依依笑了，她说："林筱筱，你也有猴急成这样的时候，这可不是你的作风啊！咱一向以有风度著称，虽说没有男朋友，也不至于这么饥不择食吧！真怕自己嫁不出去啊！真要是嫁不出去，就让2.0版卢小牛给你当儿子，给你养老送终。"

林筱筱也觉得自己失态了。看来潜意识中，自己是真想找男朋友了。走了一个吴迪，也不至于失恋到这种程度吧！还是有和黄玲玲攀比的心理在作祟。林筱筱搞不明白自己怎么成这个样子了。

肖依依接着说道："你可是我闺蜜，没事，怎么着我也不会把你往火坑里推吧！一般人咱都不介绍，这次的相亲对象不是别人，还是上次那位，上次失约人家没在意，这次可不能再失约了啊！要是再失约，这辈子我都不会再给你介绍了。"

一听还是上次相亲那位，林筱筱有些诧异，没想到自己没去赴约，对方竟然还不介意，还准备和她见。

林筱筱有些过意不去，想着第二次相约，无论如何也不能再迟到了。

其实并不是对方不介意她没有赴约，只不过是肖依依从中斡旋的结果。肖依依想来想去，也没有想出比石雨墨更合适的人选。最终她决定再在石雨墨身上试一次，于是就鼓足勇气，打通了石雨墨的电话。

肖依依又开始发挥她那巧嘴本领，把林筱筱夸奖了一番，而且还告诉他，林筱筱上次没有赴约，是因为临时被领导叫回，破了一起杀人抛尸案。

“什么！她刚破了一个杀人抛尸案?”一听林筱筱是去破案了，石雨墨果真来了兴趣。

“对，对，就是前几天电视上报道的那个。”一见石雨墨还真对破案感兴趣，肖依依给自己找的这个理由又竖了个大大的赞。林筱筱什么也没有和她说，只不过在肖依依的眼中当警察的都一样，除了户籍警就是破案的了，林筱筱不干户籍，那当然也就是破案的了。

肖依依知道，自己这个表弟总是喜欢些新奇事物，能花钱干的事情，他都玩遍了。警察破案这事对他来说，肯定比较新鲜。本来肖依依只是想试探一下，说话听音，如果石雨墨不感兴趣，她就再换个话题。她已经准备了好几套方案，没想到就这么一试，果真爽歪歪。

肖依依只是觉得一般男人对案件都比较感兴趣，她也就是这么随口一说，没想到自己这位表弟还真就上心了，于是又把林筱筱有勇有谋夸奖了一番，这下石雨墨主动说要见面了。

最终经过肖依依三次传话，他们还是约在了时代大厦。用肖依依的话说就是，在哪里跌倒的，还应该在那里爬起来。上次没见成，这次肯定能见成，这就是好事多磨。

林筱筱也是再三保证，再也不会失约。

周日上午，林筱筱早早起了床，开始收拾自己。她坐在镜子前给自己化妆。要说勘查个现场行，可这化起妆来就不是她的强项了。虽说两者都是细致活，可一个是对事，一个是对自己。

她开始化了个浓妆，怎么看怎么觉得别扭，于是洗了又重新化。一会儿又化淡了，淡的和没化一样，她干脆不化了。自己长的就这样，看上了就看，看不上也没办法。她又挑选了几件衣服，穿习惯了工作服，这乍一穿便装还有点不适应。最终她挑了一件黑花半身裙子，搭配了一件白色短袖T恤，穿了一双白色运动鞋。虽然打扮得很简单，但整个人倒显得很清新。

林筱筱长得不难看，就是宽宽的肩膀，大大的脸，给人很壮实的感觉。她需要细看，乍一看没什么特点，但越看，越会发现她比较耐看。

林筱筱看看时间差不多了，就开动她那辆桑塔纳出发了。

刚上班时，父亲想送她辆好车，被她拒绝了，最终她选了这辆和单位公车很相像的桑塔纳。开始还有人以为她是公车私用，后来才知道那是她自己的车。其实单位车不够用时，她的车好多时候都是私车公用了。不但她自己用，班组同事也经常借着用。林筱筱也不在意，对她来说，车子就是一个代步工具，谁用不是用啊！

对于这次又来相亲，还是相的同一个人，林筱筱说不出来什么感觉。她不知道要见的对象是个什么样的人，总觉得对方既然这么迁就她，出于本能，她觉得这人应该还不错，潜意识中就多了一份好感。

看看时间还早，林筱筱不紧不慢开着车。路上车辆并不是很多，离约会地点也就三十分钟左右车程。她提前一个小时出门，为的就是早点到，以显诚意。她听着音乐，悠闲地开着车，跟着音乐节拍哼着小调，在大脑中勾画着相亲对象的相貌。

这样开了十多分钟，已经行驶了大半路程。当车子行驶到一个红绿灯处时，她停在了左转专用道上。前边的车绿灯时都已通过，轮到她时，正好赶上红灯，她停下车子耐心等待，终于等到东西南北方向又都转了一个轮回，轮到她这一侧的左转弯绿灯亮起时，林筱筱发动汽车，刚转过左转车道，回转方向盘正向行驶时，差一点撞上前边的一辆车。好在车子的速度不是很快，她一个紧急刹车，车子猛地停住。

前边一辆白色的奔驰占据了两个车道的位置，正斜停在路中央。奔驰车前的路面上，躺着一位老人，还有一辆被撞得弯曲的自行车。旁边的行人和车辆纷纷选择绕道前行。老人倒在地上一动不动，也不知道是被撞坏了，还是吓蒙了。

林筱筱赶紧把她的车开到路边。停好车后，她从车上跳下来，一边伸出手示意来往车辆，一边跑向奔驰车旁，冲着车里大声喊道："我是警察，要不要帮忙?"

听到这一声呼喊，车里的司机这才从惊吓中缓过神来。

司机是位中年妇女，显然是被这突然发生的车祸吓坏了，一时不知道该怎么办了。

司机用手慢慢打开车门，"要，要，要……这个怎么处理?"

听着女司机虚弱的声音，林筱筱还以为她受了伤。在得知她并没有受伤，只不过是第一次经历车祸被吓坏时，林筱筱开始指挥她："我来报警，你去放三脚架。"

"什么是三脚架，在哪里?"女司机怯生生地问道。

一听这话，林筱筱知道，这位的交规是白学了，没什么指望了。

"打开后备厢。"这下司机听明白了，按照林筱筱的指示打开了后备厢。

林筱筱在里边翻了一下，找到三脚架。她拿着三脚架一边跑，一边拨打着 122、999，等她放好三脚架时，电话也打完了。

看着林筱筱这一顿熟练的操作，女司机的心安定了下来，神经也渐渐恢复了正常：“姑娘，谢谢你啊！我还需要做些什么？”

林筱筱告诉她：“先拍照，前后左右都拍到，留下资料。拍完后，把车挪到一边，别影响交通，记着再给保险公司打个电话，等着交警来处理。”

女司机按照林筱筱的指示去忙活了。

林筱筱又跑到倒地的老人身边，她轻轻地呼唤着：“大爷，醒醒，大爷，醒醒……”

林筱筱一边呼喊，一边用手摸着老人的手腕，老人脉搏还在有力地跳动着。

林筱筱的心中一阵欣喜，估计老人也是被吓到了。她一边攥着老人的手，一边继续呼喊着。

过了一会儿，老人“哎”了一声。听到这一声应答，林筱筱感觉真是比吃了蜜还甜。

“大爷，有没有哪里不舒服？”林筱筱耐心询问着老人的受伤情况。

“我，我腿疼。”老人缓慢睁开眼睛，老人的伤情如何暂且不说，只要他能醒过来，这就是好事。

“别的地方疼不疼？”林筱筱继续询问道。

“不，不疼。”

“大爷，没事，别担心，一会儿医生就过来，到时咱去医院检查一下，看看有没有伤着……”林筱筱握着老人的手，安慰着他。

看着林筱筱如此细心的动作，此时的女司机已完全平静下来，她又向林筱筱感谢了一番。

交警很快来到现场，林筱筱向交警简单交代了一下情况。交警一边勘查现场，一边询问女司机事发时的情况，认定完双方各自应负的责任后，老人已从地上坐了起来。老人除了腿疼外，其他部位倒也没什么大碍。

路上的车辆越来越多，却迟迟不见急救车到来。正是数九寒天时节，为了避免老人再次发生意外，交警将老人扶上女司机的车，让她载着老人先去医院检查一下受伤情况。

此时的女司机算是彻底恢复正常思维了。她拿出手机，拨了一个电话，只听她说：“儿子，我撞了一位老人，现在送老人去西外医院检查。你过去帮我处理一下……没事，没事，我没受伤，就是撞倒了一位老人，不严重。”

打完电话，女司机开车拉着老人走了。

处理完这一切，林筱筱一看表，马上赶去相亲还来得及。

她庆幸自己早出来了一小时。她赶紧发动汽车，向着相亲地点飞驰而去，这会儿她也没有心情再听音乐了。

到达时代大厦后，停完车，一看表，还有五分钟，她赶紧往“云海之谣”咖啡厅跑去。

可等她跑到约定地点后，在大厅里转了好几圈，连个单身男人的身影也没有找到。咖啡厅里的男人倒是不少，可惜要么是成双成对，要么就是三五一群。

林筱筱看了看表，刚刚过了两分钟，人就没了。对方是根本就没有来，还是故意也要耍一下自己？林筱筱没琢磨出个具体状况。

她猜测，对方或许也和自己一样临时有事，可能晚来会儿，既然对方能允许自己迟到，自己也就能允许对方迟到。

林筱筱宽慰着自己，顺便找了个靠窗座位坐下来等。她坐的位置，正好是上次石雨墨坐的那个位置。

百无聊赖中，她数着窗外边经过的年轻男子，猜测着其中谁会是她的相亲对象，整个动作就像上次石雨墨在等她时的样子一样。整整等了一个小时，喝完了两杯拿铁，也没有人来，想想整个过程，林筱筱笑了，合着自己爽约，人家心里气不过，所以也来这么一次。得，这下扯平了，谁也不欠谁的了。

林筱筱又坐了一会儿，想着自己接下来的时间如何打发，约会没约成，说心情沮丧吧，倒也没有那么严重，反正总觉得心里怪怪的。一次相亲见不成，二次又被涮，自己这是得罪哪个小鬼了。看来，想把自己嫁出去的道路还很漫长。

自己嫁不嫁倒是无所谓，可就是姥姥这一关怎么过。

一想到姥姥，林筱筱一算，又有一段时间没有回去了。正好，亲也没相成，现在也没什么事可干，她决定回去看看姥姥。

林筱筱找了个快餐点，要了份饭，吃完后，又去超市大包小包买了一堆东西，就开着车回姥姥家了。

林筱筱姥姥家所在的小区是画家村。说是画家村，也就是早年在这里聚了十多户画家，开了几间画廊。早些年村子里为了招商引资，自己盖了点带院子的别墅，林筱筱家本来是在最后一排，后来村子里又往里开发了一些，他们家也就不是最后一排了。院子后边就是一个小山坡，当年林筱筱的母亲和村领导经过协商，给了村里一部分钱，连带着山坡一起买了下来，后来经过修整，种上了竹子。二十多年过去了，竹子已长成茂密的一片，远看成了一道亮丽的风景。

村子离市区有些距离，如果没有车，交通不是很方便。

林筱筱开着车悠闲地欣赏着路边的风景。路很宽，两边绿化做得很好，虽说是冬天，但还有些树木没有落叶，把整条路衬托得很温馨。小区大门坐落的位置正是山坳处，所有人家散落在山脚到半山腰的位置，背后的山脊在西北方向，就像一把椅子，挡住了从西北方向吹来的风。如果站在山脚下往上抬头，就能看到林筱筱家的那片竹林，那片竹林就像一块翡翠镶嵌在半山腰处。

林筱筱很佩服母亲的眼光，也不知道当初母亲是如何选到这里来的。人都说是风水宝地，可是母亲却早早离开了。舅舅老路在南沧著名的一小当校长，舅妈早年下岗，目前在附近的几家画廊打些零工，帮人裱裱画，装装画框。

林筱筱把车开进大门，她看到路边有一群人在指指点点。她有些纳闷。邻近的村子经常用他们这个小区当噱头做宣传，说是人杰地灵，来参观的倒是不少，但一般多在夏天。大冬天的聚集这么多人，还是第一次。那些人看到有车开过来，就站到路边，让林筱筱的车通过。

回到家后，舅妈他们正在吃饭。一见林筱筱回来，立刻招呼她吃饭。舅舅忙去厨房拿来了碗筷，林筱筱说她吃过了。

一听这话，舅妈有些不高兴了，禁不住责怪她：家里又不多你这一双筷子，怎么还不回来吃？

林筱筱赶紧解释，是和朋友在外边一起吃的，朋友请客，舅妈这才放过了她。

姥姥已吃完在自己屋子里待着，她吃的饭又烂又软，舅妈给她单做，侍候她吃完后，一家人才吃。虽说舅妈嘴巴有时让人有些讨厌，但人很孝顺。

一见到林筱筱，姥姥那千年不变的话题又来了：“筱筱，你这男朋友，到底怎么样了？你这一次又一次的都说给姥姥带回来看看，到现在也没有带回来。筱筱，你和姥姥说实话，你是不是没有男朋友，还是不想找，或者是有其他问题。姥姥知道现在的社会很包容，什么样子的人都有，你要是真不愿意嫁人，姥姥也不怪你，你就和姥姥说句实话，你到底怎么想的。你说清楚了，等姥姥见到你妈了，也好有个交代。”

林筱筱知道这是姥姥对自己实在不放心。对于这样一位百病缠身的老人，她只好选择接着撒谎：“姥姥，您想哪里去了，这不是我们老是凑不到一块儿吗?”

“你这话说过多少次了，说得姥姥的耳朵都要起茧子了，我都开始怀疑了。上次你说男朋友是你同学。”

“对啊！依依给牵的线。”

“那你现在就给依依打个电话，我要亲自问她。”姥姥这是较上劲了。

“行行行，我的老祖宗，我这就打，总可以了吧!”无奈之下，林筱筱只得拨通了肖依依的电话。

正在兴奋当中的肖依依还等着她的来电，准备八卦一下这亲相得怎么样了呐！电话一接通，就传来了肖依依爽朗的笑声：“哈哈哈！怎么样，这次如何？很满意吧!”

林筱筱赶紧打断她的话题：“依依，我在姥姥这里，姥姥不相信我有对象了，非要向你求证一下。你给姥姥说说我男朋友的情况呗！我说的她又不相信。”

一听这话，肖依依立马明白了怎么回事，显然这是林筱筱的缓兵之计了，她立马大声说道：“你让姥姥接电话，我和她说说。”

林筱筱把电话放到了姥姥的耳朵边，并在一旁大声说道：“你说吧！姥姥听着呐！”

“姥姥，我是依依。”肖依依甜甜地叫着，“姥姥，筱筱的男朋友是我给介绍的，知根知底，是我爱人的表弟，他姑妈家的儿子。我和筱筱从小一起长大，筱筱是个好姑娘，我就想着这肥水不流外人田，就给我表弟介绍了，正好以后我们接着做姐妹……”肖依依把石雨墨的情况和姥姥描述了一番。

至于林筱筱和石雨墨见的情况怎么样，她也不问了，她和林筱筱这点默契还是有的。她知道这是姥姥又揪着林筱筱男朋友的事不放了，为了让老人放心，这有影没影的，先让老人高兴了再说。

“这可是好事，这下姥姥也就放心了，等我去那边见了她妈也好交代了。”老人听着肖依依不打磕巴的一通描述，这回真是信以为真了。

“姥姥，您说什么呐！您还得给筱筱准备嫁妆呐！光这还不行，您还得看着她生娃呐！女人生孩子可是大事，身边要是没个亲近人，推到产房里就自己做不了自己的主了。什么都得听婆家的那还了得，姥姥，我可是生了两个娃了，这都是经验之谈。”肖依依又站在女人的角度，来了一番肺腑之言，说得姥姥是一百个相信了。

“就俺们依依想得周到。”

“姥姥，别夸我，我这可是生娃生出来的经验，关键时刻还得靠娘家人，虽说这边是亲姑，可向情向不了理，姥姥，您说我说的对不对。”

“对，对，没想到你小小年纪，就这么多人生阅历了。”

“这都是被逼出来的。姥姥，我先不和您聊了，那两小家伙又干起来了，我得当裁判去了，回头我带着我表弟，错，我带着筱筱的男朋友去看您。”

“好，好，到时带着娃一起来啊！”

“得嘞！”肖依依匆忙挂了电话，也不知道是真去看娃了，还是怕说多了露馅儿，不想接着忽悠了。

在求证完林筱筱真的有男朋友后，姥姥的心情大爽，立马来了精神，接着问长问短，一会儿问长什么样，有没有照片，一会儿又问准备什么时候结婚，俨然立马想把林筱筱嫁出去的感觉。

林筱筱一边应付着姥姥，一边想着赶快找个男朋友把自己嫁出去，只要相互看着不反感，就凑合着算了，怎么着不都是一辈子嘛！古代人连面都不见，照样不也是过一辈子，父母曾经也很恩爱，最终不是也没有走到头嘛！

想着这些，林筱筱有点伤感。再看看姥姥，八十多岁的人了，最放不下的就是自己，自己真不能让姥姥带着遗憾离去，这找对象的事还得抓紧。

又和姥姥聊了一会儿，她就安慰着让姥姥歇会儿。人都说老小孩老小孩，姥姥也是这样，只要是沾上林筱筱的事，她就特别兴奋。怕姥姥累着，林筱筱安顿好老人后，就出了姥姥的屋子。客厅里没有人，舅舅和舅妈回了自己的屋。

林筱筱没有上楼，她走到院子里想透透气，考虑一下接下来怎么给自己找到出嫁的对象。

林筱筱想去后山转转，已好久没有去爬山了。原本自家院子有通往后山的一个小门，后来舅舅觉得不安全，就把小门封死了。

林筱筱出了自家大门，沿着院墙边的小路向山上走去。

后山不是很高，小区里的人没事经常爱爬到山顶看风景，在这里能看到南沧城的全貌，尤其是晚上，独享一处安宁，却能看尽万家灯火，别有一番景致。爬的人多了，这么多年也就爬出了一条直通山顶的小路。

爬到半山腰处，林筱筱回过头望着自家的院子，二层楼的房子被竹林掩映着只剩了个屋顶。大大小小的竹子鳞次栉比，大竹子为小竹子遮挡着风雨，看着那一棵棵小竹子，林筱筱很是羡慕它们。

母亲给她取名筱筱，筱字的意思就是小竹子，而自己却没有大竹子遮挡风雨，所有的一切都要靠自己单打独拼。有时真想找个肩膀靠一靠，可没想到，要想找个和自己情投意合的竟然这么难。

望了自家院子一会儿，林筱筱转过身接着向山顶爬去。山不是很高，不一会儿她就来到了山头，站在山顶，向四周望去，天不是很好，不是那种蓝天白云一望无际的透亮感觉，而是灰蒙蒙乌突突的样子。

市区笼罩在一片阴霾中，给人的感觉很压抑，远山也是锈迹斑斑，没有了夏日的苍翠葱茏和挺拔伟岸。在山顶再看，整个小区显得很小，就像伸开的手掌一样，进小区的路就像手腕，零散的房屋就像儿童摆的积木一般，分散在手掌的五个指头上，小区内出行的个把人员比蚂蚁大不了多少。

待了一会儿，上山时爬出的那点微汗渐渐散去，山中凉风吹来，林筱筱感觉阵阵凉气袭身，全身有些发凉。她不敢再待，冬日时节，不像其他季节，容易感冒。

林筱筱下得山来，回到家中，又陪姥姥待了一会儿，她就告辞离去。舅舅、舅妈挽留了一番，她说还有事，他们也就不再执意。

林筱筱回到自己的出租屋，陪伴龟宝，一块追电视剧了。

这天一早刚上班不久，林筱筱收拾好东西，准备出去一趟，还有一个案件的材料需要补充一下。

她刚拿完车钥匙，就听到大门口保安在叫她，说门口有人找她。

这大早晨的谁会来找，林筱筱有些诧异。

她到大门口一看，没发现有人，正要问保安谁找她时，就见华小兵从一辆崭新的奔驰车上跳了下来。

见是华小兵，林筱筱有些惊讶，不由得问道："你怎么来了?"

"我怎么不能来，听这口气怎么感觉像是老想我了。"华小兵嬉皮赖脸开着玩笑。

"谁想你了，别往自己脸上贴金。"林筱筱说得一本正经。

"我妈老是问我最近有没有见到你，前段时间我把那辆车处理了，留着晦气。这不刚处理完，就来看看你。怎么不能来吗?"说着，华小兵打开后车门，从后车座上抱下一大束玫瑰花。

"送给你的!"

"送我的？不要。"林筱筱看到这么一大束花，有些不知所措。

"不要？这可是我找人定制的99朵玫瑰，你要是不要，我立马打电话，再让人送束999朵的来。"华小兵这口气，俨然不按常理出牌。

"你这人怎么能这样!"林筱筱有些恼。

“我怎么了，我送美女鲜花不违法吧！有哪条规定，不让送了。别告诉我，你是警察不爱花，但你要摆正自己的位置。你首先是个人，还是个女人，是女人，爱花就是天经地义。”华小兵又是一通歪门邪道的解释，说得林筱筱不知道该接什么话好了。

“行了，我说不过你，反正这花我不要。”

“你要敢不要，我就天天来你们门口蹲着，我也不影响交通，我就在旁边这么一站，再竖个牌子——‘送给林筱筱的花’，我看你能把我怎么着。”华小兵一副赖上林筱筱的表情。

“你这人怎么能耍无赖？”对于华小兵这种人，林筱筱不置可否。她本以为华小兵是一位文质彬彬的大哥形象，没想到他会是这种无赖模样。

“碰上无赖的人，我就是无赖，碰上谦谦君子，我就是好人，这事主要看对谁。我说让你赔偿我精神损失，请吃顿饭，你不请。上次分手后，我给你打电话你也不接，你让我一通好找。你这人也太不够意思了。”华小兵没完没了地抱怨着林筱筱，就像一个受了气的怨妇，整得林筱筱都不知说什么好了。

林筱筱觉得自己有点冤枉，她根本就没有存华小兵的电话。鬼知道他什么时候打的，或者自己一看陌生电话，还以为是中介人员，压根儿就没有接，她也不好意思直接说明。

正在林筱筱不知所措时，黄玲玲从大门内走了出来，这一幕正好被她撞了个正着。黄玲玲就像不认识他们一样，从他们旁边目不斜视地踩着高跟鞋“咯噔咯噔”出去了。

“花我收下，你快走吧！上班时间被同事看见了不好。”林筱筱不想再这样和他纠缠下去，想快点把他打发走。

“这有什么不好的，我就是故意让他们看到，说明你有魅力，要不我怎么不给别人送花。”华小兵站在自己的角度，给自己的所作所为找了一个冠冕堂皇的理由。

看到林筱筱和华小兵这一幕的，还有林筱筱的师父李木渔。老李正出来抽烟，站到院子里，就看到林筱筱在门口和人说话。林筱筱背对着他，老李往门口走了几步，看到来人是给林筱筱送花。他在不远处观察了一会儿，打量了华小兵一番后，就离开了。

不一会儿，黄玲玲又从外边回来了，也不知道她这一趟是故意来看看谁找林筱筱，还是正好有事出去又回来。

黄玲玲还是像没看到他们一样，径直从他们身边经过，“咯噔咯噔”踩着恨天高的高跟鞋进了院子。

这事林筱筱越不想被人看到，可华小兵却偏偏就爱炫耀。

“这是你们同事?”看到黄玲玲一副不食人间烟火的表情，华小兵皱了皱眉头，问出了这样一个没有技术含量的问题。

林筱筱轻轻“嗯”了一声。对于黄玲玲这副表情，她没琢磨透。

“小姑娘挺跩的啊!”华小兵又补充了一句。林筱筱还以为华小兵对黄玲玲来了兴致，没想到他却说了这么一句。她没有摸清这话的意思，是褒义还是贬义呐!

“没，挺好的。你到底走不走?”林筱筱不想和他谈论黄玲玲的话题，她只想让他赶紧离开。

“不走。”

“你不走，我走。”林筱筱有些生气了，上班时间老是在门口这样纠缠下去不合适。

“你要是敢走，我就站在这里冲着院子里大声喊叫，不信你就试试。”华小兵依旧一副无赖加混不吝的样子。

“你到底想怎么样?”

“我就是想让你和我说会儿话。你说我找了你这么长时间，好不容易找到了，我就这么回去了，我怎么和我妈交代。老这么傻站着也不是个事，咱俩上车待会儿，这样你同事也看不到，而且又没有走远，有事立马能回去。”见林筱筱没有动，华小兵又补充道，“放心，吃不了你，大白天的，还在你们单位门口，我就是有贼心也没有贼胆敢招惹警察啊！你就当是替我检查检查这车是否合格。”

看林筱筱还在犹豫，华小兵主动打开了车门，像门童一样，弯腰做了一个请的姿势：“大人请。”

他滑稽的样子，逗得林筱筱不觉笑了起来。

林筱筱一想，反正就在自己单位门口，又是大白天，谅他也不敢做什么，而且碰上这么个无赖，老是在门口耗着也不是个事，于是就上了车。

上车后，华小兵坐在驾驶位，林筱筱坐在副驾驶座上。一时间，华小兵竟然默然了，再也不像在车下时那样了。

“那个，什么时候有时间，能去我家一趟吗？老太太想请你吃顿饭，看着她精神状态越来越不好，我也不好意思拒绝。”

林筱筱没有回答，她没再看华小兵。她以为坐到车上，华小兵可能还是那种嬉皮笑脸加无赖的样子，没想到，他竟然说出一番这样的话。

答应吧！有些不情愿。不情愿吧！又想起了当初自己为难，想让吴迪当次自己的男朋友那件事。林筱筱低着头没有说话。

“你要是不愿意，就当我没说。”说完这话，华小兵也沉默了。

两人谁都没再说话，就这样待着。

正当两人不知道说什么好时，林筱筱的手机响了。

她一看是队长打来的，赶紧接听。

“林筱筱，上班时间干什么去了？赶紧回来。”

“好的，我这就回去。”

林筱筱立马从车上跳下来，往回跑。

华小兵看着她的身影摇了摇头。

没想到林筱筱跑出去十多步后，又跑了回来。

见她回来，华小兵摇下车窗。

林筱筱冲着他说道：“那事我考虑一下，想好了给你打电话。”

一听这话，华小兵高兴了。

“好的，我等你消息。花还要不要?”

“不要了，抱着花去见队长不合适。”

“行，我给你留着。”

看着林筱筱的身影消失后，华小兵长长地出了一口气。

其实他也不知道怎么和女孩子交往，这是硬着头皮上了。对于自己这种无赖加真诚的表演，他自己感觉倒也满意。反正连蒙带骗，让林筱筱上了自己的车，这就预示着有追到手的可能。他给自己点了个大大的赞。

待了两分钟后，华小兵发动汽车，心满意足地走了。

其实华小兵在来之前，专门找人问了问，怎么追小女生，而且问的还不止一个。男人告诉他，要浪漫，大部分女人都喜欢人家送花。女人则告诉他，男人追女人一定要软磨硬泡，既要当正人君子，又得当无赖，反正就不能按常理出牌，而且要是对付当警察的小女生，必须得会耍无赖。因为本身她自己就很正了，你再给她来个一身正气，两正相克，保证没戏。所以华小兵这才使出了这个招数。

华小兵并没有觉得林筱筱有多好，就是老妈天天说她好。说从女人的角度看女人不一样，林筱筱绝对是一个好女人，能发家，无论如何让华小兵把她娶回家。

对于自己找什么样的老婆，华小兵并没有考虑。他老是觉得自己还小，母亲说他都奔四的人了，还这么不着调。

为了满足母亲的愿望，也为了报自己被骗之仇，所以就决定追一下林筱筱。

没想到打过两次电话，她连接都不接。他不知道林筱筱根本就没有存他的电话，还以为她是故意不接电话，所以就主动找上门了。

开始，华小兵还真不知道林筱筱在哪个单位。上次传唤他时，也是到就近的单位对他进行的讯问。最终，华小兵通过哥们儿的哥们儿，转了好几个圈，才知道了林筱筱的单位。

再说，黄玲玲上楼后，坐在自己的座位上若有所思。林筱筱竟然在上班时间去接花，而且来送花的华小兵还开着大奔。想到这，她心里就是各种不爽，于是就想着怎么整蛊一下林筱筱。

偏巧这时候，队长在楼道内大叫：“林筱筱，林筱筱，过来一下。”

这下，黄玲玲可逮着机会了，她赶紧跑出屋，跑到队长办公室：“队长，你找筱筱什么事？她正在门口收玫瑰呐！”

“收玫瑰，收什么玫瑰？”对于黄玲玲所说，季青松一时没有反应过来。

“有个中年男人，开着辆大奔来给林筱筱送了一大束玫瑰花，她正在大门口接待呐！我刚出去买东西时，看到他们正聊得热火朝天，您有什么活我来干，反正今天咱也不点名，好不容易有人来给她送花，就不要叫她了吧！”黄玲玲把该说的和不该说的都一股脑说了出来。

“好，知道了，你去忙吧！”

黄玲玲的目的已经达到，至于队长找林筱筱什么事，她才不关心呐！她就是想向队长打个小报告。她心满意足地从队长办公室走了出来，回到自己屋后，一屁股坐到椅子上幸灾乐祸等着看热闹了。她想，以季青松那暴脾气，肯定会训斥林筱筱一番，上班时间不务正业。

林筱筱跑上楼后，径直来到队长办公室。

“队长，您找我？”

“嗯！不错啊！都有人来送花了，花呢？”

“没要，不熟。”

季青松没再追问下文，而是直接说出了叫来林筱筱的目的：“东部地区发生一起恶性伤人案件，社会影响很大，几天了一直没有结果，省厅已列为督办案件。刑总已成立专案组，限期十天内破案，需要我们出人协助破案。我考虑了一下，决定派你过去。”

“派我去？”林筱筱怎么也没有想到这事会落到她身上。论资历论能力，比她强的有好多人呐！

“对，有困难吗？”

“没有，我是怕我的能力……”讲真话，林筱筱不认为自己很优秀，自己也就是不怕吃苦，干活时比别人认真一些。

“你是不相信我的眼光，还是不相信自己？”

听老季这样说，林筱筱知道，他这是经过深思熟虑了，于是赶紧道：“没有，保证完成任务。”

“嗯！这还不错，收拾一下，今天就过去，找闫红列报道。他可是刑侦专家，跟着人家好好学，这是他的电话，你记一下。到那边后认真工作，可不能丢咱南沧刑警的脸啊！”

“好咧！放心吧！”林筱筱没想到队长找自己是让她去参与破专案，她还以为队长找自己是要批评她上班时间收花呐！还想着肯定又是黄玲玲跑到队长面前告自己状了，看来这次是冤枉黄玲玲了。

林筱筱觉得挺内疚，她接过队长递给她的电话号码，就回去收拾东西了。

还没等她出发，肖依依打来电话，说石雨墨想请她吃饭。

她有些不解，石雨墨为什么要请她吃饭。经过肖依依一番解释才搞明白，原来那天相亲时，石雨墨临时有事，被他母亲叫走了。对方想请她吃顿饭，就是为了表达一下自己的歉意。至于说相亲的事，谁都不提了。一说相亲就有事，干脆不提这事，只是吃个饭。

林筱筱答应，等破完案子回来后就去。

第五章　突破专案

春节后的一个夜晚，在辖区景润花园小区地下车库内，一名中年女子下班开车回来后，被捅数刀生命垂危。歹徒逃跑，女子的钱财没有任何损失。歹徒蒙面作案，侦查员对现场勘查了好多遍，也没有找到任何有价值的线索。

抢劫？不像，因为钱财没有任何损失。仇杀？情杀？侦查员询问女子的亲属后，被告知受伤女子既没有仇人，也没有情人。

仇杀、情杀排除，案件侦破一度陷入了困境。

中年女子的身份比较特殊，是辖区一家著名医院的院长，案件已被媒体炒得沸沸扬扬。各种蹭热度的版本非常多，而且在描写案件过程中，又加上了许多天马行空的想象。案件迟迟不破，人们纷纷质疑公安机关的破案能力。

案发小区比较高档，平时外部人员凭卡进入，在都市发生这种恶性案件，给群众造成恐慌在所难免。

鉴于被害人的身份，很多人怀疑有可能是医闹报复。如果此类案件不破，很可能会引发其他医闹纷纷效仿。而且家属利用自家关系，不断给公安机关施加压力，导致警察开展工作很被动。

林筱筱到专案组报到时，已有部分人员参加了前期的侦查工作，但案件仍无任何进展。

林筱筱被分到了视频组，负责案发现场周边的监控视频。

另一视频组负责观看受害人单位的视频录像，还有一组负责观看受害人家所在楼道及家门口的视频影像。现场一周时间段内的视频，前期已有人看过，没有找到可疑线索。

看监控，既要用心还得专注。稍一疏忽，就有可能错过有价值的线索。

小区监控一般保留三个月。林筱筱将监控视频内存储的所有视频拷贝到专案组后，她和视频小组的另一位成员就开始翻看起来。

对于当时的案发现场，她又看了好几遍。开始那位小伙伴还以为林筱筱在消极怠工，殊不知她是在研究嫌疑人的体貌特征。

虽说嫌疑人经过乔装打扮，看不清脸面，但有些东西是不可能改变的。林筱筱就是想找出那些不变的东西，尽量做到对嫌疑人熟悉熟知，就像朋友那样，大老远看到，即使一眼认不出来，起码也会觉得眼熟。

林筱筱和她的小伙伴没日没夜地看着视频，累了就靠在椅子上歇会儿，饿了就吃碗泡面。

十天的时间，对于专案组的每一个人来说，压力都很大。要想在十天内破案，谁都没有把握。

大家找不到突破口，没有侦查方向，就连组长闫红列也是一个劲儿地直皱眉。

林筱筱把手机调成静音，放在一边。她怕电话打扰到大家。队长安排她来上专案，工作的事，单位不可能再找她；至于其他事情，一切都以专案为主。

对于看到的电话，她会处理一下，没看到的电话，吃饭时刷一下。其实给她打电话的，大部分都是中介。林筱筱以前登记过找房子，于是她的号码就被一传十十传百成了中介人员的公用电话了，谁想起来没事时就打一下，问她有没有租到房子，或者问她要不要买卖房屋。她说租了，有礼貌的中介会说一句抱歉打扰了，还有的人会接着问下去，在哪里租的，多少钱，我这里有套比你那个性价比更好的房源，你要不要考虑一下。对于这么“敬业”的中介人员，林筱筱碰上一个，就会屏蔽一个。虽说如此，但中介的电话还是源源不断，以至于贷款的、艺术品收藏的，有时还有关于孩子教育的，等等，所以对于没有存储的电话，林筱筱一般不接。如果真是找她的电话，一遍不接肯定还会再打，两遍及以上的电话，她肯定会接。即使没接到，抽空她也会回过去。

林筱筱和小伙伴的任务目标，是在十天内看完三个月的监控。像这么大的工作量，没有点耐心和毅力百分百做不到。

两人都下定决心努力去看。有时眼花了，就揉一揉眼睛；酸涩了，就滴点眼药水；或者是到水龙头前，洗把脸清醒清醒，顺带着润润眼睛。

看视频需要的就是责任心。走马观花地看，也叫看；看完了，没有发现东西，别人也不能说什么；责怪起来，无非就是一句眼力不行。

队长之所以选择让林筱筱到专案组，就是因为她有这股韧劲，交代给她的活，她都会认真去干。至于另一位小伙子，来自桥东区，听说在原单位工作也是相当出色。他们的所作所为，专案组成员都看在了眼中，包括闫组长都对他俩竖起了大拇指。他们也不知道最终有没有结果，但看不完心里就不舒服。

林筱筱在心中分析，歹徒应该对周围环境比较清楚。一般人前来作案，仓促之间肯定会留有痕迹。这名歹徒既没有留下痕迹，又是全副武装，肯定提前经过规划，来看过路线。否则整个作案过程不会如此完美，至于对方是出于什么目的暂且不用考虑。

视频中没有看到，一方面说明这人的反侦查意识过于强烈，另一方面也有可能还没有观看到位。

认定了自己的目标，这也就是林筱筱坚持不懈观看视频的缘故。另一位小伙伴看她这么认真，也不想自己败下阵来。而且专案组选来的都是精英，大家的自律性很强，都是一个目标，早日破案。

一天、两天、三天……日子在一天天过去，从视频监控中没有看到和嫌疑人相似的人。

眼看着时间一天天过去，没有任何收获，整个专案组成员都非常焦急。

负责侦查的同志，把被害人周边的同事亲人都走访了一个遍，还是没有发现任何有价值的线索。

这期间，林筱筱只有吃饭时才处理一下电话。对于陌生号码，她基本不再回拨。华小兵打过电话，她没有接；因为没有标注他的电话，也被一并列入骚扰电话了。偶尔晚上时间，她会给姥姥打个电话，询问一下老人家的情况，得知老人家一切安好，林筱筱放心接着工作。

上天还真是眷顾勤奋者，当林筱筱翻看到案发前一个月的录像时，突然看到视频中有一个人的身形似曾相识，很像案发现场时的那个人。

林筱筱赶紧把那人的影像资料放大，又看了几遍。

她发现，这人在地下车库中转悠了一圈，而且还在被害女子的车位附近逗留了一会儿，然后就离开了。

当时是白天时间段，其他人要么是开车来，停下后就走了；要么是开车走。

这人既没有开车走，也没有开车来，在地下车库什么都没有干。

这人既然什么都不干，为什么还要到地下车库转悠呢？起码应该有个目的吧！

正当林筱筱沉浸在这段视频中时，她的手机屏幕不停地在闪烁着。

她扫了一眼电话，备注显示舅妈。

林筱筱赶紧拿过电话接通。

电话一接通，舅妈的声音就传了过来："筱筱啊！这几天能不能回来一趟？"

"舅妈，怎么了？姥姥不舒服？"一听舅妈让自己回去，林筱筱有些害怕，她以为姥姥出了什么事，赶紧询问。

"不是。"

一听说不是，林筱筱这才松了一口气。除姥姥、舅舅的事以外，林筱筱觉得家里的其他事，都和她没有多大关系。

"舅妈，什么事？您说吧！我这几天有个紧急任务，暂时回不去，等我忙完了，立马就回去。"

"那我就先和你念叨一声，最近老是有人在咱家门口转悠。我打听了一下，听人说咱这块要开发。我是想问问你，真要是开发的话，你持什么意见？"

"这事啊！你们商量吧！姥姥和舅舅说怎么办，我就怎么办。我没有什么意见。"林筱筱怎么也没有想到，舅妈打来电话问的竟然是这么个事。

小区已形成规模，谁会去那里拆迁。林筱筱没有放在心上。

“行，那我知道了。”舅妈没再说什么。

“舅妈，我这里还有工作，先不和您说了，等我忙完了，我就回去。”说完，林筱筱挂断舅妈的电话，又继续关注视频中的那个身影了。

就凭一个身形相似，林筱筱还不敢确定是不是那个歹徒。

她又沿着那人来的路线，仔细向后倒着看视频。

怎么看她都觉得这个身影特别像案发现场的那个人。当追踪到地下车库外边的影像资料时，林筱筱看清楚了那人的脸，是一个三十多岁的年轻人。

林筱筱把这一信息反馈给了闫红列。

闫组长召集其他人对案发时的视频和林筱筱发现的那个人的视频放在一起对比，让大家观看两人的相似度。

众人看后一致认为，两个人很可能就是一个人。

获得这一重要信息后，闫红列组长立即安排人员开始排查视频中的这名男子。

林筱筱继续接着看视频，进一步寻找可疑线索。

当林筱筱专注于她的工作时，华小兵又去单位找林筱筱了。

他给林筱筱打过电话后，林筱筱没有接。他觉得再打，怕林筱筱烦，于是又开着他的大奔，来到林筱筱单位，停在门口，让保安给找一下林筱筱。

保安告诉他，有好几天没有见到林筱筱了，找不到林筱筱。

华小兵有些生气，这个死丫头干什么去了。他想着等见到林筱筱时，一定痛批她一顿，有事没关系，提前说一声。可想想自己这是怎么了，人家又没有答应和你谈朋友，自己这儿却着了魔。

在车上待了一会儿后，无所事事的华小兵，开始下车和保安聊起了天，探听着刑侦队里人员的情况。

刑侦队除林筱筱外，他总共见过四个人，去他家侦查的杜衡和刘芷，审问过他的吴迪，还有黄玲玲。

在一根接一根的好烟和一口一个大哥的亲热称呼中，华小兵探听到了很多消息。他知道了刑侦队很多人的名字，特别是黄玲玲。虽说上次华小兵来给林筱筱送花时已见过她，但他还不知道她叫黄玲玲。这下华小兵高兴了，虽说没见到林筱筱，可这次真没白来。

不知不觉中，华小兵就和保安大哥聊到了下班时间，陆陆续续有人从院子里走出来，保安大哥热情地指给他，这人是谁谁谁，那人叫什么名字，该说的不该说的，大哥可是说了一大堆。

也难怪，大哥没什么文化，更不懂得什么叫保密意识，而且平时也很少有人和他聊天，所以只图了个一时嘴爽，以显示自己很了解他们。对于熟悉的人，他还附加介绍一下每个人的特点情况。

就如老李头，当时李木渔正慢悠悠从院子里走出来。保安大哥说，这人是林筱筱的师父，对她可好了。别看这人其貌不扬，据说当过兵，打过仗，破案可有一套了，破过很多大案子。

一听保安说是林筱筱的师父，华小兵使劲多看了李木渔几眼。对于林筱筱的师父，他准备以后多尊敬着点。林筱筱还没给他引见，他也就不敢贸然上前打招呼了。

当天，黄玲玲不值班，她拎着包扭搭扭搭从院子里边走了出来，远远地就看到了门口停着的奔驰车。她在纳闷，这是谁又钓到了富家子弟。当走到近前看清车牌子后，才知道是华小兵那辆车。

最近几天都没有见到林筱筱，难道这是林筱筱回来了，还是……正在她诧异间，就听到有人说：“黄玲玲，你好！”

猛听到有人叫自己，倒是把她吓了一跳。黄玲玲扭头一看，正是华小兵。

华小兵从传达室走出来，满脸笑容和她打着招呼。

黄玲玲心想，今儿不找林筱筱了？怎么叫上自己了，竟然还知道自己的名字。

见她诧异，华小兵主动介绍自己：“我叫华小兵，我们见过面的。”

“见过面？抱歉，我没有印象。”其实黄玲玲的内心掠过一阵暗喜，华小兵今天不是来找林筱筱了，主动来找自己了。她没有搞明白对方找自己的原因，于是故作惊讶，没有把自己的高兴劲头表现出来，便来了个明知故问。

“上次我来找林筱筱，你从旁边经过，我一眼就被你的气质打动了，也算是见过面了。”

黄玲玲一听这话，真是从头顶高兴到脚丫，她“扑哧”一下笑出了声，但又故作矜持道：“这样也算见过面了？”

对于黄玲玲的质疑口气，华小兵肯定道：“当然算了，有时间吗？一起吃个饭如何？”

“这个呀！我今天有约了，下次吧！”黄玲玲犹豫了一下，在没有搞明白对方的最终目的前，她还是拒绝了。

“行，那就下次，去哪里？开车了吗？用不用我送你？”

“不用了，我开车了。那个能问一下，你怎么知道我叫什么名字啊？”

“那天你走后，我问林筱筱，她说，你们俩是闺蜜，你怕她不好意思，故意装作不认识。”华小兵这谎话也是张嘴就来了。

黄玲玲心想，这林筱筱倒是挺会往自己脸上贴金的，谁和她是闺蜜了，禁不住问道：“你今天是来找她？”

“不，专门来找你的，想请你吃顿饭。我知道她不在，这就过来了，没想到你还不给面子。”

黄玲玲心里这个高兴啊！要知道是这种情况，早就答应一起吃饭了，可刚刚说过有约了，再反悔说有时间显然不合适了。

“下次吧！下次叫上林筱筱一起。”虽说心中窃喜，但黄玲玲还是试探着。

“不用叫她，谁知道她干什么去了，好几天没见面了，就咱俩吃。”华小兵字正腔圆地说道。

“别，还是算了吧！”黄玲玲听出来了，人家这是好几天没见到林筱筱了，所以才叫自己的。她一下子就不高兴了，刚刚的笑脸也就消失不见了。

“行，下次一定。”华小兵还想问问林筱筱去哪里了，但看黄玲玲，只要提到林筱筱，她的面部表情就比较丰富，于是只好作罢。

华小兵回到家后，令他没想到的是家里来了三位意外之客，也就是母亲住院时同屋的李家阿姨，还有她的女儿李浩然，以及李浩然的小女儿，一个四五岁的小女孩。她们正在客厅里有说有笑，择着菜。

几个月没见，李家阿姨倒没什么变化，李浩然明显瘦了。这一瘦，倒显得比以前迷人了许多。见华小兵回来，李家阿姨立马高兴地站起来迎接着，让华小兵感觉好像自己走错了门。

“小兵啊！这么长时间没见到老姐姐，我特别想念，这不就打电话联系了一下。正好老姐姐在家没事，我们就来叨扰一下。老是待在家里烦，也出来散散心，我一个人出来怕走错地儿，正好然然休息，我就让她们跟着一起来了。你不介意吧？”对于自己的突然到访，李家阿姨此地无银三百两地给自己找着合适的理由。

“热烈欢迎，热烈欢迎，以后欢迎阿姨常来家里玩，省得我妈一个人在家烦闷得慌。”华小兵心想，你们来都来了，我还能说什么，也只能客气地表达热烈欢迎了。

她们正在客厅择菜，华小兵坐在沙发上待了一会儿，听着她们闲聊，他不知道自己该插句什么好。三个女人一台戏，算上小的，都四个了。

客套了几句后，华小兵回了自己屋。他真后悔自己应该在外边找哥们儿吃完再回来。自从上次出了白敬责那事后，华小兵最大的感悟就是：什么哥们儿不哥们儿，都是一群不靠谱的人。所以他很少再和哥们儿在外吃饭，除非有事。

华小兵坐在自己屋子里打开计算机开始玩游戏。刚玩儿没几分钟，小女孩悄无声息地来到他的身边，靠在他的椅子旁看着他玩游戏。

华小兵看了她一眼，小女孩把小手指头放在嘴边“嘘”了一声。

华小兵没明白她什么意思，小女孩奶声奶气说道：“爸爸说，玩游戏时，不要出声，要不就打不过怪兽了。”听到她说爸爸，华小兵心里说不出的滋味，他不知道怎样面对这个小孩子，孩子还不谙世事。

华小兵没再应声，可手指的灵活性比起之前显然迟钝了一些。小女孩倒也可爱，果真在一旁一声不吭，只是静静地看着。

等到华小兵打完一局后，小女孩才说话。

她说："叔叔，您休息一小会儿好不好？我想玩会儿《赛尔号》，可不可以呀？"

"你还会玩《赛尔号》呢？"

"当然会呀！我爸爸教我的。"小女孩一副傲娇的小表情，奶声奶气地炫耀着。看着她可爱的小模样，华小兵心里想，以后也让林筱筱给自己生个这样的小家伙玩玩。

"对了，叔叔，您认识我爸爸吗？"

"不认识。"

一听不认识，小姑娘很是失望，可怜巴巴地说道："我好久好久没有见到爸爸了。妈妈说爸爸出差了，也不知道什么时候才能回来。"

刚才还在傲娇的小家伙，突然间就变成了一副伤感的小模样，让人禁不住心生怜悯。

"叔叔，在我爸爸回来之前，您能先当我的爸爸吗？"华小兵没想到小姑娘会说出这样的话。他一时语塞，不知道如何回答孩子的问题。

"这个，这个呀！"

见华小兵为难，小女孩趴到他耳边小声说道："就一小会儿，不玩《赛尔号》了，就不当了，好不好呀？"这孩子是有多想自己的爸爸啊！还是就想玩会儿《赛尔号》！

看到孩子这样，华小兵有些于心不忍，他也不想让孩子难过，于是轻轻刮了刮孩子的小鼻头："好，一言为定。"

小女孩凑过自己的小嘴巴，“叭叭叭”在华小兵的脸上亲了好几口：“谢谢好爸爸。”弄得华小兵倒是不好意思了。

华小兵给她找到《赛尔号》游戏，小女孩坐在椅子上高高兴兴玩了起来。

没玩一会儿，饭就做好了，客厅里传来叫他们吃饭的声音：“小兵吃饭了，圆圆吃饭了。”

“走吧！吃饭去。”华小兵把小女孩从椅子上抱下来。两人一前一后，去客厅吃饭。

家中很久没用的电磁炉摆到了桌子上，李家阿姨提议的吃火锅。她说这样热闹。华家门口不远就有超市，买东西倒很方便，在华小兵进门前牛羊肉都已买齐，只不过回家后，她们又洗了些蔬菜。一伙人热热闹闹吃了起来。

席间，李家阿姨问华小兵：“上次那姑娘谈得怎么样了？”

“阿姨，您说的哪个姑娘啊？”华小兵好像没有听明白李家阿姨的问话。

“就是上次去医院看我那姑娘，叫什么名字来着？”

“唔！您说她呀！没谈过。”

“我还以为你们处对象呐！想问问你她叫什么名字来着，你看看人家都去医院看我了，我都忘了姑娘叫什么了，问然然，然然说记不起有这么个同学了。我还想着你们处对象，约到一块儿和然然玩玩儿，然然也没有什么朋友。”

“我们没有来往。那次在医院见了后，出了医院就分手了，以后没再联系。”

“你不是说你们在谈朋友吗？”华妈妈对于儿子说没和林筱谈朋友有些不解。早晨儿子出门时还说去找那姑娘，还说那姑娘最近在忙，等不忙了就来家里做客。

“妈，我那都是骗您的，怕您老责怪我不找对象。”

“你个臭小子，你就气我吧!”

“您不逼着我找对象，我也就不骗您了。”

“行，以后你的事，我再也不管了。”华家妈妈觉得这事有些尴尬。自己还和人家炫耀自家儿子正在和她女儿的同学谈朋友呐!谈得很好。没想到一天工夫不到，这就打了自己的老脸了。老人家脸上有些挂不住。

气氛一度有些尴尬。华家妈妈赶紧往小女孩碗里夹了些肉。

“宝贝，多吃点肉长大个。”

小女孩夹了几块肉放到华小兵碗里：“叔爸，吃肉肉。”

“圆圆，说什么呢?”李浩然没有搞明白女儿为什么这样称呼。

“秘密，不告诉您。”

“小孩子家，随她吧! 爱叫什么叫什么，她懂什么啊!”李家阿姨见华小兵没有反感，她倒是对这个称呼很满意。

李浩然还想说什么，张了张嘴最后忍住了。

华家妈妈拿起饮料：“来，难得今天聚到一起，来，碰个杯。”

大家举起杯子，相互碰撞，伴随着火锅冒出的热气，热热闹闹开始吃起来。

吃过饭后，一家三口倒也没再逗留。

她们离开后，华家妈妈揪住华小兵的耳朵，气哼哼地说道：“长大了，妈管不了你了，竟然学会骗妈了。”老太太显然被气得不轻。

“妈，我没有骗您。”

“没骗我? 那林筱的事是怎么回事? 到底有没有谈对象?”

“谈了，真的谈了。”

“真的谈了，为什么还说没谈？难道你对人家然然有意思，故意说没谈？”

“妈，您想哪里去了。亏您还是我妈，还想着给我整个买大送小。我不想让她们问林筱筱的事……”于是华小兵一五一十地把林筱筱的情况说了一遍。

他告诉华家妈妈，林筱筱根本就不是李浩然的同学，她只是为了去侦查，才假装是李浩然的同学。

华家妈妈还是不解。

华小兵告诉她，李浩然的老公被人害了，林筱筱是去侦查，当时并不知道是李浩然的老公，只是探听消息，才冒充的同学。

华小兵没有说，林筱筱之所以冒充同学是为了去侦查他。他云山雾罩说了一通，最终华家妈妈也没有搞明白为什么不能直接问，偏要冒充。

搞不明白，也就不搞明白了，反正自家儿子现在和一个女警察交往，老人家倒挺高兴。临了她还问华小兵，是不是假警察。华小兵再三保证是真警察。

老人家这才罢休，于是便沉浸到自己如何当好警察婆婆的喜悦中去了。

林筱筱还在看着监控视频，寻找着有没有其他可疑线索。

闫红列安排的人员，根据林筱筱提供的那个影像资料，开始输入计算机进行人像比对。

目前，人像比对的概率还没有达到百分之百。一张人脸就能比中上百人，对于比中的这些人都要一一进行排查，工作量相当大。在没有更好的办法之前，这就是当前最好的办法了。

最终大家排查来排查去，排查到了视频中的男子，他是保险公司的一名业务员，曾和受伤女子有过业务接触。是不是这人所为，还没有确定。因为案发现场男子经过了精心化装，是不是就是这名业务员，还需要进一步确认。

在对业务员进行一番调查后，发现他欠了一屁股债，具备抢劫动机。但现场被害人又没有经济损失，这不合情理。

侦查员跟踪了男子一段时间，发现男子行迹很是可疑，在路上见了警察就躲着走，而且整个人显得特别警觉。

侦查组决定来个打草惊蛇，先见人后查事。经过布控，人很快就找到了。男子见到警察撒腿就跑，这一跑更加确定了他的嫌疑。

最终经过政策教育，男子供述了自己的犯罪过程。

嫌疑人是保险公司的一名业务员，曾和受伤女子有过业务接触，知道女子家庭条件非常优越。因业务员投资做生意赔了一大笔钱，故心生歹念。在跟踪女子一段时间后，发现了女子的生活轨迹，经过精心预谋后，乔装打扮对女子进行抢劫。在女子大声呼喊救命时，他连捅数刀后，一时害怕就跑了，也没来得及抢劫女人的钱财。

每年续保时期，业务员都是热情服务，有两次还上门办理了业务。因此对被害女子比较了解，知道了女子的停车位。

前前后后为规划路线，他曾花费三个月时间跟踪女子的行踪，发现女子除回家比较晚外，并没有其他嗜好，基本也就是两点一线。女子每天回家的时间基本都在夜晚十一点以后，因为天气比较冷，十一点后外边基本没有什么人活动了，业务员决定选个合适的时机作案。可想来想去一直犹豫，最终在债主又一次上门催债时，他才鼓足勇气对女子实施抢劫，最终选定了在车库行凶。

他本来只想抢点钱，但又怕被认出，所以就给自己精心改装一番，而且还使用了变声器，这才实施抢劫。

没想到，女子不但不配合，还大声叫喊。这一叫喊，业务员就害怕了，他使劲掐住女子的脖子，想让她不要出声。被抢女子还在拼命挣扎，情急之下，业务员拿出随身携带的水果刀，拼命扎向了女子。在女子不再动弹后，这才罢手。

匆忙中听到有人赶来，他拿着刀子在女人的衣服上蹭了蹭血迹，就逃跑了。因为前期踏点对小区非常熟悉，他专门从没有摄像头的地方跑掉了。

业务员悔恨不已，他悔不该心生歹念，把自己送进牢狱中。他悔不该心存侥幸，认为自己经过精心乔装打扮，就不会被抓到。他曾想过去自首，但侥幸心理却又在作祟，觉得整个过程精心布局，包装得严严实实，警察不会找到自己。但法网恢恢，疏而不漏，这名业务员最终还是为自己的所作所为付出了代价。

用了九天时间，案件告破。

大家心里这个高兴啊！通过自己的努力，为都市的安全贡献了一份绵薄之力，也为自己的辛苦总算没有白费而激动。

总结会上，闫红列专门让林筱筱做了汇报。

林筱筱对案情做了详细的分析。她把功劳都归功于整个专案组。听她这样说，闫红列对她的好感又增加了几分，禁不住说道：“关键线索是你发现的。”

“组长，我们分段看视频，一人一段，恰巧这段被我看到了。如果这段分到其他同志手中，他们同样也能看到，这只是个概率问题。不能因为我的运气好就贪功，把功劳全算到我头上不合适。而且我只是看到了视频，后续的工作都是同志们完成的。”对于林筱筱这番话，闫红列更是刮目相看了。

案件成功告破，意味着专案组也就该解散了。

分手时，闫红列专门走到林筱筱面前，握着她的手说：“小家伙，好样的，怎么样，愿不愿意跟着我去干？”

领导这样一问，把林筱筱问得有点晕。看视频可是自己经常干的活，不就是一个案子吗？也就是多用了点时间，没有什么特殊的。

见她犹豫，闫组长又追加了一句：“先不用回答我，可以回去考虑考虑，等想好了再告诉我也不迟。”

“谢谢组长关心！暂时我还不想过去，我家中还有老人，身体不是很好，那边离家比较远，我怕有什么事来不及。”

“这样啊！那行，我们的大门时刻为你敞开着，只要你愿意，随时来都可以。”

林筱筱再次致谢。她说，等老人身体好了，就考虑过去。

专案组解散，林筱筱回到原单位，随同到来的还有一封表扬信和一枚三等功奖章，已通过官方渠道送达单位。

早点名大会上，队长季青松把林筱筱使劲夸奖了一番，像什么不辱使命、踏实工作、尽心尽力、为单位扬名等好词语都用上了。

老季讲业务还行，这当众夸奖人的次数还真不多，就是上次上级领导来给黄玲玲颁发即时奖励那次，他也没说什么。这次他的话格外多，而且还当众读了那封表扬信，号召大家向林筱筱同志学习，不管到哪里，都要发挥南沧刑警人不怕吃苦不服输的拼搏精神。

表扬完林筱筱，季青松就让她先回家休息三天，算作奖励加补休。

队长的一通表扬，着实把黄玲玲气着了。

黄玲玲上次打完林筱筱的小报告后，还以为季青松会狠狠地痛批林筱筱上班时间不务正业，没想到老季竟然外派她去了专案组，而且还挣了个三等功回来。

这下黄玲玲的火气可不是一般大了，这事她可不想就这么过去。

散会后，黄玲玲直接去了赵子琪办公室，一进门她就开始抱怨了：“指导员，不就是看个视频吗？谁都能看，换了我也一样，只不过是队长有偏有向罢了，看我上次得了个三等功，怕她有想法，所以就让她去的呗！没事，指导员，这事我能想得开。”

看她这样，赵子琪笑了笑，连忙安慰道：“以后再有这事，我一定让你去。这次事情急，队长都没和我商量，就直接派她去了。”

“那就拜托指导员了，以后再有这种事，一定要想着我，让我也去见见大世面。”

“保证没问题。”见指导员都和自己保证了，黄玲玲目的达到，转身高兴地走了。

难得大家上班自己休息，林筱筱出了单位大门，想着有哪些事情需要处理，得分一下轻重缓急。

当务之急，先回家看看龟宝。她想这么长时间没回去，龟宝是不是又在家里造反了。

路上，她给肖依依打了个电话，告诉她自己回来了，让她问问约吃饭的对方有没有时间，有时间的话这次她来请，带上肖依依全家一起。她也好久没见那两个捣蛋鬼了，自己得和两个小家伙培养好感情，等老了好让他俩给养老。

肖依依一听就高兴了，立马爽快地答应了。

她也好长时间没出来放风了，正好不用自己花钱，又能吃又能玩，也让两个儿子出来长长见识。当然，她也想着林筱筱和石雨墨两人相亲，总是阴差阳错，有他们一大家人给镇着，没准儿这相亲的事也就成了呐！

肖依依高高兴兴去张罗了，至于吃什么，林筱筱说以他们家小家伙们为准，定好了地点，通知她。

回到家后，家中还好，没有被龟宝造反。在走之前，林筱筱在阳台上给整了个水系，里边养了些小鱼，让它有吃有喝。

林筱筱到阳台上一看，龟宝不在，水中的小鱼游得还很好，只不过水比之前脏了许多。她知道这是龟宝的杰作，逮没逮到鱼吃不知道，起码是往里边排泄了不少。

林筱筱叫了几声，龟宝没有出来，不知道小家伙跑哪个旮旯待着去了。屋子不大，龟宝常待的地方有阳台、客厅、鞋架。

阳台没有，鞋架空空，林筱筱趴在地上，看了看沙发底下也没有，小家伙藏得够好的。只要林筱筱几天不回家，龟宝总是把自己藏起来，小家伙的自我保护意识很强，但每次藏得都没有这次深，估计是看到林筱筱好长时间不回来，做好自我防备了。

有时林筱筱觉得挺对不起小家伙的，跟着她饥一顿饱一顿。好在小家伙也没有怨言，而且很好养，几天不吃不喝都没有问题。

林筱筱在屋子里找了一个遍，最终发现小家伙躲到了马桶后边，正瞪着一双充满敌意的小眼睛看着她。

林筱筱赶紧把小家伙抱了起来，小家伙并不看她，也不像以前看到她就亲了。小家伙使劲挣扎着，想挣脱她的手往地上爬，也不知道小家伙是生气了，还是不认识林筱筱了。

养了它几年，林筱筱知道小家伙也有喜怒哀乐情绪，别看它脑袋瓜不大，情感表达很丰富。自从养了小家伙后，林筱筱再也不吃甲鱼了。

从冰箱里拿出冰冻的大虾化上，等虾化开后，她准备给自己和龟宝改善伙食。林筱筱抱着龟宝坐在沙发上，安抚着小家伙的情绪，她一边摸着小家伙的头一边和它说着话，小家伙开始还是不理她，但抚摸了一会儿后，安静了许多，不再挣扎，但还是不看她。

林筱筱躺在沙发上，把龟宝放在自己的胸前，这是小家伙最喜欢的姿势，平时林筱筱就以这种姿势看电视，小家伙看她。偶尔碰到感兴趣的节目，小家伙也会自己扭过头，把屁股对准林筱筱专注地去看电视。

在林筱筱一起一伏的呼吸中，听着林筱筱有节律的心跳，小家伙逐渐安静下来，眼睛对视着林筱筱，好像是不生她的气了。

看着龟宝可爱的样子，林筱筱笑了，指着它的小脑袋开始责怪着，反正只要它情绪稳定后，不管林筱筱说什么，它都是一位忠实的听众，眼睛一眨不眨地认真听她说话，这也就是林筱筱非常喜欢它的缘故。

肖依依发来信息，时间定在了第二天晚上，地点盛艺芳园。这地方林筱筱倒是去过，有一次探组小聚，在那地方吃的饭，是个环境优雅，带有室内热带雨林的餐厅。

第二天下午，林筱筱早早出发，先去超市给两个宝贝干儿子买了一大堆玩具，小警车、奥特曼、变形金刚等，又到零食区买了一堆吃的，出来时间尚早，回家又不值得，于是就早早来到了饭店，提前押到收银台两千元钱，和服务员说了餐桌号，由她来结账，多退少补。

她到后不久，肖依依和两个儿子也到了，两个宝贝儿子一听今天要出来吃饭，早就在家待不住了。从早晨吵吵着就要出来，好不容易熬到下午，说什么也不在家待着了。

两个宝贝干儿子一见林筱筱，非常亲切，老大一口一个干妈叫着，老二虽然说话还不利索，但盯着林筱筱的袋子也是让叫干妈，就奶声奶气叫了好几声。

林筱筱十分喜欢他们。两个小家伙打扮一样，长相一样，只不过分了个大小版。林筱筱把袋子递给他们，两个小家伙就蹲在地上开始抱着玩具玩了。

林筱筱也有一段时间没见肖依依了。虽说肖依依已是两个孩子的妈，但身材保持得很好，没一块赘肉，又会打扮，把自己捯饬得非常精致，看上去比林筱筱显得更有女人味。

两人坐在一边聊着天，看着两个小家伙玩着玩具，林筱筱特别开心。这就是岁月静好。只不过人们往往想不到这是另一部分人用汗水和生命换来的。

不一会儿，两个小家伙就争执起来。卢二牛看到哥哥拿什么他就要什么。

“得，下次我得买双份了，省得两人打架。”林筱筱没想到会是这种情况，她有些不好意思了。

“是啊！这个你就不知道了吧！你没看到两人的衣服都一样吗？也就是大小码不同。他们在家也这样，我们家东西都是双份的，各人玩各人的。就那都打，这个玩坏了，两个都会抢好的玩，那时也就不分谁的了。”两个小家伙吵归吵，闹归闹，也就两三分钟的时间，过后又是哥哥长弟弟好的叫上了。

石雨墨和卢旺达是同时到达的，虽说两人有血缘关系，但却找不到一点相同之处。

林筱筱以前就认识卢旺达。卢旺达一米七五左右，黑黑的皮肤，虽说只不过三十岁的年纪，但整个人已不修边幅，看上去邋里邋遢的。

石雨墨白衬衫，牛仔裤，人显得很干净，一米八三的身高，染着浅黄色的头发，眼睛不大，皮肤白皙，比林筱筱的脸都要白许多。林筱筱的脸上都留有几个痘痕，他的脸上一个青春痘痕都没有，十足奶油小生浪荡公子哥味道。

看他的脸，林筱筱倒也接受，人家这就是生活在温室中的花朵，不用像自己一样碰上个现场，不管风吹雨淋都得勘查一番。唯独这头发，林筱筱实在难以接受，虽说她并不是特别传统的人。最终林筱筱归咎于可能是因为自己在正统单位待习惯了。

一番寒暄之后，四大两小坐到了餐桌上，肖依依负责点菜，服务员很快上齐了菜。四个年轻人举杯庆贺，为这难得的相聚干杯。

“抱歉啊！上次本来去了，结果临时被老人叫走，帮她处理事故去了。”听着石雨墨的解释，林筱筱笑了。

第一次自己被叫回，第二次对方被叫回，第三次要不是肖依依一家来坐镇，都不知道还会发生什么事。这是好事多磨，还是本来就不该见，目前不得而知。

还没等林筱筱开口，肖依依就接过话题噼里啪啦说上了：“没关系的，这就是好事多磨，这第三次不就见到了嘛！人都说，事不过三，过了三的事没戏。这没过三的事，就是老天爷在考验你们呐！一人一次现在扯平了，从今以后，步入正轨，就剩往好的方向发展了。”

肖依依接得很及时，对方道歉，其实林筱筱不知道该怎么回答，说原谅吧！第一次自己让人家等，是不是也应该道歉。这肖依依一顿解释，也就不用她回答了。

林筱筱微笑着看了看肖依依，大有感激的味道，还是这位闺蜜了解自己。

林筱筱有点不好意思正视石雨墨。虽说她不是扭捏之人，可毕竟这种相亲的事，还是头一次。一时间找不到合适的话题，都是肖依依在左右打着圆场。

饭桌上，卢小牛坐在林筱筱身边，一口一个干妈叫着。有小家伙在身边，林筱筱给他夹着菜招呼着他吃饭，掩饰着自己欠缺的交际能力，倒也没显得太尴尬。

两个小家伙不一会儿就吃完了，吵着闹着要去玩。餐厅很大，桌与桌之间种满了热带植物，水系做得很好，比起林筱筱在自家阳台上做的那个，可真是有天壤之别，小桥流水，微缩农家，小鱼小虾，蝌蚪螃蟹应有尽有，整个水系就是一个浓缩版的江南水景。餐厅除布置得很温馨外，还设有专门的儿童区，孩子们在里边玩，有服务员陪同，不用大人跟着就行。

为了给两人创造单独空间，肖依依陪着两个孩子去了，卢旺达也借故去看孩子了。他们走后，桌上就剩下林筱筱和石雨墨两人。

林筱筱低头喝着汤，她不知道说些什么。

石雨墨倒是满不在乎，开口主动招呼：“小姐姐，别光喝汤啊！吃点肉。”

说着，他就给林筱筱夹了一大块红烧肉。本来那块红烧肉应该分开来吃，可他并没有给分，也不知道他是故意想看林筱筱笑话，还是真心想让她吃。

看着那一大块红烧肉，林筱筱吃也不是，不吃也不是。她没有搞明白，石雨墨是不是成心，不是成心的话，哪有夹这么一大块红烧肉的啊！

“小姐姐，听说你是刑警？不过怎么看着都不像啊！”石雨墨问这话时，连看都没有看林筱筱一眼，给人的感觉像是没话找话说。对方如此表情，林筱筱知道，那是他根本就没把自己当回事。

对于石雨墨来说，以林筱筱这长相，他后悔答应来吃饭。问这话，他也就是想证明一下肖依依所说的是不是事实。肖依依说林筱筱是刑警，在他的认知里，只有男人抓人破案，他不相信还有女刑警。他觉得女刑警肯定是神一样的人物，可眼前这个土妞，怎么看都和女刑警联系不上。

没想到林筱筱却轻轻“嗯”了一声。这令石雨墨吃了一惊。

看来肖依依没有骗自己。在他的眼中，自己这位表嫂就没有一句真话，也就自己那憨厚的表哥把她当宝贝看待。

“刑警是不是很厉害？”在石雨墨的心中，就算林筱筱是刑警，也还没有把她和抓人破案关联在一起，充其量也就是个打杂凑数的。

“没什么！”林筱筱又淡淡地回了一声。

就她这一声，到了石雨墨那里，让他更加自信了，认为自己的猜测很正确，这也就是一个在刑警队伍中，打个杂发个信息，或者是处理一些杂物的保障人员。

所以他决定让林筱筱当众出个丑，以后出来别说自己是刑警了。

“上次肖依依说，你临时被叫走破案了。”石雨墨继续求证着肖依依所说的真实度。

“嗯!”

“破的什么案子?”

“命案!”

一听命案，石雨墨还是将信将疑。

“说来听听!”

“这有什么好说的。”

“我们只在电视上看过命案。现实生活中还没有接触过命案，也没有接触过女刑警，说说听听呗！上次一个哥们儿说他认识警察，着实和我们炫耀了一番。今儿我认识了一位能破案的女刑警，这要是说出去，脸上多有光啊!”

林筱筱心想，合着人家这是来认识女警察回去炫耀的啊！只是想来听听故事，并不是真心来相亲的。行，今儿我就给你讲讲命案，也让你见识见识什么是真正的警察。

林筱筱先前还想装个淑女，既然对方无心，自己也就没有什么顾虑了，这会儿也就不用装了，只管讲好故事就行了。

于是，林筱筱就开始讲故事了。而且她讲得跌宕起伏、有声有色。不过说句真心话，对于讲这个破案故事，那可是她的强项，就像讲评书一样，你愿意听，我愿意讲，保证让听众听得心服口服。

林筱筱滔滔不绝，根本没有石雨墨说话的份儿了，话语权掌握在了林筱筱口中，石雨墨听得目瞪口呆。他没想到这位姑娘还真有本事。

等到一个故事讲完，石雨墨觉得还没有听够。

“除这个外，你还破过什么案子?”对于林筱筱说的这些，石雨墨从来没有接触过。

他觉得林筱筱所讲的，肯定都是她破的案子了。他认识的那些人，也就是今天玩个赛车，明天K个歌，一群真真假假所谓的富二代凑在一起，相互嘚瑟相互炫耀攀比。没想到在林筱筱这里，却是另一番世界。

“破过的案子多了。可以这样说，每天在这个城市中都会有各种案件发生，只不过这些事情被报道的很少，就是避免引起大家恐慌。”

“那一年的命案大约有多少?”

“要说真正算得上命案的也不是很多，但一年怎么着也得有个百八十起因为种种原因非正常死亡的，这些都需要现场勘查，分辨自杀还是他杀，以及有无其他情况。总体来说，目前社会治安越来越向好的方面发展了。”

“你这数字是我们整个南沧市的，还是就桥西区的?”

“桥西区的。”

“我的天，这么多啊！好可怕，你不怕吗?”

“不怕啊！有什么可怕的，习惯了。”

“看着那尸体和这红烧肉一样吗?”没想到，石雨墨竟然又来了这么一句。

林筱筱这时搞明白了，对方给自己夹块红烧肉，并不是真心想让自己吃，只是想问问人肉和动物肉的区别，明摆着就是要故意整自己啊！

她夹起那块红烧肉，拿过刀子，把它切成小块，放进嘴里吃了起来。

随后林筱筱举着自己的小手，笑着说："上次有个碎尸案，尸块被装在五个黑色垃圾袋子中。当时我就用这只手上去一摸，立马就分出来了。因为人肉和动物肉不一样，人肉摸起来比动物肉细腻。"

林筱筱把自己的小手，在石雨墨面前使劲晃了晃，吓得石雨墨往后缩了缩身子。

"下次还可以找你听故事吗？以后能不能多给我讲讲命案，也好让我在哥们儿面前有得炫耀啊！"

"你不怕吓到别人吗？"

"不会的，我们一直生活在阳光下，没想到竟然还有这么多的命案。我就是想让他们珍惜生活。官方宣传常说，哪有什么岁月静好，只不过是有些人把不好的遮挡了，果真是这样啊！"

"算是吧！还想听故事，以后有时间再给你讲。"

"好，以后一定多听你讲讲工作的事，也让我们这些老百姓知道今天的美好生活来之不易。"

此时，肖依依回来了，说是孩子们渴了，她回来拿一下水。林筱筱也觉得没什么可聊的了，眼看着时间不早了，就提议今天先到此为止，让孩子们早点回去休息，改天有时间再聚。

肖依依看着她的脸，想弄明白，她这是见得满意还是不满意。

林筱筱的表情很平静，只是冲她笑了笑。两人都在，也不方便问，大家就此别过，各自回家。

回到家后，林筱筱和龟宝玩了一会儿，上床翻着手机，肖依依的电话就来了，问她感觉怎么样。

林筱筱实话实说，就是一个小男生，人家不是去相对象的，是去找警察阿姨听故事的。自己一个老女人，就不要耽误小朋友的前程了。

自怨自艾的语气，令肖依依笑得前仰后合。

肖依依让林筱筱还是相处一下。她说男人都成熟得晚，你能拿脚丫想明白的事情，他们都不一定会明白。只有当他们碰到事了，才会成熟，否则永远就是长不大的孩子。更何况石雨墨还一直生活在温室中，没吃过什么苦，有这种表现很正常。你闲着也是闲着，就当是练手呗！谈的越多，也就知道什么样的更适合自己了。

为了不辜负闺蜜的好意，林筱筱暂时答应了。

她想，反正石雨墨不找自己，自己绝对不会去找他。时间一长，和肖依依说一声，谈了，没感觉，也就不会和他有什么交集了。

龟宝也被林筱筱搬上了床。小家伙依偎在林筱筱身边，瞪着个小眼睛，伸着两条小后腿，一副怡然自得的样子。

挂了肖依依的电话，一人一龟很快就睡着了。

第二天，林筱筱在床上赖到十点才起床，真真正正放松了一下自己。起来早饭午饭混合成一顿吃过后，林筱筱买了些东西，就去看姥姥了。

姥姥一人在家里休息。姥姥又问了林筱筱男朋友的事，林筱筱就把昨天晚上一起吃饭的情况和姥姥讲述了一番。

姥姥一听肖依依一家都去了，更高兴了。林筱筱说，是为了感谢依依给介绍对象，所以一起请了他们全家。姥姥一个劲儿地夸她懂事，做人就要知道感恩。

林筱筱又问了姥姥有没有听说过要拆迁的事。

姥姥告诉她，根本就没有这回事，这兔子都不拉屎的地方，离城又远，谁来这地方拆迁啊！就是真的有要拆迁的，也不拆。在这住习惯了，清静。真要是搬到人多的地方，闹得慌，会受不了。

在舅妈他们快下班以前，林筱筱离开了。

姥姥让她在家吃饭，她说还有事就走了。姥姥也知道，自己这外孙女不喜欢麻烦人，也就随她去了。

回到安乐窝后，林筱筱简单给自己弄了点饭，吃过后，看了一会儿电视就上床睡觉了。

三天时间太快，明天就要上班了。休息好了，迎接新的工作的到来。三天没和单位联系，难得的三天休息时间。

第六章　河边博弈

一大早起来，林筱筱给龟宝弄了吃的，喂了水，出门后自己在外边吃了个早点，就去单位上班了。

到单位后，发现楼道内冷冷清清的，林筱筱走到值班室，正是齐光当班。

他一见林筱筱，就像见到很久不见的亲人一样激动：“筱筱，你终于来了，你不在，我们都镇不住了。这两天接了好几起大案，大家忙得都找不到北了。”

“那怎么不叫我回来?”林筱筱一听大家都在忙，而自己却在家休息，有些不好意思了。

“吴探长本来想叫，可被队长拦下了。队长说，林筱筱破专案，连着没黑没白干了十来天，得让她休息一下，不能专逮一个薅羊毛。队长都这样说了，谁还敢叫啊!”

“怎么分的工，谁那里还缺人手，我去帮帮忙。”

“其他人都是两两一组，郑则本来和陆离一起，后来他又回来了，剩陆离自己了。你问问陆离，那边还需不需要人手。”

“好。”林筱筱边走边给陆离打电话。

陆离告诉他自己正在宣慧河边侦查，如果她手头没事，可以过去。

宽宽的宣慧河，从空中俯视就像一条蜿蜒的玉带，从南向北缓缓流过南沧这座城市，流出市区后，弯弯曲曲向东北方向流去。河水流经市区地段，被布置成了悠闲游玩的人文景观，人们茶余饭后经常到这里散步遛弯。

近几年因为干旱，缺水严重，河流窄了很多，大量河床裸露在外，各种杂草抢占有利地形，以郁郁葱葱的姿态茁壮成长着。水位不是很深，但很清澈。河中水草丰茂，因禁止钓鱼，临近水面处，就能看到许多小鱼小虾在水中游玩嬉戏。

林筱筱见到陆离时，他正在河堤边的护栏前，向水面张望。

陆离简单向林筱筱讲述了一下此次侦查的目的。有人在河水中发现了一截残肢。今早他们已出过现场，只有一截小腿，并没有发现其他部位，也没有发现有价值的线索。出完现场后，陆离让郑则带着残肢回去做法医鉴定了，他留下来继续查找有没有可疑情况。

报警人是一名中年男子，他凌晨到河里撒网偷捞鱼，收网时，还以为自己捞到了一条大鱼，拿起来一看，差点没把他的魂吓飞。男子扔下渔具撒丫子就跑，等到家喘息过来后，这才报警。接到报警后，属地派出所民警先期到达现场。在报刑警后，陆离和郑则一起出了现场，直观应为女人的小腿，但还需要进一步鉴定。

了解完情况后，林筱筱和陆离顺着观景小路慢慢向前走着。他们边走，边分析案情。远远望去，就像一对情侣在河边游玩。然而他们的眼睛始终没有闲着，一直在分工合作着，林筱筱负责观察水中情况，陆离负责观察岸边情况。

陆离三十多岁，工作兢兢业业，有一个幸福的小家庭，人品不错，对待大家都很宽容，向来不爱八卦，大家都爱和他搭伴干活。你不干他就干，不急不躁，从不计较。

为什么不大张旗鼓展开侦查呢？因为不想引起群众围观。在河水中发现残肢的消息，很可能会给附近居民造成恐慌心理，万一再来几个蹭热度的媒体，估计又会像景润花园小区那起抢劫案件一样，被炒得沸沸扬扬。另一个原因也是不想打草惊蛇。凶手为什么把残肢扔到河里，原因还不明；而且凶手有可能就住在附近，这要是看到警察在侦查，有可能会逃跑，也有可能会引发其他极端行为。

林筱筱不停地向水中观望着。

她看着水流的速度、颜色，观察着裸露的河床上有没有可疑情况。小路到水面之间有一道护栏，在隔不远的位置就设有专门的濒水区，从濒水区能接触到水面。因为小路离水面的距离较远，假如不是在濒水区的话，那条小腿无论如何也不会被扔到水中，而是会被扔在裸露的河床上。从这一点就可以说明，凶手是故意将残肢抛到河中的。

通过濒水区能下到河面的位置，林筱筱都一一记了下来，目的就是为后续工作的开展做足准备。

虽然河流比原来窄了很多，但河面依旧很宽广，一些水深部位在阳光的照耀下依旧波光粼粼。假如凶手把尸块抛到水深处，被人发现的可能性就更小了。

凶手这样做，难道不怕被人发现吗？这样做的目的又是什么？一系列问题被陆离和林筱筱讨论来分析去，究竟什么原因，也想不出个所以然。

陆离则是看着小路到河堤之间的区域，以及游玩群众的面部表情。陆离对心理学颇有研究，观面识人很有一套；根据人的面部表情，大致能猜测人的心中所想。他被同事们称为“读心大师”。

河堤两岸都是柏油路，路与河中间是一排粗壮的大柳树，长长的柳条摆动着婀娜多姿的身影。河堤两岸的路，虽不是城市主干道，但也成了展现这座城市魅力的地标，被人们当作春秋时节的观景大道，经常是人车交织，一派繁忙景象。

林筱筱和陆离走了一个多小时，走走停停，大概走了有个五六公里。林筱筱站在一处濒水区，仔细观察着目力所及范围内的水中情况。她隐隐约约看到水里有一个白乎乎的东西，距离有些远，看不清是什么，样子很像猪肉皮。

林筱筱举起手，指着那块东西：“你看，那里，那是什么?”

陆离顺着她的手指望去，也看到了那一团东西。正好这时有几位群众朝着他们这边走来，陆离赶紧抓住林筱筱的手，往高处抬了起来，把她的手慢慢拉转了90°角，而且随声附和着：“对、对、对，你看那几只多漂亮。”

不远处的天空正有几只白鹭飞过，白鹭优美的翅膀上下翻飞着，把静谧的蓝天扇出许多灵动的味道。

林筱筱被陆离拽离方向的手，正好指向了那几只白鹭。同时她也看到了往他们这边走过来的那几位群众，这才意识到自己的不妥，随即大声说道：“我喜欢那只，你看、你看，那只多可爱，好像还是个没有长大的小宝宝耶!”

果然，林筱筱夸张的声音还真引起了那几位群众的注意。他们向着林筱筱所指的方向望去，也看到了那几只飞着的鸟儿，寻找着林筱筱所说的那只小宝宝。但在他们眼中，所有的鸟儿都一样大，并没有发现有小鸟。林筱筱也是情急之下随口一说，她也没有看到。

陆离和林筱筱那亲昵的动作，怎么看都像小情侣在打打闹闹。不但群众这样认为，就连在路上开车行驶的黄玲玲，也开始怀疑他俩的行为了。

河堤的路离岸边不远，黄玲玲正开着车从南向北经过，因为路是单行线，还比较窄，再加上人车混流，而且还有一些到河边游玩的人在赏柳，虽说交通没有拥堵，但行驶比较缓慢。

黄玲玲去市局取了份材料，本来可以不走这条路，但她不想太早回单位，故意选择了这条路，一来可以呼吸一下新鲜空气，二来为的是欣赏一下河边的风景，在这条路上开车心情舒畅。

开始她并没有看到林筱筱和陆离，因为行驶缓慢，中间拥堵了一小会儿，她就扭头向河边望去，于是好巧不巧就看到了两个熟悉的身影，再仔细一看，竟然发现是陆离和林筱筱。

她不知道他们在河边干什么，要说是来工作的吧！可两人那亲昵的动作实在说不过去；要说他们两人有什么猫腻，黄玲玲倒也不相信。虽说陆离是个暖男，可他毕竟有家有口，不至于因为一个林筱筱而放弃自己幸福的小家庭。那就只有一种可能，两人在玩暧昧。

这样一想，黄玲玲心里就不舒服了。当她看到他们两人紧靠在一起时，更来气了。她恨恨地看了两眼，一脚油门离开了。

不一会儿，那几只鸟儿就飞得无影无踪了，林筱筱和陆离还保持着亲昵状态。那几位群众也不好意思充当灯泡，在他们身边待了一会儿也都离开了。

群众离开后，林筱筱标记下位置。他们也离开了那个区域，准备等晚上没人时再来打捞，看看究竟是个什么东西。

陆离和林筱筱继续向前观察着。两人还没走出多远，只见华小兵急匆匆向着他们走过来。

人还没到近前，华小兵就开始吵吵起来："林筱筱，你什么意思？你和他什么关系？你是我的女朋友，怎么这会儿又和他好上了？"

原来，华小兵正在这条路上练他的摩托车技，因前车缓慢的速度，华小兵的速度也慢了下来，慢下来的华小兵闲着无事，东张西望，这一望就看到了林筱筱和陆离。

开始他还以为是自己看花了眼。他知道林筱筱这段时间不在，可等他停下车，跑到河边一看，发现还真是林筱筱，这下他就来火了。

华小兵为找林筱筱，跑了好几趟她的单位，又是和黄玲玲套近乎，又是套路保安大哥，才知道她去上专案了。这人什么时候回来的，也不和自己说一声，不但如此，还跑到这里和别人玩上了。

华小兵越想，心底这火就烧得越是大发了。他干脆把车往路边一停，就急匆匆跑过来了。

见是华小兵，林筱筱也很诧异。她赶紧示意他小点声，可华小兵还没有反应过来，以为她心中有愧，这下更来劲了。

"怎么，干什么见不得人的事了？还怕人听见。"华小兵还在不依不饶地追问着。

"我在工作。"

"这逛河边也是工作？"

"嗯！"

"有这样工作的吗？"

"有啊！你这不是看到了吗？"

"你快离开这里，别影响我们工作。"陆离不认识华小兵，也没听说林筱筱在谈朋友。他也没有想到，半路竟然杀出个程咬金，就想着赶紧让他离开这里，要不这一顿吵吵，再引起群众围观，更不好解释了。

没想到华小兵根本就不吃他这一套，转身又冲着他去了。

“我不走，你不说清楚，我就是不走。”

见华小兵那无赖劲头又上来了，林筱筱的火气也是一下子就蹿起来了。要是平时耍下无赖倒也无所谓，还觉得挺可爱，可这无赖行为也不能经常耍啊！这位还真上瘾了。

她禁不住大声责备道：“你这是无理取闹，快点离开这里，别捣乱。我根本就没有和你谈朋友，我愿意和谁在一起就在一起，你管不着。”

林筱筱冲他一顿嚷嚷，说得华小兵不知道接什么好了。

华小兵见林筱筱的火气真上来了，他反倒老实了，想想人家林筱筱还真没有答应和自己谈朋友，只不过是自己一厢情愿。

如果他们真是在工作，这要是真给惹恼了，以后还别说，很可能连个见面的机会都没有了。这样一想，华小兵就怂了。

“那就当你们是在工作，你回来了，也应该和我说一声吧！行，今儿就到此为止，回头我再找你算账。”华小兵给自己找了个台阶，气哼哼地走了。

华小兵走后，陆离问这人是怎么回事。林筱筱简单向他解释了一下事情的来龙去脉。

陆离听后忍不住笑起来，冲着林筱筱打趣道：“没想到我们的筱筱姑娘竟然有这么大魅力。这人还不坏，就是脾气有点急躁，不过可以考虑考虑。”

“就他那二竿子劲头，还是算了吧！幸亏这会儿没人，要是刚才那群人还在这里，他这顿闹腾，没准儿得引起群体性事件了。”

“看人要看本质，人好心好就行了。你没看他的打扮，也在努力改变自己的脾气吗？再说了世上没有十全十美的人，看你自己想要什么样的了。男人没结婚以前是感性动物，永远不成熟；结了婚以后，还需要有个好妻子经常调教着点。”陆离从男人的角度给林筱筱做着参考。

华小兵的穿着一向以中式服装为主，今天虽然穿了套运动装，但也是习武人常穿的那种对襟中式服装，单看给人稳重成熟的感觉。可这一说话，就露馅儿了。林筱筱给他的定义就是严重的表里不一。

华小兵这一闹腾，倒是给陆离和林筱筱找到了话题。他们两人边聊边往前继续侦查着。

陆离运用他的读心术，分析着华小兵的人格特征。其实林筱筱对华小兵倒也不反感。华小兵人不坏，没有坏心眼，有时反而觉得挺可爱，只不过今天这事整得有点过，让她是又好气又好笑。自己以后要是去哪里蹲守，正好碰到他，还不把事都给搅黄了。所以她说不出什么感觉，总觉得真要是嫁这么个主，别的倒还好说，可就这不动脑子的劲头，也够闹心的。

林筱筱和陆离又往前走了两三公里。突然，陆离接到指导员电话。赵子琪让他回去一趟，也没说什么事。

陆离纳闷，赵子琪为什么让自己回去。指导员没说，估计不是什么大事，就是不方便说的事。领导叫了，这就是命令，不回就是抗命不遵。

他和林筱筱商量了一下。林筱筱让他回去，她自己留下继续侦查，有什么情况会及时给他打电话。

陆离急匆匆赶回队里，结果一问赵子琪，竟然是让他陪同黄玲玲去补充一份取证材料。

陆离辩解了一下自己刚在侦查，赵子琪告诉他，这个比较急，他业务能力强，保证一次性补充齐全，否则会影响队里的声誉。

赵子琪这样一说，陆离也不好说什么了，人都回来了，去就去吧！反正哪个活都得干。虽说业务的工作大部分都是队长说了算，可这指导员的命令也是命令，不能不听吧！

陆离不知道的是，这事完全是黄玲玲在背后捣的鬼。

见到陆离和林筱筱的亲昵动作后，黄玲玲的心里就不舒服了。她一边开车一边琢磨着怎么整蛊林筱筱一下。在她心里，她见不得林筱筱比自己强，也见不得别人对林筱筱好。车开到单位，她也没想出什么好法子，等她把材料送到指导员办公室，一见到赵子琪，她突然就想到了一个好招数。她手里正好有一个需要补充证据的案件。

“指导员，麻烦个事呗！”

“你说，什么事？”

“我手里有个案件，是法院返回来的，说是需要补充证据。您看我这个工作做得不好，能不能让陆离陪我去一趟，正好我可以向他好好学学业务，也让他给把把关。如果补充不全，再被法院返回来可就不好了。我被别人说水平不行没关系，可这事它影响咱们队的声誉。”

“行，那你就让陆离陪你去吧！”

“指导员，我比陆离资历小，我怎么好意思指挥老大哥干活呐！您帮我打个电话好不好？”

“好，我打。”说着，赵子琪拨通了陆离的电话，就把陆离给叫回来了。

这边，陆离陪着黄玲玲去补充证据了。那边，林筱筱并没有停止工作。她继续向前沿着河边侦查着，中间倒也没有发现什么特殊情况。

发现残肢的地区，位于河的下半段。往上半段走，人员比较密集。如果有人抛尸的话，很容易被人发现，目前没人报警，应该就没什么事，而且大部分地区清理得都很干净，站在河边就能看到河底。不像这边，沾点城乡接合部，河道卫生差了一些，而且还属于下游，再往下走就出市区了。

林筱筱想走完这边，再到对岸，然后把这附近区域都走一遍。

林筱筱又走了一个多小时，再往前走，河道越来越窄，一道水坝挡住了水的去向。水坝的拦截使得流经市区地段的河道没有干涸，而是被建成了水域景观。没有这一区域，整条河也就失去了生命。

林筱筱向前看了一眼，水坝就在不远处。水坝高度远没有河岸高，这样一来，水坝限制的也只是部分水流。当河水充足水位高过水坝时，就会自动向下游流去。

已是中午时间，林筱筱有些饿。

她上到岸边，想找点吃的。路对面正好有一家麦当劳，林筱筱买了两个汉堡，外加一大杯可乐，而且又买了一个整瓶的可乐。买完后，拎着出来过马路时，林筱筱没有注意到不远处，华小兵正透过头盔满脸微笑地在看着她。

华小兵回到家后，仔细琢磨了一下自己今天的行为，虽说莽撞了些，但也没什么不对的地方。自己望穿秋水盼着林筱筱从专案组回来，这人是回来了，可回来后不说给自己打个电话，还跑去和别人赏景了，还大言不惭说是在工作。就算真的是工作，那也可以解释一下什么工作吧！难道还有什么秘密？

华小兵越想，心里越觉得有气。虽然林筱筱没明确说和自己谈朋友，但也没有拒绝啊！

午饭时，坐在饭桌上，他有些心不在焉。

华家妈妈问他怎么了，有什么心事。华小兵就把自己碰到林筱筱的事说了一遍。

老人家一听就乐了，自家儿子知道吃醋了，这说明儿子是真喜欢上那姑娘了。这是好事，以前儿子不谈女朋友，看来是缘分不到，缘分到了，谁也挡不住。

老人家倒是很明事理，她问儿子：“你觉得林筱筱是什么样的人？凭你的感觉她是不是脚踏两只船的人，是不是吃着碗里看着锅里的人。如果你觉得是，那你现在就放弃。如果觉得不是，这事就当没发生，你该干什么就干什么。这其中可能有什么误会，得机会问清楚就完了。还有，今后你一定要记住，以后再碰到她，在公开场合，看到她后，你千万不要缠着她。尤其人多的时候，她不和你说话，你就当作不认识，给她方便也给自己方便。毕竟她干这个职业，咱不了解情况，就像电视上常演的那样，她要是在侦查或者蹲守，你这一折腾还不露馅儿了。”

华家妈妈这一通说解，让钻到牛角尖的华小兵一下子豁然开朗起来，心情也不郁闷了。

他责怪自己当时怎么就没想到这些呐！都说恋爱中的人智商会变低，看来还真是这么回事，自己这智商也是严重下降了。

华小兵快速吃完饭，和母亲打了个招呼，拎着头盔又出去了。

华妈妈看着自家这宝贝儿子，打心眼里高兴。她恨不得儿子马上把林筱筱娶回家。

华小兵骑上摩托车又返回了河边。他不知道林筱筱还在不在那里，就是鬼使神差地想回去看看。

经过母亲一番开导，他现在的心情很舒畅，就想立马见到林筱筱。哪怕是远远地看着她的身影，他也知足。这见着总比见不到强，再说了也要给自己的第六感觉做个鉴定，到底是不是正确的。

华小兵风驰电掣向河边赶去。喜欢一个人，原来是这种滋味啊！想着想着，华小兵心里觉得甜甜的。以前还从没有过这种感觉，这么迫切想见到她，这么在意她和谁在一起。

他不知道林筱筱是不是还在河边，他就是想去看看，想站到上午见到她的那个地方，再回味一下当时的情景。如果他们真是在工作，没准儿这会儿还没离开呐！

中午路上车辆行人都比较少，华小兵很快来到河边。

他不知道林筱筱是不是还在河边，也不知道她还在不在原来的地方，华小兵放慢车速，从南向北边骑边寻找着林筱筱和陆离的身影。

等他骑到碰到他们的地方，发现那地方根本就没了他们的影子。华小兵很是失落。

他站在原地待了一会儿，向两边眺望了一下，也没有发现他们的身影。

来时的路，他一路走一路看，没有发现他们的身影，他们会不会往北边去了呢？来都来了，华小兵决定把这条路走一个遍。走到头，如果看不到林筱筱，他就准备回去。

想到这，华小兵骑上他心爱的摩托车沿着河边继续向北寻找了。

摩托车的速度可比走着的速度快多了，又往前骑了一会儿，华小兵还真就看到了林筱筱。

林筱筱刚从麦当劳买完吃的出来，正拎着袋子过马路。上午华小兵见林筱筱时，他把车停在了路边，头盔挂在车把上。回家后他又换了身衣服。林筱筱根本就没有注意到这些，她也不知道上午华小兵是骑着摩托车来的。

林筱筱拎着食物走到了河边的小路上，坐在小路边的椅子上吃了起来。

看到林筱筱自己坐在椅子上吃东西，先前和林筱筱在一起的那人已经不见了，华小兵这回更高兴了。看来她还真不是出来和人约会啊！这要是约会，也就不可能自己坐这儿吃东西了。

华小兵有些懊恼，怎么只想着自己吃饭，就没想起她也要吃饭呐！这要是给送点饭过来多好，那样的话，她肯定就不会烦自己了。到时再在河边陪她这么一吃，该是多浪漫的情景啊！可惜现在只能是马后炮了，人家自己买吃的了，他也不好意思再往前凑。当然也有些畏惧心理，怕她再怒吼自己一顿。

华小兵把车停到大柳树下，远远地看着林筱筱坐在椅子上吃饭。

林筱筱也是真饿了，两个汉堡很快就被她吃光了。喝了那杯可乐，她就拎着那个整瓶的可乐又往前开始走了。

看着她向前走，华小兵骑上车也走了，他决定去给林筱筱买点水果。

天高气爽，正是仲春季节，蓝蓝的天上飘着几朵白云，远处的天与地相连，水坝就像镶嵌在天与地之间的一道屏障，既挡住了水流方向，也挡住了林筱筱的视线。

林筱筱离水坝越来越近，她想等把这一段检查完了，就到对面去查看。今天能不能查完整条河，她不知道，但她想尽量多查看一些。

等林筱筱来到水坝处，她发现自己根本过不到河的对面。水坝并没有完全合拢，在靠河岸处还留有一条两米多宽的出口，出口处正在缓缓向下游流着水。水流不大，但也要没过脚面。

要想到对岸，就必须先下到出口下边，蹚着水过去。蹚水过去，林筱筱倒不怕，可出口高度三米左右，林筱筱怕自己能下不能上，三米左右的高度跳下去倒不费劲，可要是说爬上来，林筱筱不敢打包票。

最终她还是放弃了到对岸的念头，于是顺着水流向大坝外的河滩走了下去。

坝外的河床比坝内还要宽广，裸露的河滩有的地方已长成了树林，有的地方长满了大大小小的灌木。从出口流出的水，缩成了一条三四米宽的小水沟缓缓向下游流淌着，比起坝内的水，这里的水混浊了许多，河沟边漂浮着一些泡沫、塑料鞋子等垃圾，水质远没有坝内清澈。

林筱筱下到沟边，往前走了一段，她看了看周围一个人也没有。

她犹豫了一下，觉得有些阴森，但想着大白天不至于有什么事，决定再往前看看，于是继续向前走去。

去买水果的华小兵，一时间真不知道怎么表现自己了。他找了家大型超市，各种买买买，买了好多种水果，出了超市的门，才发现没买把水果刀，于是又返回超市，买了水果刀、湿纸巾、一次性餐盒，就像家庭妇女采购一样，大包小包拎了一大堆，以至于摩托车上都没地方放了，最后车把上、脚踏板上放置的都有。这下摩托车也不敢风驰电掣了，只能慢慢前行去追林筱筱了。等他赶到大坝处，没有看到林筱筱的身影。他也以为林筱筱会到河对岸，结果发现过不去。

他站在大坝处努力寻找林筱筱的身影却没有发现。

他顺着河流方向又往下游骑了一会儿，这才隐隐约约看到远处林筱筱的身影，正在沿着水边行走。

再往前走，可惜路与河边有了些距离，不能直观看到河滩内的情况。他只得骑一会儿停一会儿，停下后，再跑到河边看看有没有林筱筱的身影。他又往前骑了一段，就是一个小山包，路在小山包前拐了一个弯，再顺着路走，离河边越来越远。

华小兵停下车，把车锁在了路边，拎着东西就往河边走。他准备徒步去找林筱筱。

华小兵拎着东西，爬到小山包上，往下一看，根本就没有通到水边的路。河滩上除了树林就是灌木丛，他拎着大袋小袋沿着河堤又往前走了一段，终于发现一条特别窄的小路。他顺着小路七扭八拐往前走着，小路一会儿扎进树林，一会儿又穿过灌木丛，华小兵沿着小路穿行着。

林筱筱顺着水流向前走着，又走出了五六百米，眼前的水面比先前宽阔了一些，也深了许多，形成了一个圆形的大水坑，然后又向前流去。因为水草很多，挡住了往下游流动的许多垃圾，水中散发着一股臭味，此处的河水明显比大坝内的河水脏了很多。

侦查了大半天时间，林筱筱觉得有些累了。而且这地方太过安静，一个人走着，心中有些发毛。她准备找条路上去，回头等有伴了再过来看看，人多力量大，工作效率也高。

林筱筱没看到有能上到河堤处的路，她又不愿意原路返回，只好继续往前走。

走到一个拐角处，她看到水中有一只手臂，横躺在离岸边不远的地方。她看了看周围没有人，便蹲下身子想够到那只手臂，看看它到底是真是假。

就在林筱筱专注于怎么够到那只手臂时，在不远处的灌木丛中，有一双狠毒的眼睛正在注视着她。

蹲下身子的林筱筱要想够到那只手臂，还是有些距离。她看了看附近，发现旁边有根小木棍。她便拿过那根小木棍，趴到水边，用那根木棍去够。小木棍也只是刚刚触到手臂，无法直接拨到近前。

林筱筱一点一点往自己这边扒拉着。

就在她全神贯注于扒拉手臂时，那双注视着林筱筱的眼睛快速向着她的身体移动过来。

就在林筱筱将那只手臂扒拉到离她还有一米左右的距离时，从灌木丛中钻出来一个人。那人手中拿着一根棍子，悄悄走到林筱筱身后，举起手中的棍子，照着林筱筱的后脑勺就砸了下去。

棍子带起的风惊动了林筱筱，她听到背后有动静，一扭头，可惜已经来不及，棍子敲到了她的耳朵边，把林筱筱敲得一下子晕了过去。

那人走到林筱筱身边，又照着她的脑袋敲了几下，随后从身上掏出一截绳子，捆住了林筱筱的双手。捆完后，弯下身子，试图抱起她。无奈林筱筱的身高体重都超出了他的接受能力，结果没有抱动。于是那人就拽着林筱筱的双腿拖拉着走了。

华小兵拎着大包小包好不容易走到小河边，哪里还有林筱筱的影子。

他目测了一下当时发现林筱筱的位置，应该就在附近。他想自己往下走这段距离，林筱筱应该又往前走了一些儿，于是拎着东西又往前接着追赶。

华小兵拎着东西还是没有看到林筱筱的身影，他心里有些急了，这丫头怎么走这么快，这是跑哪儿去了。他加快脚步又往前走了一会儿，还是没有看到林筱筱的身影，会不会是找地上厕所了。华小兵暗笑自己的龌龊想法，这附近又没有人，即使有上厕所的意思，树林中就地解决就行了，也不用跑太远啊！

华小兵左右观望了一会儿，还是不见林筱筱的身影。

难道是她走了，可除了自己刚才下来的那条路外，从小山包到他站的地方，他没有看到还有其他的路，要是走的话，很可能从前边的路走了，没准前边有路。华小兵这样分析了一下，于是又继续往前追去。

当华小兵走到圆形的大水坑处，又向前看了一下，还是没有看到林筱筱的影子。

他掏出手机打了一下，手机响了，可无人接听。他又打了一遍，还是无人接听。再打已不在服务区。

华小兵心中掠过一丝不祥的预感。可这大白天的，不应该出事啊！会不会是掉水里了。

想到这，华小兵把手中的袋子往地上一扔，看着水面快速向前走去。

当务之急，就是先找到林筱筱，找到了再回来拿袋子也不迟。

当华小兵走到拐角处时，他看到了一瓶可乐正立在水边。他赶忙走过去，拿起来一看，可乐还没有拧开，这应该是林筱筱还没喝的那瓶。可乐在，人不见了。华小兵一看地上，有拖拽的痕迹，这下他是真的害怕了。

华小兵急了，这光天化日之下还真是不太平啊！他赶紧顺着痕迹找去。

华小兵顺着痕迹向前找着。痕迹一会儿清晰一会儿模糊，再往前走，还真有一条小路。他顺着小路快速向前跑着，小路的尽头是一堵高高的围墙，围墙下边是水泥地面，拖拽痕迹在水泥地面上已看不清楚，华小兵一时不知道往那边找好了。

他沿着墙边往左走了一会儿，发现再往前走就是高坡，一个人上去都费劲，更别说还要拖着个人了。

他又翻转过来向右找，刚跑出不远，就看到一个大门。

大门半开着，华小兵跑了进去，里边是一排排废弃的库房。

他看了看，不知如何找起。

慌了手脚的华小兵，顺着最近的库房跑着找着，他大声呼喊着："林筱筱，林筱筱，你在哪？林筱筱，你在哪？"

可根本听不到任何声音，库房大部分锁着门，没锁的库房好多也是破落不堪。他一个库房一个库房跑着找着，急得豆大的汗珠顺着脸颊唰唰地流下来。

可怜的林筱筱，晕倒后就像头死猪一样被拖拽到了大院后边的一间房子里。她的头发上沾满了杂草，白色的夹克衫沾满了泥巴，后背被烂树枝、砖头瓦块划得一道一道的。库房的门有一道门槛，过门槛时，林筱筱的后脑壳被门槛硌了一下。这一硌倒正好，痛得她咧了咧嘴角，迷迷糊糊的意识渐渐清醒过来。

那人把林筱筱拽进屋后，直接扔在了地上。

此时，林筱筱的手机响起来，熟悉的《蓝莲花》，把林筱筱游离的思维渐渐聚拢回来。电话响了一会儿就断了，林筱筱还没有搞清楚自己在什么地方，所以没敢动。

她慢慢把眼睛睁开一条缝。虽是白天，屋内光线比较暗，林筱筱适应了一下。这时她的手机又响了起来。

那人蹲在林筱筱身边，从她的口袋里掏出手机，照着墙面直接摔了出去，手机哗啦一声碎了。

林筱筱好一阵心痛，那可是自己花了两个月工资买的啊！用了还不到半年时间，这就完了。

摔完林筱筱的手机，那人向远处走去，走到墙边的一张椅子上坐了下来，端起桌子上的水杯大口喝了起来。

林筱筱这才彻底睁开眼。屋子很大，锅碗瓢盆一应俱全，顺着从窗户透进来的光，一根绳子从屋顶直接垂下，绳子上挂着几只展翅欲飞的大蝴蝶。

林筱筱原以为那是几只风筝，再一细看，不觉倒吸了一口冷气。那根本不是风筝，那是几块蝴蝶骨，在阳光照耀下，正像蝴蝶一样翩翩欲飞。

林筱筱一阵胆寒。她定了定神，迅速查看屋内有什么东西可用。她看到墙角处，还有一具完整的胸骨，旁边放着一把铁锹。

林筱筱动了动胳膊，发现双手被绑着，她看了看捆绑情况，发现系的只是一个手术扣。她用牙咬开绳结，随后一个骨碌爬起来，冲着那把铁锹跑了过去，跑到铁锹前，一把将铁锹抄在手中。

那人听到声响，一回头，看到林筱筱正手握铁锹，虎视眈眈瞪着他。

那人一惊，他没想到就这么一个姑娘不但不害怕，还抄起一把铁锨敢和他对峙。

他根本没把林筱筱放在眼里。他手指着那几块骨头，皮笑肉不笑地说道：“知道那是什么吗?”

林筱筱这才看清那人的相貌，一个干巴瘦小的老头。虽然上了些年纪，但身材尚未走样，看起来倒很精干。

“知道。”林筱筱毫不示弱地回答着。

“呵！不简单啊，一会儿就让你和它们一起做伴去。”

“休想，做你的大头梦吧！今天让我撞见你，明年的今天就是你的忌日。”

小老头一听这话笑了。这话一直是他说的，没想到今天却被这样一位年轻姑娘抢占了话语权，让他心中很不爽。

小老头抄起一把砍刀，冲着林筱筱就走了过来。

林筱筱也不示弱，瞄准时机就准备把铁锨拍过去。这样近距离和人搏斗，林筱筱还是第一次。当刑警多年，每次抓捕都是事先经过周密计划，大家协同作战一起上。况且她还是一位女同志，真正轮到她抓捕的时候并不多。这次可就不同了，真枪实刀干上了。

小老头举着砍刀冲着林筱筱的脖子就砍了过来。

还没等他近身，林筱筱向右闪了一下，抡圆了铁锨照着那人的腰横扫了过去，铁锨呼呼带风。

那人一见不好，立即用刀拦截铁锨。没想到还没等他的刀碰到铁锨，林筱筱就把铁锨在空中来了个紧急翻转。他要想再次拦截，节奏明显慢了半拍，虽然翻转后的铁锨力道小了许多，但打在小老头的小腿上，还是让他痛得哎呀了一声。

小老头向后退了好几步，这下不敢小瞧林筱筱了。

“怎么样，我劝你还是放下武器，等待法律的审判。”林筱筱大声说着。

“哼！你能不能逃出这个屋子，还不一定呐！”小老头说完，又从地上抄起一把砍刀，一手一刀冲着林筱筱再次扑来。

两人你来我往，再次打斗在一起。

林筱筱从小跟舅舅学的那点招式和学校学过的警体拳、格斗术全都派上用场了。可舅舅也就会那么几套拳术。她真后悔早年没找个师父正儿八经多学点武艺。好在林筱筱学过一套长刀，她就把铁锨当刀用了，可要想一时半会儿赢下对手，还真有些难度。

打斗期间，林筱筱那把铁锨的头被刀砍掉了，去掉头的铁锨被林筱筱当成少林棍使用了，被她舞得呼呼生风。虽是这样，她也没占到多少便宜，胳膊被划出了一道口子，鲜血一个劲儿地往外流，对方也没占到多少便宜，胳膊、腿上已被林筱筱抡了好几棍子。但要说谁能赢得了谁，一时半会儿还真不好说。

就在两人打得难分难解时，大院里传来华小兵的呼喊声。

听到有人在叫自己，林筱筱立刻大声回应着：“我在这，我在这……”

听到林筱筱的应答，华小兵快速跑了过来。

外边光线很强，他进到屋子里一时还没有适应过来，只看到屋子里黑咕隆咚的。

还没等他看清屋子里的状况，就听到林筱筱大叫着：“快，拿棍子，门口有。”

华小兵揉了一下眼睛，这才看清林筱筱正在和人打斗。

华小兵左右扫了一下门口，发现门口果然有几根木棍。他迅速抄起其中一根，跑到林筱筱面前，想要保护林筱筱。

林筱筱大声冲他嚷道：“离我远点，到他背后。”

华小兵立刻明白了林筱筱的意图，他快速转到小老头身后，和林筱筱形成夹击之势，加入打斗中。

本来小老头对付林筱筱一个人就没有占到多少便宜，这会儿又加上华小兵分散了他的精力。三人打斗了一会儿，瘦小老头的体力已明显不支，但他还在顽强反抗着。

这时，林筱筱也不急了，有了华小兵助阵，她底气更足了。

三人又打斗了十多分钟。小老头横刀砍向林筱筱时，华小兵的棍子直接砸向小老头后背。小老头被砸倒在地，一只手的刀也飞了出去。

林筱筱一个饿虎扑食扑了上去，把小老头压在了身下。

小老头还在挣扎，另一只拿刀的手使劲向后背砍去。

华小兵上来又是一棍子，直接打飞了那把刀。

小老头还想翻转身子，被林筱筱死死钳住了脖子。华小兵拽着小老头的一只胳膊，只听“咯嘣”一声，小老头的胳膊被拉脱臼了，痛得他“啊啊啊”叫唤起来。

华小兵一见高兴了，抓住另一条胳膊也向后拽去，不过这次倒没有拽脱臼，由于使的力气有些大，差点没把小老头从林筱筱的身子底下拽出来。

小老头还在“啊啊”叫唤着。

林筱筱冲着华小兵大叫道：“快去拿绳子，在你身后墙角处。”

刚才被林筱筱挣脱的那半截绳子，也不知道什么时候已被甩到墙角处了。华小兵扭回身子向墙角处跑去，等他跑到墙角处一拽绳子，还没剥完皮的那具尸体一下子倒了下来，吓得他“妈呀”一声瘫坐在地上。

林筱筱一见情况不妙，大声叫着：“华小兵，起来，快起来，绳子，快拿绳子来。”

华小兵听着林筱筱的呼喊，晃了晃脑袋，把游离的魂魄拉了回来，抄起绳子，连滚带爬回到了林筱筱身边。

林筱筱把小老头像包粽子一样，捆了个结结实实。

捆完后，她这才坐在地上大口喘着粗气。一时被吓得还没有缓过神来的华小兵赶紧靠过来，坐在她的身边。

林筱筱拍了拍他的肩膀：“哥们儿，手机呢？报个警吧！”

华小兵摸了摸口袋，手机不见了。

两人抬头寻找手机，这才看到华小兵的手机正躺在林筱筱被摔坏的那个手机旁，打斗过程中，也不知道什么时候甩出去的。

林筱筱跑过去捡起手机，拨打了110，自报了姓名，并把现场情况简单汇报了一下。随后，她又给季青松打了个电话。

打完后，两人又紧挨着坐在了一起。要不是刚刚经历一场恶战，如此温馨场面，还真是少有的浪漫。

“你不怕吗？”华小兵悄声问她。

“怕！”

“怕，你怎么还敢一个人跑到这地方来？”

“我也不知道会发生这种情况。不过也值了，看到了吗？那是四对蝴蝶骨，知道是什么意思吗？这就是四条人命，再加上墙角那一个，五个。如果今天我们不来，可能还会有新的蝴蝶骨挂在这里。今天我们来了，这事就结束了。谢谢你啊！”

“还谢我，你就不怕自己出事吗？”

“从当警察的那一天起，我们就时刻准备着面对一切。”

“真不懂，你们何苦这么做。”

“这是我们的使命。”

华小兵没再说话，对于“使命”二字，也不知道他是真听明白了，还是压根儿就没有听明白。

战友们到达时，看到屋内场景，禁不住大吃一惊，也都为他们捏了把冷汗。

让林筱筱没想到的是，闫红列也在其中。

看到林筱筱的狼狈相，闫红列心疼地把她扶了起来，就像父亲对待女儿一样拍着她的肩膀，安慰着：“孩子，委屈你了，没事，都过去了。”

林筱筱的眼眶一下子湿润了。

她没想到，这个对她来说位高权重的上级大领导，会对自己如此地亲切和温暖。

当时闫红列正在市局110指挥中心调研，大屏上显示林筱筱的报警后，正好被他看到，就立马往这边赶来了。

季青松到达后，闫红列笑着对他说：“你们这两位小同志很不错嘛！我都相中了，今后你要是不好好爱惜，我可都给挖走了啊！”

季青松刚要解释华小兵不是他的队员，林筱筱冲他使了个眼色，示意他不用说了。

老季没搞明白林筱筱是什么意思，他刚张开嘴，林筱筱抢先一步回应了闫红列的话：“总队长，您过誉了，我们南沧刑警都是优秀的。”

一听林筱筱这样说，季队长讪讪地笑着，随声附和道：“他们都很优秀！”

闫红列意味深长地回了一句：“是啊！一群优秀又令人敬佩的基层民警。”

屋内现场都被拍照封存了。那几块被做成风筝飘飞的蝴蝶骨，连同那个肢解到一半的尸体，都被拉走进行下一步工作了。就连林筱筱和陆离之前发现有可疑东西的那个地方，也去打捞了一下，竟然是一块大腿肉。还有林筱筱被打昏的那个地方，也打捞出了一只手臂。

华小兵全程陪着林筱筱。

回到单位后，陆离也得知了林筱筱差点没出事。他赶紧跑过来，想看看林筱筱怎么样了。

华小兵一见到陆离，气就不打一处来。他上前照着陆离的胸膛就是一拳，打得陆离一个趔趄差点没摔倒。一拳还不够，他伸出的拳头还想接着打，被林筱筱拦住了。

虽然拳头停了，但华小兵的气可没有消，他嘴上还不依不饶嚷嚷着：“有你这样的吗？扔下一个女孩子就走。幸亏我及时赶到，她要是出了事，你担得起吗？”

“行了，华小兵，你还有完没完，这事和他没关系。”

“怎么没关系，他要是和你在一起，能出这事吗？”

“他要是和我在一起，也就轮不到你来表现了。我们这是故意引蛇出洞，就是想轻而易举抓到这个人。”

见林筱筱如此极力维护陆离，华小兵有些不高兴了：“得，照你这样说，我这忙还帮错了。行，今天我不和他计较。从此以后我记住他了，要不是他和你是同事，我非把他揍烂不可。”

“对不起。”也不知陆离这是向华小兵道歉，还是向林筱筱道歉，其实他心里很不是滋味。说真的，都是为了工作，林筱筱认认真真，她要是真出点事，自己心里一辈子也过不去。可这事也不能全怪自己，要不是指导员那个电话，这事也不可能发生。

季青松拉走了陆离，问他具体情况。

陆离一五一十说了事情的来龙去脉，队长也没说什么，就让陆离先回去了。

陆离走后，季青松坐在椅子上，半天没动窝。

指导员一向不管业务的事，这次为什么专门叫陆离去陪黄玲玲呢？而且只是个补充侦查手续，有那么多人可以叫，为什么单单叫他，叫他时还不说明因为什么。可为了这事去找赵子琪理论，显然不合适。好在林筱筱没出事。

季青松考虑了半天，也没想出因为什么，这事也只能暂且放一放了。

审讯小老头的过程倒不复杂，真是让人恨不得一枪把他崩了。

面对警察的讯问，小老头一副得意扬扬的样子，更是叫嚣着：这辈子，我不亏了，人肉也吃过了，你们都没这胆量吧！

小老头年轻时是个屠夫，技术相当熟练，堪比庖丁解牛之精湛。可后来农村不让个人屠宰了，小老头练就的一身本领也就没有地方施展了，当年叱咤风云的感觉没有了。小老头离开了原来居住的村庄，只身来到南沧，找了个在工厂看大门的工作，就是和林筱筱打斗的那个工厂。后来工厂老板跑路了，跑路前给小老头留了一些钱，让他给看着工厂，说等他发迹了再回来。小老头没地方去，索性就在工厂接着住了。

荒废下来的厂房，成了野猫野狗的栖息地，闲暇无事的小老头就逮野猫野狗杀来开心。唯有听着那骨肉脱离的声音，才是他最开心的时刻。

被他杀的五个人，做成风筝的四个。最下边的风筝骨是一个捡破烂的老人，第二个是个智障，第三个是个盲流，最上边的是一个到河边捉鱼的孩子，还没有剥完的那个是一个轻生的中年妇女。

捡破烂的老人到院子里找废品，很久没和人说话的小老头把老人邀请到屋子里喝酒。酒过三巡，菜过五味后，喝高的小老头把老人看成了一头猪，就这样给肢解了。酒醒后，小老头也着实被吓了一跳。开始小老头并没有想杀人，可当时的那种快感前所未有，比起害怕来更让他兴奋痴迷。

智障在河边游荡，老头骗他家中有肉，让他跟着回家吃肉，饿坏了的智障就跟着他回家了。回家后智障不但没吃到肉，倒是还引起了小老头想尝尝人肉的兴趣，他想吃智障的肉。砍瓜切菜般给解决后，又怕自己吃了也变成傻子，于是就想着再猎获个目标。中意的目标还没有找到时，一个盲流躺在大门口睡觉，老头说自己那有床有饭，于是盲流就跟着他来了。当然饭是给了，酒也喝了，床没让上，在盲流喝醉后，小老头又把他给肢解了。

有个小男孩到河边捉鱼，小男孩带着个小抄子根本就捉不到鱼。他骗小男孩家里有地笼，让小男孩陪着他回家去拿，小男孩果真陪着他回去了。可怜的孩子不但没有拿到地笼，还被他手起刀落给解决了。小男孩的父母一直以为孩子被拐卖了，还天天祈祷着孩子有一天能自己找到家。公安部门已把孩子当作被拐卖人口录入了失踪人员数据库，并且采集了孩子父母的DNA，可这一切都已是徒然。

未肢解完的中年妇女因为丈夫有了小三，坐在河边哭泣，准备轻生。被小老头看到后，小老头劝慰了一番，告诉她不能就这样被小三打败了，你要是没了，正让丈夫中意，要争回自己的权利，自己过不好也不能让他们过好了。中年妇女一听是这么回事，她说自己没地方去。小老头告诉她，可以先到他那里避一避，想想有什么高招再去对付那一对狗男女。中年妇女欣然同意了。

两人回到小老头的住处后，中年妇女开开心心给他做了一顿饭。两人坐在饭桌上边吃边聊，一派家庭气息。中年妇女也看到了窗户前挂着的风筝，问他那是什么骨头，老头告诉她那是牛骨头，自己就喜欢做风筝，牛一辈子辛辛苦苦，这是把牛骨头做成蝴蝶状，让它们死后飞起来，超度下辈子不要再当牛。中年妇女没什么文化，被老头一通忽悠，完全相信了他的话。

这次小老头只喝了点酒，没有喝多。两人就寝后，小老头要和她发生关系。中年妇女执意不肯，还一个劲儿地骂骂咧咧，说天底下没有一个好男人。这下把小老头惹恼了，觉得自己受了天大的侮辱，年轻时只顾着学习屠宰技术了，还想着拿个庖丁大奖，没想到世道变了，一辈子的心血全废了。

小老头一怒之下，掐住中年妇女的脖子，想要制服她，结果没一会儿，妇女就不动了。小老头开始慢慢肢解妇女的尸体。小老头经常到河里偷打鱼，他嫌那些鱼长得太慢，于是就拿了些扔到河里去喂鱼。以前他也扔过，第二天再去看时，鱼就吃完了，没想到这次刚扔完，就被人发现了。在河中打捞上来的大腿肉和手臂都是中年妇女的。

那天，他又去河边喂鱼，看到林筱筱一个人在河边转悠，而且还是一个如花似玉的大姑娘，小老头的本能又不安分了。他就蹲在灌木丛中一直盯着林筱筱伺机下手。他一看时机来了，就悄悄从灌木丛中出来，给了林筱筱一闷棍。但毕竟上了年纪，一路把林筱筱拖回去，可是把他累得不轻。

小老头小时候喜欢放风筝，没钱买，父亲空闲了才会用竹篾给他扎一个，他最喜欢的就是大蝴蝶风筝。把捡垃圾老人的骨头大卸八块后，他拿着两块肩胛骨欣赏自己的杰作，把两块肩胛骨翻转对到一起后，怎么看都像展翅欲飞的大蝴蝶，于是他就找了根铁丝，把两块肩胛骨固定在一起，做成了人骨蝴蝶风筝。对人体骨骼不熟悉的人根本看不出来，林筱筱学过解剖学，对这种骨头很熟悉。

季青松想给华小兵申报个见义勇为，被华小兵推掉了。

华小兵说，自己没有那么高大上，也不想当什么英雄。这事要是换了别人，不是林筱筱，他保证自己早跑了，连管都不会管。因为对方是林筱筱，他才出手帮忙。自己一个社会闲散人员，要那玩意没用，只恳请队长照顾好林筱筱，以后类似的事情千万不要再发生，他就知足了。

他执意不要，这事也就搁置了。

因为破获系列杀人案，而且闫红列专门有批示对林筱筱进行表扬，人事部门给林筱筱报请了二等功。二等功批下来后，季青松非要给林筱筱送奖到家。

林筱筱给姥姥打了个电话，说领导要去家里拜访一下，给送个二等功证书。

姥姥说：“送去你爸那边吧！功不功的，对我们来说不重要，你好好的，比什么都重要，送去你爸那边，让他也看看，你不比男孩子差。”

林筱筱联系了父亲。一听说领导要送奖到家，林父立马同意了，问什么时候去，他随时都有时间。

林筱筱说，他们一会儿就去。

林父老了，也开始怀旧了，对于林筱筱的生母越来越有负罪感，只怪年少不懂事，读懂已成梦中人。至于二婚妻子带来的儿子，再喜欢，心里多多少少还是有个坎。他几次打林筱筱电话，都被她拒绝了，这次女儿主动打来电话，说领导要来家里拜访，林父当然高兴了。这说明在女儿心里，还有他这个爸，还把他们当作一家人。

林父已有一年多没见林筱筱了。至于女儿的事，以前他并不是很上心，一心想要儿子的他，几乎快把女儿给忘记了。上次找女儿，还是因为一个案子的事想请女儿帮忙，最终被女儿给拒绝了。

对方开始给林父拿了五万元钱，请林父帮忙找林筱筱内部通融一下。林父打电话给林筱筱，被她一口拒绝了，害得林父很没有面子。事没办成，林父把钱退给了中间人。但中间人没有收，坚决说给了林父。

此事林筱筱这边没办成，对方并没有罢休，他们还找了别人。无奈最终东窗事发，那伙人被抓后，供出了林父这条线，林筱筱也就被请去省纪检部门接受了一番审查。

气得林筱筱回来后，就和林父亲争吵了起来，之后再也没和父亲联系过。就连父亲送给她的生日礼物，也是托舅舅转交的。父亲几次打来电话，她连接都不接。最终林父也就不打了，刚和父亲建立起来的关系又断了。

当年林筱筱的母亲生了她后，林父还想要个儿子。可当时正赶上计划生育，要想多生孩子，就得辞去公职。林筱筱的母亲非常热爱自己的工作，她在大学教国画，林母不同意辞职。林父就去找林母的好友帮忙劝说，结果一来二去，两人倒是好上了。林母知道后，既生气又伤心，开车回家时，结果就出了车祸离世了。

当时林筱筱还小，后来林父就和林母的好友结了婚，也就是林筱筱现在的继母，继母把和前夫生的儿子一直带在身边，和林父也没有再生孩子。

季青松买了一大束鲜花，还有一个大大的果篮，带着陆离、马小虎，再加上林筱筱，到达林父家时，林父继母已在家中。

一见到女儿一行到来，林父的脸上堆满了林筱筱从未见过的笑容。

众人一番寒暄，季队长将证书郑重其事递到林父手中，又把林筱筱狠命夸奖了一番，感谢他培养出来的好女儿。

林父也没有想到女儿如此优秀，虽说队长的夸奖多多少少带了些夸张成分，但他还是相信女儿是出色的，立了二等功即是明证。

大家又聊了一会儿，也就离开了。

临出门时，林父在后边叫道：“筱筱，周末回来吃饭啊！爸爸给你做红烧肉。”

林筱筱的泪水在眼眶中转了转，她强忍着没有让它们掉下来。她已记不清有多久没吃过父亲做的红烧肉了。继母拿着一袋零食，追了出来：“筱筱，妈没来得及给你买东西，把这点零食带上，没事时当个零嘴。”

林筱筱接过袋子，什么也没说就走了。

将心比心，自从林筱筱上班后，这个后妈一直想讨好林筱筱，但林筱筱从来不买她的账。林筱筱在学校饿得两眼发黑时，她在哪里，那时要不是肖依依经常给她带点吃的，她真怀疑自己会不会被饿死。所以说让她就这么轻而易举地原谅他们，林筱筱还真做不来，只是心中不愿意再去多想。

消息还是不胫而走。

没过几天，法制频道就报道了小老头连环杀人的重大案件，一名女警在群众的帮助下，抓获一名连环杀人惯犯。虽然报纸上没写林筱筱的全名，只写了女警林某某，但就这，还是被最近迷上警察破案故事的石雨墨看到了。

石雨墨立即给林筱筱打来电话，确认是不是她破的案子。在得到肯定后，石雨墨对林筱筱那股崇拜的热情劲头又来了，非要请林筱筱吃个饭，给他讲讲怎么回事。

林筱筱说，抽空电话中给他讲。石雨墨不干，他要当面向心中的英雄表达一下仰慕之情。

对于石雨墨的盛情，林筱筱爽快地答应了，都是年轻人，对方诚恳，自己再不答应未免显得有些矫情了，他们约好了时间、地点。

两天后，林筱筱和石雨墨见面了。石雨墨急于想让林筱筱给他讲讲事情的来龙去脉。

一见他的迫切劲，林筱筱未泯的童心回来了，她决定整蛊一下石雨墨，吊吊他的胃口。

林筱筱提议先去看场电影，如果他能接受电影中的故事情节就给他讲。林筱筱提议看的是《雨夜 81 号》，一部凶杀片。观影过程中，开始石雨墨还不为所动，可看着看着，他就有些受不了了，血腥场面，阴森雨夜，把他吓得紧紧拽着林筱筱的胳膊不放，最后更是闭着眼睛连看都不看了。终于熬到电影演完，出了影院，石雨墨才把吓破的胆子收了回来。

看着石雨墨可怜巴巴的样子，林筱筱摇了摇头，没把真实的案件过程告诉他。林筱筱决定就让他去享受这世间的一切美好吧！自己的工作，不也正是为了让更多的人去安享太平盛世嘛！

第七章　拜师学艺

最近队里喜事连连，几个案子都破了，刑侦队荣立集体三等功，杜衡荣立个人三等功。

在陆离的帮助下，黄玲玲那个案件证据补充到位，很快启动了审判程序。

虽是这样，但黄玲玲看到林筱筱立了个二等功，心中很是不爽。

她怎么也没有想到林筱筱会如此幸运，本想把陆离叫走，让她自己一边待着去，没想到还来了个适得其反，让她一个人把这么大个案子给破了。心中再有不爽，也不能表现出来，她怕季青松会找她，问为什么要叫走陆离的事。但队长始终没有问，也不知道是指导员没有把那事告诉队长，还是队长压根儿就不想过问那事。不管怎样，她觉得自己这段时间还是小心为妙，不要太急于表现出对林筱筱的敌对情绪来。

对于林筱筱连续的表现，吴迪心里也不舒服。林筱筱对当领导不感兴趣，要那么多功奖又没什么用途，他觉得太可惜了，这事怎么就不让他赶上呐！

林筱筱破了这么大个案子，在马小虎的心中，那更是英雄级别的人物了。队里迟迟没有给他安排师父，虽然上次和队长说过自己要拜林筱筱为师，队长口头答应了，但始终没有在大会上正式宣布。没宣布，也就是没有正式的师徒结对，给人的感觉名不正言不顺。

马小虎还是跟着班组一起走，他想再去找队长，又觉得一个小伙子就为这点事，老是缠着队长不合适，他觉得队领导不给安排，也只能自己造声势了。

这声势怎么造，马小虎颇是动了点小心思。这天一大早上班，他就抱了一大束鲜花大摇大摆走进大院。大家看他抱着一大束鲜花，纷纷好奇逗他。他大大方方一一回复，他要去给师父林筱筱送花，还让他们一起去当见证人。于是一堆看热闹不嫌事多的年轻人，就跟在了马小虎屁股后边，一同去找林筱筱了。热闹的场景也吸引了黄玲玲。

林筱筱刚到办公室，接了一杯水，众人前呼后拥地簇拥着马小虎就到了。

马小虎一见林筱筱，立马单腿跪地，还没等他开口说话，大家在旁边起着哄："来来来，快看呀！我们的小帅哥，要向师父求婚了。"

"见证这一光荣的时刻到来了。"

"让我们用热烈的掌声祝福他们。"

"嗷嗷嗷，快看呦，我们的小帅哥脸红了。"

林筱筱还没搞明白怎么回事，急得马小虎大声嚷嚷着："错了，错了，我这是送给师父的，我这是送给师父的！师父立了大功，我是来给师父祝贺的。"

"嗨！你不早说清楚，我们还以为你是来求婚的呐！"杜衡笑着开玩笑。

“得，你这拜师大礼还挺有新意，我们最美的师徒就要诞生了。”

黄玲玲也在旁边举着手机大叫着：“我要把这精彩瞬间记录下来，以后等评选最美师徒时，这可是最原始的素材。”

“我们说了不算，得看筱筱愿不愿意开门收徒了。筱筱，发个言呗！别让小虎老在这跪着了。”齐光也在旁边打趣道。

“小虎，起来，别听他们瞎起哄。认不认师父不重要，重要的是要认真向大家学习。这里的每个人都很优秀，放开眼光，脚踏实地，跟着大家学，每个人都会认真教你的。不要把自己的眼光局限了，把大家都当师父，你才能进步，要取众家之长。”这是林筱筱的肺腑之言。

当年林筱筱来到队里后，领导安排了李木渔当她的师父。名义上李木渔是她的师父，但实际上李木渔总是鼓励她多向其他人学习，还给她讲述了每个人的特长，让她遇到问题时，要多向大家求教。碰到别的班组忙不过来，或者是有什么特殊案件时，李木渔总是让林筱筱主动去帮着一起干活，干完后再让她分析其中的经验和不足。这也是林筱筱不到半年时间，就能单打独斗、独自顶班的缘故。

林筱筱把从师父那里学来的经验和道理全都讲给了马小虎。

她也知道队领导迟迟没有给新来的同志们安排师父，自然有他们的道理。她可不敢就这样私自认下马小虎这个徒弟。虽然马小虎的勤奋劲头她很喜欢，但这事一码归一码。

马小虎听林筱筱一番解释，瞬间明白了林筱筱的用意。如果真就这样认了林筱筱当师父，别的老同志们会做何感想，还有可能既为林筱筱树了敌，也为自己招来麻烦。他转而一想，和他一起来的有好几位新同志，队领导肯定有自己的考虑。大家如果都这么闹腾，队领导还怎么管他们。

马小虎借坡下台，站了起来，把花放到林筱筱的桌子上："祝贺师父荣立二等功。"

"马小虎，林筱筱立功你送花，我也立功了，你怎么不送，你什么意思啊！难道是重色轻友？"杜衡佯装生气地说。

"杜师傅，您那个才是三等功。我的标准是二等功以上我都送，不信您立个一等功试试，我包送一个月鲜花。"

"我是男人，你送我一个月鲜花干什么？"

"没事，条件由您定，送什么都行，只要不让我倾家荡产就行。"

不知这玩笑再开下去会是什么结果，所以林筱筱赶紧插话道："哈哈，还是我们小虎豪爽，我也不能被小虎比下去啊！行，今晚我请大家吃饭，见者有份啊！晚上六点，明月楼见！"

一听明月楼，大家高兴了，明月楼虽然不是什么高档餐厅，但在烧烤当中可算是佼佼者了，环境好，离单位又不太远，有事一招呼立马就能回来了。

"好咧！见者有份。"

"晚上我们可都去啊！"众人纷纷响应。

"当然了，请的就是大家，不要给我省钱啊！"林筱筱本来想挑个好日子请大家一块吃顿饭，毕竟三等功不罕见，二等功实在是少见。早请晚请都一样，择日不如撞日，所以就定今天了，也算给大家这一顿闹腾画个圆满的句号。

"走喽！干活去喽，今晚有好吃的喽！"马小虎一蹦一跳地走了，嘴里还一个劲儿地叨叨着。

众人见主角都走了，而且还跟着蹭来一顿烧烤，也都高高兴兴各自回屋了。

林筱筱找了个合适位置，把花放好。她没有把花放在自己的办公桌上，而是放在窗户底下，大家共同的活动区。

黄玲玲回到办公室后，打开手机，看了一遍录的视频。她本想把视频删除，可看了后又觉得挺好玩，于是就留了下来。谁想到这一留不要紧，还真就被她派上大用场了。

傍晚下班后，大家纷纷结伴去吃林筱筱请的大餐。黄玲玲犹豫了一会儿去与不去后，就去找吴迪了。她想看看吴迪去不去，吴迪要是不去，她也就不去了。

结果吴迪去。吴迪说，不去就显得和大家生分了。

吴迪和黄玲玲是最晚到达的，他们两人到达时，大家已点了很多菜。

看到他们俩一起到来，林筱筱大声叫着："金童玉女，快快，就差你们俩了，来看看菜单，要点什么?"

林筱筱说话时，吴迪一直看着她。原以为林筱筱看到他和黄玲玲在一起，心里会不舒服，没想到林筱筱竟然如此坦然，就跟和他从来没有过什么交集一样。

吴迪一扭头，看到华小兵也在。他这才明白，林筱筱之所以如此坦然，应该是和这位曾经的嫌疑人有关了。这样挺好，也省得黄玲玲老是怀疑自己了。

想到这，吴迪也就释然了，于是加入大伙，和华小兵开始称兄道弟了。

自从救了林筱筱后，华小兵也就成了刑侦队的熟人了，时不时地就会到刑侦队溜达一圈。他倒是很有分寸，每次从不空手，总是带一堆零食，见者有份。他常说的口头禅就是：大家辛苦保障民生，为我们小老百姓创造美好环境，我们要懂得感恩。所以大家也不反感他。

华小兵之所以这样做，就是为了刷个存在感。每次待上一会儿他就走，也不耽误大家工作。有时甚至是在门口碰到熟人，连门都不进了，直接让把东西带进去，给不给林筱筱，他也不过问。他知道林筱筱也不在乎这些，关键是得和大家保持良好关系。

白天，华小兵来给林筱筱送手机。

林筱筱的手机被摔坏后，华小兵第二天就拿来一部苹果手机让她先用着，说回头再给她买个新的。那个手机林筱筱倒是接着了，当时她的手边的确没有手机，于是就把手机卡装进去用了，想着回到家后换下自己的手机，再把那个手机还给华小兵。还没等到她还，华小兵就把第二部手机送来了，限量版专门定制的。

来给林筱筱送手机时，在门口正好碰到陆离。因为上次的事，陆离一直觉得自己有愧，就主动和华小兵打招呼。他说，林筱筱晚上请大家吃饭，于是就把华小兵给带过来了。

黄玲玲没想到华小兵竟然也在，她心里的气就不打一处来。本来上次挺好的事，没想到半道上杀出了这个二竿子，他要是不出现，林筱筱就算抓到那个小老头，自己肯定也是非残即伤。

黄玲玲真是越看华小兵越来气，但又不得不装作若无其事，一顿饭就她吃得不爽了。

华小兵去帮林筱筱结账，没想到林筱筱早就把账结了。

实际上林筱筱也没有结，只不过她在进门时，把一张银行卡直接放到了收银台，和服务员说好，今晚全部费用都从卡里出，不管谁来结账都说结过了。别人不用担心，她就是担心华小兵会帮她结账，她不差那点钱，也不想占他便宜。

饭桌上大家吃得很高兴，陆离和华小兵也是几杯酒下肚，一笑泯恩仇了。

一顿烧烤吃得好不热闹，大家开怀畅饮，就着烤串，喝着啤酒，驱散了最近的疲惫，一直闹腾到凌晨才散去。

华小兵定做的手机，林筱筱没有要。林筱筱举着手里的，她已经有新的了。她的新手机是过生日时，父亲在国外给她带回来的生日礼物。当时和父亲赌气，就把它扔在柜子里，这会儿对父亲的怨恨小了许多，扔了可惜，就拿出来用了。手机很贵重，苹果最新版，虽然被她放置一段时间了，但在国内也没有过时。

华小兵一看她的手机很昂贵，也就没再坚持，暂且拿回去放着了。他那个也不用了，两个手机都被他放在家里当作纪念品了。

眼看着四位新警分配到岗也有一段时间了，四人虽然各有小问题，但通过观察，看着还比较喜欢刑侦岗位。最终经过队领导研究决定，马小虎由陆离带，王小帅由吴迪带，其他两位新警也都分了师父。这样分的缘由，是每个探长各带一个。

大会宣布时，季青松明确强调，名义上四位探长是他们的师父，但在工作中，大家都要认认真真教四位新同志，争取让他们早日出徒。

时间过得很快，转眼春天已近尾声，到了李木渔快要退休的日子。可他每天还是早早到单位。按理来说，老李完全可以不用上班了。这么多年，他的年休假都捐给工作了。对于分内的工作，他尽职尽责，分外的事情，他也是抢着干。用老李的话说，这叫“站好最后一班岗，走好最后一公里，在岗一分钟，发光六十秒”。

这天赶上勤务，需要四个人去火车站上勤，勤务安排的是杜衡、齐光、郑则、王小帅。一大早，杜衡开着车停在了院门口，不一会儿齐光也到了。齐光到后，李木渔穿戴整齐来到车前，他拉开车门说："我和你们一块去。"

"李师傅，您不用去了，我们人够了，郑则和王小帅陪我们去。"杜衡想阻止李师傅。他有些心疼这位老同志，马上要退休的人了，还没日没夜地干，他真想不明白。

"郑则有个伤害案件需要取证，都拖一周了，不能再拖了。"没想到李师傅早有准备，把人都给支走了。

"李师傅，今儿一天的勤务，您老能吃得消吗？"齐光也转过头来问道。

李木渔不但业务好，人品也很好，年轻的同志们经常向他请教一些问题，只要他知道，保证是知无不言，言无不尽，而且懂的东西又多，人又热情、随和，所以大家都很尊敬他。

李木渔拍着胸脯道："你看我这身体，棒棒的，没问题。"

"得，这老的都比小的积极。"齐光笑道。

杜衡抄起手机拨通了王小帅的电话。宿舍内，王小帅躺在床上睡得正香呐。电话在枕边持续响了五六声，他才伸出手懒洋洋抓过电话接通，刚"喂"了一声。电话内杜衡暴雷般的声音立即传来："王小帅，还没起吗？不知道今儿上勤吗？"

刚还在迷迷糊糊中的王小帅，一听这话，迅速坐起，他一边应着："知道！知道！马上到。"一边赶紧穿衣服。

衣服穿好了，他又转了好几个圈才找到帽子，脸也没来得及洗，牙也没刷，一路小跑到车前。王小帅上车后，杜衡发动了汽车，气哼哼一脚油门，吓得王小帅一路都没敢说话。

齐光只管玩自己的手机，看都不看王小帅一眼。

看着三位年轻人，李木渔笑了，年轻真好啊！

不一会儿，车就开到了火车站勤务点，杜衡布置着工作：“今天巡逻任务是北广场这一片，两人一组，一组两小时，注意认真巡逻，别出现快闪、踩踏等情况。李师傅和……”

还没等杜衡说完，王小帅急忙道：“我和李师傅一组。”

杜衡看了看李木渔：“李师傅！您看？”

“行，没问题。”至于和谁一组，李木渔并没有意见。

对于王小帅来说，可就不一样了。昨天因为一个询问笔录的事，刚被齐光骂过。他觉得齐光喜欢小题大做，欺负他这新来的。一个丢失钱包的事，本应该算是遗失，王小帅问得很粗糙。他觉得，问得再细致也不能怎么样，所以就草草了事了，结果被齐光大骂了一顿。

“李师傅，走，咱俩先去。”王小帅拉着李木渔走了，两人并排开始巡逻。王小帅之所以选择和李木渔一起，他的意思是想让老李师傅给他讲讲以前破过的案子。可群众一会儿一个问路的，他的话往往还没有说到一半，就被群众打断了。李木渔始终微笑着对待每一位群众，认真指路，坐哪趟车，有什么注意事项，都介绍得非常详细。

看着老李认真的样子，王小帅有点不耐烦了，他不明白李师傅为什么这样做，终于忍无可忍时，他说道：“李师傅，您太认真了，告诉他不知道不就行了嘛！何必费那口舌。”

“我们穿着警服，群众来问路，那是他们信任警察，我们不能让人家的信任变凉吧！人家来趟南沧也不容易，咱这可是大都市，咱不能砸了南沧人的文明招牌吧！”李师傅也不恼，和颜悦色给王小帅灌输正能量信息。一天下来，李木渔没少教育王小帅。

撤勤后，林筱筱到李木渔屋里想看看他一天的勤务有没有累着，结果看到老李正在整理自己的物品。

林筱筱走近一看，发现李木渔有一堆的宝贝：三等功、嘉奖、岗位能手、优秀党员等证书，放了整整一大摞，旁边还有一堆的书籍、笔记本。书籍有《中国哲学史新编》《人心和人生》《历史研究》《西方的没落》等。看到这些书籍，林筱筱并不奇怪，因为师父一向涉猎广泛，什么书都看；可那一堆的笔记本，倒是让她很好奇。

林筱筱数了数，总共五十六本，她禁不住感慨得用多长时间才写这么多啊！

“师父，您这写的都是什么，是日记吗？”

“不是，都是一些工作记录。”

“我能看看吗？”林筱筱很好奇师父都写了些什么，竟然写了这么多。

“没事，看吧！有些东西我正想整理一下留给你呐！没准以后工作中可能用得着。供你参考，当个好警察。”

“师父，您放心，我一定不辜负您的教诲。”听着林筱筱的保证，李木渔笑了，对这个徒弟，他是一百二十个放心。

这些笔记本，主要都是李木渔的工作日志。说是工作日志，又不全是，因为不是天天记，只是记载了一些破案经过，更多的则是对好经验和缺点不足的总结，还有一些生活中的感慨。当然也有李木渔写的一些文学作品。

“这些证书和奖章我都拿回去，你帮我翻翻，有几本当兵时的东西，我也拿回去，以后有个念想。其他的，你看哪个有用，你就拿走吧！”

“好的。”林筱筱坐在一边翻看起来。

她拿起一个笔记本，打开来一看，是一首诗歌。

思念南沙

梦中常常回到南沙
任浪花抚摸我的脚丫
礁石的岩床如母亲温暖的怀抱
融化心中诸多烦恼
……

“师父，您还喜欢诗歌呢？”

“偶尔没事时，发点感慨，顺手就记下来了。”

“这是您写的？”

“嗯！”

林筱筱又往后翻了翻，还有《时光》《脚印》等，有很多首诗，看着这些诗，大大颠覆了李木渔在林筱筱心目中的印象。她以为师父只会破案，没想到师父还是一个文学爱好者。

“师父，您去过南沙？”

“我在南沙当了八年兵！”

“师父，南沙好玩吗？”

“偶尔去一趟是挺好玩的，要是在一个小岛上一待就是七八年，也就不好玩了。八年间，我只探过一次家。那时天天盼着离开那里，真到离开时，却又有太多的不舍了！战友们抱着哭啊！那场景，唉！退休后，我一定要回去看看。在岛上，仅有的几本书，大家相互传阅翻看，书页被摩挲得都起皱了。后来连长就教我们写东西，虽然写的不像样，但对我们来说，却留下了一笔很大的财富。”

林筱筱听着师父的讲述，更加肃然起敬了。

她把那个笔记本放到一边，那是师父要拿回去的。她又拿起一个笔记本，大概翻了一下，里边记的是一些案例。

她一眼就看到了张西华三个字，对于这三个字，林筱筱非常熟悉。张西华案，是桥西刑侦队早年侦破的一个连杀八个少女的恶性案件，当时的影响非常大，张西华特别狡猾。

林筱筱上大学时，这个案子作为优秀案例被老师们用作示范教学。来到刑侦队后，她仍然听到人们说起。大家都说当年是黄玲玲的父亲侦破的，她的父亲还因此得到升迁。

林筱筱从头到尾看了整个案件的侦破过程，师父写得清清楚楚、明明白白，经验和不足一目了然，特别详细。

林筱筱有些不明白了。

她把那个笔记本举到师父面前：“师父，这个案子这不明明是您破的吗？怎么都说是黄玲玲她爸破的呢？”

“是我破的。当时黄玲玲他爸是队长，他给自己报了功。”

没想到事情竟然是这样！

林筱筱为师父有些鸣不平：“师父，您，为什么不去争？”

“筱筱，有些事情你是争不来的，有些事情你去争也没有意义。当时我要是去争，他们也不会因为案子是我破的，就站到我这一边。反过来可能还会说我斤斤计较，说我不把领导放在眼里。领导不待见我，大家也可能都会躲着我。大部分人在利益面前，都会选择对自己有利的那一面，而不是选择正确的那一面。别人不会为了你的事而去反驳领导的。而且整个队伍就是一个集体，不能因为个人的利益而破坏整体的氛围，要有大局观念，有些事情得过且过吧！一个功奖也不会影响了什么。就说你那个事情，他们说一滴血是你看到的，我也相信只有你才有这细致劲头，三等功不同样给了黄玲玲吗？你幸好没去争，你要是争了，以后还怎么在单位混。当警察不能一点委屈都不受，要学会在自己破的案件中找寻乐趣。你如果达到这种境界，以后会少很多烦恼，这可以用阿Q精神胜利法来解释，自己给自己找乐趣，不要在一些无谓的事情上浪费时间。人生很短暂，能用来干事情的时间并不是很长。你看看我，这不转眼就到退休年龄了嘛！再想干也没有机会了。筱筱，我知道你仁义。真的，有些事情没必要去争。咱老祖宗一直讲的中庸之道就是这个道理。”

停顿了一下，李木渔喝了口水，又接着教诲林筱筱：“一般来说，单位里都是由这么三类人组成，一是埋头干活的，一是愉悦领导的，一是各种关系户。这三种情况形成相互平衡，缺了哪类都不成。埋头干活的往往受累不讨好，但群众认可，这种人一般年底论功行赏时基本没有，有时为显公平，可能会给上一两个。愉悦领导的，活没干多少，但说话讨人喜，经常让领导高兴，有好事时，即使领导想不到，人家也会自己表白出来。因为会说，表白得还不让领导烦，所以好处也就顺理成章了。第三种关系户，这个不用自己说，关系在那里摆着，领导为了搞好关系，也会主动想着他们。每个人的活法不一样，像我这种就是埋头干活的，各有各的乐趣。”

“嗯！师父，放心吧！我当警察，不是为了追求名和利，就是想着多做点自己力所能及的事。以后我有不明白的地方，还请师父多多指教。一朝为师，终身为师，师父您可逃不掉了，以后我会经常麻烦您。”

“欢迎随时麻烦。以后你也得给我多讲讲新鲜案子。社会在发展，新案子层出不穷，咱们警察破案，就像医生治病救人一样，他们是先有病再有药，咱们也是先有了案子，后有的侦破方法和科技设备。我参加工作那会儿，还没有指纹，也没有监控，破案就是靠观察和走访，需要的是一种锲而不舍的精神。现在好了，有很多高科技的东西可以运用。虽说科技进步了，但破案的主旨，最终还是会还原到人身上，就看你能不能找到有价值的线索……”

师徒俩聊得很是火热。他们整理了一个多小时才收拾完。

林筱筱总共翻出了十五本师父写的诗歌和散文，这十五个笔记本都是师父要带回去的。其他那些本子上面在边角处也有一些小文章，但被林筱筱留下了，她想等自己看过后再还给师父。

最后，林筱筱找来几个纸箱子，装上师父的十五个笔记本，还有书，连同师父，一起开车给送回了家。

第二天，离上班时间还有一个小时。季青松走进大门后不久，李木渔也到了。

李木渔换上作训服，就开始检查车辆。马上要验车了，他想看看车有什么问题。本来车辆就紧张，提前检查，确保都能一次性通过。

看到李木渔在检查车，郑则走过来：“李师傅，昨天辛苦了。”

“没事，证取得怎么样了?”

“很顺利，送检了。李师傅，帮我看看那辆车。”郑则指了指旁边一辆车。

李木渔上到那辆车上，发动汽车，踩离合，刹车，挂空挡，猛踩了几下油门，仔细听了发动机声音，然后说：“制动系统出了故障。”

说完这话，李木渔下车打开前机器盖，检查发现制动液不足，于是说：“加点制动液就可以了。刹车片也该换了，有时间去换一下吧！”

“刹车故障灯还没亮呢？”郑则不解地问道。

“踩着的力度和刹车劲头都已改变。”李木渔给出了专业的指导。

两人一问一答，引来了很多人。大家围在旁边，你一言我一语夸奖李师傅水平高，刚走进门的王小帅也凑过来。

他看到李木渔又在鼓捣车，很是不解，禁不住问道：“李师傅还会修车呢？”

“李师傅可是咱们单位熊猫级的宝贝，多才多艺，无所不能。你就跟着李师傅好好学吧！”郑则这话说得王小帅脸上有点挂不住。

他觉得郑则纯粹是在针对他。其实郑则这话是真心夸奖李木渔，并没有针对王小帅的意思，只不过让他自己多想了。

王小帅回到办公室后，坐在那里想了一会儿。他老觉得大家不喜欢自己，想来想去，最终决定去找李木渔聊一会儿天。昨天和老李上了一天勤，感觉和老李交流得还不错，于是就想问问老李师傅怎么才能让别人喜欢自己。

李木渔给了他一番中肯意见：人与人之间的喜欢是相互的，而且要想让大家都喜欢不可能，不要太在意别人的眼光。要多学本领，不管干什么，都要让自己做个有价值的人。自己对别人有用了，人家也就尊敬你了……

对于现在的警察地位，王小帅不以为然，他问道："李师傅，您干了一辈子公安不烦吗？现在天天讲为人民服务，本来警察就是惩治犯罪分子的，结果现在倒好，整个一社会保姆！"

李木渔将心比心，一番说教："社会是在不断前进的，不能老用以前的眼光看问题。就比如说我自己当警察这事，一开始干着烦，时间长了，干着干着就习惯了，再后来就喜欢上了。没几天我就退休了，我还想再当二十年警察。你没到我这个年纪，不会有我这种体会的……"

李木渔的苦口婆心，把王小帅说得心服口服。他决定开始认认真真脚踏实地干工作了。

其实，李木渔不只是这样春风化雨般教育王小帅，队里好多同志都是这样被他言传身教爱上了警察这份职业，就像陆离、林筱筱，都是被他教育过的同志。

李木渔退休的当天，队领导组织大家为李木渔召开了全队欢送会。赵子琪向李木渔赠送了纪念品，季青松颁发了光荣退休证书，大家纷纷和李木渔合影。

"李师傅，以后常回来看我们啊！"

"老李头，真舍不得您离开啊！"浑小子齐光又开始没正经了。

"师父，这里永远是您的家，想家了随时回来看看。有事了，招呼一声，我们马上到。"陆离诚恳地说道。

……

众人纷纷挽留着。

"谢谢大家！谢谢大家！我一定常回来。"李师傅脸上堆满笑容，当兵八年，当警察三十四年，一辈子也值了。李木渔高高兴兴光荣退休了。

李木渔退休后，林筱筱总觉得心里空落落的。

一有空闲，她就翻看师父留给她的那些笔记本。

对于林筱筱来说，师父的笔记本可是一笔难得的财富。笔记本上记载了很多案件的侦破过程，虽然有些已时过境迁，但侦查方向和一些方法技巧并没有过时。如果整理成册，就可以当作示范案例在教学中加以运用。如果再加上几个人物互动，前后逻辑贯穿起来，就是很不错的小说。每一个案件，都可以写成中篇或短篇，合起来就是长篇。

林筱筱想把这些材料都整理出来，她想给师父出本书，至于是改编成小说，还是按照案例出版，她还没有想好。以她目前的精力和水准，写成小说还有一定的难度。

林筱筱想，这事也不必急于求成。她准备先整理好，下一步看自己的能力。她给自己定了个两年期限，两年内这个事情必须有个结果。

自从上次和石雨墨看完电影后，石雨墨没再联系林筱筱。

其间肖依依打来电话，询问谈得怎么样了，林筱筱告诉她谈得挺好的，两人都一起去看电影了。林筱筱并没有说看的恐怖电影。

一听这样，肖依依高兴了，也没再多说别的。两人闲聊了一会儿，肖依依就被两个活宝儿子的吵闹声牵走了。

华小兵倒是常出现，还邀请林筱筱两次去家里吃饭，说老太太特别想念她。这让林筱筱感到真的是盛情难却。

可第一次队里临时开会，林筱筱没有去成；另一次林筱筱有时间了，结果关键时候，华小兵倒是没时间了，他不让林筱筱过去了。

不让去正好，林筱筱本身也不是很想去。

虽说华小兵关键时刻救了自己，这份情林筱筱认，也就是她答应去华家的缘由。但她觉得，就算是自己和华小兵在谈朋友，远没有到要见家长的那一步。她觉得现在去还不是时候，说真心喜欢华小兵，每天想得死去活来，一日不见如隔三秋，她倒是没有那感觉，只是不讨厌而已。

林筱筱也拿华小兵和石雨墨做过比较。比较来比较去，也没觉得两人谁好，哪一个更适合自己。

至于华小兵关键时刻突然变卦的理由，林筱筱也没有问。

在得知林筱筱要来家里吃饭时，华家妈妈特别高兴，一大早就出门买菜，准备给林筱筱做顿拿手的饭菜。

可等她把菜买回来，刚到家门口，李浩然的妈妈带着她的小外孙女出现了。李浩然因为孩子不学习的事，在家揍了女儿一顿。女儿哭着喊着要找爸爸，哭得李浩然心里也不是滋味，打完孩子自己坐在一边抹眼泪。

老太太看不过，就带着小外孙女出来了，问小外孙女想要什么，结果小外孙女说要找叔爸。老太太知道孩子说的是华小兵，就给华家妈妈打了个电话，问华小兵在不在家。华家妈妈很诚实，说华小兵在家睡懒觉还没起床呐！

一听这话，老太太放下电话，和小外孙女打了辆出租车，就过来了，刚到华家门口，正赶上华妈妈买菜回来。

华妈妈打开门，小姑娘也不认生，一溜烟跑到华小兵屋里去了。华小兵半裸着身子睡得正香，小姑娘悄悄爬上床，挨着华小兵躺了下来。放松下来的她，不一会儿困意袭来，挨着华小兵就睡着了。睡梦中的小家伙一个劲儿往华小兵身边挤着，最后还把小脚丫跷到了华小兵的身上。

正在做梦和林筱筱约会的华小兵，潜意识中想抓住林筱筱的手，结果一把抓住了小姑娘的小脚丫。得意忘形的华小兵一激动就醒了，他一看自己手里抓的竟然是一只小脚丫，吓得他一激灵。

他定了定神，左右看了看，好一阵子才看清自己是躺在自家床上睡觉，再一看身边躺的竟然是李浩然家的那个小姑娘。

华小兵有些蒙了，这孩子怎么躺在自己的床上。华小兵心里来气了，可看孩子睡得正香，他也不忍心发作，于是披上衣服下床走出了屋。

客厅里两位老人正在聊天，看到华小兵出来，华家妈妈尴尬地笑了笑，李家阿姨赶忙解释道：“孩子在家被她妈揍了一顿，哭着喊着要找她华爸爸，我看着孩子可怜，就把她带过来了。要怪就怪我吧！看在孩子没爸的分儿上，你就当是可怜孩子吧！”

话说到这份儿上了，华小兵也不好意思说什么了。

他转了一圈，上了趟厕所，倒了杯水，又进屋了。进屋后，看着熟睡中的孩子，小家伙也不知正在做什么梦，小鼻子抽答抽答的，一副委屈的小模样，华小兵实在气不起来了。

华小兵已没了睡意，便坐在计算机旁玩起了游戏。

还没等小姑娘睡醒，李浩然拎着大包小包的水果蔬菜就到了。母亲和女儿走了以后，李浩然放声大哭了一场，哭过后，心情好多了。日子再难还得往下过，她不放心一老一小，给母亲打电话，老人告诉她来了华家。一听在华家，李浩然就放心了，于是去超市买了一大堆东西就拎过来了。

该到做饭点了，小姑娘还没有睡醒。再耗下去，做饭就来不及了，华妈妈只好做饭，李家母女也跟着搭了把手，就好像华家这顿饭是专门为她们准备的一样。

华小兵心想这叫个什么事啊！

没办法，他只好给林筱筱打了个电话，取消了林筱筱到家里吃饭的约定。

饭桌上，华小兵心里是憋气带窝火，可这事也没法发作。好在小姑娘很可爱，一口一个叔爸叫着，又是给他夹菜，又是送吻，哄得华小兵倒是挺享受。

林筱筱始终没有问最后不让她去的理由，最终华小兵倒是沉不住气了，自己说了出来。

华小兵把事情的经过一说，林筱筱不但没生气，反而笑了。

她觉得孩子挺有意思的，自己还会给自己找个爸爸，禁不住给华小兵提了一个她认为不错的建议："我看这事挺好的，实在不行，你就来个娶大送小吧！反正孩子也挺喜欢你的。"

就这一句话，彻底惹恼了华小兵。

林筱筱说这话时，华小兵一直看着她的表情，看她不像是在开玩笑。华小兵来气了，合着这么长时间，自己把林筱筱当成女朋友，可在林筱筱的心里，根本就没把自己当回事，否则她也不至于说出这样的话了。

华小兵一气之下走了，气得有一段时间没有理林筱筱了。

华小兵走后，林筱筱才后知后觉反应过来自己不该说这话。可话说出去了，也收不回来了，一切只能让时间去解决了。

夏至时节，一连几日的阴雨绵绵，有些类似南方的梅雨季节，骤降的大气压，让人感觉喘不过气来。林筱筱的心情不是很好，她感觉很压抑，无论干什么事都不能静下心来。

周末，林筱筱去了姥姥家，经过一个冬天的调养，又经历了春天的滋养，姥姥的身体好了很多，虽还不能下地，但已没什么大碍。林筱筱把这一切都归因于舅妈的功劳。

林筱筱没再给舅妈钱，她给舅妈一家每人来了套专业定制的唐装，面料讲究，做工精细，一看就出自工匠之手，当然也是价格不菲了。

拿回家后，舅妈穿上试了试。一试非常合身，高兴得她都不想脱了，忍不住对林筱筱夸奖了一番。她很奇怪林筱筱怎么知道他们的尺寸。

林筱筱说，拿着他们的衣服量了量。其实通过几年的工作经历，以林筱筱练就的眼力，根本不用尺子测量，她就能准确报出各种数据。

当裁缝师傅向林筱筱要尺寸时，林筱筱反问他，需要什么数据。人家说起码需要三围数据。结果林筱筱不但报出了三围，就连肩宽、肩长、大腿围、腿长都报了出来，让裁缝师傅惊讶得还以为自己碰到了同行。

林筱筱没有说自己是测量尸体练出来的眼力，毕竟这个说出来肯定会让他们不舒服。而且她也没和家里人说自己是刑警。他们只知道她是警察，回家后，对于工作上的事，她也很少提。小表弟穿上唐装后，很像地主家的小少爷，于是自己干脆又找来一副眼镜戴上，跑到镜子前照了照，发现自己很像账房先生，索性就模仿起账房先生的样子来，逗得大家哈哈大笑。

舅舅虽然责怪她乱花钱，但穿上后，也是笑得合不拢嘴。三人穿着唐装到姥姥面前显摆了一下，美美的样子，让姥姥也跟着高兴了一回。

林筱筱给三人照了张照片，舅妈还不过瘾，提议让林筱筱多给照几张。林筱筱就当起了三人的御用摄影师。给三人拍完了室内，舅妈又提议到外边院子里拍几张。

林筱筱陪着他们一起来到院外，行走的，并排的，搂着竹子的，倚着竹干的，各种姿势照了一大堆。还有靠着竹子背景是后山的。

就在拍这几张山景时，林筱筱站在竹林外给他们拍照，她发现靠墙边的竹林处出现了一小片空地。空地倒不是很大，长不过两米，宽也就一米左右，空地上的竹子都没有了。

林筱筱看了一眼那片空地，以她的目测，竹子起码少了十来根。她没有说话，给他们照完相，林筱筱陪着他们回了屋。回到屋后，舅妈脱下衣服高高兴兴去做饭了。舅妈一高兴都不用林筱筱帮忙，对于舅妈做饭的手艺，林筱筱绝对相信，她知道自己去了有可能只会帮倒忙，所以也就选择不进厨房了，等吃完饭洗洗碗也就可以了。

林筱筱走出屋子，回到那片空地。

她蹲在地上，看着那些从根部被砍的竹子。砍下的竹竿堆在墙边，她拿起一根竹竿，上边有火烧过的痕迹，有的竹子都被烧焦了。

“前两天，不知道这片竹子怎么就着火了，正赶上我在家，就把火给扑灭了。火是扑灭了，可这片的竹子都被烧焦了，我就把它们砍了。我看了看没伤到根，想着过段时间还会长出小竹子来!”舅舅换好衣服后，没见到林筱筱，就出来找了，他想林筱筱可能是看到这片空地了。对于林筱筱来说，家里的竹子别有意义，那可是妈妈的心血，舅舅一直给打理得很好。

“怎么起的火知道吗?”家里明明有院墙，林筱筱不明白为什么就着火了。

“我也不知道，当时只顾着救火了，也没注意外边有没有人。我觉得肯定是有人故意放的。我和物业说了，他们让我报警。报警后，警察过来看了看，也没有发现什么可疑的地方，让我以后注意着点。我想又没烧到人，也就算了。”

“当时着火时，有什么异常吗?”

“没有。不过，我看到地上有一根烧了半截的木棍。”

“木棍还在吗?”

“应该没扔，我找找。”舅舅围着墙角寻找木棍。还真找到了，木棍被他扔在了不远处，被烧着的那一截还埋在土里。舅舅把那截木棍递给了林筱筱。

林筱筱拿在手里仔细看着。那半截木棍质地很硬，攥着很有手感，要比其他木头沉。木棍的一头已经烧焦。这样的木棍着火点很高，一般情况下不会自燃，就算放在火上烤，达不到一定温度，也不一定能烧着。

这样的一根木棍怎么就进了自家院子了呢?肯定是有人故意所为了，为什么要这样做呢?小区门口都有保安，保安一直很敬业，对进出人员检查得很严格，小区内住的人员也不复杂，怎么就发生这事了呐?林筱筱心里想着这些疑问。

“舅舅，当时发现木棍的位置是什么地方?”林筱筱又问道。

舅舅看了看地面，指出了当时木棍所处的位置:“这里。”

林筱筱蹲下身子，扒拉着地上的泥土。她看到地上有一小堆已被烧成黑色的灰烬，她抓起一小撮，放在手心里捏了捏，仔细辨别着那是什么东西。

那东西一捏就成碎末了，林筱筱觉得可能是棉絮，但又不是特别确定，因为棉絮烧完后，基本不留灰烬，可这里却有一小堆灰烬。如果真是棉絮，估计里边应该加了其他东西。很可能是有人用木棍和棉絮绑了个火把，火把被扔进来后，引燃了旁边的枯叶。每年都有些竹子过不了冬，能长成这一片竹子，着实不容易。

林筱筱扒开土，看到竹子的根还在。只要根没伤到，过段时间竹子还会长出新芽的。

林筱筱的职业病又犯了，她拿着那半截木棍，取了点灰烬，准备带回去做个化验。她又看了看院子，看看什么位置适宜安装监控探头，她准备买几个探头回来装一下，以后再有什么事，就能通过摄像头看到院内外的情况了。

回到屋后，林筱筱陪着姥姥待了会儿。姥姥又老生常谈问起了男朋友的事。

林筱筱和姥姥实话实说，自己还没有决定好。

她说肖依依给介绍的男朋友是温室内长大的花朵，没经历过什么事，显得很不成熟。目前有一个追自己的人倒是很成熟，就是脾气有时比较急躁，什么事情都爱替自己操心。没有正经职业，只是自己倒腾点东西。林筱筱说的是华小兵，避重就轻，没有提华小兵救她那件事。她怕姥姥知道自己的职业很危险后会担心。更为关键的是，林筱筱说要对自己的婚姻负责，谈十个男朋友不叫事，可要是离十次婚就不合适了。虽说现在大家都是各人过自己的日子，不会影响到什么，但说出去可不好听啊！所以说自己再考验考验他们。

姥姥一听是这么个理。原以为自己的宝贝外孙女对男人不感兴趣，或者是受父母的影响惧怕婚姻，这回不用担心了，外孙女大了，有自己的主意了。没想到大大咧咧的外孙女竟然有这么多可参考对象，这下老人家是彻底放心了。

吃过晚饭，林筱筱就回自己的小窝了。

第二天上班后，她把带回来的木棍和灰烬送去了化验室，检验结果出来后，证明了林筱筱的猜测，酸枣枝木，而且还在木棍上提取出了半枚指纹。

林筱筱把那半截指纹和舅舅的指纹做了比较，排除了舅舅指纹的可能性。灰烬是旧棉絮加布条燃烧后的产物，而且上边还浸过油渍。林筱筱把那半枚指纹和指纹库中的指纹进行了比对，没有比中相同类型的指纹。

林筱筱暂且把这事放到一边。她在网上购买了五个摄像头，想着等下次回家时找个合适的位置给安上。

第八章　轻生女人

入夏后，大的案子没有几个，打架斗殴和入室盗窃案件多了起来。

这天林筱筱值班时，接报了一起入室盗窃案件。在新宁大街4号门脸房内，房主郭先生放在桌子上的一台黑色联想牌笔记本电脑被盗。接到报警后，林筱筱带着马小虎就去出警了。

他们两人到现场一看，没什么可侦查的。丢失笔记本电脑的地方是一个正对街面的门脸房，店主郭先生早晨开门后，八点左右去了趟厕所，当时没关门，前后也就五六分钟的时间。厕所离店门不远，拐过墙角就是，直线距离二十米不到。郭先生回来后，发现放在桌子上的笔记本电脑就不见了。其实电脑也值不了几个钱，郭先生就是觉得这事太气人，大白天的，竟敢进门偷东西，他实在咽不下这口气。

这是典型的溜门入室盗窃案件，案子很简单，就看盗贼有没有留下有价值的线索了。

林筱筱看了看现场，屋子不大，水泥地面，桌子到门之间的距离也就三米。现场很简单，一目了然，没有什么痕迹可取。

虽说案情很简单，可要想破这样的案子，往往比较困难。这种案子唯独可借鉴的就是有没有监控探头或者是目击群众，当然就算具备这两者，也不一定能破。因为目击群众未必认识盗贼，监控中即使拍下盗贼的身影，也不一定能找到人。虽说有大数据可以进行人像比对筛选，但这个比对，比中的概率也就是百分之七八十，好在有总比没有强。

房主家中没有安装监控探头。幸运的是，郭先生的店门外有监控。

监控录像显示，在郭先生离开的时间段内，有一位妇女进过店铺的门。这位妇女进去后，不到一分钟就出来了，出来时，手中多了个塑料袋。进去时，她的手中并没有这个袋子。显而易见，妇女手中拎的应该就是那个笔记本电脑了。女子拎着袋子出来后，大摇大摆接着向前走了。视频拍摄得很清晰，女子神情淡然，一点都不紧张。

看到这样的女人，林筱筱有些诧异。在抓获的盗窃人员中，女人相比男人而言少多了。在对女人进行人像比对后，很快就确定了这位妇女的真实身份。

更令林筱筱诧异的还在后边，这位妇女刚从看守所放出来还不到两个月。妇女因为盗窃在里边待了一年，这是明知故犯啊！

一周后，女人落网了。马小虎高高兴兴地把这个消息告诉了林筱筱。

林筱筱决定去见一见这个妇女。

她很奇怪，在视频中，女人穿着得体，举止优雅。这样的女人，林筱筱怎么看都不觉得像盗贼，无论如何，她觉得两者之间都不应该有联系。

女人根本不用审问，直接承认她拿走了电脑。当天她在门口路过，看到店内没人，想都没想，就进去了。进去后，看到桌子上放着一个笔记本电脑，旁边还有个塑料袋，她拿起塑料袋装好电脑，大摇大摆拎着就出来了。

林筱筱一看妇女的基本信息。刘小萍，五十五岁，河北人，大学毕业，有一大堆前科，都是因为偷东西被抓。

看着这样的信息，林筱筱想不明白了，以她的年纪和学历，当年应该是分配工作；大学学历，分配的单位应该也不错。要说偷一次东西可能情有可原，可这接二连三地偷就不合常理了。林筱筱不明白，难道这偷东西还带上瘾的。

林筱筱坐到了刘小萍的对面，静静地看着她没有说话，足足看了三分钟。

刘小萍也不说话，两人就这样对视着。

刘小萍的态度很平静，不像其他犯人看到警察多多少少会有些惧怕心理。显而易见，她对自己的所作所为很明白，结果也都清楚。刘小萍的穿着很得体，也很有气质。要不是亲眼所见，这样的人摆在面前，林筱筱是无论如何也不会把她和盗贼联系到一起。可视频中清清楚楚，就是这个女人，偷了别人的东西。

最终还是林筱筱打破沉默："大姐，为什么要这样做?"

以女人的年龄，林筱筱可以叫她阿姨，但林筱筱没有那样叫，她觉得叫大姐让对方觉得自己年轻，能方便交流感情。

"我这人就是想占点便宜，屋子里又没有人，就喜欢顺手牵羊，习惯了，上瘾了。"刘小萍轻描淡写回答着。

"大姐，能和我聊聊，为什么总是喜欢进里边去呢？在外边不好吗?"

听着林筱筱的问话，刘小萍平静地看着她，没再说话。

"您这样做肯定有自己的理由，您不愿意和我说没有关系，但我得把我想说的说出来。以您的学历，想找份工作应该很简单，您看上去也不像是差钱的人啊！人活在这个世上，有时活的就是一口气，喜好什么的都有，但您这样的喜好，实在让人想不明白。希望您以后不要再做这样的事情了，给自己的孩子、家人树个榜样，不要破罐子破摔啊！"林筱筱慷慨激昂发表了一通自己的说教。

听着林筱筱的说教，女人也不恼。

过了一会儿，她才慢悠悠地说道："姑娘，有没有听过这样一句话，未经他人事，莫论他人非。你不是我，你也就没有资格教育我。你也看到了，我每次进去的时间都不长，最长的时间也就是一年。我很有度，在外边待段时间，和想见的人见了，大家都很忙，不可能天天陪着我玩。没人玩了，待得烦了，就去里边再待段时间。里边比外边热闹啊！不是我不想给孩子树榜样，我也想树啊！可是给谁树啊！孩子没了，老公没了，父母没了，眼睁睁看着他们离去，我却无能为力。在这个世上，我已经没有亲人了。有时我想去找他们，可自己又没有勇气。我对生活已经不抱什么希望了，自己就给自己找点乐呗！反正进去和在外边又没什么区别，进去人还多点，能聊聊天。"

刘小萍的一番话，把林筱筱说得哑口无言。

她没想到会是这样的结局。

对于这样的人，林筱筱没有勇气再劝她改恶从善。林筱筱真不知道该如何处置了，她也是第一次碰到。

林筱筱还想说点什么，可张了张嘴，最终也没有说出来。林筱筱不知道该说什么好了，突然间挺同情她的。

最终林筱筱也沉默了。

她又坐了一会儿，起身给妇女倒了一杯热水就出去了。

送刘小萍去看守所时，林筱筱也去了。在给刘小萍做完检查，进门时，刘小萍大声说着："回家了，回家了！"

林筱筱看着她的背影，一股酸涩涌上心头。

回去的路上，林筱筱只顾走神了，这车就开错了路。

等她缓过神来，才发现自己偏离了回单位的路线，再往前走，又是单行线，需要绕很远的路才能回来。

林筱筱一看旁边有个小区，以前她进小区出过一个入室盗窃现场。小区东南西北各有一个出口，林筱筱所处的位置正是北门口处，从北门进去，南门出来，能节约很多时间。

林筱筱开着车进了小区北门。

小区很大，东边部分是别墅，西边部分是高层，南北贯穿小区的路就在别墅和高层之间，林筱筱就是想通过这条路穿行到南门口，这样的话可以回到拐错的路口。

车穿行到一半距离时，林筱筱看到前边路上站了很多人，人们都在仰着脖子向高处看去。

林筱筱坐在车内，她只能看到人们在往高处看，但不知道他们在看什么。

人们占去了路的大半部分，但在他们的身后，车还是可以通过。林筱筱没有那么做，她想看看是什么情况，没什么事再走也不迟。林筱筱把车停在路边。

下车后，还没等她接近那群人中，就听到人们的议论："你说说有什么想不开的，这么好的日子。"

"这可是高档小区啊！这里住的可都是富人啊！怎么还有人轻生。"

“这可真是穷人有穷人的乐，富人有富人的苦啊！”

林筱筱抬头向高处看去。

起初她并没有看到什么，后来才看清，在西侧高层的楼顶上，有一个人已站到了平台的外缘处。

一看这情况，林筱筱知道，那人想轻生。

她赶紧向楼内跑去，一边跑一边大声问道：“报警了吗？”

“报了，警察还没到。”

一听群众报警了，林筱筱也就不管那些了。她迅速跑向五单元的楼道，一看两部电梯都在上行方向中，她按了下行键，等了片刻，但还是没有下来。林筱筱冲进旁边的步行通道，直接跑着上楼了。

林筱筱以前在这个小区内勘查过入室盗窃现场，她知道每栋楼的15层西侧都有一个通向楼顶的通道。这个小区的高层设计都一样，所以她就直接跑向了西侧的第五单元，通道所处的位置就在五单元的人行步梯旁边。

林筱筱一口气跑到了15层，从15层顺着梯子爬到了楼顶。楼顶到天台之间有一道门，门的里外都有插销，轻生者从外边把门插上了。

所幸门上有个玻璃窗，林筱筱举起手机，直接敲碎了玻璃窗的一角，她伸出手，踮着脚尖刚刚够到外边的插销。她拔出插销打开门后，一个箭步冲到了天台上。

轻生的人本来脸朝外，听到声响，扭过头看向林筱筱。

这一看不要紧，她们俩一下子都怔住了。

“你?！”

“您?！”

轻生的不是别人，正是之前林筱筱去和石雨墨相亲时，路上遇到的那位出车祸的女司机。

女司机见到林筱筱也不由得诧异起来。

“你，怎么是你?”

“阿姨，是我，咱俩好有缘啊！又在这里见到了。”林筱筱和轻生女人套了个近乎，她边说边往女人身边走去。

“唉！孩子啊！你还相信缘分啊?”

“阿姨，我当然相信缘分了，咱俩要是没缘，也不会又在这遇到啊！没准儿咱俩以后的缘分还会源源不断呐!”

“谢谢你，咱俩可能是有缘，但咱俩的缘分今天就到头了。”

“阿姨，您这是?”

“我，我不想活了，活在这个世上没什么意思了。”

“阿姨，您可千万不要说这话。上天让我们一次又一次地相遇，就说明我们这辈子注定缘分不浅。这缘分刚开始，还没往下继续呐！阿姨有什么想不开的和我说说?”林筱筱又往妇女身边走了走。

“你别过来，你要是再往前走，我就跳下去了。”中年妇女阻止了林筱筱再往前走。

“阿姨，别，千万别这样。”林筱筱伸出手，做着阻挡的动作。

“你再往前走试试。”刚还比较平静的女人，情绪一下子激动起来。

“那行，阿姨，那我就站在这里，咱俩聊会儿天。”林筱筱也不敢再往前走了。

此时的妇女情绪很不稳定，林筱筱也怕一个不小心激怒了她，便在离女人五六米远的地方停了下来。

“阿姨，您听我说，什么事在生死面前都不叫事，您都不怕死了，其他的事，还有什么可怕的。阿姨，我不知道您家的情况，但您不为自己着想，也得为父母和孩子想想吧！人活着不只是为了自己，还得为了亲人们。您这么一跳倒是痛快了，可您让他们以后怎么活，这不是让亲者痛，仇者快吗？”林筱筱不知道她有没有家人，碰到这种情况，她也不知道如何做思想工作，但她知道，轻生的人一般都是因为一时想不开，钻进了牛角尖，等想开了，也就没事了。再者像刘小萍那样没有家人的情况的确太少了，所以她也只能先打感情牌试试了。

听林筱筱这么一说，轻生妇女没再吱声，似乎听进了她的话。

“阿姨，和生命比起来，其他的都不叫事。阿姨，您要是信得过我，就和我念叨念叨；要是信不过我，您就听我念叨念叨。”

妇女没再吱声。

林筱筱只好继续说道：“我认识一位大姐，大姐的儿子和丈夫都生病去世了，就剩下她一个人在这个世上了。她没什么朋友，她特别想自己的家人，她一个人待着就害怕，于是经常偷点东西，被民警逮着后，就能把她送进看守所。因为那里人多，在人多的地方，她很有安全感。好多生病的人，努力想活下来，可老天爷偏偏就要收走他们。我们这些健康的人，和他们比起来，还有什么理由要轻生呐！还有阿姨，说句心里话，上次见到您，我就觉得特别亲切。我很小的时候，就没有妈了，这么多年来，看到人家有妈，我就羡慕。我想要是我妈能够复活，就是让我少活十年，我都愿意。别说十年，就是二十年我都愿意。没妈的孩子太苦了，您的孩子可能大了，但再大的孩子，也是孩子啊！只要回家进门，看到妈在，那家就不是空荡荡的，就有温暖。阿姨，您想想我说的对不对?”

“我，我，我们家进小三了。我这老脸都被丢尽了，我还活个什么劲啊!”

一听是这么回事，林筱筱的心中说不出什么感觉来了。这个阿姨因小三不想活了，那个阿姨因没有亲人以偷东西为乐，这世间的女人怎么都被别人所累呐！当年母亲的死是不是也是这样呢?

想到这，她赶紧掐断自己的思绪，回归正事。

“阿姨，就为这个啊！那就太不值得了。”林筱筱知道，只要她说，这事就有余地，说出来，心情也就舒畅了，也就可以因势利导了。

林筱筱正和轻生女人聊天间，出警民警也到了。有两位民警来到了楼顶，其他人员在楼下维持着秩序。

听到有人上得楼来，林筱筱回头看了一下。其中一人自己正好认识，是属地派出所的民警。关于小三这事，和两位男同志倾诉显然不合适，对方刚张开嘴想倾诉，他们这一来，也不知道她还会不会说。林筱筱把握不好，为了避免激化轻生者的情绪，她决定心理疏导工作还是由她自己来做，先让两位同志在旁边伺机行事。

两位民警还想上前，被林筱筱阻止了。

她说：“这里交给我吧！你们在旁边等会儿，有事我再叫你们。”

“你行吗?”两位民警一见轻生者是女人，他们心里也有些发毛。对付男人还行，可这做女人的思想工作，心里就没底了。虽然林筱筱没穿警服，但有她在，他们也就放心了。

“没问题，我和阿姨是老朋友了，我们都是女同志，说话比你们方便，你们就不要掺和了。”

一听这话，两位民警明白了林筱筱的意图。既然她们认识，这样一来，女人比男人更了解女人，女人劝女人能劝到点儿上。两位民警站在了一边，不再出声，只是见机行事，看看适当时候能不能出手，先把轻生者拽到安全地带。

“我和阿姨聊会儿天，你们先到那边等会儿吧！我们说的都是女人的话题，你们在这听着不太方便。”林筱筱怕阿姨刚张开嘴说心事，有他们在，阿姨不好意思，所以就让他们站得远一些。

“这样啊！那你们接着聊，我们去那边抽根烟。”林筱筱和阿姨所在的位置偏向楼顶西侧，两位民警站到楼顶东侧去了。

他们到东侧后，向地面报告了楼上的情况。

这边，林筱筱还在做着轻生女人的思想工作：“阿姨，假如叔叔真要是不爱您了，您就这样走了，为了一个不爱您的人值得吗？而且您这样一走，不正遂了人家的心愿了吗？您的孩子要是大了还好，能自力了，可孩子要是还小，跟着后妈，人家会不会虐待孩子啊！病了饿了，后妈会心疼吗？我从小没有妈，那滋味很不好受。上次见到您，我就觉得特别的亲切，就觉得您很像我妈妈，这可能就是我们之间的缘分，上天一次次让我碰到您。阿姨，您先下来吧！”

“我不，我没脸下去，我没脸活了。”

一听这话，林筱筱赶紧接着刚才的话题：“阿姨，您爱叔叔吗？您怎么知道叔叔有别的女人了？您是听别人说的，还是自己亲眼看到了？”

“小三给我打电话，说她爱上你叔了。当时我还不信，她就给我发了照片。”

“阿姨，照片的事，可以做假，只要有一定的计算机技术，都能做成的。这个我都能做，不信，回头我给您做几张，让您瞧瞧。就是现在做也行，我给您拍张照片，发给他们，您想要什么样的都能做出来。”

“真的还能这样?”

“当然能了，就连现在的好多电影都不是拍出来的，而是做出来的。”

“可就算是这样，他们要是关系正常，她也不敢给我发那照片啊!”

“阿姨，她可能对叔叔有那层意思，可叔叔未必有啊！如果叔叔有的话，叔叔就会自己和您说了，还有必要整这么麻烦吗?”

“可能是他不好意思吧！觉得对不起我。”林筱筱一看中年妇女虽说还有些将信将疑，但毕竟心动了。这说明劝说有效果了，于是林筱筱继续她的心理攻势。

“阿姨，您先下来，这事咱从长计议。您和叔叔从年轻时一路走来，想必也吃了不少苦，现在好不容易过上了幸福生活，您这就闹死闹活的，万一要不是真事呐！岂不正中了别人的圈套。你们都过了这么多年了，感情肯定是有的。我觉得叔叔应该也不是一个无情无义的人，也可能是一时糊涂。您应该振作起来，来个家庭保卫战。”

“我，我这岁数了，比不过你们年轻人了。”

“阿姨，瞧您说的，不同年龄有不同气质的美，别人可以瞧不起咱们，但咱自己一定要瞧得起自己。咱可不能输给小三，不蒸馒头还争口气呐!”这话说得轻生女人彻底心动了。

但她还是没有下来。林筱筱想再努力一下。

结果还没等她接着说，又从门口跑上来一个人。那人跑上楼顶后，大声叫着：“妈，妈，您这是要干什么？您这是要干什么？”

听到叫声，林筱筱回过身来，又是令她大吃了一惊，来的不是别人，正是自己的相亲对象石雨墨。

一夜疯玩未归的石雨墨此时刚回来。他开车进了小区后，就看到一堆人在向楼上观望。爱凑热闹的他下车一看，发现楼顶上站着一个人，他还觉得挺好玩。

可再仔细一看，他发现竟然是自己的母亲，于是撒丫子就跑上了楼顶。

石雨墨没有注意林筱筱，他只顾往轻生女人面前跑了，等他跑到轻生女人面前，一把抓住了她的一只脚，两人中间还隔着一个栏杆。

看到自己的儿子，女人的眼泪唰唰唰地流了下来：“儿啊！你爸不要我了。”

“妈，您瞎说什么。他不要您，我要您。我不能没有妈，我长大了，我能养活您！您千万别干傻事。”石雨墨求着妈妈。

“阿姨，您就下来吧！有这么好的儿子，还有什么想不开的啊！”听到说话，石雨墨这才注意到旁边还有人。

他扭过头，一看是林筱筱，也是吃了一惊。

“怎么是你？”

“我正好路过，就上来了。”

“妈，您快下来吧！您知道她是谁吗？她是我女朋友，您未来的儿媳妇。”也不知是石雨墨情急之中安慰母亲的话，还是在他心目中已把林筱筱当成自己的女朋友了，反正林筱筱没有觉得自己是他的女朋友。但在这一刻，这事也没必要争执，当然也没法争执。他们俩的确相亲了，谁也没说不行，也没说行。

女人看了看林筱筱，又看了看儿子。

她有些不相信，世间哪有这么巧的事，她以为儿子是在故意哄骗她。

“姑娘，真是这样吗？”

林筱筱点了点头。

“她叫什么名字？”女人怀疑地问道。

“她叫林筱筱。妈，您还记不记得，您出车祸那次，我本来就是去见她，结果被您拎走了。”

“什么！我出车祸那次，你是为了去见她？”原来还有这么个情况，轻生女人是怎么也没有想到。

“对啊！”

“那次是她先碰到的我，还给我叫了交警，帮我处理的。”女人把林筱筱帮她处理车祸的事告诉了儿子。

这回又轮到石雨墨感慨了。

“啊！不会吧！这么巧，我们俩约会，她先帮您处理事故，来晚了，我又被您拎着早走了，最后我们俩没见着，合着这事源头都在您这了。妈，您快下来吧！您说说您和林筱筱这缘分。”

“你真叫林筱筱吗？”石妈还是半信半疑，禁不住向林筱筱求证真假。

“是的，阿姨，我是肖依依的同学，肖依依介绍我们认识的。”

这下石雨墨他妈是真相信了。

这一相信，可就有些不好意思了。这事整的，好尴尬。

“阿姨，下来吧！”林筱筱微笑着向前走了几步，这下对方没再阻止。

紧跟着，石雨墨也来了一句：“妈，下来吧!”

“好，我下来，我这就下来。”石妈蹲下身子，石雨墨把母亲从平台上抱了下来。

“孩子，谢谢你，没事了。我就那会儿想不开。现在没事了，阿姨再也不会干傻事了。回头阿姨就去和他谈谈。今儿咱先回家，阿姨给你做好吃的。”石雨墨他妈一手拉着林筱筱，一手拉着儿子下楼了。

来到楼下，看到消防气垫床都已铺好，石雨墨冲着大家抱了抱拳：“不好意思啊！刚才我妈去楼上看风景了，让大家误会了，谢谢啊！辛苦了。我家就在旁边，过去喝点水吧!”

“嗨！一场误会!”大家心照不宣，这事没必要说破。

走出人群，林筱筱说她还得回单位上班，向他们告辞。

石妈再三挽留，让她认认门。

林筱筱说，这次太仓促，以后专程过来。

毕竟这次的相遇还是有些尴尬，石妈也就不再勉强，来日方长。

林筱筱开着车回了单位，石雨墨陪着他妈回了家。

回到家后，石妈又询问了儿子一遍林筱筱的事。再次得到肯定后，石妈彻底高兴了。儿子不但有了女朋友，女朋友还是个警察，正好能管管自己的儿子，省得他天天不务正业。

石妈又问了问，林筱筱知道不知道他们家的情况，会不会冲着家里的钱来的。

儿子告诉她，根本就没和林筱筱说家庭情况。

这下石妈是彻底放心了，要真能找这么个儿媳妇，自己的后半生也就有依靠了。什么老公不老公的，都没必要了，她再也不想自杀的事了，心思全都用来考量林筱筱和石雨墨的婚姻问题了。她想着哪天找人给算算八字，看看合不合。

为什么要自杀的事，石妈是绝口不提了。石妈的心思全都落到了林筱筱身上。她问儿子林筱筱多大了，什么属相，有什么喜好，爱吃什么，家里还有什么人。

对于母亲的这些问题，石雨墨满脸蒙圈。

他和林筱筱是见过几次，可他从来没问过这些，他对这些压根儿不感兴趣。至于说人家是自己的女朋友，也完全是哄老妈开心。

想着以前老妈经常提起自己该找女朋友的事，一见到林筱筱，也就急中生智了。没想到老妈还当真了，而且还对林筱筱如此满意。石雨墨还没有想找个真正的女朋友，他觉得自己整天被一堆美女围着特别有魅力。如果有了女朋友，万一哪天被女朋友看到自己左拥右抱，那还了得。况且他也不想这么早结婚，结了婚就得从一而终，他还没玩够。之所以找林筱筱，一开始是想给肖依依个面子，再后来就是想听林筱筱讲讲破案故事，他没有接触过破案的事，只是觉得好玩。

看老妈缓过来了，作为儿子，石雨墨想着怎么着也得给老妈把这口恶气出了。

石雨墨在家陪老妈吃过午饭，又待了一会儿，他就出门了。

他要去老爸公司，找老爸说道说道。等他到公司楼下，保安不让进。这下他火了，三说两说，两人就干起来了。保安是大楼保安，他们家公司在10层，保安不认识他，结果他把保安揍了一顿。保安用手台一呼叫，呼啦啦来了十多个，石雨墨也没有占到便宜。最后保安大哥不依不饶，还闹到了派出所。

到派出所后，民警一问家庭情况，石雨墨就把林筱筱报出来了，说自己是林筱筱的男朋友。

办案老哥知道林筱筱，就给林筱筱打了个电话。林筱筱得知消息赶到派出所时，已是大半天后的事了。

她一看石雨墨的样子，忍不住笑了。石雨墨的左眼成了熊猫眼了，而且脸上还被抓得一道一道的。虽说只是皮外伤，但因为面部皮肤较薄，已伤到真皮，有大量血清掺着红细胞渗出来，昔日的小白脸这下变成大花瓜了。合着保安大哥打人的本领不够，抓人的本事不小。

石雨墨原指望林筱筱到派出所后，会给他撑个腰，好让民警把保安一方教训一顿，林筱筱不但没有那样做，她还训了石雨墨一顿。

她觉得石雨墨有这想法就不对。训完他后，林筱筱又向保安大哥道歉，说自己的弟弟不懂事，年轻气盛，请求对方原谅。

保安大哥见林筱筱很是诚恳，况且自己也没吃多大亏，这事也就算了。双方都不计较了，民警就给他们出具了调解书，这事也就算是圆满处理了。

林筱筱和石雨墨前后脚出了派出所的门。

石雨墨是被警车拉到派出所的，他想搭林筱筱的车去公司门口开自己的车。林筱筱理都没理他，开上自己的车就走了。剩下石雨墨还在那里没搞明白林筱筱为何这般操作。

回到单位，林筱筱喝了口水，坐在椅子上闭目养神。

这一天的事情就像过山车一样，在她的脑海里翻腾了一个遍。人和人之间真的有这么多缘分吗?

想想石雨墨母子，她是又好气又好笑。怎么都这么不省心，老的遇事动不动就要死要活的，小的沾火就着，还有一个老爹没见着，结果就已经是满城风雨了，这是一家子什么人。

也不知道肖依依是怎么想的，虽说她和石雨墨家是亲戚，可也不能把自己往火坑里推啊！她是越想越觉得肖依依不应该这样对待自己。

想来想去，林筱筱决定还是给肖依依打个电话，和她说一声，自己和石雨墨不合适。

因为肖依依有两个孩子要照顾，她很少主动给肖依依打电话，大部分时间都是肖依依打给她。

电话打过去，没响两声，肖依依就接了。

接通电话后，还没等林筱筱说什么，肖依依噼里啪啦那一顿又来了。什么和石雨墨发展到什么程度了，有没有到上床那一步，可以先试试。这事不试不知道，双方合不合适，结婚前一定要试。现在都什么年代了，不要放不开，现在不管男女，都不在乎是不是处了，婚前试婚才是正常的事……

说得林筱筱脸红脖子粗的，终于等到肖依依把她的长篇大论发表完了，林筱筱才给她来了一句："我们俩不合适。"

一听这话，肖依依就炸毛了："什么方面不合适？性格还是性生活？"

问得林筱筱这个气啊！

"我们俩连手都没拉过！你想多了，我们俩性格不合适，你家弟弟太年轻，我老了。"

"哈哈哈！哈哈哈！合着你们谈了这么长时间，就没有来点实质的？我承认，石雨墨有些小孩子脾气，我的姑奶奶，你要知道，你的事情都得自己去处理，人家不用。人家衣来伸手，饭来张口，用不着自己去折腾，一切就都OK了。所以啊！你看他不成熟也属正常。正因为他不成熟，你也可以随意调教啊！男人嘛！不到自己碰到事，永远不成熟。要想他们成熟，就需要你这样的成熟女性时刻调教。"肖依依那一套相夫之道这会儿又派上用场了，把林筱筱说得都没有机会插嘴。

林筱筱只好把手机又放在一边，任由她叨叨个没完了。

肖依依又念叨了一会儿，林筱筱的手机又有电话呼入。她一看是师父打来的，立即和肖依依打了个招呼，挂断她的电话。

师父的电话接通后，李木渔那富有磁性的亲切声音就传了过来："筱筱啊！最近怎么样？"

"还行，师父，就是可想您了，您最近怎么样，忙什么呢？"

"我没忙什么，这不准备回老连队看看。"

"去南海？"

"是！"

"太好了，多美的地方啊！好羡慕师父。"

"羡慕我什么，我老了，没有用武之地了，这一闲下来就不适应了。所以得给自己找点事干，趁还能走得动，回去看看。"

"师父，多拍点照片，回来给我看看。还有，给我带个南海的海螺回来。"

"行，这个师父能满足你。"

"那提前谢谢师父了，哪天走？我给您饯个行。"

"饯行免了，明早就走。"

"那行，等师父回来，我给您接风。"

"嗯！筱筱，这次呐！我不但要去趟老连队，还准备和你师母到她当年插队的地方看看。我们先去南海，再从南海到蒙自，沿途也看看风景，这么多年也没带你师母出去旅游过，这次一并办了。”

“那得多长时间啊？”

“目前还说不好，少则两三月，多则半年。我给你打电话的意思是，我不在的这段时间，队里有什么事，你就替我办了。今年的服装还没有发完，该领的替我领了。党费，该交的替我交了。有什么事及时给我打电话。”

“好咧，师父，您就放心吧！家里有我呐！您就带着师母好好玩吧！什么时候回来，给我打电话，我去接你们。”

李木渔交代完徒弟需要做的事情，林筱筱又向他汇报了一下最近的工作情况，两人又聊了点队里最近的案件情况就放了电话。

再说肖依依，正说得带劲时，林筱筱一句“我要接个电话”就挂断了她的电话。

电话被挂断后，肖依依举着电话在客厅里转了好几圈，她在盘算着林筱筱和石雨墨的事情怎么办。

石雨墨的确有很多不足，但他人不坏，无非就是个养尊处优的富家公子。林筱筱有主见，正好可以管着他。肖依依是怎么想都觉得他们两人特别合适，如果真就这么放弃了，她觉得非常可惜。那样的话，自己的如意小算盘也就没了，所以她想无论如何，还是极力把他们俩给撮合成。

想来想去，肖依依也没有想出什么高招，她决定给石雨墨打个电话，让他主动一些，争取让林筱筱回头。

这次石雨墨接电话的速度倒是挺快。

肖依依一提到林筱筱，石雨墨还以为林筱筱和自己这位表嫂告了状，还没等肖依依把话说完，他就主动说今天的事情真不怨他，都是那个保安狗眼看人低，不让自己进门，当然也不排除自己当时有冲动情绪，所以就出手了。

最后他又来了句：“真没想到林筱筱不但不帮忙，还就这么轻而易举把保安给放了。”

肖依依开始听得莫名其妙，听了半天才知道是石雨墨打架的事。

她没想到，这个石雨墨，自己打个架也就算了，还把林筱筱给叫去，自己这个表弟真是个活宝，碰到这种事，换作别人，打死也不会让自己的女朋友知道。而且他这个女朋友还是个警察，这事处理不好，人家会说警察有偏向。如此一来，不但会给林筱筱惹麻烦，还会让案件难以处理。

肖依依没好意思批评石雨墨，她庆幸林筱筱有个明白的脑袋瓜，没把自己搭进去。

其实石雨墨不知道，林筱筱本着和解的角度，不但没敢表露她的警察身份，也没敢说自己是石雨墨的女朋友，只不过是以姐姐的身份向对方诚挚道了歉。

随后，石雨墨又问了些林筱筱的个人情况。肖依依问他，是不是真的喜欢上了林筱筱，还是只想了解一下情况。

石雨墨说，是他妈问的。石雨墨问的问题也就是他妈问他的那些，他想从肖依依这里打听。

本来肖依依还以为是石雨墨和林筱筱谈得不错，石雨墨把这事告诉了母亲，所以姑妈才询问林筱筱是个什么样的人，合着不是这么个剧情。

肖依依又拐着弯问了问，姑妈怎么知道的林筱筱，是石雨墨给领家去了，还是怎么回事。

石雨墨就把母亲闹自杀的事，又和肖依依讲了一遍。

肖依依这才算是彻底明白了事情的经过。合着林筱筱一天碰到的都是石家母子的奇葩事，难怪林筱筱说不合适呐！

肖依依心里暗自好笑，自家姑妈这也是没谁了，小三一个电话就要死要活的，这小三要是怀了孕找上门来，还不知道会发生什么呐！姑妈这一大把年纪也是白活了，就算是有了小三，她也可以坐在家里吃香的喝辣的，有些事情干吗非要那么较真儿。再说了就是离婚，也能得到一大笔财产，想干吗干吗，更不用看男人的脸色了。

说归说，当下的事情，还是要想出办法把林筱筱追到手。那样的话，大家就都十全十美了。

又坐了一会儿，肖依依终于想出了一个好办法。

这就是想办法让姑妈去林筱筱的姥姥家，找老太太去提亲。林筱筱什么事都听姥姥的，只要说动了姥姥，这事也就八九不离十了。

想到这，肖依依禁不住又佩服了一下自己聪明的脑袋瓜。她决定回头抽个空去姑妈家一趟，侧面再说说林筱筱的好。只要姑妈认可这事，石雨墨可以算是个妈宝男，他不会不同意的。得和姑妈好好合计一下，看怎么做合适。

第九章 团建练兵

一连忙了大半年了，最近单位没什么事，队领导研究决定来个团建拓展活动，活跃一下团队氛围，凝聚一下队伍士气。

队领导集思广益，制定了几个活动方案，最后经过讨论，一致赞同的项目是徒步旅游。因为这个徒步有越野挑战的味道，出发点是南沧西部的奇村，终点是长青湖森林公园，二者之间的距离也就六七公里。快的话，一个小时就到了，但项目规定的是不能借助交通工具，只能徒步。越野嘛！要的就是这个效果。

为什么选择奇村作为出发点，是因为这个村还真有点奇怪。

不熟悉村子的人，进入村子后，经常走着走着就会迷路，于是坊间就有了奇村爱发生“鬼撞墙”的流传。

什么是鬼撞墙？就是走路时迷失方向，走了很长时间后，发现又回到了原点。这事大多数人也就是听说而已，并没有真正体会过。

一说这个方案，大家都是跃跃欲试。刑警嘛，什么没见过，肯定不信这个邪，所以都想去试试，看看自己到底会不会也来个鬼撞墙。

原本想把当日值班组留下，其他班组参加，过后再找个机会，让当日值班组把这个活动补上，结果有几位老同志主动报名留下值班。他们说，怕自己体力跟不上，拖了年轻人的后腿，所以就不去了。

最后决定，由指导员赵子琪带队，领着大家去徒步。季青松留下来陪着留守同志值班，万一有个什么事，队里没有主要领导不合适。

活动规定，大家分组行动，三人一组，自由组合，谁先到达终点谁有奖品，奖品取前五名。至于奖品是什么，暂时保密，没有提前公布。

黄玲玲选择了吴迪和陆离一组，齐光、刘芷、郑则一组，马小虎乐颠颠跑到林筱筱面前，要和她一组。林筱筱说还差一个人，马小虎就把杜衡给拉了过来。其他人员也都纷纷进行了组合。

活动当天，在属地单位找了辆大轿车，先把大家拉到出发点，等活动结束后，大轿车再到终点把大家接回。

临出发前，林筱筱和杜衡在背包里装了些简单装备，包括手套、粉刷、温度计、物证袋、卷尺、镊子、剪刀等用来收集证据的工具。有了当初一滴血现场没带工具的经验，从那以后，无论什么时候，林筱筱都会随身携带些工具。

不只是林筱筱和杜衡，像陆离、齐光等有过多年工作经验的人，平时外出也都会带点简易工具以备不时之需。他们已养成习惯，虽然这东西未必能派上用场，但就像爱看书的人包里总喜欢装上本书一样，有时未必看，就是觉得踏实。

活动当天，赵子琪和一名老同志开了辆小车作为后勤保障，其他人员都上了大轿车，到达出发地点的时间是八点三十分。

赵子琪下达出发命令后，大家就开始向四面八方行动了。

约定的目的地开饭时间为十二点，两者之间的距离六七公里，以正常行走速度，一个多小时就到了。如果跑步的话，也就三四十分钟。众人之所以选择往四面八方走，一是觉得时间非常富余，好不容易出来一次，怎么着也得把运动量发挥到最大极致；二是有些同志没有来过奇村，想研究一下奇村怎么个奇法，奇在哪里。像马小虎、王小帅等年轻人，就想让自己也来次鬼撞墙，尝试一下是什么滋味。

林筱筱以前来过奇村，她听李木渔说过，之所以奇村会发生鬼撞墙事件，是因为奇村的老百姓把房子建得都一样，而且村里的路大部分是环形路，纵向出村的路都在民房旁边，比较隐蔽。再加上村子里的指示牌不明显，错过一个路口，有可能绕来绕去又回来了。

其实当地村民也正是利用村子的特点，来增加村子的神秘感，以吸引更多的人前来旅游探险，借此增加带货量。

至于说鬼撞墙，多数时候还是因为自己的心理作用，夜晚或者能见度较低的情况下，一时辨不清方向，导致迷路。当发现自己又回到原来的出发位置时，心里一紧张，就觉得有可能是小鬼在和自己开玩笑。有一人在村子里发生过这事，结果一传十、十传百，也就越传越邪乎了。

目的地在西，马小虎拉着林筱筱和杜衡向相反的方向出发了。马小虎没来过奇村，出于年轻人的好奇心，他就想多看看这个村子有什么特点。

林筱筱、杜衡也就随了他的性子，反正时间很富余，出来玩嘛！只要玩得高兴就行。林筱筱和杜衡以前都来过村子勘查现场，勘查完就走了，也没有细致地逛过，这次正好和马小虎一起逛逛了。

其他人员也都向着不同方向出发了，有研究道路的，有观看民居的，还有几位竟然研究起了门墩有什么寓意。虽说大多数人家的建筑相同，但不同人家的门墩基本都不同，有动物图案的，有植物花草图案的。有的组什么也不看，直接奔向目的地了。

各组人员，走在村子的大街上，并没有引起村民的注意。因为经常有一些游客来村子里游玩，村民已司空见惯；而且他们穿的也都是便装。

林筱筱他们一组边走边拍照，马小虎在城里长大，对村子里的一草一木都很好奇，居民墙角挂的南瓜，屋脊上檐角所用的装饰物，等等，都是他拍照的对象，不只是拍，他还怀着一颗好奇探索的心一路问长问短，倒也学了不少知识。

各组走后，赵子琪和那位老同志又待了一会儿，看着大家都消失在了村子中，他们决定前往目的地。来时，他们跟在大车后边，直接到达出发点。大车先回去了，等到下午四点再去终点接大家。

赵子琪开车，老同志因昨天值班，于是就坐在副驾座位闭着眼睛小憩。赵子琪开着汽车，在村子内转了好长时间也没有转出去。老同志坐在旁边始终闭着眼睛，也不知是真的睡着了，还是不好意思给指导员指出来。

赵子琪发现自己在走重复路后，一下子急出了一身汗。他不信邪，他不相信自己真的会碰到鬼撞墙。最终他放慢车速，仔细观察路边情况，在稳定心思滞留一段时间后，重新发动汽车才开出奇村。开出村子后，这才向着长青湖森林公园驶去。

再说林筱筱他们一组，倒是没赶上鬼撞墙，但也因为一路的观光拍照花费了不少时间。他们几乎走遍了村子里的大街小巷，了解了很多民俗风情，收获颇丰。

更令他们欣慰的是，居然还获知了有一条小路，可以直达森林公园东门。如果走小路的话，最少能节约一半时间。小路只不过就是穿越树林，视线没有大路开阔，但只要方向对，就不会走错。

当他们走出村子后，已近十一点钟。天气很好，蓝天白云，阳光很灿烂，其他组成员早就没了踪影。

玩得一高兴，时间竟然如此不够用。三人一合计，决定抄近道过去。节约时间，反正大路上也没有什么景致；早点到达后，还可以在森林公园里再转转，听说里边的风景也不错，至于说礼物，得不得倒都无所谓。

三人在一位村民的指点下，直奔小路而去。

太阳不错，正好可以辨别方向。如果是阴天或有雾，那就另当别论了。小路是人们踩出来的，毒辣的阳光被树林分隔成了无数小片，林间温度比外边低了很多，空气清新。小路很直，一直向西，和去森林公园的方向基本一致，中间有岔路，但有阳光照射形成的阴影，根本就不用辨别方向。

他们已打听清楚，只要穿过树林，走到一条南北方向的大路上，顺着大路再向左走一公里，就是森林公园的大门了。

林间多是一些高大的树木，树下有一些小花小草，更多的是高高的蓬蒿。三月茵陈，四月蒿，这都七月了，茵陈大部分已长成了半人高的蒿草。林中偶尔也有几棵龙葵、野百合，还有开花的胡枝子。有一些车前、马齿苋平躺在小路旁边的地面上。

林筱筱所知道的一些植物常识，多数是从姥姥那里学来的。姥姥给她讲过三年困难时期，就连树皮都被吃光了。姥姥告诉她哪种野菜能吃，哪种不能吃，所以林筱筱也就认识了一些野菜。

这会马小虎也不用拍照了。他不认识树林中的这些植物，对它们也不感兴趣。

三人有说有笑在林间向前行走着。

走了一段距离，因为视线都被大树挡住了，也不知道还需要多长时间才能走出树林。马小虎早晨没来得及蹲厕所，又加上一路没少喝水，他感觉有些内急。可树林中根本就没有厕所，他已经忍了一会儿，可这事是越忍越想上，最终他决定找个隐蔽的地方解决一下。

要不是因为林筱筱在身边，他可以就地解决，可这事当着自己喜欢的师父面，无论如何也不能随地了，就连就近也不行了。马小虎怕臭味熏到林筱筱和杜衡，所以他准备找个僻静点的地方解决。

林筱筱和杜衡在小路上等着他。

马小虎一个人扎进树林中。他找了一个比较隐蔽的地方，开始酣畅淋漓地解决起来。

马小虎舒服地深深吸了口气。

他感到意犹未尽，蹲着身子向前挪了几步。接着他抬起头，长出了一口气。

这一抬头不要紧，他看到前边不远处的树上有一件衣服。

马小虎还以为自己看花了眼，他揉了揉眼睛，定睛一看，竟然是一个人。

马小虎吓得“妈呀”大叫一声，站起来就跑，等他跑到林筱筱和杜衡面前，慌里慌张大叫着：“鬼，鬼!”

“什么鬼？咋着小虎，你跑这来鬼撞墙了。”杜衡还以为一向活宝可爱的马小虎又在整什么恶作剧，禁不住和他开起了玩笑。

马小虎用手指了指身后。

两人往他的身后望了望，什么也没有看到。

“小虎，怎么了，不怕，喘口气，慢慢说。”林筱筱拍着马小虎的肩膀安慰着。她看小虎的样子实在不像是在玩闹。

马小虎张开嘴，大口喘了几口气，这才稍稍定了定神。

“那，那边，有一个人。”马小虎用手指着身后，身子却不敢转回去。

“有一个人，就有一个人呗！你怕什么！”

“死人！”

“死人就死人呗！当警察的还怕死人，何况你还是个刑警。”杜衡禁不住挖苦道。

“样子太可怕了。你们去看看吧！”

林筱筱问道：“在哪里？你带我们过去看看吧！”碰上这样的事，肯定是不能错过去了。

“我不去。你们自己去吧！”

“行，我们自己去，你留在这里等我们。”林筱筱让他在原地待着。马小虎第一次见死人现场，害怕是难免的。这刚受过刺激，不能再让他受刺激了。林筱筱想让他缓一会儿，她想过去看看什么情况再说。

“傻站在那里干吗？怕小鬼来找你算账啊！”林筱筱和杜衡刚走出七八米，杜衡头也不回地大声叫着。

马小虎一听这话，刚缓过来的那点劲头又没了，他也不敢再站在原地了，于是就跟在两人的后边，向着刚才他过来的方向胆战心惊地走去。

三个人来到了斜坡处。在离马小虎刚才蹲过的位置十来米远的树上，的确吊着一个人。

他们又往前走了几米，腐臭气味越来越浓。

林筱筱打开双肩背包，从里边拿出手套和口罩，顺便又拿出了一套递给杜衡。

杜衡摆了摆手，示意不用。他也打开自己的背包，拿出口罩和手套，而且还拿出了一些常用勘查工具。

马小虎一看两人这般操作，他没有搞明白，明明不是出来搞团建旅游的嘛！怎么这二位装备如此齐全啊！合着这二位早有准备，难道早就预料到会碰到这么个吊死鬼。

林筱筱和杜衡穿戴整齐。他们俩又往那具悬在树上的尸体前走了走，还没等他们靠到近前，就看到上边黑压压覆着一层绿豆蝇。

杜衡捡了块小石头扔了过去，受到惊吓的绿豆蝇“轰”的一声飞了起来。也不知是因为绿豆蝇的飞起引起的震动，还是那块小石头发挥作用力的结果，一串串的蛆虫扑簌簌掉到了地上。再看那具尸体，也不知在那里挂了多长时间，眼睛、鼻子、嘴巴、耳朵里，不时有蛆虫爬进爬出，旁边的树枝、树干，以及地面上，也有大量的蛆虫在蠕动着，尸体还在滴答着污浊的液体。看到这一幕，林筱筱禁不住皱了皱眉头，杜衡也觉得有些恶心，好在他们都已身经百战，于是迅速稳住了自己的情绪。

杜衡看了林筱筱一眼。林筱筱会意，她知道这是杜衡在征询她的意见，意思是“怎么办?”参加工作以来，他们在一起合作过多次，彼此间已达成了很多默契，有时不用多说，就能明白那一个眼神、一个动作代表的是什么。

林筱筱冲着杜衡笑了一下：“这还用说，干呗！早动手早完工，估计还能赶得上去吃午饭。”

“好!”杜衡痛快地应道，随即转过身来对着马小虎，“小虎，过来，记数据。”

“小虎，先打个电话吧!”

“给谁打?”马小虎没有搞明白林筱筱让他给谁打电话。他还以为林筱筱让他给指导员打个电话，报告一下情况，万一没有及时赶过去，好知道他们在干什么。

“给队长打，让他派两个人过来，取些组织回去化验，后续再处理一下尸体，看是拉回队里，还是送去鉴定所。”

“好咧!”对于林筱筱这命令，马小虎没有犹豫，但还存在疑问。

在给队长打完电话后，他禁不住又问道：“师父，为什么不给指导员打电话?”

“这还用问，猪脑子，遇事就不会考虑考虑。指导员是带着大家出来玩的，一说发现了具腐尸，还让不让大家痛快地玩。再说了，指导员是政工干部，对业务这块没有队长熟悉，就是给他打，他不还得打给队长安排人过来。”杜衡有些不明白，平时看着挺机灵的马小虎这会儿怎么变得如此迟钝了，看来刚才这孩子是真给吓傻了。

“开工吧！等车到了，咱也就干完了。”林筱筱对杜衡道。

“行，我来尸检，你看周边，小虎准备纸笔。”杜衡简单做了一下分工。

“不，我来尸检，你看周边，顺带记数据，我要带一下小虎。”林筱筱纠正了一下杜衡的分工安排。

“这个?”让林筱筱勘验尸体，杜衡觉得有些不合适。

“这还用问，你又不是不知道，我比你大。有领导在，听领导的；领导不在，谁大听谁的。”这是刑侦队一直以来一个不成文的规定。

话是这样说，但杜衡也是真心不想让林筱筱去查验腐尸。自己是男人，怎么能让一个女人去干那种活。

“你是女同志，只比我大半年，还好意思说大。”杜衡还想争取自己查验尸体。

“又瞧不起女同志是吧！大一天也是大，怎么着，不服气，有本事把你身份证号码改我前边去。我业务可比你熟练啊！我是怕你把小虎教坏了。”为了不让杜衡和自己争，林筱筱不免打击了他一下。

“杜大哥，对不住了，还是让筱筱师父教吧！我也怕您教得不规范。”有两人壮胆的马小虎已经不害怕了。看到两位师父都这么敬业，自己到刑侦队也是来学东西的，这个心态必须摆正，早晚得过这一关。这一关过了，自己也就走上正式的刑警生涯了。调节好了情绪，知道了自己该干什么，马小虎也就不觉得害怕了。

“你小子，那点猫腻，别以为我不知道啊！筱筱，小心着他点啊！他可没安好心。”杜衡又埋汰了马小虎两句。

马小虎之所以选择让林筱筱教，并不是说林筱筱的本事就比杜衡高多少，他是觉得林筱筱工作细致，他有不明白的地方，林筱筱总是能和颜悦色给他讲解。真做错了，林筱筱也不会训他，肯定会教给他正确的解决方法。而杜衡就不一样了，做错了，不一定教他正确方法，很可能还会挨顿骂。挨骂他不怕，就是怕挨了骂，还不知道自己错在哪。当然这事也掺杂了个人感情，他就是觉得林筱筱亲切，就是觉得和她一起干活心里舒服。

三人随即开工。

杜衡拍了现场照片，左右前后周边都拍到了。拍完后，他就开始对周边环境进行勘查了。

林筱筱和马小虎开始对尸体进行测量。看着面目全非的尸体，马小虎干呕了两次，并没有吐出什么。他庆幸自己没吃早餐，一路只喝了些水。

他们一边测量，一边报着数据：“头围58、头长39，身长175……”

杜衡一边勘查环境，一边记录下他们测量的数据。有些测量不需要接触尸体，可有的测量就必须要接触到尸体了。轻轻一碰，就会有成堆的蛆虫连带着腐肉掉下来，而且测量时还得驱赶那群绿豆蝇。这些测量都是次要的，最主要的是悬挂状态下的量完了，尸体也不能还在那吊着。

死者选择的是斜坡位置的一个树杈，在树杈上系了一根绳子，头钻到绳子里，身体往前一倾，脚就离开地面了。如果当时他能后悔，脚只要往后一蹬，就能够到地面，生命也就不会停止了，只可惜不想活的愿望太强烈了。也不知道他生前经历了什么，让他对这个世界一点留恋的余地都没了。

马小虎个子比较高，他一伸手就能够到绳结。无奈绳子上爬的都是蛆，要想解开绳子，就得把蛆全都拍掉，否则会抓得满手蛆。可用手一拍，不只是蛆，就连腐肉也跟着一起往下掉。

林筱筱就地取材，找来几根树枝，轻轻扫落那些蛆虫。她指挥着马小虎解开绳子，拉着绳头，让死者的脚先着地，然后慢慢放平到地上，就是这样小心缓慢的动作，也有许多腐肉脏物流了出来。

杜衡围着周边转了好几圈，没有发现可疑线索。

但他并没有停止工作，而是不断以死者所处位置向外扩大勘查范围。虽然无法确定死者具体死亡时间，但最近一段时间，并没有下过雨；树下杂草丛生，除死者脚下那一片草被践踏以外，其他地方长势良好，没有动过的痕迹。从外部环境来看，排除他杀可能。虽是这样，直到林筱筱他们测量完毕，杜衡还在一点一点检查着地上有无可疑情况。

林筱筱和马小虎又测量了一下平躺的数据。死者的眼睛因为没有了肌肉支撑，已经移位，无法再看瞳孔情况。

测量完后，他们检查死者的衣兜，发现衣兜内竟然还装有一个钱包，掏出钱包，里边有身份证、银行卡和少量现金。

有身份证，不出意外的话，证明身份应该没问题了；就是需要确认一下证件和尸体是否同一个人，这个有待下一步工作。身份证显示死者只有三十一岁。

两人不免为这样的年纪惋惜，正是大好年华，生命就这样凋零了。

测量完毕，林筱筱又给马小虎讲解了一番做这项工作的要点。测量不只是单纯为了测量，而是要从中找出可以用来定性的数据。而且测量过程中，要记清楚体表特点，以及各种表现情况，这样就有了工作积累。以后再碰到类似情况，起码能做出个大致判断。有些东西，也和外部环境有关，如天气、温度、潮湿度等，但这些都是经验。见得多了，自己留心了，工作经验就出来了。

对于林筱筱这一番认真讲解，马小虎特别感动。

林筱筱把自己知道的东西，毫无保留地教给他，虽然有些东西还有待他进一步消化和运用，但已让他无形中少走了好多路。马小虎纳闷，师父怎么知道得这么多。他不知道林筱筱是自己从实践中总结出来的，还是老师父们教的，于是禁不住问道："师父，您以前碰到过这种情况吗?"

"碰到过，还有比这更甚的。满屋子都是尸油，天花板上、地上到处都是蛆虫，有的都变成绿豆蝇了。进屋就得踩着蛆走，那味道，比这惨多了。好在这地方是开阔地带，空气清新。在屋子里测量就不一样了，怕影响周围邻居，又不能开门。"

林筱筱这话还真不假。第一次勘验厕所内上吊的老太太的尸体后，她又出过几次腐尸现场，冬天倒没什么，可夏天尸体腐烂得特别快，查起来非常麻烦。更甚的一次，是一名女子被尸解成了一块一块的，还是在繁华地带，杀人者是女子的情夫。女人被杀后，情夫没法往外运，就把女人大卸八块，装在垃圾袋子中，放在楼道底下的小储藏间里。被林筱筱发现时，尸块都已腐烂，因为袋子是密封的，倒也没有散出多少气味，可把袋子打开时，差点没把她熏窒息。就是那样，她还得把尸块一块一块拼接起来，看看有没有少的地方。林筱筱的经验和工作能力就是在这样一次次的实战中总结锻炼出来的。

三人把所有的工作处理完毕。

从勘查情况来看，应该是自杀死亡，但还需要取些组织，回去做进一步验证。

队里派出的人还没有到，他们就站到离尸体有一段距离的路口，等待队里来人。

上吊的那棵树下，是一条人工修建的宽宽的灌溉渠。只可惜草长莺飞渠水已干，空留历史思念了。

因是夏天，他们都出了一身汗。林筱筱的衣服也湿了，湿衣服粘在身上，把她的身材完美地展现出来。平时都是穿着肥肥大大的工作服，根本就显不出身段来，这下林筱筱有棱有角的曼妙身姿一览无余了。

马小虎以前只是敬佩师父的人品，还从来没有注意过林师父的身材竟然这么美。他目不转睛地盯着林筱筱的身体，失态的样子被杜衡看在眼里。

杜衡开始也没有搞明白马小虎是怎么回事，后来才发现他是在注意林筱筱的身材。杜衡没有道破，只是用胳膊肘捣了他一下。

马小虎这才从失态中缓过神来，尴尬地冲着杜衡笑了笑。

林筱筱并没有注意到他们两人的小动作。

三人又等了一会儿，还有半年就要退休的老商和法医喻明到了。两人还带了些工具，他们本来是想勘查现场，结果一看三人把前期工作都做完了，除取点组织和后期尸体处理外，其他工作都不用做了。

两人向季青松汇报了现场工作情况。老季答复他们，工作都做完了，尸体也就不用再往回拉了，直接通知鉴定所拉走就可以了。

林筱筱让两位师傅取了组织就回去，他们接着等鉴定所工作人员。两位师傅不让，坚持由自己来等，让林筱筱三人接着去参加团建活动。三人不肯，两位老师傅没再多说，站到一边抽烟去了，也不再理会他们了。

三人知道，两位老师傅的倔脾气上来了，这是摆明了态度坚决不走了。

好在鉴定所工作人员也说过，最慢二十分钟就能到达。三人只好服从老师傅们的安排，接着去找赵子琪参加团建了。

林筱筱他们到达集合点时，先前到达的同志们已经吃得差不多了。

准备的食物都是半成品，谁到了谁吃，都是自己动手烧烤。他们组是最后到达的。看到他们到来，大家纷纷招呼他们赶快先吃点东西垫垫肚子，有的干脆拿了些食物摆到他们面前。陆离拿了些烤好的肉串，吴迪拿了三个鸡翅。

一看那鸡翅，马小虎皱了皱眉头。

这一细微表情，被吴迪看在眼里。他知道这肯定是碰到什么事了，否则以马小虎那性格早就叫唤起来了。

吴迪看了林筱筱和杜衡一眼，他们的表情很平静。

自从上次林筱筱立了二等功之后，吴迪特别羡慕，总希望自己也能碰到个那样的案子，但这种事可遇不可求。他想，这次不会又让他们碰到什么案子了吧！林筱筱这是走什么狗屎运了，好事总能让她碰到。

转而一想，有可能是马小虎挨训了，要不就是走累了。就算碰上什么事，就一上午的时间，也不至于能破什么大案，充其量也就是处理个车祸或者打架之类的事情。可就是这些，吴迪打心眼里也不希望他们碰到。

三人没人说，他也不好意思问了。

黄玲玲看到三人姗姗来迟，拿着两罐饮料，递给马小虎和杜衡一人一罐，还不忘和两人打趣道：“瞧瞧你们俩，这是把你们的美女姐姐拐哪儿去了，这半天才过来，你们是真遇到鬼打墙了，还是准备把你们的美女姐姐给卖了？”

“我们本来是想把她卖到山沟里给农民大哥当媳妇去，结果人家一看，细皮嫩肉的怕干不了活，养着成本太高，转了好几户都没人要，只好又给领回来了。”杜衡顺坡就编。

“哈哈哈！哈哈哈！来来来，看看这细皮嫩肉啊！”黄玲玲说着，伸出手，摸着林筱筱的脸，拧起一块皮，向大家展示着。

她这一动作，引得众人都笑了起来。

讲真，林筱筱的皮肤比起黄玲玲来那可是差远了，黄玲玲那皮肤才是真正的细皮嫩肉。黄玲玲的皮肤白中带粉，保养得非常到位。黄玲玲特别爱惜自己的脸，林筱筱的皮肤是那种典型的小麦色，两者放在一块一对比，差异就特别明显了。

“差不多就行了，他们都饿了，赶快让他们吃点东西吧！这么多好吃的还堵不住你的嘴。”吴迪顺手拿起一个鸡腿，就要往黄玲玲的嘴里塞。

气得黄玲玲吃也不是，不吃也不是，最后也只得接过了鸡腿。

吴迪不想当着这么多人的面让黄玲玲多说话，他怕哪一句没说对，让别人听出她是故意刁难林筱筱来。而且今天又是个高兴的日子，少说不团结的话。其实在大家听来，并没有觉得有什么不妥，只不过是女孩子之间的玩笑打闹罢了。

林筱筱没有接话。

她干笑了一下，拨开黄玲玲的手，抄起两块西瓜，自己吃起一块，另一块则递给了马小虎。

马小虎接过西瓜。他知道，林筱筱给自己西瓜，肯定有她的道理。他看她大口吃，自己也咬了一口，一口西瓜下肚，马小虎感觉舒畅多了。刚才的不适感被压了下去，于是他也就大口吃起来。吃完一块，他又拿了一块。他们俩每人吃了两块西瓜，林筱筱就拉着马小虎去旁边烧烤了。

林筱筱一边烧烤，一边和马小虎聊着天。

她是故意在分散马小虎的注意力。她知道第一次接触完尸体，这顿饭很重要，如果能正常进食，以后就不会留下什么心理阴影，慢慢地就会适应各种现场。

马小虎也看出了林筱筱的一番好意。他悄声说道：“谢谢师父。”

这一声道谢，特别真诚。

在林筱筱的故意干预下，马小虎很快就大快朵颐吃起东西来。因为注意力转移，心情愉悦，马小虎的胃再也没有出现过不适感觉。

看到马小虎吃得高兴，赵子琪又给他烤了几个肉串。齐光则是把大家没有吃完的东西，都堆到了马小虎面前，还美其名曰：“小虎年轻，就看你的了，多吃点，不要浪费粮食，想想上甘岭。”

他这一打趣，大家也跟着逗起来：“小虎，你齐哥老了，甘拜下风了，以前都是你齐哥打扫战场。”

“谁说的，我可是把好东西省下来给小虎吃的。”本来齐光想捉弄马小虎，没想到不但没捉弄成，自己还偷鸡不成蚀把米，成了大家调侃的对象。不过他的嘴一向不饶人，他一句不落地回敬着大家，引得阵阵欢声笑语。

下午四点，大轿车把参加团建的同志们拉回了单位。没什么事，除值班的以外，季青松让大家都回家了。

在走之前，他叫住了林筱筱、杜衡、马小虎三人，详细询问当时发现死者和勘验情况。

三人据实把事情的经过讲了一遍。林筱筱和杜衡都极力表扬了马小虎一番，不但夸他专业学得好，动手能力强，而且还吃苦耐劳，不怕脏不怕累，工作细致认真。两人一唱一和，夸得马小虎很不好意思。

本来马小虎还对杜衡心存芥蒂，老觉得他不太好接近，没想到人家根本就没当回事，真是大人有大量。

马小虎下定决心，以后杜衡让自己干什么就干什么，保证不再反驳。

问完三人情况，老季也让他们回家了。

第二天早点名时间，赵子琪把昨日团建情况简要评价了一下，夸奖了大家一番：集体主义强，团队精神足；团建活动以后要常搞，这样更有利于增强队伍的凝聚力和向心力。夸奖完后，他又把杜衡三人表扬了一番，说他们识大体，懂大局，关键时刻把刑侦人主动作为、不怕苦不怕累的优良作风发挥得淋漓尽致。

指导员这一番夸奖，听得大家云山雾罩，感觉怪怪的。虽是优美词语、警句不断，但大家也没听出个所以然来。

最后，季青松给大家讲述了一下事情经过，并且还夸奖了马小虎一番。

在季青松讲述事情的经过时，赵子琪的眼神始终就没有离开过林筱筱。也不知道他是在欣赏林筱筱，还是在琢磨什么，让人没有搞明白。

在大会上被领导表扬，林筱筱和杜衡对此并没有当回事。可对马小虎来说，性质就不一样了。这是他参加工作以来，第一次特别有成就感，自己忍不住在笔记本上记下了这一光荣时刻，还在后边附上了一句座右铭：认真做事、踏实做人，做个真真正正的刑警人。

对于领导这一通表扬，其他同志倒没什么。领导在大会上经常表扬工作突出的同志，所以大家也就习以为常了。最在意这件事情的，除马小虎以外，就是吴迪和黄玲玲了。

吴迪为自己敏锐的洞悉能力点了个赞。在给马小虎递鸡腿时，就发现他不对劲了，想着他们可能碰到什么事了。当时还猜测马小虎是不是被杜衡训了，还是走累了，以至于情绪低落没有食欲。还想着这个年轻人的承受力是不是太差，没想到人家是第一次摸完腐尸还没有适应的后遗症。不过他倒是对马小虎开始刮目相看了。平时看这小子嬉皮笑脸、一副没心没肺的样子，可关键时刻，没想到这小子不但挺能吃苦，嘴还挺严实的，是个人物。看来以后还得对这小子防着点，不能掉以轻心。

除此以外，他就是奇怪：怎么老是让林筱筱赶上事？

这要是再破个什么案子，林筱筱还不得牛上天，还不得被队长宠上天。所以比关心这事更重要的，就是关心最后的结果，只是这最终结果还没有出来。

黄玲玲则觉得林筱筱就是一个扫把精，怎么什么事都能让她碰到。再说了，这事碰到了就不能不管吗？最不济，打个电话报一下就行了。又不是他们值班，就显她能了。只是这结果最终还没有出来，她心有不安。于是盼着结果一出，就是个自杀事件，让他们白忙活一顿，什么也得不到。

果不其然，几天后，综合现场勘查和尸检情况，以及家属信息，最终结果出来了，死者系自杀身亡。死者生前因感情问题和妻子离婚，之后就患上了抑郁症。半个月前，他和父母说要来南沧打工，没想到来了后，找不到工作，一时想不开，竟然上吊了。一个三十一岁的年轻生命，就这样烟消云散了，来世一遭，只给父母留下了无尽的悲痛。

得知这一结果，吴迪和黄玲玲幸灾乐祸了。他们暗自庆幸，这回上天总算是开眼了，让他们白忙活了一场。

吴迪倒没有表现出来，而黄玲玲则是跑到马小虎面前，真情假意十足关心了一番：“小虎呀！和姐姐说说，这第一次接触腐尸什么感觉啊？听说都生蛆了。当时你有没有害怕，有没有觉得恶心？我看你这适应能力挺强的吗？那天中午吃得很香啊!”

“谢谢姐姐关心，还好吧！没什么的，多亏了筱筱师父指挥得好。”马小虎没搞明白黄玲玲什么意思。她这是在关心自己，还是闲着没事跑来八卦聊个天，所以不知道黄玲玲想听什么话题。

“筱筱师父怎么指挥的你啊？让你拍照，还是勘验尸体？”一听到林筱筱的名字，黄玲玲的心里就不舒服了。她就奇怪了，老的们喜欢林筱筱也就算了，怎么这小的，也被林筱筱‘捕获’了。论相貌，论能力，自己哪样不比她强，可为什么自己就没有她人缘好呐！为什么人们偏偏喜欢她，而不喜欢自己呐！

“当然是勘验尸体了。”马小虎说这话时的语气很自豪。对他来说，勘验了尸体，那就等于见证了自己已从一名刑警门外汉，过渡成了门内汉。这是成熟的标志。

可黄玲玲并没有体会到他这层深意。在黄玲玲听来，那就是林筱筱自己不干活，让马小虎勘验尸体。这下黄玲玲高兴了，又抓到林筱筱一个把柄。

“原来是这样啊！有没有那天现场的照片，让我瞧瞧。以后万一也碰到个类似现场，我也好有个经验借鉴，大家共同学习嘛！”为了把这把柄坐实，黄玲玲真是不遗余力了。

“杜师傅拍的照片，我给您要一下。”马小虎扭头向着杜衡招呼道，“杜师傅，玲玲姐想看看咱们那天的照片，我这里没有。”

听到马小虎的话杜衡走过来，把他的一双大手伸到黄玲玲面前，笑眯眯地冲着她说道：“不知道你这么喜欢腐尸现场，要不就用我这双摸过蛆虫的大手抱抱你，给你也沾点灵气，下次也让你碰个同样的现场。”

“妈呀！还是算了吧！”黄玲玲一下子跳开了。她没想到杜衡敢和她开这种玩笑，恨恨地扭头走了。

杜衡还不忘在后边又跟了一句：“吴迪，看好你老婆，再不结婚，小心着点，我可就准备开抢了啊！”

杜衡这一顿操作，引得办公室内的几人在愉快中度过了好几天。

第十章　门当户对

合计了一段时间后，肖依依终于想出了一个好办法，她决定带着孩子，还有石雨墨他妈，一起去林筱筱家拜望。

至于石雨墨去不去，她没有把握，但只要姑妈相中了林筱筱，石雨墨是胳膊拧不过大腿，最后肯定会服从。因为石雨墨自己也不知道要找什么样的女朋友，说白了，还是一个没有成熟的妈宝男。

林筱筱则不同，她很有主见。但林筱筱的缺点就是太孝顺，姥姥就是她的软肋，只要是姥姥的话，她基本都听。如果姥姥能看中石雨墨，这事也就八九不离十了。

肖依依给林筱筱打了个电话，得知她周末不上班后，肖依依就开始准备实施自己的计划了。

肖依依又给筱筱家打了个电话。对于林筱筱家，她说不上多熟悉，但家里的几口人，她都知道。小时候她去过林筱筱家。那时私家车还不多，当然就算有，她们也不会开，她和林筱筱坐公交车回去的，下了公交车，她们又走了好几里路，路很窄，有的地方还是土路，累得肖依依一个劲儿地直抱怨。从那以后她再也没有去过。上学的地方离林筱筱家有些距离，那时肖依依还问林筱筱怎么上学。林筱筱说每天有班车，自己坐班车去上学；不过班车有固定时间，错过了时间，班车就没有了，所以自己每天都是按时按点起床，按时按点去等班车。林筱筱说的不假，她妈妈单位几位同事都住在那里，单位发的班车就有这么一站。

后来道路也拓宽了，各家都有了私家车，工资中又有了交通补助，班车才停发。再后来又有了公交车直达小区门口，而且还有好几趟，现在那地方已成为旅游景区。

肖依依曾问过林筱筱家为什么在那地方住。林筱筱说家里穷，没钱买繁华地段的房子，所以才选择到那么远的地方买。

联系完筱筱家，肖依依又开始联系石妈。她想着让石妈和自己一起去。石妈如果不愿意，她再自己带着孩子去。

这事她觉得自己不便明说，她怕引起石妈误会，让对方误以为自己是在指挥这位姑妈，于是她便来了个迂回，让姑妈自己体会。

她说，林筱筱的姥姥身体不好，周末自己要去筱筱家看望老人，问问姑妈有没有时间；有时间的话，是否感兴趣一起去。筱筱的姥姥一直盼着她早点嫁人，这要是男朋友一家去拜望，老人肯定特别高兴；如果双方都满意，这事又向前了一步。

肖依依又把林筱筱家中的情况向姑妈介绍了一番，母亲去世了，父亲另娶，林筱筱跟着舅舅和姥姥长大。林筱筱从小吃过很多苦。这样的家庭情况，让石妈心生出怜悯，当即就答应跟着一起去。石妈这边敲定了。

过了一天，肖依依又给姥姥打了个电话。她说，筱筱的男朋友和他妈妈听说自己要去家里玩，他们也想过去看看。姥姥，您老也知道，他们是我的亲戚，他们一番好意，我也不好意思说什么。所以想征求一下姥姥的意见，能不能去？老人家不明就里，一听说外孙女的男朋友也要来，高兴得一下子就同意了。

征得姥姥的同意后，肖依依这才给林筱筱打了电话，告诉她，石雨墨他们也要去。

林筱筱一听就不高兴了，她说：“我不是和你说了吗？我们俩不合适。”

“你们俩还没谈呐！怎么就知道不合适了？起码要处一段时间吧！你说说你们俩这才见过几次面，日久才能生情呐！”

林筱筱知道肖依依这是在尽力撮合他们，虽然觉得有些不妥，可又拿她没办法。转而一想，这样也不错，正好可以证明自己有男朋友了，能让姥姥高兴一天就算一天吧！

肖依依就这样八面玲珑地把这事安排妥当了。

周末一大早，肖依依起来做了几个半成品菜，又准备了一些丰盛的礼品，给两个孩子梳洗干净，拉着丈夫一家人就出发了。她和姑妈约好在林筱筱家小区门口见。

本来石雨墨不想去，他说对林筱筱不太感兴趣，感觉林筱筱看上去就像个大姐姐，两人走在一块儿不般配。

石妈把儿子狠狠教训了一顿。她说儿子的三观不正，找媳妇就要找林筱筱这种屁股大腰圆的，这样的女人能发家。石雨墨拧不过母亲，也就乖乖跟着来了。

肖依依和石雨墨他们到了小区门口，林筱筱还没有回来。

肖依依打电话一问，她临时有事，要晚回来一会儿。对肖依依来说，林筱筱回不回来都无所谓，此行的目的主要是让姥姥见见石雨墨，家长们同意，这事就好办。

林筱筱告诉肖依依门牌号码，让他们先去，随后又给舅妈打了个电话，让她先招待着，自己处理完单位的事就回去。

舅妈高高兴兴答应了。因为舅妈知道，这是展示自己良好形象的时刻，所以无论如何肯定是不遗余力了。在林筱筱没打这个电话以前，舅妈就开始准备了。姥姥前天给了她一万元钱，告诉她筱筱的男朋友要来家中做客，让她多准备点菜，好好招待一下，别让人家觉得我们外待了筱筱。

舅妈接过那一万元钱，就开始着手准备了。她心想，就算准备山珍海味，也用不了这么多钱，以自己的手艺，撑死了也就花个两三千元，剩下的那就是自己的了。这钱赚得合情合理，所以舅妈也就毫不惜力，一大早就起来忙活了。

两辆车一前一后进了小区，肖依依一行浩浩荡荡进了林家院子。

舅妈一见这么多人，先是愣了一下，转而瞬间也就热情接待了。来都来了，也不能不让进门吧！何况人家还都大包小包拎着东西呐！

肖依依备的东西很多，虽不是什么贵重物品，但面面俱到，不但给姥姥准备了补品，还给舅妈送了丝巾，其余的还有蔬菜、熟食，以及舅舅的烟。

石雨墨家准备的则是厚礼，一箱茅台，一箱五粮液，还有红酒。石妈本来是想让林筱筱的家人看看自家的实力，而且她还专门让儿子开了奔驰，原以为自己和林筱筱家结亲，那肯定是对方高攀自己家了。可让她没想到的是，林筱筱家竟然如此阔绰。

林筱筱家的房子装饰得很有品位，是那种艺术的风格。

以前肖依依来时，他们家就是房子加上前边的院子，门前是小砖路，小区也没有什么绿化。现在小区绿树成荫，花香四溢，房子与房子之间都修成了柏油路面，每家门前都有停车位。整个小区大变样，再也不像以前那种干瘪瘪的感觉了。

更让他们羡慕的是，林筱筱家后院那一大片竹林。竹林收拾得很干净，林下有凉亭摇椅，赏竹喝茶，别有一番味道。

对于这样的家庭，石妈是一百个愿意。以前对自己这个侄媳妇一百个不满意，现在再看，自家侄媳妇也不是一无是处，还是挺有眼光的。自己家和林筱筱家可谓是门当户对，自己家有钱，林筱筱家有品味。这样的家庭各取所需，很适合搭配在一起。

众人在院子里参观了一番，石妈就去陪姥姥聊天了。

肖依依陪着舅妈在厨房做饭，卢旺达和石雨墨带着两个孩子与舅舅、表弟在院子里聊天。家里轻易不来人，一下子来了这么多人，整个院子都跟着热闹起来。

卢小牛、卢二牛两个小家伙可是有撒欢的地方了。他们俩到处跑上爬下，一会儿跑到后院竹林中，一会儿又跑到前院捉迷藏。反正在自家院子里，除了磕下碰下，也不存在其他不安全，也就任由两个小家伙疯跑了。

肖依依养孩子的方式向来就是散养。她的观点，反正是男孩子，以后要靠能力吃饭，所以要学会大胆面对一切，要在摸爬滚打中锻炼成长。卢旺达和舅舅下起了象棋，也不去管两个孩子了。石雨墨则和小表弟玩起了英雄联盟游戏。

石妈和姥姥开始还不知道聊什么，可当说起林筱筱时，两人的话匣子就打开了。

姥姥自豪地把自家外孙女从小到大的好事糗事抖搂了一个遍。石妈也把自家儿子的调皮捣蛋事历数了一大堆，还说了自己和筱筱特别有缘，自己路上出了车祸不知道怎么处理时，正好碰到筱筱。“那时我还不认识她，筱筱就出手帮着给处理了，后来才知道筱筱是去和我儿子约会，结果自己又把儿子给叫走了，害得他们那次也没有见成。后来自己想不开，站到楼上想寻短见，又碰到筱筱。那时还不知道筱筱是儿子的女朋友，还以为儿子在瞎说。结果问了筱筱，两人真在谈朋友，您说说这缘分的事，它一旦注定，是怎么挡也挡不住。我也知道自家儿子配不上筱筱，可儿子也有他的优点，儿子善良，只要是他认准的事，保证会认认真真对待，儿子现在还不成熟，等以后成家了，渐渐地也就成熟了。”

姥姥根本不知道还有这么多事。她以为就是肖依依给介绍了个男朋友，两人谈得还可以，所以来家里拜望一下，没想到中间还发生过这么多事。看来这两个孩子之间，还真是注定了命中有缘。

只是这缘，从一开始就曲曲折折，也不知道是对两人的考验，还是说两人根本就不合适。单看石雨墨，小伙子长得白白净净，论长相，还能说得过去，可就是显得太软了。姥姥有些担心，真要是以后成家了，怕是顶不住事。

不过这事，姥姥觉得还是听筱筱自己的意见。只要筱筱愿意，她就同意，所以老人并没有表现出非要把外孙女嫁出去的那种迫切心理。

林筱筱到家时，饭已经做好。舅妈准备的菜本来就很丰盛，再加上把肖依依带过来的半成品一加工，摆了一大桌子。

舅妈和肖依依招呼大家进屋吃饭，结果两个小家伙非要在外边吃。

外边阳光明媚，天蓝风轻，大家也觉得这个提议不错，索性决定都在外边吃。考虑到姥姥不方便，肖依依提议把姥姥也搬出来，正好让老人家晒晒太阳。于是这个任务就落到了石雨墨和卢旺达身上。他们两人身强力壮，把姥姥运出来就是小菜一碟。

没想到，石雨墨进屋后，一个人就把姥姥背了出来，卢旺达在后边拎出了轮椅。

看着石雨墨背着姥姥，林筱筱的心里暖暖的。

老人好久没出屋了，舅舅岁数大了背不动，自己每次回来，也没有想着把姥姥背出来晒晒太阳，也不知自己能不能背得动。

桌子、椅子、饭菜都搬了出来。林筱筱和石雨墨挨着坐在了一起，石妈挨着姥姥坐，一大桌子人围着，吃得不亦乐乎。石妈一个劲儿地给姥姥夹菜，石雨墨也学着妈妈的样子给林筱筱夹菜，弄得林筱筱很不好意思。

吃完饭后，石雨墨又把姥姥的轮椅推到了阳光下，让姥姥充分接受日光浴。

老人看着孩子们有说有笑，看着两个小家伙打打闹闹，她盼着林筱筱也早点生出这么两个可爱的小家伙。不管她嫁谁，只要对她好就行了。石雨墨是有缺点，真要是嫁过去的话，看他妈对筱筱的态度，倒也不会受气。

老太太一边晒着太阳，一边看着孩子们打闹，心里在盘算着美事。

人多热闹，老人家的精气神很好。林筱筱几次说让她进屋休息会儿，老人都说不累，林筱筱也只好作罢。

时间过得很快，转眼已是下午三点多钟，众人告辞。

石雨墨又把老人背回了房间。

肖依依半是玩笑半是认真地说：“以后姥姥晒太阳的事，可就交给你了啊！这个任务一定要完成啊！多则半月，少则一周，必须做到。”

石雨墨憨笑着做着保证："坚决完成任务。"

姥姥笑着替石雨墨解了围："马上天就要凉了，咱就不晒了，等明年开春再晒。"

时间过得真是太快了，转眼秋天又过去一半了。

"姥姥，您不晒没关系，我以后可要带着孩子们常来撒欢了，您老可不要烦啊！"肖依依转移了话题。

"随时来，热烈欢迎，人多热闹，省得我在家待着烦闷呐！"

送走了众人，舅妈去收拾他们带过来的东西。

林筱筱进屋陪姥姥待了一会儿。姥姥问了一下石雨墨妈妈说的那些事情，在确认真有其事后，姥姥没再说什么。

林筱筱问姥姥对石雨墨的感觉如何，姥姥笑着说："傻孩子，姥姥什么感觉不重要，重要的是你自己的感觉。不是姥姥嫁人，是你自己要嫁人。嫁对了一辈子享福，嫁错了一辈子后悔。虽说现在离婚已不算什么事，但还是要找个适合自己的，能省去很多麻烦。"

"姥姥，我知道了。"林筱筱也没说是同意还是不同意。因为她也没有考虑好，自己对石雨墨也没有那种一日不见如隔三秋的感觉。可今天看他背姥姥的那股劲头，又觉得他也不错。人没有十全十美的，实在不行，要不就这样凑合着算了。本来还以为华小兵在追自己，可好长时间没有看到他的人影了。他不来找自己，自己也不好意思联系人家了。况且上次华小兵也说了，李浩然的女儿都叫他爸爸了，估计他和李浩然谈朋友了。

林筱筱服侍着姥姥躺下后，她就回了自己的小安乐窝。

话说华小兵，这段时间还真和李浩然在一起。但并不是在谈对象，而是帮李浩然的女儿圆圆找学校。圆圆明年就要上小学了，好一点的小学都需要提前占坑，参加学校自定的招生考试。错过了学校的招生考试，除非居住在招生区域内的适龄儿童，否则也就意味着要错过这个学校了，所以这事得提前着手准备。

李浩然想让女儿上一所好学校，于是就到处找学校。公司要求很严格，请假一天，扣的工资比挣的还要多；她平时要上班，等到周末她休息时再去学校，也只能在门岗处放份简历，根本就找不到能说上话的人。这事整得李浩然焦头烂额，最后考虑来考虑去，她就想到了让华小兵帮忙去给联系一下。

通过几次接触，她发现华小兵很喜欢圆圆。华小兵自己单干，不受制于人，时间富裕。这话她不好意思自己说，就和女儿表达了一下大致意思。

没想到小家伙领悟力特别强，不但明白了妈妈的意图，还各种撒娇卖萌，把华小兵哄得心花怒放，其乐融融，堪比亲生父女了。

华家妈妈也没有搞明白自家儿子这是个什么操作，提醒了华小兵几次。可他说，自己在提前练习如何带孩子。而且小家伙一口一个奶奶地叫着，把华家妈妈叫得也是真如自己的亲孙女儿一般了；再者考虑她们孤儿寡母的，也不好意思拒之门外。

刚开始时，华小兵本来是想和林筱筱赌口气，只要她联系自己，自己心中的不愉快也就过去了。后来发现自己不去找林筱筱，林筱筱从来不联系自己。所以他就想晾晾这事，看看自己到底有多喜欢林筱筱，能不能放下她。如果能把她放下，那就重新考虑；如果放不下，那就发动第二轮攻势。

其实他也有自己的想法，林筱筱的工作不但忙，还存在危险，所以还是心有余悸。再加上一直忙于圆圆的事情，他也没有顾上，而且每到周末，小家伙总是跑来缠着他，弄得他周末都没点自己的时间了。

华小兵帮着找了几个学校。原以为只是上个小学，应该很简单，可现在的孩子非常多，而且教委有规定，基本按照划定的片区走。就是说占坑，也是在固定区域内的孩子们招完后，填补那些剩余名额。跨区也不是不可能，除非有特别硬的关系，要不就是和学校有共建活动。一般搞共建的都是一些大型单位。个人搞共建的话，那就是给学校捐资助学；多则不限，少则三五十万元。这个钱，华小兵不想出。不是他拿不出，而是他觉得不该由他出。圆圆不是他的女儿，这事还轮不到他来做主。

以他的观点，随便上一所学校就行，孩子健康快乐比什么都强。女儿是别人家的，人家只是让自己帮忙。过多的话，他也不好说，就算说了，人家也未必听。

可李浩然从来不提钱的事，他也只能接着再给找。找了不下二十家，李浩然也没有满意的。

最后他才搞明白，不是李浩然不提钱的事，而是李浩然就没有相中那些学校。说来说去，李浩然就相中了一所学校，这就是南沧一小。

南沧一小是市重点学校，坐落在西山脚下。学校是市教育科研基地，师资力量非常强大。孩子不是高官后裔，就是商贾贵胄，只要上了这所学校，以后的初中高中也就高枕无忧了。能上这个学校，几乎是全市家长的梦想，有很多人托人找关系，削尖了脑袋都想往里钻。

华小兵搞不明白，以李浩然家的情况，这种学校根本想都不该想。

可李浩然就像是中了魔，非上这所学校不可。华小兵有种被当猴耍的感觉，心里窝火大了，早知这种情况，也就不去跑那么多学校了，努力争取这一所学校就行了。

不过以华小兵的实力，他倒也有自知之明，就算使上自己全部关系，也未必能上成。所以这事他没再打包票，只是悄悄问了几个关系，大家都是答应办办看，没有最后说死。

事情还没有办成，华小兵也就觉得没必要再说了。他不说，李浩然也就没再找他。在明白李浩然的意图后，华小兵挺会自我解嘲，就当是自己交学费了，以后自家孩子上学的事，也就搞明白了。

华小兵一气之下就闪了，和哥们儿自驾去西藏旅游了。

石雨墨母子当晚回到家后，石妈问儿子，什么时候能把林筱筱娶回家。她说自己就认定林筱筱这个儿媳妇了，不论是家庭出身，还是相貌人品，都能配得上自家儿子。

石雨墨答应得倒是很痛快，他说：“行，您要是觉得她好，那我就给您娶回来。咱可有言在先，娶回来后，可就不是我的事了。”

石妈笑着责备儿子道：“你个臭小子，我就不信你有这个本事。你以为娶个媳妇和切瓜菜一样啊！说成就成了。”

石雨墨还就不相信了，他想要的女孩子还有追不到手的。平时屁股后边总跟着一堆，只有他烦的人，还没有找到烦他的人。

石雨墨相当自信，拍着胸脯向母亲保证：“不信，您就等着瞧，我保证把她给您娶回来。”

石妈只当儿子在开玩笑，没想到儿子还真的当真了。看着儿子如此孝顺，石妈心里很欣慰。儿子大了，知道心疼妈了，可就是老公反而不省心了，好在自己有儿子，也就不去过问他的事了。

自从上次接过那个女人的电话后，老公没再回过家，两人处于冷战状态。那个女人也没再打来电话。

不过在心底，怨恨过后，石妈心中还是觉得不舍。好在有了儿子给自己撑腰，石妈决定去和老公好好谈谈。一是告诉他，儿子有心仪的女朋友了；二是告诉他，自己已调整好心态，离就离吧！既然事已至此，也就没必要再拖着了，早离早安心。想明白后，所有的事情也就无所谓了，只要自己还有儿子，其他都不重要。

第二天，石雨墨一大早起床后就出去了。他去找小伙伴们商量怎么能把林筱筱娶到手了。

小伙伴们开始还以为石雨墨在开玩笑，还诧异他怎么就改邪归正了。石雨墨解释了半天，大家才搞明白，不是因为他喜欢姑娘而娶媳妇，而是他要完成老妈的心愿，给老人家娶个媳妇回家。

得知这一目的后，小伙伴们高兴了。因为石雨墨娶一个不喜欢的女人回家，根本就不会耽误和他们在一起玩耍。这要是娶个喜欢的回去，也就没时间和他们玩了。这样一来，大家纷纷出谋献策，众人鸡一嘴鸭一嘴合计来商量去，也没有想出什么高招。

不过，他们都觉得女人喜欢浪漫，只要给整个天下无二的浪漫求婚仪式，这女人保证会答应嫁给自己。只要答应嫁了，娶回家也就是分分钟的事了。

关于这个浪漫的求婚仪式，他们绞尽了脑汁。又要轰动，又要浪漫，又要别出心裁，可真是把小伙伴们难为坏了。有的说，要用百元大钞做成 999 朵玫瑰；有的说，要买个独一无二的钻戒；还有的说，送辆豪车。

商量来商量去，最终决定来个“众里寻他千百度。蓦然回首，那人却在，灯火阑珊处”，意思就是打造包含鲜花、彩灯、音响等各种元素的艺术效果。最终方案确定下来后，小伙伴们一人负责一摊，就开始着手去准备了。

石妈起床后，没见到儿子。梳洗完毕后，她挑了件中式服装穿上，也没有给老公打电话，就去公司了。

已有了重心的她，觉得穿什么都不重要了。女人要的就是一份心态，以前为家、为老公活着，现在有了自信，是为自己而活，至于穿什么都已无所谓。

石妈到公司时，公司高层都在开会。她已多年不来公司，大多数新人她也不认识，她就安静地坐在公司接待室内等候。直到有位老员工把一位客人领进接待室时，才发现她。老员工赶紧把她请到了董事长办公室。

石妈在办公室待了半个多小时，会议才散。

石董回到办公室，一进门见到石妈，吓了他一跳。

他没想到一向爱打扮的妻子，竟然是一副素颜来见他。猜过很多种，也没有想到会是这个样子。自从上次秘书周冬冬和他摊牌，非他不嫁，而且还告诉他已给妻子打过电话，他就每天胆战心惊等着妻子来闹。结果他等了很长时间，一直没有等到。他觉得妻子应该怕离婚，所以也就默认了他和周冬冬的关系。妻子不追究，他也觉得这样挺好。否则真要是和妻子离婚了，于情于理，他心里都过意不去。

可周冬冬这一关他又过不去，人家一个黄花大姑娘，不知道自己怎么喝醉后，就把人家给上了。第二天醒来后，两人赤条条躺在一起。再看床单上，鲜艳的梅花，让他欲罢不能，于是不管不顾，再次施展雄风。之后更是流连忘返，以至于把糟糠妻子都抛到了九霄之外。

见到丈夫进来，石妈礼貌地站起来说道：“我一直等着你回家去解决问题，等了这么长时间，你也没回，我就主动过来了，你不介意吧！”

石妈的语气，让她自己都有些吃惊。曾经的爱恨情仇，多少次在心中郁积爆发，没想到最后出口时，却如此平静。

原来放下竟如此简单，以前只不过是自己不愿意放手罢了。

“不，不介意。对不起，都是我不好。”妻子的平静，让石董不知道说什么好了。

原以为妻子会大骂他一顿负心汉，那样的话，他心里会好受些。没想到妻子一句责备的话都没有，让他都不敢相信这一切是真的。原以为她会求自己回家，没想到她是如此的洒脱。让他都怀疑眼前的人，还是那个陪伴了自己二十多年的妻子吗？那个妻子爱吃爱喝，爱讲歪理，而且在自己面前还会时不时干些胡搅蛮缠的事。

“你不用道歉，没有什么对不起的。不爱了，那就各自安好吧！离婚协议书，你起草一份吧！我没什么文化，你就看着办吧！给我留些养老的钱，再给墨儿留点结婚的费用，我这点要求不为过吧！我要是有工作也就不张这个嘴了。我都这岁数了，再去找工作，估计也没有单位要了。所以至于给多少，你看着给吧！另外，墨儿已经有女朋友了，等他结婚的时候，我希望你给出一下彩礼。当然这事也不强求，看你的意愿吧！”

听到儿子都有女朋友了，石董不觉一阵脸红。

自己的儿子都要娶媳妇了，自己办的这叫个什么事啊！他很想问问儿子找了个什么样的女朋友，可又觉得自己没脸问下去。

还没等他开口，石妈又提了一个要求：“我能见见她吗？”

“你见她干什么？”一听妻子要见周冬冬，石董不高兴了。

刚才还在忏悔中，觉得自己对不起妻子，转瞬就警觉起来。他怕妻子的平静只是表面现象，猜测着妻子见到周冬冬后，会和她撕打起来。以周冬冬的脾气性格，绝对不是妻子的对手。所以一听到妻子说要见周冬冬，他就害怕了。

“还怕我和她打架不成。我只是想看看是多么优秀的女人，从我的手中抢走了你。见不到她，我心里老是把这当个事；见到了，可能也就放下了。不至于以后在大街上见到了，谁也不认识谁。放下后，心里也就能坦然面对了。你要是不放心，你就一起陪着。当然，如果你实在不愿意让见，我也就不勉强了。”石妈说得很诚恳。

“行，我和她商量一下。”石董不知道妻子葫芦里卖的什么药。可妻子说的很有道理，如果自己执意不让见，反而显得自己不够意思。

石董拨通了周冬冬的电话，对方同意见。她想以自己的学历、样貌、身材，哪一样都能胜过那个黄脸婆。优秀的男人谁都可以爱，喜欢了也可以抢，自己好不容易整到手，一定要在气势上压倒对方，让那个黄脸婆自己败下阵去，以后不敢再来找自己的麻烦。她说不用石董陪着，自己去就行。

石妈和周冬冬就约在了大厦一层的咖啡厅。

石妈从石董办公室出来后，直接去了一层。她坐下后不久，周冬冬就到了。

周冬冬怀着十二分的敌意，来势汹汹。她原以为黄脸婆会和她叫嚣一番，然后再一把鼻涕一把眼泪地求她放过自己的丈夫，结果石妈不但不是黄脸婆，人家保养得还不错，身材依然很匀称，脸上除中年妇女该有的皱纹外，非常白净，看上去就像邻居家的大婶。

石妈彬彬有礼，不但没有责备她，还和她交代了一些老公的饮食嗜好，以及穿着习惯，感谢她接手照顾老公，自己终于能去干自己想干的事情了。现在你们新鲜，以后时间长了，日子平淡了，可能会发现他缺点不少，只求你以后多包容，不是看在自己的分儿上，是看在孩子的分儿上。作为母亲，孩子还不成熟，所以不希望孩子没有父亲，虽然不在一起生活了，起码父亲还健在。

一番推心置腹的话语，倒是把周冬冬整得很不好意思了。没想到自己的铁拳竟然打到了棉花上。她感觉自己一个时尚女性，就这样败在了一个中年妇女的手中，不是自己抢了人家的老公，而是人家已经不稀罕了。

石董怕两人打架，还躲在不远处观察着这边的动静。直到石妈离去，也没有发现两人之间爆发冲突。

石妈走后，周冬冬坐在那里没有动。她说不出来心中的感觉，原先预定的一切和最终的结果偏离得太多，她开始怀疑自己的预判能力了。

石董看到妻子离去后，赶紧跑过去。

他想看看已没有任何感觉的那个女人到底给了自己的宝贝什么委屈。

周冬冬看了他一眼，只淡淡地说了一句："走吧！"

两人一前一后，走出了咖啡厅。

周一上班后，休息了两天的大家神清气爽地来到单位。值班员通知早点名，大家聚到会议室后，才发现主席台上，除了原有的领导外，还坐了一位新面孔。

众人面面相觑。一番眼神交流后，确认都不认识，最后也只有等队领导介绍了。

值班员对照点名簿念完一遍名字后，季青松向大家介绍道：“这位是省政法委来我们单位挂职锻炼的领导郭茂华郭处长，让我们以热烈的掌声，欢迎郭处长加入我们的队伍。”

又有新领导加入，大家相视一笑。小庙竟然来了个大神仙，省级领导来挂职锻炼，从没有过的事，是不是意味着小庙也要平步青云了。随即掌声响起。

掌声停下后，季青松接着说道：“郭处长要在我们单位工作半年时间。郭处长年轻有为，你们要多向郭处长学习，这段时间，正好组织上也安排我去党校学习。我不在的这段时间，各项工作就由指导员和郭处长负责，大家要协助两位领导工作，齐心协力争取让我们队的成绩再上一层楼，年底咱也争个先进。”

一听要争先进，有人又鼓起了掌。也不知道是给大家鼓劲，还是有点起哄的意图。这么多年，刑侦队工作还真不错，先进也得了不少，但要说响当当的高级别先进还真没有。

队长说完，郭处长也表了态，各位领导也都纷纷致了欢迎词。

最后，季青松环顾四周，又问了一句：“大家还有没有其他事?”

众人纷纷回答：“没有、没有、没有。”

“昨日值班有没有事?”季青松又接着问道。

“昨天没什么大事，就是辖区一位韩国群众接了一个诈骗电话，让他汇款一百五十万元，声称不汇的话，就让他不好过。”吴迪回答道。昨日是他的班。

“电话查了吗?”

“查了，网络虚拟电话。”

“银行账号查了吗?”

“还没去。晚上银行不开门，想着今天去。”

“行，回头去查一下账号，看看能不能溯源?既然对方让他汇一百五十万元，应该对他的情况比较了解，否则也不会狮子大张嘴，一开口就要这么多。”季青松从专业的角度分析说。

“好的，一会儿就安排人去。”

“行，如果发现线索就跟进一下，不可掉以轻心。吴迪，这事后续跟进，就由你负责。如果对方再打来电话，很可能说明就是针对性诈骗，不是随机拨打电话。千万不要放过任何一个影响老百姓安全的案件，要全力破案。”季青松又叮嘱了几句，随后就宣布散会。散会后，他收拾好东西就去党校报到。

吴迪安排黄玲玲和王小帅去银行查询了一下报警人提供的账号。一看开户行在哈尔滨，两人就泄气了。

根据以往经验，碰到这种情况，查到开户行账号也等于白查。电信诈骗后，钱款打入账号，会分别再转入多个不同的账号，东西南北全国各地都有。然后还会被分流成下一层级，有的甚至都转到了国外的账号上。钱款都是在网上银行交易，追起来非常困难。有的就算追到了开户人，一问要么是身份证丢失过，要么是为了五十元钱，给别人代办过银行卡。而且骗子多是在国外远程操控，因此给破获电信诈骗案件增加了很大难度。

两人回去向吴迪汇报了一下，这事也就不了了之。

按照电信诈骗处理了，给报警人南一风做了份笔录，告诉他有什么情况随时可以再报警。

季队长去党校报到了。吴迪手里也没什么着急要干的活，老季一走，他也就没什么可忌惮的了，于是就跑到郭茂华屋里聊天去了。

见有人来找自己主动聊天，郭茂华非常热情。他初到刑侦队，又不了解单位情况，还怕大家把他孤立起来，见有人主动来聊，他很高兴。给吴迪沏了杯茶，两人就开始聊了起来。

郭茂华先问了一些队里的情况，又问了问大家有什么喜好，爱不爱运动，吴迪都一一小心回答。郭茂华还请吴迪以后多帮助他工作，声称自己对工作很不了解，不当之处还请多多指教。他这一谦虚，让吴迪很是感动，他没想到省里来的领导还这么虚心向自己求教。

吴迪暗想，以后可得抱好这棵大树，没准哪天就会派上用场。所以只要是郭茂华问的事情，他是知无不言，言无不尽。两人聊得很投机，天文地理，个人爱好，聊了一大堆。

而且，吴迪还了解到一个重要信息，那就是郭茂华喜欢打羽毛球。吴迪高兴了，他说自己也喜欢。于是两人约定，下班后就去打一场。

从郭茂华屋里出来后，吴迪就去着手准备打球的事了。平时他的确爱运动，但并不是打羽毛球，既然领导喜欢打，那就陪着领导玩呗！他还问了领导喜欢用什么牌子的球。领导一高兴，这情谊也就会越来越浓了。

吴迪知道林筱筱那里有羽毛球，于是就准备去找林筱筱要一些。

林筱筱下班出门时，好巧不巧又碰上了吴迪。

她本想躲开他，没想到吴迪大老远见到她，就大声打着招呼："筱筱，你那里还有羽毛球吗？"

"有。"林筱筱本不想理他，可她又撒不了谎。

"什么牌子的？"

"YONEX的。"林筱筱奇怪了，平时都不打羽毛球的人，怎么连什么牌子的球都关心起来了。

"你去给我拿几个？"

"在我办公桌后边的柜子里，你自己去拿吧！我还有事。"林筱筱可不想陪他一起回去。

"好的。"吴迪如获至宝般一路小跑着去拿球了。

林筱筱奇怪，这是又搭错哪根神经了，平时不屑打羽毛球的人，怎么这时候又想起要球来了。因为越来越反感吴迪，所以她就像躲避小鬼一样赶紧逃离了。

第二天一到单位，大家都在议论郭处长的球技如何如何，林筱筱这才如梦方醒。

原来吴迪突然间转行打球的原因，是随着领导的爱好在转变啊！以前眼里只有这位师兄，心思都在围着他转，没想到他会是这样。这会儿自己的眼睛才被擦亮。不经事，真不能看出自己在别人眼中有几斤几两。

林筱筱摇了摇头，失去这样的人，倒也没觉得有多么可惜，只不过觉得可惜了自己的球。

想到这，她打开柜子，想看看他拿走了自己多少球。这一看不要紧，整整9筒12只装108个球，一个都没有剩。

这下，林筱筱对这位师兄是彻底没有一丝一毫的留恋了。

下午，那位韩国群众南一风又报了一次案。他说，骗子又给他打电话了，声称他要是再不给转钱，就要直接上门了。

因为队长走时，明确说明这个案子由吴迪负责，当齐光把信息流转给吴迪时，吴迪正在床上睡大觉呐！

中午休息时间，他陪郭茂华打了一个多小时的羽毛球，很少有如此大运动量的他，一时有些吃不消。两点后，大家都开始工作了，他则累得直接回宿舍趴窝了。

当齐光给他打电话时，他睡得正香。电话铃声猛地一响，把他从睡梦中惊醒，一听还是南一风的事，吴迪随口问了一句：“只是打了个电话，有什么实质性的行动吗？”

齐光告诉他：“没有。”

“没有那还打什么电话，就不能消停一会儿。仅凭两个电话，你就能断定不是电信诈骗了！以后核实清楚了再给我打。”吴迪气哼哼抱怨了齐光一顿，惹得齐光也是满肚子牢骚。

他本来是想让吴迪安排人手，去南一风家门口布控一下，万一真的有人上门呐！宁可信其有，不可信其无。要是真有的话，没准儿还能抓个现形。就算没有，人去了，也算是对群众的一个交代。让群众知道，人民警察一直把他的事情当作大事来抓。结果吴迪不但不领情，还埋怨了他一顿，齐光也是满肚子的火了。

第三天一大早，南一风起床后，发现自己家门外的楼道内，被人用红漆写了“不还、杀”三个大字。

南一风怕了，再次打电话报警。

还在值班室准备交接班的齐光接到报警后，直接把吴迪的电话给了南一风，让他自己联系。

南一风果真就打了，吴迪一看陌生号码并没有接。

南一风一连又打了好几遍，吴迪才慢悠悠接起电话。

电话中，南一风直接说道："吴警官，您快来看看吧！我家都不安全了。"

"好的。"面对群众，吴迪不敢发火。他也怕人家投诉他。

可是放了南一风的电话，吴迪就去找齐光了。他生气齐光怎么把他的电话给了南一风。

齐光也不客气："我说话，没什么分量。怕被你埋怨，把你的电话给群众，这样有什么事，他好直接和你沟通。省得别人说什么都不合适。你要是不愿意干，这事我们来。我们不怕麻烦，愿意二十四小时保护南一风。"

齐光的一番话，噎得吴迪红了脸。

他没想到还真是个案子，本以为就是骗子挨个打的诈骗电话，没想到还来真的了。

吴迪随即叫上黄玲玲、杜衡、刘芷赶紧去了南一风家的小区，走进楼道一看，在南一风的家门口，三个用红漆写成的大字非常耀眼。

吴迪很是后悔，这要是早来蹲守一下，肯定就能直接抓到嫌疑人了。

这下好了，不但让嫌疑人跑了，还真给写上大字了，惹得南一风很有意见，觉得没有把他的事当作事来管。

吴迪观看了小区监控。因为南一风住的是一个老旧小区，楼道内根本就没有安装监控，楼外倒是有个监控，可什么也没有拍到。白忙活了一上午，什么收获都没有。

吴迪有些懊恼。

回到单位后，齐光又过来了，皮笑肉不笑地说道：“怎么样，有收获吧！抓没抓到嫌疑人？”

吴迪白了他一眼，没有理他，径直回自己的办公室了。

回到办公室后，吴迪坐在办公桌前，拿出纸笔开始捋顺案件过程，规划下一步侦查方向。

他在纸上一边写写画画，一边圈圈点点，整整画满两张纸。从目前的情况来看，基本确定不是电信诈骗了。既然嫌疑人知道南一风的住址，很有可能就是熟悉他的人所为。

想到这，吴迪眼前一亮，马上排查南一风身边的人。

吴迪风风火火叫上黄玲玲、杜衡、刘芷、王小帅又走了。他们要去找南一风询问一下，他有没有结仇的对象，准备对南一风身边的人进行排查。

南一风的公司是一个销售公司，人员并不多，只有十来个人；业务范围就是给各大医院销售一些医疗器材。器材生产厂地在国外，联系好哪里有需要后，直接由国外发货。说白了，就是一个中介公司。

吴迪他们对公司人员排查了一个遍，也没有发现什么可疑人员，本来燃起的希望一下子又泡汤了。

吴迪心有不甘，却也无奈，事情一下子陷入了僵局，找不到侦查方向。

回到单位后，吴迪立即招呼几位组内成员到他的办公室开了个小会，讨论下一步该怎么侦查。

大家还是一致认为，熟人作案的可能性非常大。只是这个熟人未必就是公司的人，也有可能是亲戚，或者是其他人员。于是有人就想到了快递员。

大家又分头行动了一番，对南一风家附近的几个快递员排查了一遍。快递员基本都是包片制，具体片区由具体人负责，查起来倒是容易。几家快递公司负责那一片的快递员都查了一个遍，结果还是没有发现任何可疑线索。

这下，吴迪真的焦虑了。

在他们排查的这几天，嫌疑人没有再出现，南一风也没有再接到电话。

事情虽说陷入僵局，但却也归于平静。几天的忙碌，把吴迪折腾得有些找不到思路了。

这天，不是他们值班，吴迪约了郭茂华下班后打球。他想放松一下自己，出出汗，松松骨，让自己清醒一下，看看有没有新的思路。

第十一章　敲诈真相

中午，林筱筱接到了石雨墨的电话。

石雨墨问她哪天值班，林筱筱说今天就值班，问他有什么事。他说，没什么，就是问问。然后就把电话放了，整得林筱筱还有些莫名其妙。自从上次去了她家后，石雨墨再没出现。林筱筱也没搞明白他是个什么状况，所以也就没再问。

下午五点整，单位门口来了一群骑摩托车的人。那些人到门口后，二话不说就开始往下卸东西。保安大哥看到后，赶紧出来拦。

一个小伙子走到保安大哥面前，递过二百元钱，还说：“大哥，行个方便，我们一会儿就走，不会给你惹麻烦的，我们就是放个音乐，整点动静。”

还没等保安大哥说同意不同意，小伙子就把钱塞进了保安大哥的口袋里。给钱的不是别人，正是石雨墨。

保安大哥拦也不是，不拦也不是，于是就跑到这个人面前说一句，又跑到那个人面前象征性拦一下，根本就没有人听他的话。再加上卸东西的地方，离大门口还有些距离，保安大哥也不愿意使劲拦。虽说是大门口，但对方并没有挡住进出大门的路，两边都能过车，他们只是把东西放到了路中间。

摩托车呈“八”字形分列两边，非常整齐。随后一车乐器被卸了下来，按照不同位置摆到了摩托车队的中间，虽说乐器不是很齐全，但该有的都有了，什么大提琴、小提琴、马林巴、架子鼓等，凡是出声大的，都齐全了，俨然一个小型交响乐队。

保安大哥看到是这么个状况，也就不拦了。虽说他没有搞明白这群人是什么意图，但明摆着不是来闹事的。既然人家不是来闹事的，他也就乐得看个热闹了。

不一会儿，乐器摆完了，在乐器前边放了一个很大的心形花篮。花篮都是用新鲜的玫瑰花编织而成，心形中间是一个打开的放着一颗大大钻戒的盒子。一群年轻人各就各位，每人站到一个乐器边，没有指挥。一声架子鼓试了试音，随后噼里啪啦一通猛敲，引得过路群众纷纷驻足围观。

架子鼓敲过之后，石雨墨拿起话筒，开始唱起了歌。随着他的歌声响起，最前排的两辆摩托车分别将两个大气球升向天空。气球升到一定高度后，各自散下一个条幅，一侧写着“林筱筱，我爱你”，一侧写着“林筱筱，嫁给我”。

看到这阵势，保安大哥明白了，群众也明白了，原来人家这是来求婚的，不是什么乐团街边演出。

于是大家纷纷开始佩服年轻人这别出心裁的求婚方式。只不过不知道这是哪位姑娘有这么大的魅力，所以都在等着主角出场。也有几个围观的姑娘羡慕着这样的浪漫形式，梦想着有朝一日，自己也能被这种浪漫方式求次婚。那样的话，眼睛都不用眨，分分钟就同意。

再听石雨墨唱的歌词：

你是我的筱筱鸟，
让我追，追得好心焦。

从春天花开，到秋季果熟，
眼看大好时光就这样飞走了，
可我还没有把你娶到。

心爱的姑娘，
请不要再浪费时光，
嫁给我好不好
……

石雨墨唱罢，随后高呼：“林筱筱，嫁给我！”

其他人也跟着随声附和：“好不好！”

“林筱筱，嫁给我！”

“好不好？”

闻听音乐声，围观的人越来越多。

他们看到条幅上写的字，听着唱的歌，虽说歌词有抄袭《我是一只小小鸟》的嫌疑，但却也是专属打造。这下围观的姑娘们更是动心了。

如此热闹的动静，不但引得群众前来围观，就连院子里的人们也听到了。好多人不明就里，纷纷出来查看发生了什么情况。这其中就有黄玲玲和齐光，还有几位老同志，他们站到院子里往外一看，就看到了条幅上的大字，原来是向林筱筱求婚的。

几位老同志站在院子里没有动，齐光扭头就往回走，他去找林筱筱了。

黄玲玲则是跑出去了，她想看看这又是哪位大神前来作妖，结果出去一看不认识。

黄玲玲暗自纳闷，前段时间来了个华小兵，虽说有一段时间没有见到他了，但也不至于这么快又找了一个吧！这都还谈婚论嫁了？

黄玲玲站在了一边，她掏出手机。说真的，她也羡慕这样的浪漫方式了。如果真嫁吴迪的话，回头得让吴迪也整一个比这还浪漫的。

齐光一路小跑上到二楼，林筱筱正在专注地整理师父的手稿。她在办公楼北面办公，根本就没有听到外边的音乐声。

齐光跑到林筱筱的面前，拉起她就走："林筱筱，快快，快到门口看看。"

林筱筱听到这话，还没搞明白什么状况，就被齐光拉到了对面办公室的窗前。

她往外一看，门口飘着两个大气球。

再看气球上的字，林筱筱一下子蒙了。这是什么情况，这是谁啊！这不是胡闹吗？

还没等她搞明白什么状况，就听到门口传来音乐声，石雨墨已换了一首歌。

别让我爱你，来不及，

我的心里只有你，

……

听这声音，林筱筱知道，这是石雨墨。真没想到，他竟然搞了这么一出。

林筱筱心里这个气呀！自己还没有答应和他谈朋友呐！他就来这求上婚了，哪有这样直奔主题的。

但是说真的，石雨墨这唱歌的水平也是没谁了。如果再包装一下，开个演唱会应该没问题。可此时此地也不适合开演唱会啊！林筱筱不知道自己该不该露面。

林筱筱犹豫了一会儿，她在考虑自己要不要出去。

不出去的话，外边的人最多也就是知道个名字，没有几个人认识自己。可这一出去，也就等于把自己曝光在大庭广众之下了。自己没有因为破案出名，反而因为求婚的事，整得人尽皆知了。可自己要是不出去的话，又不知道他们会闹腾到什么时候。

林筱筱越想越来气，最终她心一横，决定豁出去了。她得出去阻止一下，否则这事越闹越不像话了，马上就是晚下班高峰时间段了，要是影响了交通，自己吃不了就得兜着走了。石雨墨他们一堆无业游民不用怕，自己有名有姓有单位，要是再被媒体炒作一下，或者被上级领导知道了，怪罪下来还了得。

林筱筱大步往外走，齐光跟在后边。到大院后，齐光就站住了，融入其他出来查看情况的同事群了。

剩下林筱筱独自一人，阔步向外走去，大有侠士赴战场的风骨。

众人没有搞明白她这是个什么状况。

一出大门，林筱筱就冲着人群大声叫道：“你们这是要干什么?”

只可惜，她的声音刚一出口，就被强大的音乐声淹没了。而且石雨墨一看到林筱筱出来，这下更来劲了，他用话筒大声喊叫着：“林筱筱！”

小伙伴们就像预演好的一样，齐声和他呼应着：“嫁给我，好不好！”

“林筱筱！”

“嫁给我，好不好……”

如此三番五次，根本就没有人听到林筱筱在说什么。

见对方没人理会自己，林筱筱径直冲着石雨墨走去。

石雨墨站在原地没有动，而是张开双臂，做出迎接拥抱的姿势，等着林筱筱一步一步向他靠近。

这下林筱筱有些怵了，她不知道自己是不是还应该往前走。

这要是再往前走，明显就是投怀送抱了。

围观群众纷纷拿出手机，录着这一浪漫时刻，这其中也包括黄玲玲。黄玲玲就站在离林筱筱不远的地方。林筱筱只顾往前看了，没有注意到人群中的她。

就在林筱筱进退两难时，一辆警车从大院里开了出来，开到林筱筱身后，车窗摇下一半。

陆离冲着林筱筱大声喊道：“走不走？有案子。南一风敲诈勒索人出现了。”

闻听此言，林筱筱赶紧拉开车门，上了陆离的车。

陆离一脚油门，拉着林筱筱就走了。

有不明就里的围观群众笑了起来：“嗨！嗨！嗨！这事还有截和的。”

也有人跟着笑起来：“这不是在拍电视剧吧！”

黄玲玲本来还在等着看最后的结局，没想到半路冲出个陆离给搅了局。也不知道这陆离怎么想的，难道他也看上林筱筱了。

车上，林筱筱感激地说了一声：“谢谢啊!”

她以为陆离是专门为她来解围的。殊不知，还真是南一风的案子出现了新情况。当然也有解围的成分在里边。对于陆离来说，他始终觉得林筱筱和华小兵走到一起才合适。

这时突然冒出这么个小白脸，一看就是不成熟的节奏。哪有跑单位来整这么大动静的，说好听点这是求婚，明摆着还存有逼婚的嫌疑。答应了是浪漫，不答应了就会把林筱筱推上被动，整得尽人皆知，还会给人留下口舌。

上次扔下林筱筱后，陆离始终觉得欠林筱筱和华小兵一个人情。他也觉得林筱筱未必能看上这人。当真看上了，也就不用整这排场了，林筱筱肯定不会同意他这样整，所以关键时刻也就出来解围了。

主角都走了，至于什么时候回来还是个未知数，小伙伴们跑到石雨墨面前询问怎么办。

石雨墨淡然道：“当然收了。”

小伙伴们还有些不解，石雨墨看着他们笑着说：“下次咱再来个特殊的。”

其实，石雨墨要的就是造个声势，来宣示一下主权，让人们都看到追林筱筱的这阵仗。至于林筱筱同不同意，根本就无所谓，只要声势有了，而且满城风雨了，看你林筱筱还有什么办法不从。再说了，别人谁有这实力，其他人看到后，也就自动退缩了。

围观群众一看他们收拾东西，已没什么看头，也都纷纷散去。

小伙伴们收拾完东西，骑上炸地摩托车，一路疯狂地开走了，留下一地的突突声，把整个大院都震得嗡嗡回响了。

黄玲玲回到办公室后，给他父亲的司机打了个电话，让他来接自己下班。

她今天没有开车。吴迪也没有时间送她了，让黄玲玲自己打车回家，他给报销车费。黄玲玲觉得有不花钱的司机不用白不用，所以她也就没有打车。

在等着父亲的司机来接的空当里，黄玲玲拿出刚拍的视频，打开来看着。她就不明白了，怎么这么多人追求林筱筱？以前也没有见她怎么样啊！怎么越是剩女反而越值钱了？黄玲玲有些怀疑自己是不是不该和她抢吴迪。如果不抢的话，可能林筱筱也就不出去招摇了。

林筱筱和陆离到达现场后，令他们吃惊的是，在南一风的车上有一只身首异处的乌龟。

乌龟血肉模糊的身子被扔在了前挡风玻璃上；脑袋被铁丝穿着，挂在了主驾位置的门把手上，身子旁边还有一张写着南一风家人姓名和打款账户的纸条。乌龟的血滴答得到处都是，虽说已经凝固，但鲜红的颜色非常刺眼。车停在地下二层的车库内。

林筱筱看着眼前惨死的乌龟，心里别提多难过了。没养乌龟以前，她对乌龟还不了解，养了以后，才发现乌龟的脑袋虽然不大，但很聪明，只不过是大多数人对它们的关注度不够。被杀死的这只乌龟，和她养的那只差不多大小，长这么大至少需要六七年时间。也不知道这家伙是招谁惹谁了，竟然被当成了杀龟儆人的牺牲品。

南一风早晨起来开车上班时，想拉车门，才发现门把手上挂着个东西。当时他还没看明白那是个什么东西，后来又看到了前挡风玻璃上的乌龟身子，才明白是怎么回事，于是赶紧报了警。

本来这个现场还应该由吴迪来出，可临近下班时间，吴迪又和郭茂华相约去打羽毛球了。

南一风给吴迪打了个电话，吴迪没有接。

南一风只好给值班室打电话。值班员接到电话后，又给吴迪打了两次，吴迪还是没有接。

无奈，值班员这才把电话打给了陆离，问他有没有见到吴迪。陆离知道吴迪陪着领导去打球了，也就不去找他了。陆离开上车，顺道给林筱筱解了个围，就一起来出现场了。

陆离和林筱筱围着南一风的车转了两圈。

除那只乌龟外，没有发现其他痕迹，也没有提取到有用的指纹，车上也没有安装行车记录仪。

他们去调了监控。

监控拍到一辆白色的捷达，捷达的前后车牌都被遮挡。在车开到南一风的车旁后，从车上下来一个人。那人拎着一只乌龟，到南一风的车前，手起刀落，乌龟的头和身子便分了家，身子被扔到了前挡风玻璃上，头被挂到了车门上。那人又从口袋里拿出一张纸，压到了乌龟的身子底下。整个过程一气呵成，前后用时不到一分钟。随即那人上了车，车子开出小区，混入车流扬长而去。

虽说监控拍到了车和人，但车被挡了号牌，人经过乔装打扮，什么也派不上用场。从车辆驾驶的情况来看，至少是两个人作案。因为那人是从副驾位下来的，这就说明起码还得有个人开车。

虽说人和车都有了，但离真正进入案件关键性侦破还是一团迷雾。

回去的路上，林筱筱和陆离都陷入了沉思。

他们都在找寻着案件的突破点。可这突破点在哪里呢?

继续排查那辆遮挡号牌的捷达车，难度相当大。没有号牌，仅凭观看录像，只要那车开到一个没有监控的地方，三晃两晃，再把遮挡一拆，大摇大摆地开出来，即使开到面前，也不知道就是嫌疑车啊！这条路不但耗时还耗人耗力，怎么着也得成立个专案组，所以不到万不得已，不去走这条路。

目前唯一行得通的，也就是继续查看地下车库的监控。

看看能不能找到什么线索，前期嫌疑人有没有来踩过点，为什么对南一风的车辆如此熟悉。

回到单位后，林筱筱和陆离把侦查到的情况向吴迪汇报。

因为案子由吴迪负责，按照队里规定，有什么情况，大家就得向吴迪报告。听着他们俩的通报，吴迪追悔莫及。后悔没有早点听齐光的话，假如当时对南一风实施保护，没准儿真能抓到嫌疑人。可此时，对方不但没有收手，而且还穷凶极恶，让自己一点招都没有。

吴迪这会儿是真急了。

事情再照这样发展下去，对手肯定会更加肆无忌惮。可急归急，一时他又找不到思路。

目前在刑侦队，陆离和林筱筱已是大家公认的破案高手。

情急之下的吴迪，只好请教二位，帮着分析分析有什么高招。

陆离想了想，又问了一下吴迪前期的侦查情况。他表示，除觉得是熟人作案外，自己也没有想出什么高招。

林筱筱突然想起自己破过的景润花园那个案子。那个案子虽然不是恐吓案，但也算是熟人作案，只不过那个熟人只能算是个边缘熟人。因为在受害人那里，他根本就算不上是熟人。可在保险公司业务员那里，受害人就是他的熟人了，因为他对受害人家的情况非常熟悉。这个案子会不会也是那种情况呢？

对于南一风来说，对方不是熟人。因为南一风根本就想不起来，或者压根儿就不知道有这么个熟人，这样一来就导致在南一风的生活认知中，根本就没有这么个人，或者说压根儿就不熟悉。

如果不是熟人作案的话，应该不会对南一风家了解得如此清楚，就算是快递员，也不可能知道他家中有几口人，分别叫什么，之间都是什么关系。

林筱筱让吴迪再去找一趟南一风。

让他好好想想，有没有得罪过谁，有没有把证件给过谁，就是给了家中亲戚也要算。

听着林筱筱的分析，吴迪觉得很有道理。难道真的是自己有没有问到的地方，还是忽略了什么？

吴迪又问陆离，对林筱筱的分析持什么意见。

陆离非常赞同林筱筱的分析，他也赞同吴迪再去找一趟南一风。

虽是如此，但吴迪不置可否。

不是他不想去找，而是南一风现在对他很有成见。他有些犯怵，怕到时候不但没有从南一风那里得到线索，还要被他投诉一番。

想来想去，最终吴迪决定求助林筱筱和陆离，让他们俩出面去找一趟南一风，看看能不能找到线索。

陆离直接拒绝了吴迪。

他说林筱筱一个人就可以搞定。这是去问事，又不是去审问犯人，人越多越会让南一风集中不了注意力。这时候的南一风，肯定正处于害怕状态。这种情况下，闻风草动，一点动静就能分散他的注意力。注意力一分散，他就不能静下心来想问题了。不能静心，也就很难想起一些事情了。林筱筱是位女同志，亲和力比男同志强，南一风在她的面前，可能会比较放松，能静下心来，也就会想起一些事情了。而且这次就是单纯地见个面，像朋友那样聊聊天，不能像办案那样穿着警服去。否则，很可能会让南一风情绪激动。能聊出东西来就聊，聊不出来就等后续需要我们补充材料时，我们再跟进。

林筱筱没有推辞。

她给南一风打了个电话，把他直接约到了单位附近的一家咖啡厅。

两人见面后，南一风冲着林筱筱就是一顿牢骚，责怪警察办事不利索。

林筱筱也不恼，等到南一风发过牢骚后，她才说明了约他的目的。

南一风一听又来气了，大声嚷嚷道：“合着这么多天，你们一点进展都没有。有这么当警察的吗？害得我们全家人都不敢出门了，我们的安全出了问题，你们要负责……”

等到南一风说完，林筱筱和颜悦色道：“对不起，南先生，我们的工作是有不足。我们这不正在全力弥补嘛！还请您多多配合，您这样不配合，工作很难开展。”

南一风的火发完了，自己也觉得不好意思了，这样冲着一个姑娘发脾气，的确失了男人的风度。

他开始坐下来，认真回想着这几年的人际交往情况。

南一风想啊想，还真想起他的证件给过自己的员工付思宇。

付思宇在公司除了干业务外，有时还会帮他打理一些个人事务。付思宇给他们一家订过车票，车票订完后，证件就还给了他。要说这事是付思宇干的，南一风怎么也不相信。付思宇目前还在他的公司，而且工作业绩一直很不错，自己和付思宇往日无冤，近日也没有仇，他应该不至于如此。

获得付思宇这条线索后，林筱筱并没有走。

她继续和南一风聊着天，让他回忆还有没有其他人员和他接触过。他有没有带过别人回自己的家，他的汽车有没有往外借过。除了公司员工外，还有没有人认识他的车。

听林筱筱这样一说，南一风对她的态度有了很大改观。

上次那个吴迪也来问过，可他并没有问这么详细。得到一点线索后，他就风风火火走了。这个女警察还真不一样，办事踏实，让人由不得不信任。

有了对林筱筱的好感，南一风的心静了下来。

在林筱筱的不断启发下，他回想着这几年的过往。

他想起两年前，有一位姓薛的员工不在他公司干了。当时小薛走时，因为结账问题两人整得很不愉快。小薛辞职是在月中，南一风只给他开了半个月的工资，没有给提成，小薛很不高兴。南一风说要想有提成，就得干到月底，月底结算了，才能知道赚了多少。小薛急着要跳槽，最终这事不了了之。要说有多大的仇，倒也不至于，因为行规基本都这样。南一风没觉得自己有什么做得不对的地方。

“那人知道您家的地址吗？”林筱筱接着问道。

“知道，他去过我们家。当时，是别人送他过来的，我就在地下车库接待的他。他走后，再也没有回来过，我们也就断绝了关系。而且这也是前两年的事了。”

林筱筱又继续问道：“这事会不会是他干的呢?”

“我觉得不太像。那人挺有能力的，凭自己的本事肯定有饭吃，不至于干这种违法的事。逮不着算他幸运，要是逮着了，不说一辈子的前程毁了，起码得进去蹲个十年八年的吧！大好时光就这样没了，再出来后谁还要他，不就等于把自己毁了吗?”

“会不会有一种可能，他碰到什么难处了，急需要用钱，所以才选择用这种方式?”林筱筱一边思索着，一边询问着。

“那我就不知道了，但凭我个人的感觉，觉得他不会。”

“行，今天就到这。如果想起什么问题，随时打我电话，这是我的电话。”林筱筱把自己的电话留给了南一风。

“下一步，你们该怎么办?你们可得保证我一家老小的安全啊！不能再发生任何事情了，我们都吓怕了。”

“您放心，我们一定会全力以赴保证您的安全。只要有什么情况，您可以随时向我们通报。如果犯罪分子再提出什么要求，您都暂时答应，先稳住他。”

和南一风告辞后，林筱筱回到单位，迅速找来吴迪和陆离，把获得的新情况向两人说一遍。

三人经过一番分析，决定对员工付思宇和那个辞职的前员工小薛开展侦查，同时派人对南一风的家开始蹲守。

如此一来需要的人力物力，已不是他们三人能完成的了，只能请求全队配合。队长不在，能调动全队行动的，也就是赵子琪和郭茂华了。

三人迅速分工，吴迪去找郭茂华，陆离去找赵子琪，林筱筱捋顺工作程序。对于破案这种事，赵子琪和郭茂华都表示全力以赴支持他们工作。

经过研讨，全队人员分成三组，一组对付思宇展开调查，一组对前员工小薛展开调查，一组负责南一风的安全问题。南一风在明处，保护人员在暗处。

很快负责调查的同志反馈回信息，付思宇和前员工小薛都没有发现有什么异常，他们除了上班就是回家，没有发现有什么特殊情况。调查人员询问，是否还要继续跟踪。

吴迪一时拿不定主意。

他又找林筱筱和陆离询问下一步怎么办。

林筱筱建议，继续排查。多跟踪几天，顺带着查一下两人的社会关系。

正当这边调查人员还在排查中，那边南一风又接到了电话，对方让他立马汇钱，否则绝不客气。

南一风放下电话后，就给林筱筱打了电话。

林筱筱问他怎么回答的对方。

南一风说：“手头没有那么多钱，让他们宽限两天。”

林筱筱说：“好，您就开始准备钱吧！一定要到处借钱，表现出很难一下子筹集到钱的样子。”

“为什么要这样做？我不想给钱。”南一风一时没有搞明白林筱筱为什么让他这般操作。

“对方既然对您这么熟悉，可能有眼线在您身边。您这样大张旗鼓地到处借钱，说明您正在给他们筹钱。您这样一借钱，也就等于把信息传递给了他们。我们会对您的手机和周围人员进行排查，一旦嫌疑人打来电话，我们第一时间找出他们所在的位置。”

“好，我马上就去办。”听完林筱筱的解释，南一风欣然接受了。

“不用，您一个小时以后再办这事，我们先把各项工作都布置好。”

交代完南一风应办的事，林筱筱让吴迪马上申请对南一风的电话进行监控，并安排好其他人员继续对两名重点人员进行排查。

就在调查人员继续对前员工小薛和现员工付思宇进行排查时，一辆捷达车进入了排查人员的视线。

有个小青年到前员工小薛的家中去了一趟，没待多长时间就出来了。出来后，走到不远的地方，上了一辆捷达车后，那车一溜烟就开走了。车停在离小薛家有一段距离的位置。因为侦查员离得有些远，只看清了车牌后两位数，其他没有看清。

发现这一情况后，吴迪立马申请对尾号相同的全市白色捷达车进行排查。结果查来查去，还真就找到了一辆车牌号为南 N3××13 的白色捷达车，那是一辆二手车，目前登记在一个叫刘宝全的小伙子名下，车辆信息下还有一个电话号码。对刘宝全进行排查，发现他是个前科人员，曾因打伤人在里边待过两年。

捷达车，有前科，会不会是这人干的？直觉告诉吴迪，这人的可能性很大。

虽说办案不能仅凭感觉，但有线索总比什么都没有强。吴迪申请对这个刘宝全进行排查，可排查来排查去，车也找不到，人也找不到，车和人就像蒸发了一样。

三天后，南一风又接到了对方打来的电话，问他钱准备得怎么样了？

南一风告诉那人，还差二十万元，能借的都借了，要是不嫌少，你就先拿去，实在不行，就再宽限两天。

对方沉默了一会儿，表示就这些吧！不用南一风给转账了，让他给送到相应的地方，只让他自己去。如果敢报警，就会对他的家人下手。至于送到什么地方，随时会电话通知他。

听着对方的话，南一风很紧张。

但他知道，公安人员正在对他的手机进行监控，所以也是在尽量拖延着和对方多说点话，好给警察多争取些时间。

排查人员通过对前员工小薛进行询问，得知他不认识刘宝全。

不过，他倒是提供了一个新的线索。当侦查员告诉他，有个小青年直接用钥匙开门进过他家后，问他小青年是谁时，他告诉侦查员，那人是他的表弟，叫张玉庆，在南沧一个商厦当保安。

小薛还说，前段时间出差，委托表弟到他家帮忙喂一下乌龟。回来后，发现乌龟不见了，他就给表弟打电话询问乌龟去哪儿了。表弟说生病死了，乌龟感冒，一直咳嗽，带去医院，输了点液，结果带回家没多长时间就死了，怕表哥伤心，直接给埋了。

小薛回来后，一直没见到表弟。打电话时，表弟说自己休假去了外地，他也就没再多问。这个表弟一直不省心，工作总是好高骛远。

排查人员从小薛那里得到了他表弟的电话号码。小薛还告诉侦查员他表弟租住的小区，至于门牌号码，他不知道。因为没有去过，只知道表弟交了一个女朋友，他们一起租住在那个小区。

收获了刘宝全和张玉庆的电话号码，先不管是不是嫌疑人了，吴迪立即把两个号码报至市局网安部门，请求协助开展工作。

随后，吴迪就带着几个人前往张玉庆租住的小区进行查找，同时还通知了属地派出所民警在小区各个出入口进行蹲守。可惜他们折腾了三个多小时，并没有发现要找的人。

上报市局网安四个小时后，网安部门反馈回信息，他们要找的电话正在桥东区体育大学附近活动。吴迪和侦查员们立即前往体育大学附近进行查找，经过细致摸排和走访，还是没有发现他们要找的人。

六个小时后，市局网安部门再次反馈回信息，两个电话已经到了桥北区西坝河北里小区内。侦查员们又立即驱车前往。等他们赶到后，又进行了一番走访和蹲守，还是没有发现那两个人的行踪。

十四个小时后，网安部门再次反馈回信息，两个电话又在桥东区光熙门北里 19 号楼出现了。侦查员们又马不停蹄赶往光熙门，立即开展排查。

果然在位于 19 号楼地下一层的一个房间内，发现了两名男子。一查验身份，还真是刘宝全和张玉庆。侦查员随即将二人传唤到附近的派出所进行审查。

两人开始沉默不语。

当得知侦查员已掌握他们的大量证据后，两人的心理防线彻底崩溃，如实供述了预谋敲诈南一风的整个犯罪过程。而且还供述了正在策划如何在自己不出面的情况下，就能让南一风把钱送到。他们一会儿桥东区一会儿桥北区地窜来窜去，就是在实地寻找最佳送钱路线，确保自己既能拿到钱又不被逮着。

两人待的地方，是刘宝全租住的房子。侦查员对他们的暂住地和刘宝全的捷达车又进行了一番搜查，搜到了他们作案时使用的计算机、菜刀、喷漆罐等工具。

两年前，前员工小薛去给南一风送过东西，当时正是张玉庆陪着他去的。他们把东西从小薛的车上卸下来后，直接搬到了南一风的车上。南一风的车是一辆迈巴赫，停在那里很显眼，这让喜欢豪车的张玉庆着实眼热了一番。而且小薛回家后，还经常会提起南一风多么多么的有钱。他说人家过的那才叫生活，自己的只能叫活着，羡慕得张玉庆小心眼直痒痒。

小薛和付思宇是同事，小薛带着张玉庆去付思宇家吃过饭。当时付思宇刚给南一风一家订完机票，随手就把他们一家人的证件放在了自己家的桌子上。

张玉庆看到后，翻了翻，还用手机拍了照。那时他也没有想到会有什么用途，只是想找个算命的先生给算算，看看自己的脸和富人的长相有什么不同，这辈子自己还有没有发财的机会。照片存在手机里，最终也没有找到合适的算命先生。没想到后来就急中生智，用到了对南一风实施敲诈上了。

张玉庆交了个女朋友，女朋友怀孕后，老是抱怨他没有钱，还说要和他分手。

这下张玉庆着急了。他想着怎么才能搞到一笔钱，既能保住女朋友不分手，又能让女朋友生下孩子。想来想去，也就想到了南一风的头上。张玉庆去过南一风的公司，也在地下车库见过南一风，只是南一风并没有注意到有这么一个人。

张玉庆的女朋友最近情绪很不稳定，一天不数落张玉庆几次，她就得寻死觅活，逼得张玉庆这才决定铤而走险。

他自己计划来计划去，觉得一个人实施敲诈有些难度，于是就去找了自己的发小儿刘宝全。他知道刘宝全进去过，想着刘宝全可能会比自己有经验。和刘宝全一说这事，正愁无处弄钱的刘宝全立马就同意了。两人研究了好长时间，还专门上网搜索攻略。一切准备妥当后，两人就开始一步步实施敲诈勒索了。

他们怕用自己的银行卡会被警察查到，于是就先找了一位农民工，给了对方二百元钱，借用人家的身份证办了一张银行卡。卡办好后，就给南一风打了一个网络电话，让他给汇款。

过了两天，见南一风并没有给他们汇。两人一合计，又去买了一个红漆喷罐，就喷到了南一风的家门口。结果南一风还是没有理他们，这下他们火了。虽说是第一次实施敲诈，可他们也是做了充分的准备，怎么能轻易就此罢手呐！

两人又想出了一个杀鸡儆猴的招数。没有鸡，也就把小薛的那只乌龟给当成道具了。

他们想吓唬一下南一风，让他见识见识自己不是说着玩的。没想到南一风还是没有给钱。

这下两人急了，同时也傻眼了。要是南一风真不给钱，他们俩目前还真没有想出什么高招。

两人抱着试试看的心态，又给南一风打了个电话。

没想到这一次南一风竟然还真答应给钱了。两人就盘算如何去提钱。如果打到卡上，没有身份证，一天只能提五万元以下。他们怕夜长梦多，想着让南一风一次性给现金。所以当南一风说还差二十万元时，他们也不在乎了，只想着尽快把钱拿到手，结果还没想好如何接钱就被抓了。

面对警察咄咄逼人的讯问和政策攻心，两人全交代了。

案子顺利破获，吴迪非常高兴。他先去找了陆离，想请他吃顿饭，感谢他们的帮忙。陆离让他去问林筱筱，说能请得动林筱筱，他就去。

于是吴迪又去找林筱筱。

一见到林筱筱，他就笑得合不拢嘴了，倒不是因为林筱筱，而是因为案子破了：“筱筱，谢谢啊！想请你吃顿饭，要不是你帮忙，我也破不了这个案子。”

“客气什么，我们是一个集体，不分彼此，这些都是大家的成绩。队长走时不是说了吗？年底咱要争先进，没有成绩怎么争啊！成绩是大家的，要不是因为你们前期那么多工作铺垫，我也想不出什么好办法，说谢就见外了。”这次吴迪是认认真真听林筱筱说话了。

林筱筱说得很真诚，没有一点做作。

吴迪在心底重新认识了林筱筱，她是真的爱上这份工作了。

在吴迪和林筱筱说话之际，齐光走过办公室门口，看到他们两人聊得火热，齐光乐呵呵走了。

他心里想着，好你个林筱筱，竟然帮着吴迪破案。

齐光走进黄玲玲的办公室，走到黄玲玲的办公桌前，笑嘻嘻看着黄玲玲。

看到他这一副赖皮样，黄玲玲笑着骂道：“没事干了，跑我这来发什么神经啊！”

“我这不是怕你失恋嘛！过来安慰一下，还想着来个雪中送炭，实在不行，就把你接手了。过段时间，我就办喜事。”

“滚，一边去，老娘恋得好着呐！”

“得，我滚。精神状态不错，治愈能力很强。”说完这话，齐光哼着小曲，转身出去了。

黄玲玲刚还在想，这货又不着调，跑这来喷粪。齐光一走，她突然意识到，这货虽然爱开玩笑，但也不是个无原则的人，这话中肯定有什么意味。

一早来了后，黄玲玲还没有见到吴迪，也不知道他去哪儿了。

黄玲玲站起来，起身去找吴迪，到吴迪办公室转了一圈，他不在。

黄玲玲径直向着林筱筱的办公室就来了。刚到门口，她就听到吴迪的声音从门内传了出来。

看到门开着，黄玲玲站在门口听了一会儿，两人谈得很火热。黄玲玲心里不高兴了，合着这两人还都贼心不死呐！

黄玲玲只待了一会儿，转身就走了，老是站在门外偷听别人说话，万一被人看到了不合适。回到办公室后，黄玲玲坐在办公桌前，抱着双臂，闭着眼睛，跷着二郎腿，一副若有所思的表情待了好半天。

破了如此大案，很长一段时间内，吴迪一直沉浸在兴奋中。

他极力邀请林筱筱和陆离吃饭，最终还是被林筱筱婉拒了。林筱筱不想再和他有太多的瓜葛。她觉得自己也就是举手之劳，并没有出什么力。假如吴迪宴请大家，她会参加。

可吴迪并没有那个意思，只是邀请她和陆离，表示只请几个关系不错的。林筱筱觉得真没那个必要，她不缺那顿饭。案子多多少少大家都出了一些力，要是真想感谢，就感谢一下大家，这样也能活跃气氛，增强凝聚力。

既然吴迪不这样想，她也不能要求人家这样做，为避免落人口舌，所以也就委婉地拒绝了。

林筱筱不去，陆离也就不去了。

第十二章　禁闭风波

入冬后，天气渐渐冷了，秋天最美的景色已经过去，石雨墨整他的乐队去了。自从上次求婚后，他就对唱歌上了瘾。他召集着小伙伴们真的组建了个乐队，而且还找了一个专门合练的地方，只不过他找的这个地方是在居民区，乐器声影响了居民休息，害得警察跑了好几趟，最终禁止他们在小区内排练。

这几天他又到处找排练场地去了。他倒是没有忘记林筱筱，每周给她定了一束花，由花店直接送过来。开始保安大哥让林筱筱去拿东西，林筱筱还真去了，到门口后，才发现是花。拿了两次后，保安再打电话，林筱筱就不去了，她让直接放到门口。

石雨墨没有时间再和林筱筱约会，石雨墨他妈无事时，倒是经常到林筱筱家串个门，给姥姥买些吃的，有时也和舅妈聊一会儿天。她和一家人相处得倒很温馨，只不过老人从不主动提起孩子们的事，总是有一搭没一搭地瞎聊会儿。

一连几日，持续了好几天的雨夹雪，致使气温骤降。队里没接到什么案子，大家都在处理一些日常的工作。

林筱筱又在专心致志整理师父的笔记。华小兵打来电话，说自己再有几天就回来了，自己最近去了趟西藏，感触很深，回来后，想和林筱筱好好谈谈。

本来她还在纳闷，这么长时间不见他的踪迹，没准儿已和李浩然步入了正规，没想到他老人家跑西藏接受灵魂洗礼去了。

这天，林筱筱正在整理师父的笔记，她已经录入计算机八九万字。她只是快速地打，并没有仔细校对。最近手头没什么事，她想先敲打完，存成电子文档，校对的事在哪里都可以干。有了电子文稿，随手整个 iPad，校对时就不用带师父的笔记本了。六个人的办公室，有的人在聊天，有的人在处理一些没有完成的工作。

赵子琪闲来无事，到各屋转了转。

当他来到林筱筱办公室时，看到她正在专注敲打东西，就直接走到了林筱筱的身后。齐光抬头见是赵子琪，他刚要张嘴说话，被赵子琪制止了。齐光也不好意思再说什么，只好低下头接着干自己的活。

赵子琪站在林筱筱身后，并没有打扰她。站了一会儿，准备要离开时，杜衡走了进来，一见赵子琪，立马开口：“指导员好！”

他这一声问好，惊醒了神情专注的林筱筱。林筱筱一扭头，发现赵子琪就站在自己身后，也不知道他是什么时候来的。林筱筱这才后知后觉站起来，摸着头皮不好意思地说了声：“指导员好！”

“嗯！筱筱，你这是写小说呢？还是打什么东西？这么专注。”

“指导员，我在整理以前的案例。”

“噢，这么有心啊！整理出来供大家学习参考？还是？”

“有这想法，想给后来的人留个资料吧！再过几十年、上百年，那时的人都不知道我们现在是怎么破案的，万一到时候他们有什么需要了，好有据可查。”

“嗯！筱筱，好样的，有需要我帮忙的地方尽管说话。以后需要找出版社，或者需要什么经费之类的，尽管和我说，我会全力以赴帮忙解决。”

“好咧！谢谢指导员，以后肯定少不了麻烦您。”

“那好，我就不打扰你了，专心整理吧！”

“谢谢指导员！”

赵子琪转身走了。

林筱筱还怕赵子琪看到她上班时间在整这个东西，会认为她不务正业，没想到他竟然表示大力支持。于是在林筱筱的心里对赵子琪充满了感激，觉得这做政工的领导就是不一样，对文字工作很敏锐。她还想着，等以后整理完了，要是师父的不够，那就把自己这几年破获的案例再加点，肯定够出一本书了。

她不知道师父的案例究竟有多少字，只能边整理边看了。因为师父的笔记本上，有些地方还穿插着记了一些其他东西，她得边打边摘出来，所以不能根据本子估算出大约有多少字。到时候自己校对一下，再让指导员给把把关。要是指导员给力，真能出本书，就把指导员当成第二作者，师父第一，自己第三。

这样一想，林筱筱就想抓紧把资料整理完，争取在年底前完稿。

赵子琪出去后不久，林筱筱就接到了石雨墨打来的电话，邀请她下周五晚上去看演出。

开始林筱筱还以为是去看别人的演出，后来才知道是石雨墨的演出。石雨墨整了个演唱会。一听是他办的演唱会，林筱筱高兴了，她当即答应一定去。

石雨墨又和她强调了一下时间和地点，说自己还要准备好多事情，就把电话挂了。那边挂断了电话，林筱筱这边就高高兴兴继续整理自己的案例了。

离开林筱筱的办公室后，赵子琪又到其他办公室转了一圈，碰到闲着的就聊几句，也没有和大家谈什么实质性问题，就是闲聊几句，问问大家工作上、生活中有什么需求，有什么需要帮忙的。

作为指导员，这是他分内的事，也是他经常干的事，所以也就没人太在意他这个例行转悠了。真正有需求的大事他也帮不了，平常能做的也就是整个家访，搞搞思想教育，把形式工作做得很到位。其实说白了，好多人对他并不是很感冒，上级传达工作，他总是照本宣科，从来没有新意。一到节假日，各种规章制度，责任书就来了，人人得签字。说好听点，这是抓好队伍管理；说难听点，无非就是撇清自己的责任。所以大家和他之间，也就是表面上过得去就行了。

赵子琪转了几个办公室，就回自己屋了。

他刚给自己倒了一杯水，在办公桌前坐下，考虑有没有必要找黄玲玲聊会儿天，就有人敲门了。

进来的正是黄玲玲，赵子琪刚刚也去了她的办公室，有几个人在，闲聊了几句。大家都在聊天，黄玲玲也没有插上什么话。她看到赵子琪在转各个办公室，也就知道他没什么事，这空当，正好可以向指导员汇报一下自己的思想了。

看到黄玲玲进来，赵子琪觉得这孩子太聪明了，自己刚还在想要不要找她，她这就来了。这算是心有灵犀，还是?

“玲玲，最近在忙什么呢?”赵子琪热情问道。

“指导员，没忙什么。前几天回家，正赶上我爸也回来了。平时他很忙，经常回到家就是半夜了，第二天一大早又走了。我这次好不容易见到他，我爸问我工作怎么样，我就和他说了一些咱们队的事。我说我们队年底想争个省级或部级荣誉，看他能不能给帮个忙。我爸说，他会尽力。他说回头来咱们队视察一下，看看有没有哪里做得不到位的地方，他先给检查一遍，再让考核组照着标准给验收一下，然后请点媒体给咱们队大力宣传报道报道，把氛围营造上去。先进的事，应该也就没问题了。”

一听这话，赵子琪心花怒放了。这省厅领导要是真能来，前呼后拥跟着的可都是方方面面的大人物，就算不去评先进，作为单位的二把手，老季又不在，到时这接待的事，还不就落在自己的头上了。不说这，就说这么小一个单位，要是能接待到省厅领导，说出去脸上也有光啊！就凭这，也不能亏待了玲玲同志。

“玲玲啊！真是太谢谢你了，你处处为咱们队着想。年底咱们队要是真能评上个省级或部级先进，你可就是咱们队的大功臣了，到时候怎么着我们也得给你请个功。”赵子琪也给黄玲玲画了一个饼，来而不往非礼也。黄玲玲这忙要是真帮成了，给她请功的事谁也说不出什么，人家可是给队里争了集体荣誉。

两人说完了这事，赵子琪突然想起在黄玲玲没来之前，自己在脑子里想过的那事。两人光顾着说评先进了，他差点就把那事给忘了。

“对了，玲玲，林筱筱最近在整理一些案例，她想出本书。她这个主意倒是很不错。我突然想起这么多年，外边人写警察的东西很多，可他们写的那些东西，也就是蒙蒙社会上不了解公安工作的人，我们内部人员一看根本就不入流。可就是那样，拍成影视作品，照样还是很火。这说明什么，这说明人们的品位变了，开始喜欢公安题材的东西了。你是不是也可以写点什么？比如小说、故事之类的。”

“指导员，您觉得我行吗？”对于指导员这个提议，黄玲玲倒是很感兴趣，可就怕自己没那个实力。她没有干过这种事，写作这一块，虽说上学时她也拿过几个所谓的奖，可那都是她写完后，父亲又找别人给加工了一遍。

不过，她没想到林筱筱不哼不哈竟然又干起了大事。这以后她要是真出本书，林筱筱的名气可就更大了，直接会盖过自己一头。自己再想写，可就排在林筱筱的后头了。所以不能让林筱筱出这个风头，无论如何自己也要在林筱筱之前整一本，就算出不到林筱筱的前边，也要和她一起来个姊妹篇。要是出在前边最好，到时借助媒体宣传一下，不火都难。

在内心里，黄玲玲对赵子琪这个建议一百个满意。他要是不说，自己还被蒙在鼓里，好在此时还来得及弥补。

“当然行了，有什么不行的。写这些东西，其实很简单。你有真实生活，只要把咱们以前破的那些案子，再加上几个主要人物，也就是小说了。当然，如果一时想不出合适的案子，也可以参考一下林筱筱的案例。你可以先写着，基本成形后，我也可以找人帮你润色润色。实在不行的话，到时咱就去找几个名家帮着看看。”赵子琪如此一番开导，一下子就给黄玲玲增加了无限信心。

这要是真成了，到时候新书发布会一开，各大媒体记者一邀请，自己在镁光灯下那么一站，一下子就成名人了。黄玲玲的眼前立马浮现出一片镁光灯“咔咔咔”抢着给自己拍照的美好愿景。

“明白了，谢谢指导员，我这就去写。”黄玲玲起身就要往外走。

突然，她又停下了脚步。她往赵子琪面前又凑了凑，小声说道：“指导员，还有一事，我不知道该说还是不该说。按理这属于个人私事，不归咱队里管，可万一要是真出了什么事，我怕到时候会影响你们这些领导的声誉。”

黄玲玲故作神秘，整得赵子琪非常好奇。他不知道她葫芦里卖的什么药，但却也内心痒痒。因为黄玲玲总是能给他透露些小道消息，所以他很想知道黄玲玲想说的是什么。

“什么事？想说就说吧！”赵子琪一副好奇的面孔。

“我听别人说，林筱筱被人包养了。”

“不会吧！就她那性格，也有人……”听黄玲玲说这话，赵子琪倒是吃了一惊。他有些不太相信，以林筱筱的性格和相貌，还能被人包养，不应该啊！

“指导员，这事您可别不相信，有人看到林筱筱经常去画家村的一幢别墅。”

“会不会是她亲戚或朋友什么的住在那里？”

“那我就不知道了。反正听别人说，看到她和别的男人搂搂抱抱了。”

“不会是她谈的男朋友吧！”赵子琪还是有些不相信。

“指导员，您没看以前来找她的人都不来了吗？就说前些日子来求婚那个，不也是不了了之了吗？您没看到她每周都收花吗？听说都是那人送的。有好多人就喜欢找女警察。就像您说的，人们的喜好变了，没准儿有的人外边的女人看多了，也喜欢换换口味了。物以稀为贵，这人，不也是一样吗？毕竟警花很少啊！”

赵子琪轻轻“唔”了一声。

虽说他还是有些将信将疑，可黄玲玲说得有鼻子有眼，容不得他不相信。万一真有人就喜欢林筱筱这种口味的呐！这世道，萝卜白菜各有所爱。也说不好，人家就是王八看绿豆——对眼了。

“指导员，我这可不是空穴来风，住那个小区的人经常看到。不信，您自己去问问。”这事，黄玲玲还真不是空穴来风，在她的手机里，还真有一段林筱筱和男人拥抱的视频。只不过那段视频，可不是黄玲玲说的这个意思。

“行，我知道了。这事我会去查清楚。在没弄明白以前，你先不要声张。帮我盯着点林筱筱，看看她有什么异常没有。”

“好咧！我知道了。指导员，您就放心吧！这事我绝对不会往外说，您交代的事情保证做好。”说完这话，黄玲玲扭扭搭搭出去了，留下赵子琪在那里一脸的若有所思。

出了指导员办公室，黄玲玲直接去找林筱筱了。林筱筱还在那里专心致志整理师父的笔记。

黄玲玲悄悄走到林筱筱身后，甜甜地叫了一声：“筱筱姐！忙什么呢?”

听到叫声，林筱筱一个愣神，一扭头才看到黄玲玲正一副人畜无害的表情笑意盈盈地看着她。

林筱筱一时还没有反应过来这是在叫她。平时黄玲玲很少有这么亲切的时候。

“筱筱姐，您这是在打什么东西呢?”黄玲玲又甜甜地追加了一句。

“以前的案件。”

“哇塞，这么多，这都是您写的?”黄玲玲故作惊讶地拿起林筱筱面前的笔记本翻了几页。

“不是，这是李师傅的。我帮他整理一下。”对于黄玲玲的突然间热情，林筱筱并不感冒。

有一段时间她俩没有交集了，各自安好，互不干涉，过得很好。不管是黄玲玲，还是吴迪，除了工作上的事，其他也就不再交往了。就连帮吴迪破案后，吴迪极力邀请吃饭，也都被她拒绝了。她就是不想再和他们有工作以外的任何交集。没想到这时候，人家黄玲玲主动来示好了。

“原来是李木渔师傅的啊！李师傅可是刑侦专家，您这笔记本能借我看看吗？我也学习学习。您看看我，人又笨，破案能力又差，多向李师傅学习学习，也让我进步一下呗！筱筱姐，千万别说您不借啊！您要是不借，我可就去找李师傅告状了，我得问问他，是有偏有向，还是您不想让我学习李师傅的本领。”

好话坏话，黄玲玲都说了，林筱筱这借也不是，不借也不是。

从内心讲，她是真不想借，她答应师父好好保管这些笔记本。可是不借吧，她又不知道黄玲玲的葫芦里到底卖的什么药。万一她真给师父打电话，再把这事吵闹得沸沸扬扬，也不是什么好事。所以干脆就借她看看，万一她是真的想学本领了呐！

“笔记本不借了，我把打好的给你看看吧！我这就给你打印一下。”

黄玲玲趴在林筱筱的计算机上看了一下，看清了字数和页数。

“筱筱姐，您这是想毁灭多少森林啊！您这都十来万字了，这一打就是一百多页，好几棵大树呐！别了，姐，您还是给我电子版的吧！我拷到 iPad 里，去哪儿都带着，随时都能看，比看打印的方便多了。姐，您这里有 U 盘吗？拷完我一会儿就给您送回来。”

“有。”说着，林筱筱拉开抽屉，拿出自己的 U 盘，把打好的那些都拷给了黄玲玲。

“我打得有些糙，应该有好多错别字，你看的时候注意着点。”

“没事，姐，我边看边纠错。纠正完了，我给您拷份新的回来。”黄玲玲说得有板有眼，就像和林筱筱是一对互帮互助的好姐妹一样。

黄玲玲拿着林筱筱给她的U盘，速去速回拷进了自己的计算机中。把U盘还给林筱筱后，她说了一篮子“谢谢”后，心满意足地走了。剩下林筱筱又开始在那里整理师父的案例。

黄玲玲还真是言而有信。没过两天，就传来有领导要到刑侦队视察的消息。上级部门接到通知后，立即就把通知转到了刑侦队，要求刑侦队其他工作可以暂缓一缓，全力以赴做好接待工作。

这下，赵子琪对黄玲玲更是关心有加了。

接下来的几天，赵子琪带着大家开始了各种准备。上级部门只说了要来视察，也没有说视察什么，反正不管视察什么，这环境卫生肯定要搞的。

于是老赵指挥着几个小伙子把院子里的枯枝树叶犄角旮旯都打扫了一遍，他还指挥着几位姑娘把楼道内的卫生，窗户玻璃屋内环境等都打扫了一个遍。除了卫生以外，各类档案、工作成绩、绩效考核、立功受奖、案件登记等都整理了一个遍，能装订的装订，能入档的入档，整理得都很到位，一切准备就绪，只等领导到来。

领导来的日子，定在了周五下午两点。日子一定下来，赵子琪就剩下焦急地等待了。

他在忐忑和兴奋中盼着领导们早点来，到时候自己好好表现一下，在领导那里挂个号，先留个好印象，等以后慢慢熟悉了，想办什么事时，也就好说话了。

没人时，赵子琪就在办公室一遍一遍对着镜子练习台词，注意纠正自己的一些肢体语言和细微动作。不但如此，他还把队里的基本情况、破案数、刑拘治拘数，都背得滚瓜烂熟，以备不时之需。

领导视察的日子终于姗姗到来了。

周四晚，赵子琪没有回家。他又把队里的情况都检查了一遍，包括卫生和接待室、档案室、荣誉室又都看了一遍。临下班时，赵子琪给黄玲玲发了一个短信，让她到自己办公室去一趟。他问黄玲玲小说的事，想好怎么写了吗，着手准备了吗?

黄玲玲告诉他，自己把林筱筱打的东西都拷过来了，正在学习呐!

赵子琪让她打印一份出来，明天备用。黄玲玲按照赵子琪的吩咐打了，十多万字的东西，还真不是一时半会儿就能打完的。黄玲玲重新排了一下版，排完后打印，足足用了半个多小时才打完，近二百页东西，厚厚的一大摞。

黄玲玲捋整齐后，才回家。回到家后，父亲没有回来。

她给父亲打了个电话，问他明天去不去队里检查。父亲告诉她，自己要开会去不成，已安排检查组人员去，让他们先给指导指导。按照正规标准来，有不对的地方都给指出来，等改正完，评选真正开始后他再去。到时再多带些媒体和领导，好好宣传一下。这次直接去，万一有什么地方没做好，硬性宣传不合适。

在得知父亲不来时，刚还有些失落的黄玲玲，听父亲这样一解释，一下子就释然了。父亲说的很有道理。

一大早，赵子琪就早早起了床，他把自己梳洗打扮了一番，对着镜子整理了好几遍着装，就差化个妆了。他在焦急和兴奋中，等待着领导的到来。

其间，他给季青松打了个电话，告诉他今天有领导要来视察。因为领导突然间定的日子今天来。

其实，这电话他很不想打。可觉得毕竟自己只是个二把手，领导来视察这么大的事，不和一把手汇报一声不合适，所以才决定打这个电话。之所以选择这时候打，季青松就是有想法要回来，时间上也来不及了。这样自己既没有越权，已和他汇报了，他也说不出什么了。至于说来锻炼的郭茂华又不是队里的人，对队里的情况也不熟悉，和领导们介绍情况的事，肯定他也不干。

果不其然，季青松让他看着处理。该怎么接待就怎么接待，刑侦队的实力在那摆着，更何况今年又破了好几起全市有影响的案件，前来视察的领导们肯定会满意的。

赵子琪一边说着“是，是，是，您说的对”，一边轻轻撇了撇嘴角。

上班后，一切准备就绪。早点名会上，赵子琪重点强调了又强调，今天下午有大领导来视察，有外出工作任务的可以去干，没有外出任务的要老老实实在办公室待着；开车时要小心着点，进院后速度一定要慢下来；楼道里不要大声喧哗。

经他这么一说，大家感觉心里特别不舒服，这得是多大的领导啊！就差净水泼街，黄土垫道了，这是没见过领导还是咋的。至于吗？这假招子整得也太有点过了。

众人心里嘀咕归嘀咕，也没有人说什么。以赵子琪那性格，这样做很正常。当领导的嘛，媚上也是应该的，反正牵涉不到自己的利益，他爱怎么做也就随他了。一个早点名会，啰里啰嗦开了很长时间才结束。

点完名后，同志们各自回了自己的屋，想外出的抓紧时间就走了。

林筱筱坐在办公桌前看了看表，已经十点多。难怪觉得时间过得很慢，老赵一个会就说了一个多小时，再有一个小时就该吃午饭了。这点出去，还得自己找地方吃饭去，林筱筱想吃完午饭就出去。说了领导下午两点到，自己吃完午饭再走，出去补个案件手续，那点也不会碰到什么领导。至于来多大的领导，她可没兴趣。补完手续也就不准备回来了，出去转转，等到晚上就去看石雨墨的演出。

一想到石雨墨竟然走上了音乐之路，倒是出乎林筱筱的意料。看来这人还真不可以随便下定论。不过这样也挺好，起码他也是走上正道了。

看看离吃午饭还有一段时间，林筱筱又打开电脑，翻开笔记本在那里打字。也不知道过了多长时间，她好像听到楼道内有人问："林筱筱在哪个屋？"

林筱筱侧耳听了听，又没有人说话了。她怀疑是不是自己听错了，于是又接着打她的东西了，没过一会儿，就听到背后传来大骂声："你个狐狸精，你天天勾引我儿子，看我今天不打死你。"

闻听此话，林筱筱赶紧站了起来，就见一中年妇女冲着她破口大骂起来。女人一边骂着，一边找东西要打林筱筱。

林筱筱一脸茫然，这女人是谁？她在骂谁？

"你个狐狸精，看我今天不打死你。"中年妇女没找到东西，抓起办公桌上的笔记本照着林筱筱的脸就摔了过去。

林筱筱扭头躲过了迎面飞来的笔记本。笔记本落在了地上，从中间散成了两半。林筱筱心疼地看了一眼地上的笔记本，那可是师父的心血啊！

她强忍着心头的怒火没有发作，冷冷地问道：“阿姨，您认错人了吧！我不认识您啊！”

“你不认识我，我可认识你。林筱筱，扒了皮烧成灰，我也认识你，你天天没安好心眼，迷惑我儿子。你也不撒泡尿照照自己，看看自己长什么德行，还想嫁我们家，还想老牛吃嫩草。”说着，中年妇女拎起自己的包，又照着林筱筱的脸上砸去，又被林筱筱躲开了。

林筱筱这算是搞明白了，对方并没有认错人，就是冲着自己来的。

只是自己不知道，这是何方大神。碰到这样的人，林筱筱也觉得没有分辩的必要了，这就一个滚刀肉，来了什么也不问，出手就打。对于这样的人，她真不屑于多说一句话。

中年妇女还往她面前冲，被她一个侧带摺倒在地上。

中年妇女这下更来气了，坐在地上大哭大叫起来。

屋子里这一吵吵，立马引来了很多人，大家都没有搞明白这是怎么回事。林筱筱也不解释，她径直走到师父的那个笔记本前，捡起来轻轻弹了弹上边的土，放到桌子上后，站到一旁，看中年妇女继续撒泼了。

有人上前想拉起中年妇女，可那位妇女的力气很大，拉都拉不起来。

不过从她的叫骂中，大家总算搞明白了，这位中年妇女是马小虎他妈。她这是来找林筱筱算账的，说林筱筱勾引了她的儿子，想嫁他们家。

可大家都没有搞明白，林筱筱什么时候勾引马小虎了。

了解林筱筱的人，不为这事所动，觉得马小虎他妈就是一个无中生有。也有一些人禁不住咋舌，感觉知人知面不知心了，没想到林筱筱竟然是这样的人。前段时间来了个求婚的，那个还没有结果，这又来一个闹事的。再往前找，对了，还有一个和她一起抓过杀人犯的，听说要不是那人过去，林筱筱还不知道怎么着了呐！他们所说的就是华小兵，华小兵有一段时间没露面了，也没给大家来送吃的了，所以都以为肯定是吹了呗！

知道了这位中年妇女是马小虎他妈，就有人去叫马小虎了。

马小虎不在办公室，一打电话才知道，他和陆离出去了。

一听自己的妈来找林筱筱算账了，马小虎是一个脑袋两个头大。他知道自己这个妈向来就不是省油的灯，逮风就是影。可这次又是因为什么怎么就找到林筱筱的头上了呢？她可是自己一直敬仰的师父。

马小虎叫上陆离赶紧往回赶，陆离把车开得飞快，一路向着单位飞奔而回。

吵闹声，也惊动了黄玲玲和赵子琪。

黄玲玲出来一看，发现有人正在林筱筱屋里闹事，虽说她没有上前，但已八九不离十猜到是谁了，禁不住扬起嘴角笑了笑。她没再停留，而是快速跑到赵子琪办公室门口敲了敲门，还没等赵子琪让她进去，她就径直推开了门。

赵子琪还在练习着他的发言稿，诧异黄玲玲怎么没经同意就进来了。

黄玲玲也顾不上看赵子琪的表情了，她急促地叫道：“指导员，不好了，快去看看吧！林筱筱和人打起来了。”

“你说什么?”赵子琪一时还没有反应过来。

“林筱筱和人打起来了!”一听这话，赵子琪急了，也顾不上黄玲玲了，撒腿跑向林筱筱办公室。

他一边跑一边想，林筱筱啊林筱筱，你怎么这么不让人省心，关键时候，检查组马上就要来了。这要是传出去，洋相肯定丢尽了，还争先进，争个屁吧!

赵子琪办公室在楼道偏东位置，林筱筱办公室在最靠西位置，两者之间相距足有百十米。赵子琪在前边跑，黄玲玲没有再跑，而是不紧不慢在后边走着。

赵子琪跑到林筱筱办公室后，看到一位中年妇女正坐在地上大哭大叫。

林筱筱站在一旁不说话，只是冷冷地看着中年妇女。

旁边倒是站了齐光、郑则几个人，但都看热闹般站着没人说话。其实，刚才大家拽了半天，中年妇女就是不起来，他们索性也就不拽了。

赵子琪看到林筱筱这副表情，第一反应，以为是林筱筱的后妈来了呐!他知道林筱筱有个后妈，但没有见过，上次家访时，也是季青松去的。

赵子琪赶紧上前，搀扶着妇女的胳膊，自降了半格，按照和林筱筱同等的辈分叫道:“阿姨，快起来，地上凉，她不懂事，咱不跟她一般见识。”

中年妇女压根儿就没有理他，还在那里大哭大叫着:“你个狐狸精，你不得好死。”

一听这话，赵子琪的心里“咯噔”了一下。此时他想起了黄玲玲所说的林筱筱被包养的事，这难道是原配来找小三算账了?

他心里这样想，又不敢问出来，于是转身冲着林筱筱命令道：“林筱筱，你这是干吗呢？还不快扶阿姨起来。”

对于赵子琪的命令，林筱筱压根儿就像没听到一样，站在原地，动都没有动。

赵子琪的火一下子就蹿上来了：“林筱筱，你傻站在那儿干吗呢？还不快点过来扶一把。”

林筱筱依旧没有动。

当着这么多人的面，赵子琪的脸上有些挂不住了，他也不命令林筱筱了，转而安慰起中年妇女来：“阿姨，我是林筱筱的指导员，有什么事和我说吧！”

一听是指导员，中年妇女这下更来劲了。

“你是指导员啊！你今天可得给我一个说法。林筱筱她勾引我儿子，我们家就小虎一个孩子。我们家可是豪门，小虎想去哪个单位上班就去哪个单位上班，可这孩子非得当警察。当警察就当警察呗！可偏偏碰上这么个狐狸精，勾引我们家小虎。小虎单纯，她一勾引就上钩。她想嫁我们家没门，我们家可不要这么个狐狸精。”

赵子琪这才真正听明白，这是马小虎他妈。

面对如此彪悍的小虎妈，赵子琪也有些犯怵了。

“行，阿姨，我知道了。咱先起来，去我办公室喝点水，天气干燥，小心上火了。”

“我这就够上火的了。不去，我哪里也不去，今天你要是不给我个说法，我就不走了。”

“阿姨，您说这事怎么办?”

“怎么办，立马让她走人，让她离我儿子远远的。”

“阿姨，这个调动的事，它不是这么解决的，它得有一个过程，也需要个时间。您看这么着行不行？您先回去，给我个时限，我保证把这事给处理好。”

“不，我现在就要处理。今天处理不了，我还就不走了。”

一看劝不动马小虎他妈，赵子琪转而向着林筱筱道：“林筱筱，马上和阿姨道歉。”

“我道什么歉，我又没勾引她儿子。跑这来撒什么泼，谁勾引了你儿子找谁去，别逮着人就乱咬。”林筱筱也是气疯了，小脾气一下子就上来了。

她没想到赵子琪来了，不但不护着自己手下，还不分青红皂白就让她道歉。自己道哪门子歉，自己道歉的话，那不就等于承认真的勾引了。

这话说得赵子琪脸上一阵青一阵白的。

马小虎他妈也在一旁添油加醋道：“指导员啊！你看看，这是什么样的人啊！这人怎么这么猖狂，就连你的话都不听了啊！”

“林筱筱，你反了天了。我让你道歉，你就道歉，你要为全队利益着想。你要不道歉，我就关你禁闭。”

一想到视察组马上就要来了，赵子琪的火就更大了。

“随便，我没有错，我就是不道歉，你别这么没原则。”林筱筱也是杠上了。碰上这样的领导，她也是服了。

赵子琪想的是快点把事情解决完。他看了看表，已经十二点多了，中午饭都过点了，这要是再闹腾下去，什么时候是个头儿。

本来他是想吓唬吓唬林筱筱，让她道个歉，说两句好话，让马小虎他妈借坡下个驴就完事了，没想到林筱筱根本就不吃他这一套。

“行，那我就关你禁闭。齐光、郑则把她给我关到禁闭室去。没有我的命令，谁也不能把她放出来。”

齐光看了看郑则，郑则看了看齐光。他们两人心想，怎么这么个事，就关禁闭了，好好解释一下不行吗？你想去关，自己关啊！怎么这事就落到我们头上了呐！要知如此，早点出去，就不在这站着了。

他们两人站着没有动。

见他们没动，赵子琪又冲着他们俩来了：“你们俩到底去不去？”

“去，去。”两人一看逃不过，只好应声。

“不用他俩费劲，我自己去。”林筱筱说完，大义凛然头也不回地走了。

齐光和郑则赶紧跟着出去了。

林筱筱他们走后，赵子琪立马蹲下身子，满脸堆笑道：“阿姨，您看，我都把她关禁闭了。您就先起来吧！调动的事，回头我向上级打报告，给我个时限，我保证给您一个满意答复。”

要么是觉得闹得差不多了，要么就是在地上坐的时间也差不多了，这回马小虎他妈没再犹豫，直接就站了起来。

“阿姨，咱去接待室喝口水。”

“嗯！今儿我看你这位领导的面子，就不折腾了。回头这事要是没处理好，我和你没完。”

“这个您放心，我向您保证，一定处理好。”赵子琪一边保证着，一边往外让着马小虎他妈。

他们出了林筱筱办公室，往接待室走去。接待室离赵子琪办公室不远。

他们走了一半，马小虎回来了。

陆离把车开回大院后，车还没有停稳，马小虎拉开车门就跳了下去。

他快速向楼上跑去。

在楼道内，正碰上赵子琪和他妈，马小虎冲着他妈大声质问道："妈，您怎么来了？您来这里干什么？"

"我来看看你天天在干什么？"

"妈，我上班呐！"

"别以为你干那些龌龊事妈不知道。"

"妈，我干什么了？"

"你干什么了，干什么了，你自己还不知道。"

"我天天上班，认真工作，您说我干什么了？"

"你和林筱筱到底什么关系？"

"她是我师父，教我如何破案。"

"教你如何破案？说得轻巧，她没有想法，能教你。"

"她有什么想法，妈，您这是整的那一出？"

"我整的哪一出，我儿子都被她勾引走了，我还蒙在鼓里。别以为你们那点猫腻能逃得出我的眼睛。她根本就不是一个好鸟。你给我离她远点，别被那个狐狸精迷惑了。"

"妈，您说什么呢？我不允许您这样说她。"

"呵呵！我这样说她怎么了！这还没怎么着呐！你就护上了。放心吧！妈绝对不会让她进咱家的门。"

"您还不让人家进门，我就是用八抬大轿抬人家，人家都不可能进咱家的门。我就不明白了，谁告诉您她勾引我了，您天天听风就是影，什么时候能改改！"

“这事还用告诉？整个南沧人都知道了。小区里早就传得沸沸扬扬了，就我还蒙在鼓里。”

“我想娶人家，人家可得嫁我。以后，您让我还怎么在队里待。”

“没事，妈让她走，你接着在队里待着。”

“行，您折腾，随您折腾。您要是敢那样做，您就永远别想我再进家门。您就当没我这个儿子好了。我惹不起，还躲不起吗？我走。”马小虎一扭头“蹬蹬蹬”下楼走了。

剩下他妈和赵子琪尴尬地站在那里，不知道说什么好了。

赵子琪还想着让马小虎把他妈快点领走，千万别影响了领导视察，没想到马小虎倒是不管不顾先走了。

赵子琪心里这个气呀！

表面上还不好发作，直接赶马小虎他妈，他又没那个胆，真心让她在这里待着，他又是一百个不情愿。

正当他为难怎么处理时，楼下传来吴迪的喊声：“指导员，指导员，有几家媒体提前过来了，他们想了解一下咱们队的情况。”

吴迪上午陪郭茂华去原单位了，这时才回来。林筱筱那事，他还不知道。

听到有人来了，赵子琪倒吸了一口凉气，幸好是把林筱筱给关起来了，这要是再晚上一会儿，被媒体看到，再给来个报料，刑侦队的颜面在整个南沧市也就无法搁了。

“阿姨，一会儿有来检查工作的，我去迎接一下。您先找个办公室待会儿，等检查完了，我再去陪您。”

“不了，我这就走，不能影响了你们检查。”说完，马小虎他妈在另一侧楼梯下去了。

整个过程中，黄玲玲没有再出现。在看到赵子琪走进林筱筱办公室后，她就回了自己的屋，虽说这事有点解恨，但她突然间有些害怕。

要知道这事可是她一手造成的。她也没有想到会整这么大，幸好马小虎他妈没把她供出来。这要是把她说出来，和林筱筱关系不错的那几个人，还不把她给吃了。所以，她是能跑多远就逃多远了，自己跑回办公室平定情绪去了。

话说赵子琪把几位记者让进接待室后，好茶好水，各种水果一路招待。不仅如此，他还一口一个老师，特别谦虚。几位记者问什么，他都对答如流，让几位记者佩服不已。记者们去过很多单位，一说要什么东西，都是给提供些材料，让他们自己看。人家老赵是对自己的家底了如指掌，一问全知道，而且还说了，如果需要纸质材料，也都会准备好。老赵着实给记者们留了个好印象。

记者们该问的也都问了，不但如此，老赵还给他们准备了几个最近破的案子，问他们是否需要，需要的话，尽管拿走。要知道，有时候记者想采访某个案子，也不是想采就能采到的。这次老赵真是投其所好了。

赵子琪这边接待得也差不多了，那边领导的车子就进了大院。

虽说中午都没有顾上吃饭，但老赵一点也不觉得饿，精神头十足。

赵子琪事先已安排杜衡到门口看着点，领导的车队一来，就赶紧给他打电话。老赵接到杜衡的电话后，礼貌地和记者们打了个招呼，表示他要下楼去迎接一下领导。记者们看他彬彬有礼，无形之中又增加了不少印象分。

赵子琪把大家迎进了会议室。

前来视察的最大领导是省厅副书记蔡子喻，其他的就是各级跟班，市局分局各级领导，每个桌位上都摆了矿泉水、笔和小记事本。

陪同赵子琪一起接待的，除了桥西分局领导以外，就是刑侦队的各位现职了。黄玲玲、刘芷、杜衡等人作为民警代表也参加了接待。开始黄玲玲和刘芷两人拎着水壶，给大家倒了一遍开水。

当黄玲玲走到赵子琪身边时，她悄声告诉赵子琪：“我爸临时开会，来不了了，就让副书记来了。”

“嗯，没事。”对于赵子琪来说，黄书记来更好，不来也没关系，反正这个视察是他安排的。至于视察情况，副书记回去后，肯定会向正书记汇报，自己能做的，也就是给视察组留个好印象。

会议开始后，黄玲玲、刘芷和杜衡也找了位置坐下来。分局领导先介绍了此次视察的意义，介绍完后，让赵子琪就队里目前的情况和取得的成绩进行汇报。

虽说赵子琪的面前放着材料，但他一眼都没看，而是侃侃而谈，队里的情况全部了然于心，就像稿子早就背过一样，把各位领导都惊呆了。

赵子琪庆幸自己用功了，而且还用到了点子上。如果自己照着稿子念，在大家心目中留下的印象，肯定和这个效果不一样。

不但如此，赵子琪还表现得特别谦虚。介绍完整体情况后，他还对几名现职领导和民警代表都做了简短介绍，给每个人都来了个简单定位。比如吴迪，在指纹方面造诣很深，探索出了比对成功 80%的成功率。杜衡在入室盗窃案件痕迹收集上是强项。最后介绍的是黄玲玲，他说：“黄玲玲同志虽然从警年头不长，但踏实能干，而且人又聪明，正在写一部小说。这本小说把我们单位发生过的一些经典案例串了起来。虽说是小说，但更像案例解析。写完后，对刑侦破案肯定有很大的帮助。”

听到这里，蔡子喻插了一句：“写了多少字了？”

这个字数，如果从赵子琪嘴里说出来，显然不好，让人感觉好像早有准备，所以赵子琪及时提醒了一下：“玲玲，告诉书记，写了多少了？”

黄玲玲立马站起来：“报告蔡书记，写了十一万字了。”

“嚯，这么多啊！期待早日拜读你的大作。”

“这个啊！”黄玲玲有点犹豫，说这就去拿吧！觉得有点不合适。

赵子琪又是一个提醒：“玲玲，去打印一份，让书记给你好好把把关。书记可是写作高手，书记看看如果方向对，就照着这个模式继续往下写；如果方向不对，你好及时改正。”

“好的，书记，我这就去打，稍等一会儿啊！打起来可能需要点时间。”聪明的黄玲玲，立马站了起来。

几位参会的民警代表非常惊讶。

以前倒是听说过林筱筱在整什么案例，说了好长时间了，还没有整完。瞧人家黄玲玲什么都没说，这就写了十多万字了。大家忽然间都对黄玲玲开始佩服起来。

黄玲玲回到办公室后，拿出昨天打印好的那些稿纸，设计了一个简单的封面，临时想了一个“南沧名侦探”的名字，打印出封面。装订好后，她就拿了过来，直接放到了蔡子喻面前。

蔡子喻接过后，看到装订得整整齐齐，又翻开来看了看里边几页，发现除了有个别语句稍微有点不通外，就内容来说写得还真不错，禁不住连夸了几声：“好，好，好!”

他又翻了几页，直接称赞不已了，还说要带回去好好看看，整体看完后，再提建议。

这个意见提不提就不知道了，反正去找黄书记邀个功是肯定少不了了。

拿到黄玲玲的书稿后，蔡子喻就让视察组好好检查一下各方面工作，有不对的地方必须提出来，好让刑侦队的形象和成绩更上一层楼。

众人提了几点意见，赵子琪认真记下后，视察工作也就结束了。

视察组走后，静下心来的赵子琪捋了捋会上的情况，看到蔡子喻对黄玲玲的态度，赵子琪更是对黄玲玲格外高看了。他对自己的英明之举也是非常满意，事先让黄玲玲提前打印出来备用，还真是打对了。

一想到这里，他也就想起了林筱筱。幸亏把她关了禁闭，不但劝走了马小虎他妈，还成全了黄玲玲一件美事。

这要是让林筱筱知道黄玲玲用的是她的书稿，她会怎么想，她是去找黄玲玲算账，还是来找自己。虽说真要是找到自己的话，自己可以一推三六五说不知道，可不知道的话，怎么又知道黄玲玲在写书了，理论上解释不通。

为避免再出事儿，赵子琪决定不放林筱筱出来了，让她在里边好好反省几天。如果此时把林筱筱放出来，虽说参会的那几个代表基本都是自己信得过的，可毕竟人多嘴杂，万一有人说起黄玲玲写书的事，会不会引起林筱筱的疑心。她要是去找黄玲玲看书稿，会不会认出是她写的那些东西！真要是闹起来，黄玲玲会不会把自己供出来？赵子琪不敢保证，怎么说自己也脱不了干系！万一要是捅到老季或者其他领导那里也不合适。

所以赵子琪综合权衡了一番，决定暂时不放林筱筱了，让她继续在里边待着，而且要多待几天。这样的话，人们就会把注意力始终放在该不该关林筱筱禁闭这事上，其他的也就顾及得少了。

如果真的有人问起来，自己可以推到马小虎他妈那里，怕她再来闹事影响队里的工作。就算以后有领导追问下来，这事也是名正言顺的。自己并不是关她禁闭，就是单纯地停她几天工作，想让她好好反省一下自己的行为。就算是有再大的领导追究，这理由也能说得过去。想到这，赵子琪更加坚定了多关林筱筱几天的决心。

大家都以为赵子琪关林筱筱禁闭，也就是为了应付一下马小虎他妈。他妈走了，视察组也接待完了，肯定就把林筱筱放出来了。谁都没有想到，临下班了，林筱筱也没有被放出来。

不过说起这个关禁闭，倒不像真的犯了错误被关禁闭那样，只不过是队里的一项机制。开始运行时征求过全队意见，谁要是犯了错误，就自己去检讨，管吃管住。

当时这项机制上报上级领导后，还被当成创新举措得到了各级领导的首肯，所以也就一直沿用下来。平时用得倒是不少，多是因为被案子折磨得不知如何是好时，才跑到禁闭室静心冥思。或者几个人为了不被打扰，跑到那里去研讨。真关禁闭的并没有，进去反思的倒是不少。就连老季都进去过，是因为误判了一个案情，让嫌疑人逃跑了。

刑侦队在食堂楼上有几间闲置的屋子，平时有客人来访，或者需要什么协同办案时，用作接待客房。队里工作人员有什么需要，或者家里临时来了客人没地方住时，也可以到那地方住一下。

楼下就是食堂，食堂师傅很勤快，除了工作人员吃饭外，他们还会搞点副业，比如酱个猪蹄、卤个牛肉、蒸个包子什么的，做饭的时候多做一些，等队里的同志们吃完了，他们就拿出去卖一些。因为队里经费有限，一个月给师傅们就那点钱，他们这个自谋出路，搞得还真不错，既能保障大家吃得很好，还能保证自己每个月多了点零花。因此师傅们都是兢兢业业，厨艺已达炉火纯青，领导也就允许了他们的副业，所以两相都满意。有的同志下班时也会买点熟食或者主食带回家，在食堂吃的东西和带回家的标准不一样，但怎么着也比在外边买便宜，东西都是真材实料，既实惠又卫生，所以往回带的人也不少。

食堂楼上都是单间，室内东西一应俱全，食堂师傅们负责打扫。虽说整个单位只有七十多个人吃饭，但师傅却有五个，他们既包了食堂，还包了卫生。主要是两对夫妻和一个门口保安大哥的媳妇，所以整得倒是很和谐，谁打扫食堂，谁搞卫生都由他们自己定，队里一概不操心，只要结果。这是老季给他们定的规矩。

对于在禁闭室的人，食堂负责送饭，男的由男人送，女的由女人送。他们安排得都挺好。这种情况已运行了三四年，一直也没出过差错。师傅们也是真心实意干活，每天的菜品虽说不是很多，但做得却是相当可口，以至于同志们回家后，如果几天吃不到食堂的饭，还挺想念。

到下班时，见林筱筱还没有出来，陆离拿着一张需要领导签字的单子，就去赵子琪屋里转了一圈。他本想给林筱筱求个情，可话到嘴边，最终也没有说出口。

因为自从陆离进了屋，赵子琪就一直在那里忙活。赵子琪正在认认真真写当天的信息，虽说这事完全可以由内勤完成，而且内勤已经写了一份，但赵子琪还是亲历亲为了。并不是因为内勤写得有多么不好，而是他觉得这是个出彩的事，往上报时，肯定各级单位都会采用，而且记者们和自己所写的角度也不一样，万一有什么报纸想发，报纸采用文稿都需要署名，自己写的东西就可以署自己的名了。内勤写的，署上自己的名字也不合适，所以他就亲力亲为又写了一份。

至于内勤那份，一句站得高度不够就把他打发了。这种公文式的写作，写起来比较简单，反正就那点事，谁都可以写。不像文学创作，需要灵感，这个套路对了，也就可以了。而且赵子琪也当了好几年的政工干部了，这点文字功底还是有的。

陆离站了一会儿，赵子琪也没有理他，整得陆离很尴尬，走也不是留也不是。他只好叫了一声："指导员!"

赵子琪似乎刚看到他在一样，问了一下："什么事?"

"请指导员给签个字。"

赵子琪头都没有抬，回了陆离一句："先放下吧！等我忙完了再签，签完给你拿过去。"

看赵子琪的表情，陆离知道从这态度上他已经把自己给拒绝了，凭自己的能量，赵子琪也不会同意了。所以最终也没有提及林筱筱的事。陆离把要签字的那个文件放到赵子琪的办公桌上就退了出来。

陆离一出门，赵子琪就抬起了头。他托着腮帮长出了一口气。

他知道陆离会揣摩人的心思，以陆离的性格，做事很有分寸，所以老赵那是故意在冷落陆离，不给陆离多说话的机会。他不知道陆离有没有给林筱筱来说情的想法，所以根本不给他张嘴的机会。他一张嘴，自己说不行，有可能就把陆离得罪了。这样不给说话的机会，也就不存在得罪与不得罪之说了。

回家的路上，陆离思考着这事该怎么办。如果不是觉得欠林筱筱一个人情，他都不会去找赵子琪。以前扔下林筱筱那件事，陆离一直觉得对林筱筱有愧。

想来想去，陆离觉得解铃还须系铃人，让马小虎出面比较合适。

毕竟林筱筱对他也不错，而且又是因他而起，他一气之下走了，却让林筱筱替他背这么个大锅，实在有些太冤。

陆离给马小虎打了个电话，可马小虎关机了。马小虎自从跑出刑侦队以后，也不知道一头扎哪儿去了，气得陆离恨不得立刻把他揪出来揍一顿。其实人家马小虎一头扎到网吧玩游戏去了，手机一关，上网联机，玩得正嗨呐！

没了辙的陆离考虑来考虑去，又给李木渔打了个电话。电话接通后，陆离并没有直接说林筱筱的事，他象征性地问了一下师父的情况。李木渔告诉他正在云南蒙自看望战友。

李木渔问陆离队里最近怎么样，有没有什么事。一听师父说在云南，陆离就打住了，决定不再提林筱筱的事了。

他知道师父对林筱筱的情义，他怕自己说出来，师父会着急上火。这一着急上火，万一再整出个什么事来，那可就是自己的罪过了。师父要是在本市或者附近，他也就说了。

最终陆离寒暄了几句，道了再见，就把电话挂断了。

陆离一时也不知道如何处理了，这事也只能听之任之了。

第十三章　三段视频

再说林筱筱，从办公室出来后，气冲冲进了禁闭室。

进去后，她一屁股坐在沙发上，一句话也不说。跟着她进来的郑则和齐光站在她面前，想安慰她两句。

林筱筱挥了挥手，示意他们赶紧走，不想听他们说话。

两人问林筱筱还有什么需要，林筱筱还是挥了挥手示意他们赶紧走。两人只好出来。

两人前脚出门，林筱筱回手就把门从里边带上了。

两人大眼瞪小眼对望了一下，什么也没有说就下楼了。到一楼后，两人去食堂和师傅们交代了一下，想着给林筱筱送饭，她在楼上 203 房间。

安排就绪后，两人就去向赵子琪复命了。

赵子琪正在忙着接待记者，齐光在赵子琪的耳边耳语了两句，告诉他把林筱筱关屋里了。

赵子琪点了下头，没说什么，就继续他的接待了。

两人就回了办公室。

坐在沙发上的林筱筱，怎么也想不明白，马小虎他妈，凭什么来找自己闹。这事应该无风不起浪。是不是马小虎回家和他妈说了什么，儿子不听妈的话，所以她就来找自己算账了。可马小虎对自己很尊敬，并没有表现出要追求自己的意思啊！没有追求，也就不存在和他妈商量了，难不成是想征得他妈同意后再来追自己？虽说马小虎有时候和齐光一样爱开玩笑，有点不着调，但以他的聪明，也不会傻到追一个老大姐吧！而且他应该看得出，自己对他并没有那个意思，再怎么说马小虎还是个孩子，离成熟还远着呐！自己也不可能找他啊！到底是因为什么呢？

林筱筱想来想去，始终想不明白。

这事林筱筱肯定想不明白了。这事她是怎么想，也不会想到黄玲玲身上，而这事可完全是拜黄玲玲所赐。

马姨是马小虎的姨妈，和黄玲玲家住在一个小区，马小虎的姨父赵强和黄玲玲她爸黄忠是校友。黄玲玲她爸比赵强高了两个年级，要说两人关系有多好也谈不上，但毕竟在一起上过学，于是这个校友情分有时候还得讲一讲。每个人涉足的领域有限，人是群居动物，这就需要与方方面面的人搞好关系，这就是最好的人力资本和潜力资源。这年头光送钱不好说，你有钱，别人比你还有钱，比下去就没有边了。可要说人力资源，那可就不一样了，你能帮我办张三的事，我能帮你办李四的事，相互之间都有用处。在中国的关系学中，这就是最牢靠的资本。

赵强上班几年后，就辞职了，自己开了家公司做一些市政工程。要说大钱并没有挣到多少，但维持生计还是绰绰有余。黄忠给赵强揽过一些工程，有些事情黄忠无法出面时，赵强就帮着处理一下。这两者一互动，所以关系维持得还不错。这么多年一路走来，也算是相扶相携了。

赵强上了年纪后，工程的事就不愿意再干了，于是就转行做了餐饮，整了点特色菜。近几年倒是挣了些钱，挣到钱后，他倒没有浪费，转而又开了四五家连锁店。连锁后挣的钱越来越多，他没有再开分店，而是整了个高档会所。有了高档会所后，身份立马就上了一个台阶，结交的都是一些达官贵人。会所嘛，比较私密，外边的人又进不去，也不像饭店那样乱糟糟，更方便大家私下交流了。所以也就成了黄忠谈一些私事，宴请一些亲近大佬的“风水宝地”了。

这样一来二去，到会所谈事的朋友越来越多。当然这个多的范围也不是无限扩大，都是市里或者再往上的顶尖人物。虽是这样，要想去会所，还得提前预约。因为一顿饭只接待一个预约，这一个预约，可以是一桌，也可以是多桌。所谓会所，第一要务就是为客人们做好保密工作。预约方带来的肯定都是自己的人，自己人看到自己人无所谓，这要是预约多了，大家都在这一亩三分地上混，精英就那点，彼此看到对方和谁谁在一起了，万一传出去，再给定性个拉帮结伙不合适。

赵强差的已不是钱，他需要的是保存好这些人脉。大家互相帮衬着，共同前进。

会所装修得非常华丽，清新干净。不但环境好，经营也干净，并没有歪的邪的，不涉赌不涉黄，要的噱头无非就是保密工作做得好，让各位大佬放心谈事。服务员都是训练有素的清一色小伙子，个头不高，一米七左右，不胖不瘦。

为什么要的都是这样的身高，赵强给出的观点就是，这样的人没什么特点，让人看上去第一印象不是很明显。不明显也就会存在无视感，既然都无视了，也就不会引起领导们的戒备心理了。来的领导要是个小矮个，你整个一米八的小伙子在领导面前晃来晃去，很可能会给领导的心理造成一定的压迫感，让领导怎么想。保密工作做好了，虽然一顿饭大多时候也就是一桌，可就这一桌，细水一长流，利润也是相当可观。饭菜值不了几个钱，整几瓶陈年的茅台和经年的红酒，也就都出来了。

会所要的是合法做生意，不是选美。所以让客人情感上舒服，吃得也就踏实了，就算有人喝多了酒，都是清一色的小伙子，也不至于有非分之想。要是整点姑娘，今天这个被人看上了，明天那个又不同意了，整来整去也就开黄了。所以，会所主打的就是干干净净做生意，保证领导们的谈话隐私。

几年来，赵强的会所在业内口碑叫得一直很响，也不做广告，也不打招牌，就是口口相传地经营起来了。黄忠也就成了会所的常客。

赵强认识的高官很多，可他本人倒是非常低调，毕竟这么多年也经历了不少风雨。但马姨就不一样了，没什么文化，财大气粗，整天各种名牌到处摆阔，除了炫耀外，又没什么事可干，经常抱着个名狗到处招惹麻烦。不是自家的狗把别人家的狗咬了，就是吓到别人家的孩子了，最后都得靠赵强出面去摆平，又是掏钱又是好话。赵强让把狗送人，马姨说什么就是不送，说狗是自己的命根子。时间一长，赵强也就懒得管了。反正孩子寄宿，孩子回来时，他就回趟家，平时则住会所。因为会所都是清一色男人，自家媳妇也就没什么可闹的了，两相安静，有事时再联系。

马小虎当警察这事，虽说是自己的爱好，但他姨父赵强的确也给打了个招呼。这招呼就是打给黄忠的，希望黄忠给照顾着点，孩子还不成熟，爱调皮捣蛋。

这招呼打完了，自己的外甥如愿以偿当上了警察，马姨又开始嘚瑟了。到姐姐那里一通吹捧。妹妹向姐姐表功，把这事说得天花乱坠，于是马小虎他妈就觉得自己的妹妹真帮孩子抱到了一个大腿，以后儿子的前途肯定无量了。她对妹妹又是夸奖又是感谢了一番。

马小虎他妈和他姨的性格差不多，也是爱炫耀。虽说家里没几个钱，也就是在赵强那里有点股份，就觉得自己家钱多得高人几等了。早些年他们家倒是省吃俭用投资了几套房子，虽说南沧的房价不比一线城市，但也是赚得盆满钵满了。有了钱，她也就有了撑腰的了，出门也就牛气哄哄了。

为了自家儿子的前途，马小虎他妈想去拜访一下这个“大腿”。做人嘛，怎么着知恩也得要回报一下啊！而且儿子以后还要在人家手底下长期工作。既然关系建立了，这个关系无论如何也得维护好。

马小虎他妈三番五次想让妹妹带着去拜访一下“大腿”。妹妹扭不过姐，就想着让老公赵强带着去一下。可老公说，这样带外人去领导家不合适；真心想谢，当姨的去感谢一下就行了。于是赵强就带着媳妇去了黄家。虽说马姨在外边挺牛气，但进了领导的家门，一下子就老实了。而且她还特别有眼力见儿，把黄妈哄得非常开心。当然因为家里有钱，她带的礼物也是相当厚重，缅甸翡翠 A 货手镯，把黄妈高兴的，拿在手里，翻过来翻过去，看了好几遍，最后直接戴手上，都不往下摘了。

要说黄家差钱吗？还真不差钱，只不过他家的钱并没有在黄妈手中，而是都被黄父控制着。黄妈的手里还真没有几个钱。

黄父倒是把工资卡给了妻子，让她把家里的吃喝用度都料理好。黄妈是一个本分的妇女，除了单位和家外，也没什么朋友，倒是把家打理得井井有条。每天基本两点一线，家和单位。后来单位不景气，就办了个内退，早早回了家。回家后，就一心一意当起了家庭主妇，每天就是买菜做饭，两点一线就变成了家和市场。

这么多年，黄妈练就的厨艺还真不错，生活的重心就是丈夫和孩子，而且对丈夫的话唯命是从。在她的心目中，丈夫绝对是一个大好人，一个不贪赃枉法的好领导。黄父对自己的老婆要求得很严格，待人接物要随和，不能耍官太太的威风，要当好官太太。因此，这个官太太手中根本就没什么钱，仅有的就是丈夫给的一张工资卡。

黄父对黄玲玲的要求并没有那么苛刻。他经常会给女儿整个包、名牌衣服什么的，也不知道是别人送的，还是他自己给女儿买的。当然，黄妈对女儿拎的那些名牌包包、名牌衣服也不懂。

自从认识了黄家的门后，马姨就成了黄家的常客了。惯会察言观色的她，在性格内向、又没有什么朋友的黄妈面前，俨然成了一个体贴入微的好妹妹。马姨本身除了爱炫富，有点瞧不起人外，倒也没什么特别的坏心眼，人很热情。以前有黄玲玲在家，家里还不冷清；黄玲玲上班后，又经常值班，一值班就不回家了，多数时候就剩下黄妈一个人在家。所以时间一长，马姨和黄妈，一个外向、一个内向的两个人倒是真成好朋友了。

马姨整天“姐姐长姐姐短”地把黄妈哄得很开心。而且有钱嘛，出手又阔绰，她经常带着黄妈出去吃点好东西，逛逛商场，让黄妈也长了很多见识，吃到了一些没有吃过的美食。黄妈的眼界大开，觉得自己以前活得真是井底之蛙啊！以前她对那些东西从来不感冒，那是因为自己不知道。

老是吃人家的，心里也过意不去，可黄妈手里又没有多余的东西可以回馈，她能做的，也就是在家做饭时多做一些，请马姨过去吃一顿。这点正好弥补了马姨厨艺不精的缺陷，不但自己去，有时孩子在家时，也会把孩子带过去。

黄妈不爱多说话，和马姨在一起时，也总是马姨说得多。马姨只知道他们家有个女儿，至于女儿多大了，干什么工作，都不清楚。人家不说这个话题，她也就不好意思多问了。

有一次，马姨又去黄家蹭饭，正好赶上黄玲玲在家。看到这么个如花似玉的大姑娘，马姨就想起了自家的外甥，想着两人应该差不多大，就临时起意动了心思，想把黄玲玲和外甥撮合一下。

马姨心里想着，这要是给自己的外甥说成这门亲事，外甥一下子就攀上了高枝，以后外甥的前途也就无量了。

饭桌上，马姨找了个借口，就有意无意间说起自己有个外甥，是个警察，说自己的外甥特别优秀，人长得又帅，工作能力也强。

黄玲玲随口问了一句："他在哪里上班?"

马姨就把单位和名字都报了出来。

马姨一说名字，倒是让黄玲玲吃了一惊。这世界太小了，转来转去，发现大家都在一个圈子里，而且自己还和马小虎是同事。

虽说知道了马小虎的事，但聪明的黄玲玲并没有说出自己也是警察，当然更不会说出自己和马小虎就在一个单位了。

黄玲玲有自己的想法。她怕一说出来，会让马姨尴尬，而且以后也让马小虎无法和自己面对了。

黄玲玲没说自己是警察，倒是说了有几个同学是警察，让他们回头给打听打听马小虎的工作表现。

马姨一听就高兴了。

人家姑娘想着给打听外甥的情况，言外之意，很有可能那是对自己的外甥有好感了。如果不感兴趣，绝对不会主动提议帮忙打听。这外甥要是很优秀，工作能力又棒，没准儿姑娘就看上了，没准儿这事就成了呐！马姨做着自己的美梦。

第一次见面，马姨没准备礼物，但她已通过黄玲玲的穿着看出了她的品位。她觉得这姑娘和她妈比起来，可真是天壤之别了，一个木讷寡言，一个乖巧伶俐。姑娘长得又漂亮，怎么看都不像她妈，倒是遗传了父亲的基因比较多。人都说姑娘长得像爸，马姨也就相信了黄父的基因比较强大。

第二次再见面时，马姨专门给黄玲玲拿了一个包。她说包是别人送的，是不是牌子的自己也不懂，自己背了一次，姐妹们看了都说太显年轻，也就不好意思再往外背了。在家放着也是放着，听说姑娘正好在家，就带过来了，问问姑娘是否喜欢，喜欢的话就拿走。如果不喜欢，就带着姑娘去买新的。

黄玲玲接过包一看，新款的爱马仕，国内还没有见到，只有国外才买得到。她不由得暗暗喜欢，但又不好意思表露出来，最终还是马姨强塞给了她。

有了这层关系，黄玲玲和马姨的关系也是越来越亲密了。

亲密到没过多长时间，马姨就“打听”到了马小虎跟着一个女警察师父，而且关系走得挺近乎。女警察经常让他干活，有一次让他独自勘查了一个死亡现场，那位女警就在旁边看着，一点也不帮忙。对于这个多干活，虽说当姨的挺心疼自家外甥，可年轻人应该多干，她也知道，也就没说什么。

有了黄玲玲这个渠道，马姨一来是对外甥真不放心，二来也是想知道黄玲玲到底对自己的外甥有多大兴趣，所以就经常带着黄玲玲和她妈去些高档餐厅吃点好东西，顺便打听点外甥的事。

最近一次，黄玲玲告诉马姨，两人的关系比较邪乎，整个系统内的人都知道了，没准儿两人还那个了呐！不但如此，同学还给发了个视频，说是马小虎向那位女警求婚了。黄玲玲举着马小虎拜师的那个视频让马姨看了看。马姨想让黄玲玲把视频发给她，但被黄玲玲拒绝了。她说这样不好，同学发给她看时，再三叮嘱千万不要往外传。同学怕惹麻烦，这要是知道是自己给传出去的，以后可能也就不会再和她说马小虎的事情了。

马姨一听，还真是这么个道理。有没有视频已经不重要，重要的是自己已经看过那段视频了。外甥正单腿跪在地上，他面前是一个姑娘，那姑娘可没有黄玲玲好看，那姑娘看上去感觉比马小虎大不少。

这外甥也真是的，幸好人家黄姑娘告诉自己了，否则一家人还蒙在鼓里呐！这要是闹不好，哪天给整怀孕了，生米做成熟饭，直接带回家来，到时认还是不认。

吃不住劲的马姨，火急火燎就把这事告诉了姐姐。

马小虎他妈一听就急了。儿子要是正儿八经谈个女朋友，家里也不反对；你说你找个什么样的不行，偏偏要找个比自己大的。你说说，要是大个两三岁，我们也能接受，就算大上四岁，我们也就认了，可儿子一找就找了个老剩女，这可让一家人如何接受。

这当妈的是越想越气，越想越火冒三丈。

虽说知道了有这档子事，姐妹俩商量了半天，该如何处理，想来想去，觉得还是得找个万全之策，这事必须得给它彻底搅黄了。

她们也知道马小虎的脾气，有些事越是拧着来，他可不吃那一套。所以想来想去，决定还是从女的身上下手，把她名声搞臭，让她主动离开自己的儿子。

虽说知道了有这么个人，她们还不知道女方叫什么名字，为慎重起见，马小虎回家后，他妈就有意无意间问起马小虎单位有没有女同事，有没有自己看上的。

马小虎就说了，有啊！我师父，林筱筱，怎么看怎么顺眼，人好心好业务能力好。

马小虎一说起林筱筱来，那可真是眉飞色舞，话题可就多了。

这下他妈可真是相信了。不但是相信了，她还知道了那个女师父的名字叫林筱筱。知道了名字，最终也就有了马小虎他妈大闹林筱筱办公室这件事。只不过时间节点就这么巧，正好赶在了视察组之前，老赵一气之下，就把林筱筱给关禁闭了。

黄玲玲也没有想到最终会是这么个结果。她的预期也就是马小虎被他妈训一顿，最终马小虎离林筱筱远一点。

就算林筱筱再聪明，她也想不到其中的原委啊！

林筱筱闭着眼睛，双手抱于胸前，背靠着沙发，就像个雕像一样一动不动。也不知道过了多长时间，直到有人来敲门，才打破了她的这一固定姿势。

那是食堂大姐来给她送晚饭了。食堂大姐给她端来好几样菜，虽说量不是很多，但样数很齐全，荤素搭配得很好，而且还带过来一个猪蹄。

林筱筱也是饿了，此时的她才想起中午也没有吃饭，于是拿起猪蹄就啃。

她一贯的标准就是，不管什么时候，就算有再大的委屈，也要吃饭。只有吃饱了饭，才有力气解决问题。要是身体损坏了，那可是自己的事。

最终，林筱筱把大姐送的饭菜全都报销了。

吃过晚饭的林筱筱，想给家里打个电话，告诉家里自己最近有事，先不回去了，一摸口袋，没带手机。

来时匆忙，手机原本在计算机上充电，结果没有带，她也懒得再让人送了。

此时别人对自己恐怕都是唯恐避之不及，再让人家送手机，这不是给别人添麻烦嘛！所以林筱筱也就只好作罢。

好在姥姥有舅妈舅舅照顾，只可惜了家里的龟宝，又要挨饿了。幸好是冬天，龟宝的活动量减少，几天不吃东西也没事，大不了也就是造个反，把家给整得乱点，只希望它找个窝趴着冬眠了。

这边林筱筱被关了禁闭，那边开演唱会的石雨墨站到舞台上后一个劲儿地往人群中寻找。可他始终没有找到林筱筱的影子。自己第一次开演唱会，她答应得好好的，说一定会来，自己也想着认认真真对待她了，可她却没有来。

石雨墨的心里很不是滋味。他本来又为林筱筱写了一首新歌，最终那首欢快的情歌，被他临时改了歌词，唱成了相思神曲，令小伙伴们再次大开眼界，感叹石雨墨真是音乐天才。

自己是不是音乐天才，石雨墨没觉得，只是从没有过的挫败感，始终萦绕心头，挥之不去。

他想着，林筱筱可能又去破大案子了。但就算那样的话，起码应该和自己说一声，不会连个发信息的时间都没有吧！这种情况，只有一种解释可以说明，那就是在她心目中，根本就没有自己的位置。

演唱会结束后，石雨墨又给林筱筱打了个电话，电话没有人接。

演出很成功，小伙伴们都去庆祝，石雨墨喝多了。小伙伴们以为他是高兴的，其实他的内心有一种惶恐。以前无所事事时，总觉得自己能抓住一切，可自从父母离婚后，回到家一看到母亲忧伤的表情，他就有一种无名的抓狂。

以前娶不娶林筱筱都无所谓，现在他特别想把林筱筱娶回家。林筱筱是母亲喜欢的姑娘，把她娶回家后，母亲也许就高兴了。母亲高兴了，生活也就有乐趣了。否则母亲一个人在家，他真怕给郁闷坏了。

虽说母亲再也没有提过父亲，可母亲再也不像以前了，老是有丢三落四的时候。有时拿着一样东西，转来转去，问她想干什么，她会如梦初醒般，却又说不上自己到底想干什么。

看着这样的母亲，石雨墨很是心疼。他唯一能做的，也就是早日把林筱筱娶回家。

可人家连自己的演唱会都不来参加，电话也不回，他不知道什么时候才能把她追到手。

要说这个禁闭，也没有人给看门。可老赵是指导员啊！指导员说了，林筱筱要是不听的话，那可就是违命不遵了。也不知道指导员几时会开恩，让自己出去。反正老赵不说让她出去，林筱筱是不准备出去了，郁闷也没什么用了。

想不明白缘由的林筱筱，决定不再去想了。想也没什么意义，既来之则安之，就当是来度假了。想开了的林筱筱，准备好好享受禁闭室的时光了。

屋里有电视，而且还有计算机，唯独可惜的是，师父的手稿这里没有，否则正好可以整理手稿。既然整理不了，那就写自己的。反正自己那些东西，都装在脑子里了，闲着也是闲着，可不能让这宝贵的时光白白溜走了。先把自己的写出来，出去后，再整理师父的，这样也不会耽误事。

于是林筱筱就开始了自己的创作，写起了自己的那部分案例总结和分析。

就在林筱筱有吃有喝，在里边过着滋润日子时，她不知道的是，外边正发生着对她来说犹如天翻地覆的大事。

就在林筱筱被关的第二天，华小兵来找她了。

林筱筱被关的那个下午，华小兵给她打了个电话，电话没有人接。他想着林筱筱在忙，等她看到后，应该能给自己回个电话，可迟迟没有等来林筱筱的回电。

华小兵回到家时已是深夜，他想快点见到林筱筱。可看看时间太晚了，也不知道林筱筱是在上班还是休息，也就没再打电话。

第二天一大早，华小兵又打了林筱筱的电话，电话还是没人接。他就纳闷了，这人又干什么去了，为什么不接电话？就算普通朋友，也不至于绝情到连个电话都不接吧！

华小兵只当林筱筱又上了什么专案在忙。他决定去林筱筱单位看看，准备堵一下，看看她是在忙，还是就不想接自己的电话。

这样，华小兵很早就到了林筱筱单位门口。这人越是联系不上，他就越想快点见到。可问了问门口保安大哥，保安大哥说不知道林筱筱干什么去了，这几天也没有见到她。

说句真心话，保安大哥的确还真不知道林筱筱因为什么事被关的禁闭，他也就不敢告诉华小兵了。保安大哥不知道，华小兵就考虑着要不要去找季青松问问，结果保安大哥又告诉他，老季学习去了，最近没在单位。

正在华小兵考虑找谁时，黄玲玲的车子主动停在了大门口。

她摇下车窗冲着保安大哥大声询问有没有她的信件，其实问这个信件是假，故意引起华小兵的注意是真。因为她看到了华小兵的汽车停在了门口，直接上去打招呼未免显得轻浮，自己这一露面，如果华小兵有心，就和她打招呼了。如果他不打招呼，自己也不显得尴尬。

果然，保安大哥刚回答完“没有”后，华小兵就从保安大哥的屋里出来了。

黄玲玲还以为他在自己的车上，没想到原来在保安大哥的屋里。

华小兵一见黄玲玲，立马热情问好：“嗨，你好！好久不见。”

黄玲玲没有立马回答，而是装作好像不认识一样，打量了一会儿才看出他是谁来，于是不无夸张地说道：“嗨，我当是谁呢？这不是我们华大总裁吗？这是怎么了，刚从非洲难民营回来？一下子都没让我认出来。”

华小兵的确晒黑了，但也没有黄玲玲说的那么夸张。

“哈哈哈！你还真说对了，刚去了趟非洲，差点回不来了。可一想到我心中的女神们，立马斗志昂扬，历经九九八十一难，冲破三十六道阻拦，这才回到美女们身边。”华小兵贫嘴回怼着黄玲玲。

“那你是来找我的，还是找林筱筱的？”听华小兵美女后边加了个“们”字，黄玲玲的心里很不舒服。这么长时间没见到华小兵，还以为他和林筱筱早就吹了呐！没想到他这是外出了，也不知道林筱筱给他吃了什么蜜糖，还想着她。

“都找，统吃！行不行啊！”

一听这话，黄玲玲就明白了，人家这是来找林筱筱的，自己又多情了。

她心头醋意油然而生，禁不住酸溜溜道：“都找啊！那不行了，就怕你剃头挑子一头热了，想见人家，人家也未必见你。”

黄玲玲的话意犹未尽，华小兵一听，知道这话中肯定有话了，于是嬉皮笑脸拱手作揖道：“请小姐姐明示。”

黄玲玲斟酌了一下，要不要告诉他林筱筱被关禁闭的事，转而一想，还是不说了，要是真告诉他林筱筱被关禁闭了，没准儿这货会到队里折腾呐！万一又犯了二竿子劲儿，还不知道会捅出什么娄子呐！还是说点别的吧！

整出马小虎他妈那事，刚开始黄玲玲还有点怕，但此时的她，内心的那点怕意早就荡然无存了。相反她有的却是成就感，没想到自己只是动了动小脑袋瓜，就把他们玩得团团转。她决定好事做到底，把林筱筱周边的人都想办法给她折腾走，所以她决定林筱筱关禁闭的事就不说了，添油加醋给他爆料点别的。

黄玲玲往华小兵面前凑了凑。

“哟！你不是刚从保安大哥屋里出来吗？你没有看到里边的花吗？那是别人送给林筱筱的，而且每周都送，林筱筱可是傍了个大款。”黄玲玲说这话时，口气很轻蔑，俨然一副取笑华小兵的表情。

“不会吧！还有比我有钱的。”听黄玲玲这话，华小兵倒是一惊。他不知道黄玲玲为什么要告诉他这个，这是在吃林筱筱的醋，还是故意嘲讽自己。没搞明白黄玲玲的目的，所以对她的话有些怀疑。

“不信，你看这里。为什么你们几个她都看不上，那是因为人家早就名花有主了，看人家住的别墅多气派。就凭你的仨瓜俩枣，还能入了她的眼睛，还是省省吧!”

华小兵将信将疑，刚才在保安大哥屋里，他的确看到了一大束花，问大哥送谁的，大哥吞吞吐吐说别人的，还没有拿走。问他林筱筱去哪里了，他说不知道，好几天没有看到了。原来这是另有隐情啊！其实那花的确是送林筱筱的，是石雨墨委托花店送来的，只不过林筱筱拿了两次后，就不再来拿了，保安大哥就放在他的屋里了。保安大哥也知道林筱筱被关了禁闭，觉得这事告诉华小兵不太合适，所以华小兵问他林筱筱去了哪里，他只好说没有看到。

幸好黄玲玲接待了华小兵，否则如果再多说几句，保安大哥怕自己就要露馅儿了。保安大哥是个实诚人，真心说不了谎。只不过华小兵对保安大哥的面部表情观察得不够敏锐。

“不相信吧！不相信的话，就看看这。”黄玲玲打开手机，举着手中的视频，送到了华小兵的面前。

视频中有三段内容，一段是马小虎单腿跪地送花那一次，当然这段也是黄玲玲让马姨看的那一段。一段是石雨墨张开双臂，林筱筱正向他走过去。就是上次石雨墨来求婚，林筱筱出来时，石雨墨伸开双臂准备迎接她的姿势。不过从视频拍摄的角度来看，正好可以做出投怀送抱的另一番解读。这两段倒还其次，林筱筱都是被动的，第三段可就不一样了，那一段是林筱筱亲昵地挽着一个中年男人的胳膊从别墅出来。两人走了一段距离后，在他们分手时，林筱筱抱了男人一会儿才离开。林筱筱和男人拥抱的旁边有个门牌，只显示了一部分，佐安巷 13 号。其他部分被挡住了，门口有竹子，远处有山峰。

“你看，怎么样，她这可是吃着碗里的，还占着锅里的呐！你可不要被她迷惑了。她能看上你，就算你开奔驰车又能怎么样，有本事你也送套别墅啊！”黄玲玲这话可就有点过分了。

看前两段视频，华小兵没觉得怎么样，可看完最后一段，华小兵的心里就不是滋味了。他也没心思待下去了，也不愿意和黄玲玲再逗闷子了。

华小兵什么话也没有说，扭头上了自己的车，发动汽车，掉转方向，一脚油门开走了。

看着汽车消失的方向，黄玲玲的脸上露出了得意的笑容。

林筱筱啊林筱筱，敢和我斗，你还嫩了点，我会让你什么也得不到。

前两段视频，都是黄玲玲自己拍的；最后林筱筱从家中走出来的那段视频，是黄玲玲的父亲发给她的。黄父不认识林筱筱，有人给他发了那段视频，对方说这个女孩当警察，还是南沧的一名刑警。黄父就把视频发给了黄玲玲，让她确认一下这人是谁。黄玲玲一看正是林筱筱，于是就把那段视频留了下来，没想到这时候给派上用场了。

待在禁闭室里的林筱筱完全不知道外边发生的这件事，也不知道黄玲玲又给她造谣了。

她正在噼里啪啦打着字，没有了任何干扰，林筱筱打字的速度很快，转眼间，已打了小一万字了。

看着自己的成果，林筱筱却高兴不起来。她老觉得心里乱糟糟的，稳不住心神，她把这归咎于昨晚换了地方没睡好。要说昨晚没睡好，倒也不是，只不过睡得没那么实，深睡眠时间比往常少了许多。

林筱筱只好打一会儿，趴到床上休息一会儿，再不行了，就活动活动四肢。总之，感觉时间过得很慢，她是真正体会到了被关禁闭的滋味不好过了。在外边忙忙叨叨一天很快就会过去，在里边半天时间都觉得特别特别的漫长。但无论如何也得过，这事绝对没有认错的余地。

林筱筱在里边度日如年，一赌气开走车的华小兵也没有好到哪里去。他真没想到林筱筱竟然是这样的人，人心真是隔肚皮啊！原以为林筱筱会和别的女孩子不一样，没想到她比别的女人更可恶。看来大师的话真不能相信，也就是为了骗自己点钱。

华小兵在西藏时请大师算了算自己的姻缘，大师告诉他：“姻缘心缘，有心结缘，无心莫念。”

华小兵再问具体什么意思，大师只道“阿弥陀佛”，不再回答。

从西藏回来的路上，华小兵就一直念叨着这几句。以他的理解，就是用心去对待缘分，给别人以真心，也就能换来对方的真情。

这段时间，他唯独放不下的，就是自己的母亲和林筱筱。

离开的时间说长不长，但他的心里，始终放不下对林筱筱的感情。他想回来后和林筱筱好好谈谈，正儿八经谈一场恋爱，用自己的真心去追求她。所以回来后，一大早就来找林筱筱了，可最终的结果，却是林筱筱已投入别人的怀抱。也不知道这是什么时候的事了，看穿着也不是现在，现在的时间已是冬天，那时她还穿着短袖T恤。

掉头而去的华小兵，一时间不知道该去什么地方了。这乘兴而来扫兴而去的滋味，让人很不舒服，一个大男人竟无所适从了。

有心去找哥们儿，又怕影响心情，于是就漫无目的地只管开着车向前走。最终发现自己沿着环路跑了个来回，转来转去又转到往林筱筱单位去的路上了。看着眼前熟悉的路，华小兵有心再去一次，却又鼓不起勇气。

最终他把车子开到紫丁公园后，华小兵闭上眼睛，似在闭目养神，似在思考问题。

渐渐平静下来的华小兵，脑子灵光了许多，他突然间就想到了好几个问题。

黄玲玲是什么意思，为什么要让自己看那些视频？她怎么知道林筱筱被人包养了？再说了就算知道，如果不是有心收集，也不应该有那些视频。这说明她对林筱筱很上心，那上心的原因又是什么呢？林筱筱得罪她了，故意在抹黑林筱筱？

可她们是同事，就算关系不好，也不至于到这种地步吧！那是她嫉妒林筱筱，故意让自己远离林筱筱，不愿意自己和林筱筱谈朋友，喜欢上自己了。真是这样的话，自己该怎么办，是接受黄玲玲，还是？虽说黄玲玲长得比林筱筱好看些，但她不是自己喜欢的类型。黄玲玲比较矫情，自己以后肯定驾驭不了，而且凭直觉，黄玲玲也不可能喜欢自己吧！那又是为什么呢？

华小兵想来想去，也想不明白了。

想不明白的他，觉得明人不做暗事，还是正大光明去问林筱筱吧！如果她真不喜欢自己，自己就祝福她。如果不是，另当别论。

想到这，华小兵又拨打林筱筱的电话，电话还是没有人接听。

虽然电话没人接，但找到方向的华小兵顿时就不郁闷了。他决心已下，一定要把这事给整个水落石出。

心情不郁闷了，于是就想起了哥们儿，想找个一醉方休的感觉，华小兵打了几个电话，联系了几个不错的哥们儿。

大家一听说他回来了，立马就来了精神。他不在的这几个月，哥几个觉得少了很多乐趣，主要是少了喝酒主动结账的人，所以也就没人张罗着喝酒了。

晚上七八个好友聚在一起。几月不见，大家纷纷敬酒，好话可着劲地编，于是就把华小兵喝高了。就算这样，大家也没有饶过他，让他讲西藏见闻，都说藏族姑娘漂亮，有没有碰到心仪的姑娘。

说来说去，就说到了华小兵的痛心处。

他倒是毫不避讳，酒后一顿真言，说自己喜欢的姑娘已经投入别人的怀抱了，引得众人一通唏嘘。没想到这一趟西藏之行，收获还真丰富，更有那好事之人，让他讲讲细节。

华小兵说看到自己的姑娘抱着别的男人了。

于是就有人问他：“被你捉奸了？”

“没有。”

“没有，那你是怎么知道的？”

“别人告诉我的。”

“别人告诉你的，你也相信？那别人为什么要告诉你这个，那人是男的还是女的？”

“女的。”

“这女的喜欢你?”

“可能吧!”

“那你想怎么办?接受新欢?”

“不，去找旧人。”

“姑娘都不喜欢你了，还找什么旧人，有意思吗?姑娘不接你电话，就是不想见你。话说这姑娘投的什么样的男人，你亲眼看到了吗?”

“没有。只是看了视频。”

“我靠，就这，不会是演电影的吧!否则就算投怀送抱，那可是私密的事，也不应该被拍成视频啊!就算被拍成视频，也不应该什么人都有吧!这姑娘和喜欢你的新欢什么关系?”

“她们是同事。”

“得，我看是被新人算计了。”

华小兵这有问必答，众人鸡一嘴鸭一嘴的，倒是让华小兵的脑回路又开窍了不少。

也是啊!那黄玲玲的视频都是从哪里来的呢?三段视频都是白天拍的，白天拍的那就是在大庭广众之下。大庭广众之下林筱筱都不怕，难道她是真当演员去了。

琢磨过味儿的华小兵，怎么想都觉得这里边肯定有问题。

不行，这事，他决定给整个明明白白。

第一个视频那人是林筱筱同事，自己见过，林筱筱压根儿就不可能喜欢他，这个根本就不用上心。第二个视频，虽说小伙子自己不认识，但觉得和自己比，还差一大截，也不用放在心上。关键的也就是这第三段，华小兵觉得只要把第三段给整明白了，也就没事了。他想自己可千万别被那小丫头给骗了。那小丫头看起来可是挺有心计的。要是真喜欢我还好，如果不喜欢呐！岂不是坏了我的好事。

华小兵的酒再也无心喝了，他恨不得立刻就能找到林筱筱。

可去哪里找呢？去哪里找呢？

想着想着，华小兵就想起了视频中有个佐安巷 13 号。

问了问身边几个朋友，谁都不知道有这么个地方。他决定去找找这个佐安巷 13 号到底在什么地方。

回到家后的华小兵，躺在床上一夜辗转反侧，只盼着天快点亮，他好出门去找视频中的那个佐安巷。

早晨起床后，母亲已把早点摆到了桌子上，华小兵狼吞虎咽吃了一些就准备出门。老太太有心要问两句，最终还是忍住了。

华小兵回来两天了，也没有顾上和母亲坐下来好好说会儿话，母亲也不知道他在忙什么。

华小兵出门后，开着车一路向西直奔而去。南沧的山都在城市的西边，佐安巷 13 号的后方是山，如果确定是这座城市的话，肯定就是在西边了。当然也有一种可能，这个佐安巷不属于南沧市。

华小兵决定还是去找找看，他知道没有行动，也就不会有结果。

华小兵开到西山脚下，只要看到小区，就跑过去问问，有没有佐安巷这个地方。他转悠了大半天，也不知道转了多少个小区，还是没有找到，心中多多少少有些泄气。

这时，母亲给他打来电话，问他晚上是否回家吃饭，说李浩然一家过来了，圆圆吵着要见你。

还没等他回答，电话里就传来小家伙的声音：“叔爸，您快点回来吧！我想死您了。”小家伙直接从华家妈妈手中抢过电话就叫上了。

一听小家伙的声音，华小兵心里多多少少觉得有点欠她的。自己不在家的这段时间里，李浩然一家经常周末来家里，倒是给母亲添了不少乐趣。

想到这，他就爽快地答应道：“行，晚上回去吃饭。”

一听华小兵同意了，小家伙高兴地撒着娇：“好耶！好耶！叔爸可要快点哟！叔爸不回来，圆圆可是不吃的哟！圆圆要等着叔爸回来一起吃饭饭哟！”

答应小家伙后，华小兵就掉转方向往回开。

他边开边看路边有没有小商店，或者超市之类的，他想给小家伙带点礼物回去。

从西藏回来，他只给林筱筱带了一个手镯，并没有想着李浩然她们。此时听到小家伙的声音，才想起应该也给她带点东西，于是就准备临时抱佛脚，新买一个。

开了一段距离，他看到路边有个纪念品商店，就在路边停了车。

店内琳琅满目的东西倒是不少，有字画有玩具，有遮阳帽有轻便鞋，说是旅游纪念品店，说白了，就是一个有点文化元素的杂货铺。华小兵看到一些红叶制品，还有蝴蝶标本，可以用作礼物。

店主是一位五十多岁的中年人，正坐在那里悠闲地品着茶。面前是一龙饮，看着华小兵挑东西，他也不招呼，只抬头看了一眼，算是交流了，继而还是自顾自地在那品着茶。

华小兵将挑好的东西放到他面前。店主道：“总共八十。”

华小兵掏出一百元钱递到他手中，说了一声：“不用找了。”

店主把那一百元钱放进抽屉里，就像没有听到华小兵的话一样，拿出一张二十元钱递回华小兵的手中，华小兵只好接过。

华小兵又看了龙饮一眼。

这一看不要紧，他禁不住赞叹，刚进屋时，他就看到了龙饮的造型，还以为是树脂合成，没想到人家是天然树桩雕刻而成。真是好品相，大气开合，踏实厚重，飞来独枝空中舞，一脉相承连根基。店主的龙饮，由一根老桩雕刻而成，桩上把角处长出的一个小枝，向上延伸了十多厘米后，又盘曲数圈，结成一个托盘，盘上放置着几个应景小茶杯。还有一个陶罐茶盒，茶杯和陶罐的色泽与龙饮本色互应。远看浑然天成，近看画龙点睛，如此造型，惊为天物。不近看，绝对不会相信这是一个天然生成的造型，没有百年千年的滋润，绝对长不出这样的身姿。

店主并没有用茶杯喝茶，而是面前放了一个玻璃杯。杯中一根根茶叶上下翻舞着，稍许片刻后，茶叶才徐徐下沉，三起三落，浑然一体，而且一股淡香扑鼻而来。华小兵禁不住赞道：“好茶，君山银针?”

“行家。”店主也没有想到面前这人看茶就能说出名字来，不由得佩服。

“哪里，只是喝过。”君山银针是黄茶中的极品，经常是一枝独秀，内呈橙黄色，外裹一层白毫，雅号又叫“金镶玉”，因茶芽外形很像一根根银针，故名君山银针。

华小兵也是品茶的行家，比较有名的茶叶他都品尝过，而且对《茶经》也颇有研究，所以看到玻璃杯中上下翻舞的茶叶，也就能说出什么品种了。

“来一杯?”店主邀请。

“不了，改天再来。”

一天没有收获，华小兵没有心情再坐到这里喝茶，而且还得赶回去陪小家伙吃晚饭。

“择日不如撞日。既来了，何以匆匆而归?”

“回去有点事。唔！对了，先生，久住附近，向您打听个地方。”

“请讲!”

“请问知不知道有个叫佐安巷的地方?”

“你问佐安巷?”

“对。”

店主上下打量了一下华小兵。

华小兵没有搞明白对方为什么这样看自己。其实店主并没有其他想法，只是最近关于佐安巷那边的是非比较多，眼前这人还要问佐安巷，不知何意。

“你是画家，还是开发商?”

“两者都不是。一个朋友找不到了，她家住在佐安巷。我想去看看，可又不知道佐安巷在什么地方。”

“你朋友是画家?”

“对。”其实华小兵就是想找这个地方，至于说找谁，还真没有，店主这样问，自有他的道理，所以就顺着往下说吧！否则解释得越清楚，反而越说不明白了。

“嗯！去那找找吧！你说的佐安巷，在画家村内。画家村你知道吧?”

“知道。”

“画家村里，一条巷子一个名称，佐安巷是画家村的一条小巷子。一般人说画家村知道，说佐安巷就不知道了。”店主解释道。

“原来是这样啊！谢谢！谢谢！我找了一天，也没人知道这个地方。没想到老哥您竟然知道。”华小兵高兴了，他真没想到，找来找去，竟然在这里找到了佐安巷的消息，这可真是“山重水复疑无路，柳暗花明又一村”啊！

“画家村在北，这地方在南，方向都反了。说画家村大家可能都知道，再说里边的巷子，不熟悉的人肯定不知道。有时去过的人也不一定能记住，没去过的就更不会知道了。”店主又补充了一遍。

“谢谢啊！改天一定来喝茶。”华小兵非常感激店主，要不是因为他知道，还不知道自己得找到什么时候了。一看店主就知非等闲之辈，这个朋友华小兵准备交定了，等得空了专门来拜访一下。

“先去看朋友吧！回头找到朋友，带过来一起喝茶。”店主没再挽留。

因为他知道，画家村最近一段时间折腾得很厉害。因为拆迁的事，住户和当地政府正闹得不可开交。

二十多年前，画家们到那里定居，当时只有十多户人家，后来又陆陆续续来了一些。虽说户数并不是很多，但把附近的经济倒是带动了不少。因为离市区比较远，往返不太方便，于是就有人开起了民宿及特色旅游，主打的就是画家村的招牌。整个村子出名后，随之而来的问题也就来了。

早来的十多户人家，当时买的房子特别便宜，每家都是二层小楼，大大的院子，有的还占据了整个山头。当时签订的协议，附带的院子也属于个人私产。现在那地方已成风水宝地，当地政府想搞开发，可画家们占据了大部分资源。

如今周边环境好了，更是讲究生态宜居了，所以住在那里的画家们都不想走，有几个开发商看上了那片区域，想在那里盖高档小区，可又苦于好的资源都被画家们占据了。早年定居的画家就包括林筱筱家，林筱筱家还不算是最大的，最大的一家，坐落在一个小山头上，山前山后都是他们家的地方，少说四五十亩，大多数人家也都有个六七亩。当地村民想赶他们走，画家们不愿意走，因此双方矛盾激化，已闹得沸沸扬扬。据说小区里夜晚经常有黑衣人出没，有好几位画家半夜被人打了，整得人心惶惶。

店主在想，没准儿这位的朋友也出现什么状况了，所以没再多说，只想着让华小兵尽快找到朋友。

出了店门，坐到车上，华小兵犹豫了一下。

转悠一天了，他感觉有些累了。从西藏回来后，还没有好好休息，看看天，马上要黑了。冬天天短，又赶上下班高峰时段，往家开也就一个小时左右的车程，往画家村开，少说也得两个小时的车程，而且还有山路，夜晚走山路，有点犯怵。

他决定先回家去，休息一晚，明天一早再去画家村。反正知道了佐安巷在什么地方，它又不会跑丢。正好回家也能见见小家伙，也算了却她的一个心愿，于是华小兵开始往回开了。

两天没出门的林筱筱，过的日子并不舒畅。

屋里就她自己，平时总感觉不够用的时间，一下子富余了很多。除食堂大姐来送餐外，没有人来看她。这让她的心里多多少少有些失落。她本来还想着会有人来看自己，结果一个都没有。

掰着手指头算了算，也不知道自己现在和谁关系好了。原以为自己人缘儿还不错，原以为自己除黄玲玲、吴迪外，和其他人的关系都很好，就算是他们俩，自己也没有刻意得罪过，只不过黄玲玲老是针对自己。

此时，林筱筱才发现，自己并没有什么特别好的同事了，心中禁不住有些失落。

不经一事，看不出自己的分量。她也明白，此时谁来看自己，也就等于和老赵对着干了。可要是看的人多了，估计老赵也不会这么想了吧！

要是师父在就好了，师父肯定会来看自己。当然，有师父在，估计这事都不会发生。要是老季在，估计更不会发生。

可他们都不在，以后的路就要靠自己走了。

也不知道马小虎那破孩子去哪里了，自己在这里被关禁闭，可都是因为他惹出来的。他倒好，彻底没影了。

事情走到这一步，林筱筱也没有料到，赵子琪这一手玩得也是够绝了。

林筱筱努力让自己从悲观的情绪中摆脱出来。除睡觉外，她一刻也不让自己闲着，写累了，就在屋内小跑，做俯卧撑，锻炼身体。

本来赵子琪也觉得差不多了，别人休息了两天，林筱筱在里边待了两天半，差不多周一上班，也该让她出来了。

结果晚上的时间，赵子琪接了一个电话，电话是黄玲玲的父亲打来的。

赵子琪并没有黄忠的电话，看到陌生号码，他还考虑，谁大晚上打电话，本想不接，可胆小又怕误事。

接通后，他刚“喂”了一声，对方自报家门：“你好，我是黄玲玲的爸爸。”

就这一句，差点没把赵子琪吓趴下。

赵子琪做梦也没有想到黄忠会给自己打电话。他立刻从椅子上蹦了起来，恭恭敬敬道：“黄书记好，黄书记好！”

“小赵啊！别这样叫，今天我是作为家长来感谢你的。本来想登门感谢，又怕影响你休息。”

“没有，没有，欢迎领导，不，哪天抽空我去拜访您，感谢您对我们刑侦队工作的支持和鼓励。”赵子琪一紧张差点说错话。他的本意是想说欢迎领导来做客，一想话可不能这样说，再怎么说他也是大领导，哪有小兵让领导来拜望自己的，所以他立即改口。

黄忠没再接这茬，而是直接说了打电话的目的：“子琪啊！玲玲的书稿我看了，写的很不错。作为家长，我衷心感谢你这位指导员对她的培养。”

“黄书记，抬爱了，玲玲是遗传了您的好基因，聪明伶俐，踏实勤奋，是您栽培得好，我并没有做什么。”

“子琪，说这话你就见外了，该是你的功劳，谁也不能抹杀，我只帮得了玲玲的家庭生活，至于工作成绩，那可都是你这位指导员的功劳啊！”

“黄书记，玲玲是位好同志，她的进步可都是她努力的结果。我能做的，也就是给玲玲做好后勤保障。”对于黄忠的夸奖，赵子琪可不敢领这功劳。

“勤奋是一方面，你这位当指导员的督促，更是重要的一方面。玲玲有时候小孩子脾气严重，还请子琪指导员多担待着点。”

“黄书记只管放心，书的事我会督促她抓紧时间写。”

“好，好，好，尽快完成。写完后，出版的事我来协调。”

“黄书记是这方面的专家，到时玲玲的书一出，我们队可就要沾玲玲的光，也跟着出个名了。”

“刑侦队一直是先进，又是为人民服务的最前沿部门，这评先进的事也没有多少时间了，你们一定要保持好，再接再厉，争取当选。评先进的事，千万不能当儿戏，并不是说找几个关系就能评上的，要始终保持良好队风队貌，别让记者们抓住把柄。有些小报记者就爱整点花边新闻。要严抓队伍管理，别让个别人坏了队里的风气。特别是男女作风这一块，一定不要再出什么漏子了。上次的事，幸亏处理得及时，否则要是让记者们报道出去，别说是先进了，板子肯定都会挨上了。”

“是，是，是，是，书记说得对，我一定严加管理。这样的事，保证以后不会再发生。”赵子琪心想，怎么还提到男女作风了，看来黄玲玲回家和她爸说了林筱筱的事。这孩子，怎么什么都和她爸说啊！

“嗯！只有严管，才是对手下的厚爱。要大胆管理，对于个别违纪分子，不能专心干好工作的人，要坚决清出公安队伍。”

“黄书记，您放心，都是我的工作做得不到位，没有管好手下。这事我一定处理好，保证带出一个干干净净的队伍来。”

“嗯！有你这话，我把玲玲交给你们，也就放心了。以后有什么需要我帮忙的地方，尽管给我打电话。”

“一定，一定……”

这一通电话，接得赵子琪额头上直冒虚汗。

他真没有想到，黄忠会亲自给他打电话，和之前的预期出入有些大。他想，撑死了自己也就是沾点黄玲玲的光，给蔡子喻留个好印象，或者是再沾点蔡子喻的光，在黄忠面前提一下自己的名字，没想到整件事都出乎自己的意料了。

蔡子喻回去后，简单翻了翻书稿。并不是他对书稿多喜欢，只是这个书稿是顶头上司的宝贝女儿写的，这个好一定得卖到。去卖好时，怎么着也得多夸两句，这个夸还得夸到点上，都不知道书稿写的什么内容，万一夸错了，好事也就变成坏事了。所以多少得看点，有个大致印象。

翻完后，蔡子喻就把书稿抱到黄忠那里去了。“虎父无犬女，将门出英雄”，等等，是大夸特夸了一顿，把书稿说成是当代福尔摩斯探案了。都是官场上的老狐狸，这个卖好的程序是相当到位了，让黄忠都为自己有个出色的女儿骄傲了。

晚上黄玲玲回到家，黄忠大大夸奖了她一顿。他没有想到，自己的女儿竟然如此优秀。

当然，黄玲玲也没有说出书稿的来源，而是享受着父亲的夸奖。最后一激动，她还把马小虎他妈大闹林筱筱那段，眉飞色舞地生动再现了一遍。只不过变成了林筱筱被人包养，原配去队里找小三算账，差点没让视察组给撞上。把个黄忠听得也是吃了一惊。不过，他倒是很高兴。于是在他的脑海中就有了一个“好办法”，也就有了他给赵子琪亲自打电话感谢的这一幕。

电话接完后，赵子琪擦了擦额头上的汗。要知道，这可是他平生以来接过的最高级别的电话了。

紧张也可以理解，紧张之余，赵子琪当然是更高兴了。省厅领导亲自给自己打电话，那说明自己在领导的心目中不说有地位吧，起码是挂上一号了。以后自己要是再借个家访，或者找个什么理由去汇报一下工作，也就顺理成章了。

赵子琪是越想越美，禁不住哼起了小曲。

他这心里一美，林筱筱可就倒霉了。黄忠电话里也提到了，不能让个别人员坏了队里的良好环境。所以，原本想周一就放林筱筱出来的，他决定不放了。领导都发话了，只能让她在里边再待待了。

华小兵开着车回到家后，车刚在门口停好，圆圆就跑了出来。看到华小兵后，她快速跑过去，抱着他的大腿：“叔爸，叔爸，我好想您，我好想您啊！叔爸，叔爸，您想圆圆了吗？”

华小兵没有回答孩子的问题。说想，违了自己的心，说不想，违了孩子的心，所以他也就不做回答了。

离开的这段时间，他想得更多的是林筱筱。至于李浩然家母女，要不是母亲说周末她们常过来，自己压根儿就不会想起她们来。

华小兵从车里拿出给小家伙准备好的礼物递到她的手中。小家伙接过礼物，高兴地拉着华小兵的手就往屋里走。

进屋后，饭菜大部分已做好。华妈妈正和李家阿姨坐在沙发上聊着天。李浩然还在厨房里忙活着，听到华小兵进来，忙招呼他吃饭。那样子就像家庭主妇等待刚回家的丈夫一般，这让华小兵的心里很不舒服，有种鸠占鹊巢的感觉。

饭桌上，小家伙自己找了个位置，选择和华小兵挨着坐，她的另一边是李浩然。华小兵的旁边是华家妈妈，李浩然的旁边是李家阿姨，看上去是非常和谐的一家人在吃饭。

“叔爸，叔爸，您吃这个，您吃这个，这个好吃。”还没等华小兵动筷子，小家伙就开始给他夹了好几道菜，弄得华小兵吃也不是，不吃也不是。他只好也给小家伙夹了点。

“你也吃。”

“叔爸，我经常吃。妈妈老是在家给我做。妈妈最近总是爱抱着菜谱学做菜，她做的菜可好吃了。您可要多吃点呦！”听到女儿这样说自己，李浩然的脸上有些不自在。母亲常说要想抓住男人的心，就先抓住男人的胃。丈夫不在了，带着个女儿，要想再嫁人，可不比黄花大闺女了。好不容易眼前有个合适的，而且对孩子还挺好，所以她是想方设法要把华小兵的心给俘获住。所以也就有了三番五次带着女儿来华家讨老人和华小兵的欢心了。

华家妈妈自然明白对方的心思，可这事她也不好说什么。来者是客，对方来了，也不能赶走吧！老人家也是个佛性之人，所以也就顺其自然了。更何况他们都是年轻人，这缘分的事，怎么说呐！世间的人和事，好多都是兜兜转转，不说是上辈子欠的，反正无缘的人，怎么着也不会相识。既然相识了，上天自有它的安排。

对于小家伙的自夸，华小兵并没有接茬。

以前自己对待好多事情都是稀里糊涂的，这次去了西藏后，有了新的人生感悟，想去做的事，就努力去做；不想做的事，就不要给别人希望。

小家伙对自己很依赖，可自己又不想做她的爹，华小兵想把这事说破，可又不知道如何开口。李浩然也没有说让他给孩子当爹，这要是直接说，显得有些不尽情面。最终考虑再三，他也没有张开口。

自己夸了妈妈半天，而华小兵并没有接自己的话茬，小家伙察言观色的能力很强，于是立即换了个话题：“叔爸，告诉您个好消息。”

“嗯，什么好消息?”

“我要去南沧一小上小学了。”

“哦！好啊！祝贺你，以后可要好好学习啊!”对孩子来说，这真是一个好消息。对华小兵来说，这绝对是一个令他震惊的消息。他很吃惊，李浩然是怎么把这事给办成的。

“今天刚有人和妈妈说的。”

“这样啊!”华小兵看了李浩然一眼。这一眼中，有佩服，有不解。

他佩服李浩然终于把这事给办成了；不解的是，她一个女人家怎么就把这事给办成了。看来自己还真的低估她的能量了，之所以执着于一小，还是有原因的啊！让他不解的还有一个原因，这明明是好事，怎么孩子提出来时，看她情绪并不是很高呐!

对这事，李浩然既没有否定，也没有肯定。来的路上，李浩然早就叮嘱过女儿，不要说上学的事。小家伙不明白为什么不让说。她告诉女儿怕万一出现变故，没到开学的那一天，就不能保证板上钉钉。

当时小家伙还问她什么叫板上钉钉，李浩然耐心给她解释了一番。结果没想到小家伙一见到华小兵，早就把她叮嘱的话给忘了，还是把这事给说出来了。

吃过晚饭，她们没再多待就回去了。小家伙不想走，李浩然说明天还要上幼儿园，得早点回去睡觉。小家伙这才一步三回头，恋恋不舍跟着大人走了。

李浩然一家走后，华家妈妈终于有了问儿子的时间了：“你是打算真娶李浩然，还是？”

“没有。”

“那你准备怎么办？”

“看情况，目前手头有点事，等处理完了，就处理她这事。”

“你可不能乱来，要平心静气处理。都在一个地方生活着，转来转去都是熟人。”

“放心吧！妈，我自有分寸。”

“嗯！好，儿子大了不由娘，你怎么想的妈都支持。就是做人做事，要给自己留个余地，别把事情都做绝了。”

“妈，您想哪儿去了，您以为您家儿子还是十八的毛头小伙啊！我长大了，有自己的价值观了。”

“出去一趟真长学问了，这都有新名词了，还价值观了呐！好，早点睡吧！妈就等你的好消息了。”

晚上睡觉，华小兵躺在床上，始终有些恍惚。一会儿是林筱筱那可爱又可恨的样子，一会儿又是小家伙和李浩然在家里晃动的身影。自己到底是爱林筱筱呐，还是爱李浩然？李浩然每到周末就来家里，比串亲戚还勤快，老是这样下去，万一哪天自己意志不坚了，真有可能被她拿下。当务之急，就是杜绝再和她们见面。可这事直接说出来，不让人家来了，会不会太伤人心。

想来想去，他决定等处理完林筱筱的事后，就带着母亲搬家。也找一个有山有水的住处，再给母亲雇个保姆，让母亲安度晚年。新家的地址也就不再告诉李浩然一家了，自己带着母亲直接搬走。

不过到时候可能会委屈母亲。话又说回来，谁让她生了自己这样的一个儿子呐！也只能这样定了，到时候自己多陪陪母亲。

华小兵主意已定，没想到很快就沉沉地睡过去了。

第十四章　竹林着火

第二天一早醒来，华小兵感觉精神倍加舒畅。昨晚睡得很踏实，驱散了他这段时间的疲惫。吃过母亲准备的早点，华小兵开着车就出发了，有了具体地点，虽说他没有去过画家村，但大致路线还是清楚的，开了一个多小时，他就到了画家村。

村子坐落在半山腰处。有一条大路在村边通过，和大路交叉的是一条相对比较窄的山路，在村子的左手边向山内蜿蜒而去。村子的本名叫大郭村，画家村就在大郭村的后边。画家村沿各个小山包而建，大郭村在外，画家村在里。画家村相对离山更近，坐落在山坳里。

因为画家们到此居住的越来越多，画家村的名声也就盖过了原来的村名。说大郭村可能知道的人不多，要说画家村，不管是业界还是业外，知道的人可就多了去了。

华小兵沿着山路向山里开去。路两旁开始是高高的白杨树，转过一二里后，就换成了银杏树。树木已有年头，树干都有碗口粗了。山路蜿蜒曲折，从山下都能看到路的曲线。虽说山不是很高，但路修得非常漂亮，时而盘曲而上，时而蜿蜒而下，有许多户人家分散在不同的山包上。有的山包有三五家，有的只有一家，越往里走越安静。越往里走，华小兵是越喜欢这个地方了。难怪画家们喜欢在此居住，本身这里就是一幅绝妙的山水图啊！

画家村的环境是真美！华小兵感慨自己这趟真的是不虚此行了。他决定等找完佐安巷13号，再去看看还有没有卖房子的。就算没有现房，二手的也行，他准备也在这里整一套。你林筱筱不是爱往这里跑吗？到时候我就住在你对面。可就是不知道有没有卖的。华小兵这样想着。

华小兵把车放慢速度，一路开一路欣赏着周边的风景。再往前开，他发现竟然还有一处匾额，上边是遒劲有力的“画家村”三个大字。

牌匾下，有个老者正在那里徘徊。华小兵把车停在路边，上前询问老者知道不知道佐安巷在哪里？

老者告诉他，路的左边都是以佐字开头的，比如佐安、佐胜、佐岚，每通向一户人家门口的路就是一个名称。右侧的人家，以佑开头，比如佑妩、佑蕤、佑苡等。至于说华小兵要找的佐安巷，老者说不上具体是哪家，让他自己去找好了。

华小兵告别老者。知道了房子的排列顺序，进入画家村后，他就沿着左侧的别墅寻找。别墅分布零散，有的地方两三家挨着，有的地方一个小山包就是一家，别墅门口都标有门牌号。

他看清了，一栋房子是一个号，佐安巷13号，就是左边排号第13的别墅。

华小兵数着别墅的数量，直接略过几栋，向着后边十一二的位置开了过去。很快，他就看到了佐安巷13号。并不是因为门牌号，而是因为那一片竹子，整个别墅区就那一家种着竹子。而且后边就是华小兵在黄玲玲的视频中看到的那个山头，整个景象和视频中的一模一样。

华小兵把车开到别墅门口，一看上边的门牌号，正是佐安巷13号。

看着那门牌、那别墅，华小兵的心头真是五味杂陈。要说这地，他真心觉得不错，可就在这门口，林筱筱却抱着另一个男人，这让华小兵的心里觉得特别的硌硬。

大门的两边，各种着几棵人面竹，竹子已很粗壮。华小兵把车子停在别墅门口，他真希望此时大门里能走出林筱筱。

可别墅的大门紧闭着，华小兵在车上坐了一会儿。情绪稳定后，他掏出电话，又拨了一遍林筱筱的手机。手机还是通着的，但依旧没有人接。门里始终也没有人出来。

既然来了，就索性整个明白，华小兵下了车，走到门前敲了敲门。

没有人应声，也没有人出来。

华小兵观察起这家的情况来。门前是两个石墩，石墩上刻的还是竹子，大门是木头门，房子是二层小楼，中国古代建筑格局。

知道了地，虽说没有人出入，就这样回去，华小兵的内心还是有些不甘。

他沿着大门走了起来。绕过前边的院墙，后边是一大片竹林，以华小兵的目测足有七八亩。华小兵并没有沿着院墙走。旁边是一条通往山顶的小路，华小兵顺着小路向山顶走了过去。此时，他的心情反而平静下来，也许是周边的景致带给他某种启示。

走走停停，走了大约有个二十来分钟，就到了山顶。

从山顶向下看，一目了然，整个画家村的面貌非常清晰。刚才的竹林人家和另一家所在的山坡正好形如一把太师椅的椅背。竹林人家在左侧，另一户人家在右侧。向里看是刚刚经过的十几户人家，向外看，还有几十户人家坐落在不同的位置上。他所在的山头并不是最高处，有一道山梁向后延伸而去，在山梁的两侧又是其他人家。整个画家村的地形起起伏伏，类似丘陵地带，一栋栋别墅远远望去，就像绿色大地上开出的花朵。

华小兵站在山顶，被这美丽的景色吸引了，也更坚定了他要在此置办一处产业的决心。

他审视着下边的整个村子，以自己的眼光判断着哪一处房子的风水最好。看来看去，他觉得就是有竹林的一家最好。除此以外，就是和竹林之家形成犄角之势，坐落在另一处椅背上的那户人家了。

华小兵的想法是，先把有竹林的这一家给买过来，然后再把另一家也给买过来，一个是 13 号，一个是 14 号，合在一起就是 1314，一生一世。

华小兵在山顶做着自己的白日梦。这梦是越做越觉得眼前的两栋别墅就是他的了，他不知道买这么两栋别墅需要多少钱，这些年他也攒了一些积蓄，不够买两栋，就先买一栋，另一栋就是自己今后的奋斗目标了。眼下的事，就是如何说服他们卖房子，如果赶上两家都不卖，自己如何整到手呐！华小兵思索了一会儿，最后嘴角撇了撇，心想车到山前必有路！

华小兵是越看越舍不得走了，索性就站在山顶一会儿看看左边的，一会儿又看看右边的，就像看自己的左膀右臂一般。

看着看着，他就看到有一辆三轮车开到了竹林的院墙外。从车后斗上跳下来一个人，那人从车斗里拿下什么东西扔进了院墙里，而且走不远就扔一个。

华小兵没有搞明白那人在扔什么东西，只是看到一个人在前边开车，一个人跟在车后，边跑边扔。没几分钟时间，他们就沿着竹林的外墙跑了多半圈。

不一会儿，院墙内浓浓的黑烟就冒了起来。还没等华小兵反应过来，有的地方的火苗已经蹿起了老高。

华小兵一看不好，这才搞明白，那两个人是在放火。

他赶紧往山下跑，没等他跑出多远，就听到噼噼啪啪的声音响了起来。

华小兵加快速度向山下冲去。

有一句话说得好，“欲速则不达”，华小兵只顾着跑了，结果踩到了一块石头上，脚下一滑，“啪”的一声，直直地向前趴了下去。出于本能，他伸出的双手撑在了地上。因为是下山的路，脚比头高，还是来了个嘴啃泥。

华小兵赶紧爬起来，脚面一阵疼痛。他伸了伸脚，一看不是扭伤，只是脚背磕破了一层皮。他也不敢跑那么快了，只好比先前的速度慢了一些。

此时，整个竹林已变成一片火海，噼噼啪啪的声音越来越大，比过年燃放的鞭炮还要响。

华小兵掏出手机，打了报警电话。

报完警后，他又往下跑去。等他跑到山下时，整个竹林已成了一片燃烧的火海。

消防车还没有来，华小兵想要救火。可凭他一己之力，就算能救也只是杯水车薪，而且既没有水，还被高高的院墙挡住了路，华小兵在墙外急得团团转。

在党校学习的季青松，这天上的课程是犯罪心理学分析。讲课的教员正是闫红列。站到讲台上的闫红列，一眼就看到了季青松。季青松也没有想到，在这里能碰到闫红列。要说他和闫红列的交情有多深，还真谈不上，近距离的接触，也就是上次林筱筱和华小兵抓获杀人犯小老头那一次。

闫红列给人的感觉，身居高位但没有架子，人很亲切。季青松一直想找闫红列聊聊，可也没找到合适机会。一堂课，闫红列讲的都是真材实料，对破案帮助很大。

下课后，还没等季青松去找闫红列，闫红列反而来找他了。找他的目的，是想让他给做做林筱筱的工作，把她调到省厅去。

季青松压根就不想放，被闫红列训了一顿。一番思想工作，说他格局太小，以林筱筱的聪明才智和踏实劲头，应该给她个更大的平台。

季青松也知道闫红列说的很对，可心里就是舍不得。结果闫红列告诉他，不只是林筱筱，就是季青松本人，他都准备给调走。最近要开展教育整顿了，有几个专案需要办理，得请点高人，要他本着对队伍负责的态度去办。

听闫红列这样说，季青松也知道需要他们办的事情应该小不了，所以他答应先做做林筱筱的工作。至于他自己，只能是服从命令。

闫红列走后，季青松就给林筱筱打去电话。可电话通了后，并没有人接。他想着林筱筱可能有事，手机不在身边，等看到了，肯定会给自己回。可等到晚上十点多，电话也没有回。

季青松又打了一遍，还是没有人接。他就开始嘀咕了：这人去哪里了？

找不到林筱筱，他想给赵子琪打个电话问问，可一看时间，太晚了，而且他也不太喜欢赵子琪，觉得老赵行事太功利。这个时间点，自己打电话找林筱筱，会让老赵怎么想，没准还会生出不必要的麻烦来，所以只好作罢。

第二天吃过早饭，季青松又打了一遍林筱筱的电话，还是没有人接。他这才把电话打给赵子琪，询问林筱筱去了哪里，怎么老是不接电话。

赵子琪只说林筱筱可能在忙，这就去找。赵子琪没敢说把林筱筱给关起来了，他怕自己说了，季青松可能立马会来找他算账。季青松要是被惹毛了，那可是个不管不顾的人，没准天王老子都能被他给捅个窟窿。

说句真心话，赵子琪有些看不上季青松，觉得他就是一个大老粗，可无奈人家是行伍出身，还上过老山前线，是得过军功章的人；而且家里还是“红二代”“红三代”，亲戚战友身居各党政部门重要岗位。要是他想当官的话，省里的市里的，都能胜任，只可惜他就爱破案，对那些东西不感兴趣，所以才当了个刑侦队的队长。

季青松是有后台不用，而赵子琪是想送礼都摸不着庙门。对于这样的搭档，赵子琪表面上恭维，背地里实则没少骂他。

赵子琪也没有想到，季青松不好好学习，为什么这时候偏要找林筱筱？会不会是有人给季青松传话了，告诉他自己把林筱筱给关起来了？

赵子琪叫来齐光，让她去看看林筱筱，为什么不接电话。

齐光说，林筱筱的电话根本就没有带，这几天一直在办公室里响个不停。

赵子琪有些后悔，怎么就没想着让他们给林筱筱带着手机呐！

自己光想着解恨了，没想到这时候捅娄子了。他让齐光赶紧把手机给林筱筱送过去。本想转告一声，让她给季青松回个电话，这话还没来得及说，齐光一溜烟就跑了。

齐光早想着去看看林筱筱了。并不是因为他对林筱筱有多好，而是想看看林筱筱在里边过得如何，其实更有幸灾乐祸的成分在里边。

自从上次林筱筱帮吴迪破了南一风被敲诈案件后，在齐光的心里就留下了一个疙瘩。他觉得林筱筱就不应该帮吴迪。林筱筱真要想破那个案子，可以和他一起联手，那样既可以对付吴迪，也可以让自己出点成绩。没想到林筱筱一个傻帽，被人家吴迪甩了还不上心。于是在齐光的心里，不只是疙瘩，他还有点瞧不上林筱筱了，觉得她对吴迪的贼心不死，还存有感情。

齐光拿着手机，一路哼着小曲晃悠到禁闭室。他敲了敲门，高声叫着："林大小姐，日子过得怎么样，是不是挺滋润的，本公子怕你孤单，给你送手机来了。"

刚稳住心神打字的林筱筱，一听到齐光的声音，想到这小子，平时别看吊儿郎当，就他还算有点良心，于是立马打开门。

齐光晃着手机道："怎么样，还是哥们重情重义吧！看到你没带手机，这不立马爽快地给你送来了。"

林筱筱没说话，而是以江湖规矩抱拳过头，一揖到地施了个大礼，倒是把齐光给逗笑了。

齐光把手机递给了她，林筱筱按开亮屏键，一看手机上有五六十个未接电话。

她赶紧打开一看，光舅妈就打了四十多个。除舅妈的外，就是华小兵、季青松了，还有几个不熟悉的，其他的暂且放一边，林筱筱赶紧拨通舅妈的电话。

电话一接通，舅妈带着哭腔的声音就传了过来：“筱筱，筱筱，这几天你死哪儿去了?”

听到舅妈这话，林筱筱的心猛地一紧。家里肯定是出事了!第一反应就是姥姥，于是她赶紧问道：“舅妈，怎么了，姥姥她怎么了?”

“你姥姥她没事，你快回来看看吧！你舅舅被抓了，咱家没了。”

“好，舅妈你等着，我这就回去。”林筱筱边说边跑回办公室，拿上车钥匙，快速冲出办公室门。

一出门，正碰上赵子琪。赵子琪正想去看看她，因为刚才齐光给赵子琪打了个电话，说林筱筱拿过手机后，没和自己说话就跑了。

赵子琪想，这人是不是给关疯了，所以出来看看，想给林筱筱做做思想工作，被关个禁闭，不要有什么负担。

没承想，林筱筱恶狠狠瞪着他，扔下一句：“你等着，我家要是有什么事，我和你没完。”说完就飞快地跑了。

“林筱筱，林筱筱，你什么意思，敢威胁我，胆肥了啊！林筱筱，你给我站住，反了天了!”

林筱筱理都没理他，头也不回地就跑走了。剩下赵子琪站在那里半天嘴里还在嘟囔着，他没有搞明白林筱筱竟敢这样对他说话。

林筱筱一路风驰电掣，也不知道闯了几个红灯，平时一个多小时的车程，她只用了二十多分钟。就这速度她都嫌慢，恨不得一下子就飞到家。

赶到家后，林筱筱在门口停好车，快速飞跑进家门。

昔日温暖的家，如今已惨不忍睹。满院子的竹子大部分都剩下烧煳的光杆儿了。二层的房子，房顶烧没了。一层还好，受损不太严重。姥姥、舅妈一家住在一层，二层原来住的是他们一家，她不在，二层也就没有人住了。

看到这，林筱筱稍微松了一口气。

“姥姥，姥姥，舅妈！”林筱筱大声叫着。

听到林筱筱的叫声，舅妈拿着一根擀面杖就从屋里出来了。林筱筱还以为舅妈正在做饭，谁知舅妈举着擀面杖直接就打在了她的屁股上：“林筱筱，你死哪儿去了，这几天你死哪儿去了？”舅妈一边打着，一边哭着。

林筱筱一把抱住舅妈，焦急地问道：“舅妈，不哭了，不哭了，我这不是回来了嘛！快和我说说咱家这是怎么了？姥姥呢？舅舅呢？弟弟呢？”

林筱筱这样一问，舅妈抱着林筱筱放声大哭起来，哭得林筱筱眼泪也一个劲儿地直往下流。

“舅妈，舅妈，咱不哭了，咱不哭了，快和我说说到底是怎么回事？姥姥，舅舅他们在哪呢？”

“姥姥被人接走了。你舅舅他……”

“舅舅他怎么了？”

“舅舅他被人抓走了！”

“什么人抓走的？”

“警察，在学校抓走的。抓哪儿去了，我不知道，我没有见着。”

“为什么抓他，知道吗？”

“不知道。有人说他强奸妇女。我的命好苦啊！碰到你舅舅这个没良心的。”

“放屁。舅妈，您要相信，我舅舅绝对不是那样的人，这里边肯定有原因。舅妈，不哭了，您放心，我一定会把舅舅的事情搞明白的。”

“就凭你一个女孩子？”

“舅妈，放心吧！我是警察，这事我肯定会搞明白的，不会让舅舅蒙受不白之冤的。”

舅妈点了点头。

“姥姥去哪儿了？”

“一个叫华小兵的人接走了。我不认识他，他把你姥姥从屋里背出来，三说两说，你姥姥就跟着他走了。”

“他怎么来咱家了？”

“那天着火，他从外边就冲进来了，跑到屋里就把你姥姥背了出来。你弟弟在学校上学，我去你舅舅单位打听情况，也不知道你舅舅被带去哪里了，家里就你姥姥。他还进屋抢救出来你妈的几张画，在那放着呐！”舅妈指着墙角处。墙角处有块大木板面朝里放着。

林筱筱走过去一看，那块大木板正是她和母亲共同完成的那幅画。木板里边放着的是母亲画室门口，门楣上挂着的那副阡陌轩门匾。

一看到这两样东西，林筱筱的心里暖暖的。

“这两天一直是他帮着收拾的东西。”

“好的，舅妈，我知道了。”林筱筱拨通了华小兵的手机。

手机一接通，她诚恳地说道：“谢谢啊！”

“嗯！知道了。”手机里华小兵沙哑的声音不温不火的传来，林筱筱还想说什么，对方已经挂断了电话。

林筱筱顾不上对方的态度了，知道姥姥没事就行了。眼下最要紧的是，先问清楚舅舅到底怎么回事。

林筱筱和舅妈打了个招呼，说要去问问舅舅的事。舅妈让她快点去。

林筱筱开着车还没有走出百十米，华小兵的车就到了。他的车后边还跟着一辆车。

看到林筱筱，华小兵停下来。华小兵拉着人是来收拾竹林的。

那时，从山上跑下来的华小兵跑到门前推了推门，门无法打开。华小兵心想，也不知道里边有没有人，自己要是把门给砸了，万一里边没有人怎么办？可要是不施救，万一里边有人怎么办？

华小兵只在大脑中把这两个问题转了一个圈，他就决定先进去看看了。

华小兵打开自己的车门，从工具箱里拿出一把锤子，使劲敲击门上的锁，努力想把它撬开。门虽然有把大锁，可三鼓捣两倒腾，华小兵还真就把门锁给整坏了。

他迅速推开大门，跑进院子里，大声叫喊着，“有人吗？有人吗？着火啦！着火啦！”

没有听到回声，华小兵边喊边往屋里跑。进屋后，正是一个客厅，客厅的墙上挂着一幅大大的照片，照片中有林筱筱，也有林筱筱抱过的那个男人。除了他们两外，还有一个妇女和孩子。

华小兵高兴了，他暗自骂了自己几句，怎么就没想到这一层呐！

林筱筱，筱不就是竹子吗？而且还是小竹子。他们是一家人，而不是像黄玲玲说的那样。自己差点犯了个大错误。这一趟真是来对了。

华小兵这下更有劲头了，他再次大声叫喊着：“有人吗？有人吗？着火了。”

“有，有人。”

华小兵寻声找去，看到一位老人正躺在床上。

“老人家，着火了，您怎么还不出去?”

“小伙子，能动的话，我早就动了。”

“我背您出去。”华小兵说完，背起老人就走。他把老人背到院子里。可大冷的天，把老人放在院子里实在是不合适，他干脆就把老人背到了自己的车上。

放好老人后，他想发动汽车打开暖风让车内暖和些，可老人却说：“小伙子，求求你，再跑回去一趟，给我拿幅画出来好吗?”

“好的，画在哪儿？什么画?”

“二楼画室里，就那一幅，画板上。”

“好。我这就去。”说完，华小兵又跑回院子，一口气跑上二楼。

二楼中间是一个大客厅，朝北的一间屋子门口有一个门匾，上边写着“阡陌轩”。

一看这三个字，华小兵立即想起自己和林筱筱第一次见面时，她说自己家是做古画生意的，还报了个自家的店号阡陌轩，原来出处在这里。华小兵禁不住乐了。

但此时此刻，他也没有时间再去顾及门匾了，得赶快把画搬出去。

华小兵进了画室的门，迎面就是一个画台。画台后边靠墙处的画板上，是一幅大大的山水画。

华小兵一看那画，“江山行”。红叶、蓝天、夕阳、白云、远山、小桥流水，层次分明，跌宕有序。更调皮的是右下角几只露头的小山羊，昂着头，正瞪着明亮亮的大眼睛，山羊的旁边还有两只活泼可爱的小兔子。阳光下，那红叶，红艳欲滴，翻转摇曳，似有微风吹来。

华小兵被这幅画吸引了。

他没有见过如此娴静优美的江山图。色彩明快，构图匀致，灵动飘逸，笔锋婉转。如此精妙绝伦的一幅画，只可惜没有落款。

一股浓烟传来，把华小兵从痴迷中惊醒过来。

他赶紧扛起那幅画。到门口时，他又顺手摘下了阡陌轩门匾。然后小心地下楼，跑到他的车旁，把两样东西都扛到了老人面前，立即问道：“老人家，您说的是这幅画吗？”

老人看了一眼。这一眼不要紧，她一下子惊呆了。女儿去世时，这幅画明明还没有完成，怎么现在是一幅完整的画作了，难道是女儿显灵了。可这世上哪有这种事啊！老人家是个文化人，她当然不相信世上有鬼了。看着看着，老人笑了，这事唯一能解释的也就是自己的宝贝外孙女干的了。孙女一回来，经常扎到二楼。老人腿脚不方便，自从卧床后，更是没再上过楼。女儿的画室，儿媳嫌晦气从来不去，儿子怕伤心也不去。宝贝孙女果真遗传她妈的天赋了。

“奶奶，您没事吧？”看到老人笑，华小兵有些诧异。

家都快被烧光了，老人家不但没有伤心，反而却笑了起来，他还以为老人中了什么魔怔了。

“没事，小伙子，谢谢你。我是看到这幅画高兴的。”

“好的，奶奶，那您在车上先待会，我再去拿点东西。”

“不用了，有这幅画就行了，其他的都不重要了。”

“没事，奶奶，您待着。”说完，华小兵又跑进屋了。他想尽量多抢点东西出来，以后不管在林筱筱那里，还是在她的家人面前，自己都是有功之臣了。于是他又来来回回跑了好几趟，抢出了一些他觉得值钱的东西，还有几幅小的扇面画。

半个小时后，消防车才来到，华小兵心里这个气啊！

他冲着消防员就嚷嚷起来：“你们为什么才来？”

“路上堵车，有施工的。”

“胡扯，我刚过来时，怎么没有发现施工的，这会就有施工的了。”

“同志，你放尊敬点。出现这种事情，我们也不愿意，可刚才的确是有两辆大车就在小区门口，说要卸水泥，修那个牌楼，我们进不来。”

“你们不是有特权吗？让他们把车开走。”

“车上没人。”

“没人，你不会把车给他顶开。”

“老兄，大闷罐车，比我们的车还重，顶不动。你别在这嚷嚷了，先救火要紧！”看到如此大火，消防员也着急啊！四辆消防车齐发力，火势很快就被控制住了。只可惜，竹林已经毁于一旦，二楼的房子已经烧没了顶子。一楼的房子还稍微完好一些。

话说舅妈接到物业电话匆匆忙忙往回赶。她上午接了一个电话，对方自称是警察，说她丈夫涉嫌违法被抓了。

一听说警察抓了自己的丈夫，舅妈一下子就蒙了，至于后边警察又说了些什么，她就不知道了。等回过神来后，警察的电话也放了。

舅妈再打丈夫的手机已无法接通。她赶紧打林筱筱的电话，电话通了，却没有人接。

她也没敢和婆婆说自己丈夫的事，就急急忙忙跑去学校，想看看警察说的是不是事实。等到学校一问，大部分人都说不知道路校长去哪里了。

她又去找副校长，结果被告知副校长不在。她央求别的老师给副校长打了个电话，结果副校长告诉她，你丈夫的确是被警察带走了，具体什么原因不太清楚，好像是说他涉嫌强奸了，但具体怎么个情形，他也不是很清楚。

副校长说得含含糊糊，但意思舅妈是听明白了，丈夫真被警察抓走了，因为强奸妇女。

有几个女人能听得了自己的丈夫强奸这种事，舅妈来气了，没想到自己一心一意挚爱的丈夫，竟然干了这么龌龊的事，她跳河的心都有了。

正当她不知如何是好时，又接到了物业的电话，让她赶紧回家，说家里着火了。

那边还没有搞明白状况的舅妈，也顾不上再恨丈夫了，又赶紧往家赶。等她回到家后，整个家都变成了残垣。

看到家就这样毁了，舅妈一屁股坐在地上大哭起来。

哭了一会儿，她才想起自己的婆婆，于是跑进屋，大叫着："妈！妈！"

华小兵把她拽了出来。他告诉她，老人没事，在他的车上。

舅妈这才长出了一口气。

消防车走后，天已经黑了。

华小兵问舅妈怎么办？他想着给她找个宾馆先住下。

她不去。她说，把老人给安顿好就行了，她哪里也不去，她要守着这个家。

好在一层还能住人，老人也想留在家里，华小兵不让，舅妈也不让。

舅妈也不知道救火的这人是谁，只是让他好人做到底，安顿一下老人。安顿好了，告诉她一声。

舅妈让华小兵先给老人找家宾馆住下。华小兵没听她的，拉着老人就走了，而且直接把老人拉回了自己的家。

老人行动不便，住宾馆根本就不方便，家里母亲可以先帮着照顾几天。再说了，老人都住进自己家门了，这林筱筱还能跑了。

华小兵打着自己的如意小算盘。

老人行动不便，也只能由华小兵安排了。

车上，华小兵就开口了，他是真喜欢那幅画：“奶奶，我也相中那幅画了，能不能卖给我啊?”

“不卖，那幅画可是我闺女、外孙女的命根子，说什么也不会卖的。”

见华小兵不解，老人又解释道：“女儿走时，那幅画还没有完成，画中靠下边的草地、小羊、小兔子，都是我孙女补上去的，你也看到了，补得多好啊！没想到我外孙女不哼不哈，还真遗传了她妈的天赋了。你说说，你能看出是两个人画的画吗?”

华小兵摇了摇头。

整幅画浑然天成，怎么看都不像是出自两个人的手笔。要不是老人家这样说，他是绝对不会相信，那幅画是出自两人之手。

“奶奶，您女儿去哪了？”

“去世了。”

“啊！对不起，对不起。奶奶，抱歉我说错话了。”华小兵真想抽自己个大嘴巴子。他没想到会是这样，还以为是出国了呐！

“没事，都很多年了，我都习惯了。好在还有外孙女比较争气。”

“你外孙女干什么的？”

“警察。”

“林筱筱。”

“对，你认识。”

“奶奶，岂止是认识，筱筱是我女朋友。”

“是你女朋友？”

“奶奶，您别不相信，她真是我女朋友。”

“我信，我信。”老人更高兴了。

这会儿又冒出一个自称外孙女男朋友的来，依依那还有一个，老人再也不用担心外孙女嫁不出去了。

华家妈妈看到自家儿子带回来一位老人，开始还有些不解。

华小兵告诉她，这是林筱筱的姥姥，在家待着烦闷，出来散散心，我给接咱家来住几天。他没有告诉母亲老人家中着火的事，怕当着老人的面，说这事，老人会难过。

华妈妈一听，乐得高兴极了。

没想到自家儿子还真是速战速决，这就把老人给接家来了。老人都接来了，儿媳妇进门的时间也就不会太远了。

安顿好老人，华小兵洗了个澡。华妈妈去做饭，专门做了一些适合老年人吃的饭菜。

吃过饭后，华小兵回了自己的屋。华妈妈陪着老人聊天，结果两人越聊越投机。原来两人都来自河南禹州，说来说去，两人的村子都挨着，有一些亲戚串亲戚的人和事，说起来还都知道。一方水土养一方人，很多饮食喜好都相同。她们大有久别见亲人的感觉。这下，姥姥住得更踏实了。

华小兵躺在床上，虽说有些疲惫，但并没有睡着。他在过滤着这一天的事情。

大白天就敢放火，真是无法无天了，而且竟然还是两个人，关键是报了警，消防车都被堵在路上了。而且这关键时刻，林筱筱还找不到，她不会出什么事了吧！难道这只是巧合吗？

华小兵越想，越觉得这里边肯定有什么问题。

华小兵想给季青松打个电话，问他知不知道林筱筱干什么去了，好几天都没有找到她了。可一看时间，都十二点多了，这点给人家打电话，肯定是不合适了。他也只好作罢，迷迷糊糊中，也不知道几点睡着了，反正睡得很不踏实。

第二天一大早，华家妈妈还没有做好饭，华小兵就起来了，洗漱完毕，他就准备出去。母亲让他吃完饭再走，他说外边吃点，还有朋友。

华小兵想着赶紧过去看看林筱筱家里如何了。林筱筱找不到，他也不准备去找了。先把她家里的事情处理好，等她自己回来。

早餐店，华小兵自己吃了点，又给舅妈买了一些，他多买了一份。他不知道家里还有没有其他人，反正照片中除了舅妈、姥姥外，还有两个男的，年长的应该是舅舅了，小的他还不知道是谁，所以也就多买了一些。

路上，华小兵给季青松打了个电话，问他知不知道林筱筱去了哪里。

季青松刚给赵子琪打完电话，他说自己昨天也给林筱筱打了电话，也没有找到，不过早晨问了问赵子琪。赵子琪说林筱筱在忙着写东西，估计是没带手机，等看到后肯定会回的。

听到这，华小兵才稍稍放下心来。

华小兵赶到姥姥家后，舅妈已开始收拾屋子。没有一个人来帮忙，此时的她，形单影只，昨日干干净净的衣服已看不出颜色。说是收拾，却又无从下手，到处都是烧的灰烬，而且也是湿乎乎的。可舅妈就像个疯子一样，不愿意停下来。

看到舅妈这一幕，华小兵的心里很不是滋味。昨天见舅妈时，还是胖乎乎的一位中年妇女，一夜之间，似乎老了许多。

华小兵拽过舅妈，把饭递到她手里。舅妈大口吃着，眼泪滴到了饭里。

看到这样的女人，华小兵的心里很难过。他转身离开了，他准备去召集些人帮着来收拾一下。虽说没有收拾的必要，但也得把所有的东西重新码放整齐，把烧过的那些竹子尽快处理一下，防止水分流失太多。如果水分流失不多，春天还可以长出小竹芽；水分流失严重的话，要想竹子再成活，已经不可能了。

华小兵给几个朋友打了电话，告诉了他们地址，让他们过来帮着干活。他自己又到劳务市场现找了几个人，于是拉着刚招来的那些人，重新回到林筱筱家。

他们刚到门口时，正好碰上林筱筱要出去。

华小兵问她干什么去？

她说去找舅舅，舅舅不见了。

“我陪你一起去！你先等一下，我给他们分一下工。”华小兵给带回来的工人分了一下工，暂时让自己的哥们看着处理一下。他要陪林筱筱一起去，多个人遇事多个商量的余地。

林筱筱下了自己的车，上了华小兵的车。

华小兵发动车子开出了小区的门。

“去哪里找舅舅？”他不知道应该开往哪里，只好问林筱筱去哪里找。

“先去派出所问问吧！看看舅舅有没有在那里，舅妈只接了一个电话，也没听清楚舅舅去了哪里。”

“你没回拨一下那个电话？”

“打了，没人接。”林筱筱去过当地派出所，她指挥着华小兵的路线。

“着火时，你怎么在现场？报警了吗？”

“报了，消防车迟迟没有来。来到时，都已经过了半小时。我一问，说是在门口被两个大闷罐挡住了。我正好来小区办事，看到着火，只想着救火了，当时也不知道是你们家。火烧上来后，邻居物业都来帮忙，可杯水车薪，火越烧越旺，根本就控制不住。物业那点灭火器都用完了，火烧得呼呼的，就干脆不救了。往外抢了点东西，姥姥让我去二楼扛出一幅画。我一看门匾上写的是阡陌轩，就想起你和我第一次见面时说过这个名字，我就给摘下来了。抱出那幅画后，姥姥笑了，一开始我还以为老人被吓坏了。可姥姥说，有这幅画就行了。我就知道那幅画对姥姥来说，肯定特别重要。”

“嗯！那幅画是我妈画的，没画完她就去世了。后来我就把它给补完了。”

“你妈是画家?”

“对。”

“你妈叫什么名字?”

“路辛夷!”

“你妈是路辛夷，难怪你家住别墅?”

“住别墅怎么了?”

“住别墅容易遭人嫉妒，你不知道吗?”

“所以我在外边租了个房子住。”

华小兵很想说出黄玲玲的事，又觉得一个大男人传闲话不合适。毕竟林筱筱和黄玲玲还是同事，所以话到嘴边，他还是给收住了。

华小兵也想问问林筱筱这几天干什么去了，怎么一直不接电话，转而一想，那样的话，会不会让她觉得自己过问的太多，所以最终也没有问出口。

林筱筱和华小兵去当地派出所问了问，他们答复没有在学校抓人。

林筱筱又跑了趟学校，学校只说被警察带走了，哪里的警察不知道。

坐在车上，林筱筱没有再说什么。现在唯一要找的地方，就是看守所和拘留所了。她让华小兵开着车再去看守所。

在去看守所的路上，林筱筱的电话响了起来，她一看是师父打来的，赶紧接通。

还没等她说话，李木渔洪亮的声音就传了出来：“筱筱啊！今天干什么呢?”

“师父，我在家呐!”这一句师父，林筱筱真是百般感慨。如果师父在他的面前，她的眼泪肯定会掉下来了。

“嗯！你有空吗？有空接我一下，我下午两点半的火车到家。”

“啊！行，师父，有空，我去。”

“好的，下午见。”说完，李木渔挂了电话。

“你要去接谁?”华小兵不明白，她自己都成这样了，还答应去接别人。

“我师父，李木渔。”

“那个老李头?”

“嗯!”

“我见过。”

林筱筱看了一下表。跑了一上午，都没有看时间，已经临近下午一点。他们还没有吃饭。看看所处的位置，是去接师父，还是去看守所，两者只能选一个。去接师父，就得往回走。

华小兵看出了她的为难，于是自告奋勇，由林筱筱去查舅舅的事，自己替她去接师父。

林筱筱想了想，觉得可行。于是她就答应了华小兵的提议。

华小兵就像叮嘱小孩一样，叮嘱她有事一定给自己打电话，千万别盲目冲动。

此时的华小兵，俨然一枚好男人形象，再也不是那个只会贫嘴的华小兵了。这让林筱筱的心里感觉暖暖的。

他们分手后，林筱筱打了辆车。赶到看守所门口时，接待室还没有开始办公。她问了一下门卫，两点上班，时间还早。

林筱筱就在门口的小店吃了口饭。她不饿，不过还是强行让自己吃了些。她一贯的作风就是，只有吃饱了饭，才能有力气面对一切。

吃过饭后，林筱筱一直徘徊在看守所的门口。她一圈一圈地走着，也不知道在门口画了多少个圈。终于等到两点钟，接待室有了工作人员，她赶紧上前，报出舅舅的名字，请人家帮忙给查一下有没有这个人。

工作人员一顿操作后，告诉她没有。

林筱筱还怕工作人员在应付她，于是拿出自己的警官证，想和对方套个近乎，让对方再好好给查查。可对方告诉她，真的没有，你拿出证件，我也给你变不出这个人来啊！

林筱筱只好作罢。

看守所没有，她想着舅舅也可能在拘留所。于是她又去了拘留所，结果还是没有。这下林筱筱真是慌了。

舅舅这是去哪里了，怎么连个人影都没有。难道舅舅是被假警察给劫持了，可就算是被假警察劫持了，起码也得有个理由吧！

派出所没有，看守所没有，拘留所没有，学校的人也不知道去了哪里！这样的事情太少见了。林筱筱当了这么多年警察，还没有碰到过这种事情。

一时手足无措的她，也只好打车先回家了。路上她还期待着，一到家就能看到舅舅。可真等她到家后，根本就没有舅舅的影子。

工人们已把东西码放得差不多了。

舅妈一看她回来，立马跑过来："找到你舅舅了吗？他在哪里？他怎么样了？"

林筱筱摇了摇头。

一看林筱筱摇头，舅妈不明就里，焦急地问道："你这是什么意思，没有找到你舅舅，还是？"

“嗯！没有找到舅舅。”

“那是怎么回事?”

“我正在想办法找。舅妈，您放心，我一定会找到的。”

“家里可就指望你了，我什么也不懂。筱筱，你可一定要想办法找到你舅舅啊!”一听没找到人，舅妈的眼泪又下来了。

几天下来，这个可怜的女人再也没了昔日的风采。

“舅妈，您放心吧！舅舅肯定是被人陷害的。我一定会找到舅舅的。舅妈，您千万不要难过，咱们过了这一关就好了。”

“嗯！我听你的，我听你的。”舅妈抹了抹眼泪出去了。

林筱筱坐在姥姥的床头，扶着额头待了好一会儿。

她不知道该从何处查起，她要理出个头绪。这几天发生的事，整得她心里乱糟糟的，一时不知道怎么捋了。

正在林筱筱焦头烂额理不出个头绪时，华小兵回来了，还把李木渔给带过来了。

华小兵接完李木渔夫妇，直接送回家了。送到家后，李木渔就问华小兵，为什么林筱筱没有来。

华小兵一五一十就把林筱筱家发生的事情说了。

李木渔一听就坐不住了，自己的爱徒遭受这么大委屈，也不知道她能不能承受。于是留下师母一人在家，他就跟着华小兵过来了。

第十五章　师父出山

半年没见师父，这会突然间见到师父，林筱筱笑着笑着，眼泪“唰”的一下子就流了出来。

李木渔见状，上前拍了拍林筱筱的肩膀，安慰着：“别难过了，一切都会好起来的”。

有师父在，林筱筱的心里踏实多了。

三人坐下来，林筱筱又缓解了一下情绪，李木渔让她讲一下事情的经过。

林筱筱一时无从说起。对于着火这件事，她知道的那点东西，也都是从华小兵那里听来的。

华小兵倒是把那天他看到两人放火的经过详细讲述了一遍。至于放火那两个人，派出所已经抓了。不过，二十四小时不到又都放了。因为一个是癌症晚期，一个是精神病患者。癌症晚期保外就医，精神病患者已责令家属送往精神病院，而且还是警察帮着送的。这两个人等于放了一场火，都没有受到实质性处罚。癌症患者给出的理由是仇富，自己的钱因为治病都花光了，看到别人家住别墅心里就不痛快。精神病患者觉得好玩，就喜欢放鞭炮，他是把竹子着火的噼里啪啦声当鞭炮玩了。

李木渔又请林筱筱的舅妈进来，问她最近有没有发生异常的事。

舅妈说：“前段时间，业主们传说小区要拆迁。物业曾来问过我们家是否同意拆迁，筱筱也知道这事。当时我还给筱筱打过电话，她说听从家里人的意见。这房子是筱筱妈妈买的，所以我们也得问问她的意见。后来这事就过去了，我们还以为不拆了呐！也就没有再过问，谁承想会发生这事。当初还不如就同意拆了呐！估计要是同意拆了，也就不会发生这事了。”舅妈一把鼻涕一把眼泪地哭述了一遍。

看来在舅妈这里也得不到有用信息了。

林筱筱就把舅妈拉了出去，她怕舅妈的哭述，影响师父的思路。

家没了，可以重新建，现在的重点就是要找到舅舅，搞明白事情的来龙去脉。

林筱筱给李木渔拿来舅舅的照片。

看到舅舅的照片，华小兵的脸有些不自在了。

这一轻微变化看在李木渔眼里，他拍了拍华小兵的肩膀，轻声问道：“认识吗?”

“不认识。”华小兵回答得不是很干脆。

李木渔抬起头又看了他一眼。

华小兵感觉这一眼就像要把他看穿一样。

“我只是在一段视频中见过。”

李木渔没有接话，只待他说完。

华小兵于是就把自己去找林筱筱没有找到，正好碰上黄玲玲，她给他看视频那事说了一遍。

他这个信息，倒是让李木渔和林筱筱都没有想到。

林筱筱说，那时自己正被关禁闭。

直到这时，华小兵才知道，林筱筱几天没接电话，原来是被关了禁闭。

她就把自己被关禁闭的事，原原本本讲了一个遍。

林筱筱被赵子琪关禁闭，倒是让李木渔吃了一惊。他怎么也没有想到，赵子琪竟然有这么大胆子。赵子琪虽说一心想当官，可他一向胆小怕事，这次怎么就不一样了呢？

这事，李木渔可是给记上了。自己是退了，可这人走茶凉得也太快了。

要说季青松关林筱筱，李木渔还能接受，赵子琪关，他就接受不了了。季青松从来不搞小动作，赵子琪总是爱整个小团伙。吴迪曾经抽调给领导当过一段时间司机，陪着领导外出了两个月，回来后赵子琪就给了一个三等功。这事知道的人不多。季青松知道后，发了顿火，但为了班子团结，也就没再说什么。老赵说是领导让给的。就为这点事，季青松再去问领导显然不合适，所以只好给了。当然这事也就没再声张，队里大部分人不知道。但还是被几个老家伙知道了，这其中就有李木渔。老同志们待的时间长了，徒弟的徒弟都已经遍布各个部门了，这点事也就逃不过他们的耳朵。只不过老家伙们打心眼里真不把赵子琪当回事，当然老赵也懒得理他们，大家各自安好。

关禁闭、视频、舅舅失踪、着火，这之间有什么联系吗？三人都觉得有。但就是没有搞明白怎么联系到一起的。

李木渔又让华小兵讲述了一下看到的视频内容，尽量细致一些。

华小兵又把当时的情况详细讲了一遍，包括看到的视频内容。

黄玲玲告诉他林筱筱傍了个大款，自己心里别扭，打林筱筱电话又找不到人。因为看到视频中有个佐安巷13号，就找了一天，才找到画家村。也不知道是林筱筱的家，看到门锁着，自己就爬到山上，从山上往下看，正好看到两人放火，于是赶紧下山来救火。后来物业和邻居也来了，但消防车半小时后才到。

李木渔和林筱筱都没有注意华小兵后边的所说，他们都在考虑，黄玲玲怎么会有视频?

而且华小兵也说了，拍视频时的时间应该不是最近。因为林筱筱当时穿的是短袖T恤。

"这事会不会和黄玲玲有关?"看两人沉默不语，华小兵禁不住发问。

李木渔摇了摇头。

假如这事真是有人故意所为，以黄玲玲的能量应该办不到。

李木渔突然间就想到了一个人。

可这事和他又有什么关系呐！就算把林筱筱家烧了，他能从中得到什么好处呢？难道就因为孩子们之间的一点小争执，这点事也犯不上啊!

李木渔想到的这个人，就是黄玲玲的父亲黄忠。

可这事能和黄忠有什么联系呢？吓唬一下林筱筱？一个省厅领导和一个小卒子较劲，没必要啊！吓唬林筱筱家同意拆迁，可拆迁的事也不归他管啊！就算开发商找他帮忙了，他也不会让女儿再整段视频吧！这不是明摆着让自己露马脚吗？所以李木渔觉得这事应该和黄忠没有关系。当那么大的领导了，不至于为了孩子们的这点小事，搭上自己的名声。

可到底是怎么一回事呢?

李木渔和林筱筱都没有想出来。

华小兵看着两人，更是不知道他们在想什么。

三人商量到很晚，决定眼下还是先找到舅舅再说。

华小兵拉上李木渔回去了，他本来也想拉着林筱筱一起回自己的家，让她去看看姥姥，也算是进次家门。

林筱筱考虑了一下，姥姥已经在他家住了，自己再去打扰觉得有些不合适。而且留下舅妈一个人在家，她也不放心，所以就谢绝了华小兵的邀请，暂时住在姥姥屋里。

华小兵先送李木渔回家，又回了自己的家。到家后，母亲还在等他。

他告诉母亲已经吃过饭，累了准备睡觉，就回了自己的屋。

这一夜，华小兵睡得很踏实。

因为连日来的奔波，的确是太累了。主要是终于见到了林筱筱，心里的石头也就放下了。还有了李木渔帮忙，他们都是破案高手，要想弄明白事情的来龙去脉，只是早晚的事。所以他就坦然睡去了。

林筱筱迷迷糊糊睡了一会儿，脑子清醒后，就爬了起来。

这一切的一切，就好像一张无形的网，一切都已是预先设计好。只不过是让他们家人全都钻了套，而这个设套的人，真是面面俱到。

假如华小兵不来，林筱筱越想越后怕。

林筱筱开始在纸上写写画画。她画了一些脉络图，可就是找不到这脉络背后的联系。她相信所有的事情，绝不是巧合，只是自己没有找到它们之间的关系。要想挖出这些关系，肯定是需要相当的能量和功力。

可无论如何，她绝不能让这事轻易过去。现在只求舅舅不管在那里，平安无事就好。

李木渔累了一天了，躺在床上仍睡不着。一是年龄大了，二是他也没有想到，针对一个小小的林筱筱，竟然会发生这么多事。

他必须得给爱徒把这些事情都整得清清楚楚、明明白白。

李木渔原以为退休后，自己的那些专业知识就没有用了，没想到此时又派上了用场。他的斗智又被激发了，直觉告诉他，这事不应该就这么简单。

他主意已定，立刻秘密出山。

他归纳了一下目前所有的线索，明面上的，也就是两个放火嫌疑人和林筱筱舅舅失踪这两件事。

李木渔决定就从这两件事入手。他不信找不出破绽。

李木渔一大早起来就干了三件事：一是安排人调查癌症患者的所有情况，二是调查精神病患者的情况，三是查找林筱筱舅舅的下落。

他把平时那些亲朋好友一下子都派上了用场。

安排好这些后，李木渔没有再去找林筱筱。

他回了趟单位，给大家拎了点东西，有名无实想念大家了，回来看看，顺便问问党费的事。

赵子琪见到李木渔时，心里咯噔了一下。他没想到老家伙这时会出现，他害怕老家伙找自己算账。李木渔倒是客客气气，问了一下自己党费的事，其他什么也没有说。赵子琪实话实说，林筱筱都替他交了。

“这孩子，做好事也不和我说声。行，我这就去还她钱，她在吗？”李木渔明知故问，他就是想看看赵子琪的反应。

“我也不知道，您去看看吧！”赵子琪想赶快让李木渔离开他的屋，他怕待的时间长了，自己应付不了这个老家伙。

听出了赵子琪的意图，李木渔识趣地出来了。

他真到林筱筱屋里去了一趟，屋里只有杜衡在。

李木渔问了一声：“林筱筱去哪里了？”

“这几天，我也没有看到。”杜衡没敢说实话。

李木渔心知肚明，也就没聊什么实质话题，简单寒暄了两句就出来了。他到处晃了晃，还专门去黄玲玲那里溜达了一圈。

黄玲玲倒没表现出什么，她正在打字。只不过在李木渔进屋时，她把自己的计算机关屏了。林筱筱不在，她在林筱筱办公桌上拿了一本还没有打完的笔记本。一见李木渔进来，她怕老李认出那是他的本子，所以听到老李的声音，立马就把那个笔记本塞进抽屉了。李木渔并没有看到，因为单位好多笔记本长得都一样，不翻开里边的内容，只看笔记本的皮，根本就看不出来。

李木渔走这一趟明显没有什么收获。除赵子琪看着有点别扭外，别的人也没有见到。听说大部分同志都去出现场了，又出了个命案。

李木渔没有细打听。不管什么案子，都和他没关了。

华小兵又去林筱筱家陪着她了。

静下心来的林筱筱，突然想起自己前段时间安装监控探头那事。都怪自己忙晕了，摄像头虽然烧坏了，但数据应该还有。她想看看当时两人的情况。

打开计算机，联机后，果然发现数据保存得很完整，那两个人的行为看得清清楚楚。当时两人的表情很正常，可以肯定的是，精神病患者放火的时候，精神很正常。

东西收拾得差不多了，林筱筱中午去了华小兵家。

自从出事后，她还没有见过姥姥。事情没什么进展，她决定先去看看姥姥了。

林筱筱一说要去看姥姥，可把华小兵给高兴坏了。

虽然这事有些仓促，但好歹也算是进家门了。华小兵给母亲打了个电话，让她先去买点菜，告诉她林筱筱一会儿要去看姥姥，中午就在家里吃饭。

华家妈妈知道自己的宝贝儿子喜欢林筱筱，这未来的儿媳妇上门，怎么着也得好好招待一下，所以买了一大堆菜。

等他们到家时，华妈妈已经把菜准备好。硬菜已经做上了，其他的菜基本也都准备停当，只等他们进门，炒一下就可以了。

虽说姥姥已在华家住着了，但林筱筱还是去买了些礼品。第一次进门，该懂的礼貌必须做到。

华小兵倒觉得无所谓，几天的折腾，他已经把林筱筱当成了自家人。

原本不可亲近的林筱筱，破起案子来不要命的林筱筱，并不是那么的无坚不摧。实际上她还是一个柔弱的女人，一个需要男人疼爱的小女子，只不过工作把她磨炼成了女汉子形象。华小兵决定就做那个疼她呵护她的人。

一看到宝贝外孙女，姥姥高兴了。

虽说华家妈妈把老人照顾得很周到，但这毕竟不是自己的家，而且也有一段时间没见到外孙女了。老人家住得还是不踏实，也就是不表现出来，只能既来之则安之。

这回见到林筱筱，再看看华小兵，“般配”，姥姥的脸上洋溢着灿烂的笑容。

这笑容是发自内心的。

自己的宝贝外孙女和华小兵看上去很般配。只不过这般配正好是调过儿了，别人是郎才女貌，怎么自家外孙女和华小兵站到一块，就有了女才郎貌的感觉。

这让姥姥有点想笑。她知道自家外孙女不是等闲之辈，但与华小兵的外表相比，还是略显逊色了一些。

华小兵和姥姥打过招呼后，就去厨房做菜了。

他轻易不下厨。这次不一样，自己喜爱的女孩第一次上门，他要把拿手的厨艺展示一下，让她们知道，自己既能上得了厅堂，又下得了厨房。

李木渔把找人的信息散出去后，不到半天工夫，就得到了反馈。

原来林筱筱的舅舅被批成了专案。难怪林筱筱到处找不到人。批成专案，人找不到很正常，就是为的不让家属见到，也不想让律师会见。至于这专案是谁批的，只说上边的人交代的，具体是谁不知道。舅舅被抓的理由是强奸学生家长。

李木渔首先把舅舅平安的消息告诉了林筱筱，让她放心。舅舅是被真警察抓去了，不是假警察，目前平安无事。案件原因正在审查当中。

获得这些信息后，李木渔知道，这是有人故意而为之了。

就算一个强奸案，影响再恶劣，那也是一对一的案件，无论如何也不应该被批成专案。

既然被批成了专案，那说明这背后就有其他深层次的原因了。

可这深层次的原因会是什么呢？那这个批专案的人又会是谁呢？这所有的迷都需要一个一个的解。

癌症患者在家休养，并没有什么异常。精神病患者在医院闹着要出院。李木渔通过朋友，想法让他出院，出了医院也就能接触到人了。

饭菜很丰盛，饭桌是就着姥姥的床摆的。四个人吃得很开心。虽说经历了火灾，但老人家看到自己的外孙女被这么好的一家人对待，她的内心特别的高兴。

李木渔把舅舅的情况告诉林筱筱，林筱筱告诉了姥姥。老人食欲难得的好，吃了不少饭菜。

吃过饭后，林筱筱和华小兵就去找李木渔会合了。

他们刚走，李浩然一家就登门了，差一点和他们撞上。下午没课，小家伙吵闹着要到华小兵家来。

看到她们一家到来，华家妈妈倒吸了一口凉气。

她没有想到她们会这时候来。

一家人看到床上躺着个老人，很是诧异。华家妈妈只说亲戚过来住一段时间，并没有说什么亲戚。看到有外人在，小家伙不太友好。又见华小兵不在家，一家人坐了一会儿就走了。

见到李木渔后，三人商量下一步的工作。

李木渔决定去一趟关押林筱筱舅舅的地方，看看能不能获得更多的信息。林筱筱也想去，被李木渔拒绝了。

他说自己这是非正式见面，人去多了反而不方便，让他们两去盯着精神病患者，尽量想办法接近他，而且要整明白他出来后的行为轨迹。

三人刚分完工，林筱筱就接到了季青松的电话。

两天过去了，季青松始终没有接到林筱筱的回话。他又给赵子琪打了个电话，问林筱筱为什么没有给他回话。赵子琪说自己已经转告林筱筱，让她回话，估计在忙，让他再打一下。

于是季青松又打了一遍，这次还真接通了。

电话一接通，季青松豪放的嗓音就出来了："林筱筱，胆大了啊！电话不接，还不给我回，牛了啊！"

"队长，抱歉，这几天一直在忙。没有顾上回，这不想着忙完了就回吗？队长找我什么事？"

"筱筱，闫总一直想让你过去。我觉得，你还是去吧！那里的天地很大，更适合你展现自己的能力。"季青松把闫红列的意思又转述了一下。他不会做思想工作，所以也就实话实说了。

"队长，您不想要我了。"林筱筱这时真没有心思考虑调不调走的问题。听队长这样说，她心情有些不爽。

"筱筱，讲个人感情，我舍不得让你去。但从公安事业的发展来看，我支持你去。我在党校学习的这段时间，感触很深，有一句话说得好，穷则独善其身，达则兼济天下。站的平台越高，你就能干更多的事，你就能更好地为全市、全省的百姓服务，也会带出更多优秀的徒弟。不只是马小虎，会有更多的张小虎、李小虎。我们的公安事业，就是靠大家一点一点传承积累起来的。优秀的人越多，我们的事业就会干得越好，所以我不能把你圈在这个小圈子里，我希望你有更广阔的平台。"季青松语重心长地讲着肺腑之言。

"好，队长，我听您的。忙完手头的事，我就去。"话已至此，再推脱就是林筱筱的不对了。

而且再加上被关禁闭这事，让她重新认识了一下自己在刑侦队的境况，老赵不待见她，黄玲玲处处为难她。人挪活树挪死，所以她决定去，换个地方换个活法。

“这就对了。欲穷千里目，更上一层楼么！”昨晚姑娘刚给季青松背的这句诗，今天就被他转手送给林筱筱了。

“谢谢队长，绝不辜负您的厚望。”林筱筱向季青松保证道。

“嗯！把这个案子破了就去。要破得漂漂亮亮，不能拖泥带水。到时候，我陪你一起过去。”

“好，我会全力以赴。”

“三天拿下案子啊！别让这事再发酵。”

“哦！好的，好的。”林筱筱有些听不明白了。一开始她还以为季青松说的是她家的事，可听着听着感觉不对劲了。

这时，她才意识到自己有好几天没去单位上班了。是不是又有什么案子发生了？

放下电话，林筱筱看了看李木渔，又看了看华小兵。

手机音量较大，她和季青松的对话，两人听得清清楚楚。

李木渔沉默了一会儿道：“去吧！别耽误了工作，我会把这事搞定的。”

华小兵也跟着保证道：“嗯！还有我，放心去吧！”

“自己家的事，在工作面前都是小事。高高兴兴的工作，不要带出什么情绪来。在意你的人，会对你的事情上心；不在意你的人，可能会当笑话看待。所以不要把喜怒写在脸上，别人看不出你的所想，也就不敢对你小觑了。”李木渔的见解，向来和别人不一样。一般人都是以家庭为主，而李木渔却从工作入手。

细细想来，人与人之间，特别是同事之间，不就是这样吗？你的事情就是你自己的事情，牵涉不到别人时，大家都是好人。

当有利益纷争时，你的事情有可能就会成为别人攻击你的把柄了。

林筱筱给陆离打了个电话。

她不知道的是，还真发生了一件蹊跷案子。李木渔去单位时，单位里没有人，就是因为他们都去那个案件现场了。杜衡值班没有去，黄玲玲要录入案例也没有去。

林筱筱问了陆离，案件现场的具体位置。她准备赶过去。

华小兵和林筱筱换了一下车，他的车太扎眼，林筱筱的车不会引起人注意。

华小兵去精神病院门口盯点去了，李木渔去关押林筱筱舅舅的地方了，林筱筱赶往案件现场了。

闲来无事，石妈想着有段时间没去看望林筱筱的姥姥了，既然自己想和老人结亲家，于情于理，应该多走动着点。

这天一大早，她备好礼品，吃过早饭，就准备去找老人聊会天。等她到了后，发现林筱筱家已是一片狼藉。眼前的情景把她吓了一大跳，也不知道他们家人怎么样了。

她上前看了看，也没有发现人。她赶紧给石雨墨打了个电话，让他问问林筱筱到底怎么回事。

石雨墨本来还在郁闷林筱筱没有去参加演唱会的事，听到母亲这样说，他有些不敢相信。

怎么好端端的一个家就没了呢？

等他急匆匆赶到林筱筱家后，看到眼前一切，也是大吃了一惊。望着眼前的一切，他的内心触动非常大。

他连忙给林筱筱打了电话。

林筱筱正在案发现场，她告诉石雨墨，家人没事，就是房子和竹林被毁了。得知家人都安全后，石雨墨这才放下心来。

林筱筱的家没了，没的是外观的形；自己的家也没了，没的是里边的人。这世间的事，难道就是这样叵测无常吗？

石雨墨感慨着。

虽说自己手里并没有几个钱，但他决定帮着林筱筱把家重新建起来。以她一个女孩子的力量，恐怕很难独立完成，自己目前能做的，也就是多开几场音乐会，多挣点钱去帮她重新建房子了。

林筱筱赶到案发现场时，看到大家都在忙活着。

对于她的到来，没有人吃惊。

因为按照惯例，碰到久侦不破的案子，队里的年轻人都要赶到现场，为的就是多学知识，多长见识。这是季青松定下的规矩。老季人虽不在，这规矩当然也不能作废了。况且大家也不知道她家发生了火灾，想着这几天她没来上班，可能是因为被关禁闭的事在赌气，想开了也就该来上班了。所以这会儿她来了也就来了，没必要再多说。而且案子又没什么进展，大家都很头疼。

案件主要负责人是陆离，吴迪、齐光，还有马小虎等人都在。

看到林筱筱，马小虎有些歉意。他本想和林筱筱说点什么，可现场太过压抑，也不是寒暄唠嗑的地方，所以只用眼神打了个招呼。

林筱筱也不在意，就站在一边看着大家干活了。

现场是一名年轻的新婚女子被人杀死在家中。死者脖颈有严重掐痕，头部有钝器击打后留下的伤痕。屋子里被翻得乱七八糟。至于丢了什么东西，一概不知。

报警人是死者的丈夫，他说自己早晨正常出门上班，下班回家后，发现妻子被人杀了，赶紧报了警。

面对新婚刚过门的妻子就这样离去，报警人痛不欲生，几次哭得晕厥了过去。

看到如此鲜活的一条生命就这样离去了，众人的心里也不是滋味。

究竟是谁痛下狠手，不得而知。虽说大家已经忙活了十几个小时，但侦查工作一度陷入瓶颈，有价值的东西什么也没有找到。

同事们已把现场勘查了好几遍，林筱筱没再参与到案件当中。该取的证据都取了，如果她再取一遍，明显有不相信别人的嫌疑，更容易让人产生歧义。所以林筱筱就靠在一边，一副消极怠工的样子，只是看着大家忙活，也不说话。

说句真心话，让她全力以赴投入到案件侦查过程中，她还真有些做不来；而且她也无从下手。因为自家的事，还没有一点着落，她的心神总是聚集不到一块。

看着死者的年龄和自己差不多大，林筱筱的心中便有了几分悲伤的感觉。

假如自己家的火没人救，假如着火的时候是晚上，假如没有人发现，假如亲人都在家，生命不也就像她一样陨落了吗？所以林筱筱真不知道自己该从何干起，只好看着大家忙活。

李木渔并没有直接去问林筱筱舅舅的事。

他约了十来位老相识，一起聚到了一个不错的饭店。当然这其中就有林筱筱舅舅被羁押地方的工作人员。至于谁具体负责舅舅的案子，他目前还不清楚。他们都是骨干力量，肯定掌握一些信息。

都是以前打过交道的同志，虽说不在一个单位，但工作当中往来比较多。而且李木渔在业界也是大咖级别的人物，一说李木渔请客，大家也就都来了，不是给不给李木渔面子的事，而是想着怎么能在李木渔这里学点东西。要知道李木渔可是破案高手，有好多人想拜师他都不一定收。这会老李主动邀请大家吃饭，虽说觉得老李可能有求于大家，可不来也不知道啊！不来也学不到东西啊！更何况以前关系也不错，不能说退休了就不交往了。大家都有退休的那一天啊！所以众人都来了。

席间，有人问老李退休了在干什么。

老李回答，在写小说。要把以前的工作经验、破过的案子、一些特殊的案例都写出来，单写案例没什么意思，所以准备把案件改成小说，给公安队伍做做宣传。让群众看看，之所以社会一派祥和，是因为有一大群人时刻在守护着。也欢迎大家多提供点案件信息，毕竟自己破过的那些案子大部分都过时了。而且新案子的作案手法也是推陈出新，所以这饭可不是白请的，欢迎兄弟们以后多提供案件素材。

几人一听老李在写小说，首先放下了自己的猜测，而且对老李又是一番刮目相看。

别人退休了，也就待着了，没想到老李不管到什么时候，都是一个闲不住的人。看来这优秀的人，时刻都在优秀着。

酒过三巡，菜过五味，重点就来了。聊着聊着，这话题就聊到了现在的一些年轻人身上。他们感慨，未来将会是这群年轻人的天下了，只不过现在的年轻人太过聪明，早早就知道自己想要什么，为了达到自己的目的，有时太过急功近利。

聊着聊着，也就聊到了几个蹊跷的案件上。

这其中就有林筱筱舅舅的案子。这案子，让负责案件的同志非常郁闷。就一个单独的强奸未遂，一对一的口供，愣是被上边批成了专案办理。明显就是官大一级压死人的节奏，总觉得这其中有什么猫腻，有严重违规操作的嫌疑。自己作为一个小卒子，也左右不了什么，可以后这事要是被翻案了，自己就是那个吃挂落的人。可面对这种情况，自己又无能为力。

那人一边喝酒，一边发着牢骚。

他问李木渔，换作是你，这事如何处理?

李木渔给出的结论是，要服从命令听从指挥，关键还得自己留个心眼，把一些有用的证据留存好。以后万一出了什么事，谁指使干的，事情的前因后果，自己一定要搞清楚，切不可大意行事，最后成了那个顶雷的。

李木渔所说的重点，无非就是大领导交办的事情，不得不干，至于怎么干，灵活机动就行了。

对于李木渔这番语重心长的告诫，那人还是心有余悸。他怕自己存有戒心万一被领导知道了怎么办。

这事老李也只能点到为止了。至于工作中对方怎么干，干到什么程度，全看个人的领悟力了。那人从中能学到多少，老李也顾不上了。

他直奔主题，问了自己想问的问题："双方是不是有什么背景，还是牵涉到别人的利益，所以给整成这个样子了?"

"背后深层次的原因，我也不知道，被关的人是一个小学校长，女的是一个学生家长，说怕这事影响社会，所以就把校长单独关押了，上级领导也就给批成专案了。"

"女人长得漂亮吗？有什么来历吗？怎么这么大能量?"

“女人我都没见过，另一个哥们处理的。看档案，这女人也没什么，就是一个公司的职员。要说有什么背景应该不至于。但为什么非要批成专案，我就不明白了。听说还是上边的大头亲自批的。不过这女人也够悲摧的，以前丈夫被杀，因为五十万元钱，最后被抛尸在小树林。对了，老李，我记得好像是你们那片破的案子吧?”

“好像是有这么个案子。不过怎么破的不太清楚，现在破案都是年轻人的事了，我们这些老家伙都靠边站了，只剩下管管后勤，修个车了。”李木渔没有说对那个案子很清楚。他怕自己说知道，大家会问些细节，好不容易刚谈到正事上，可千万不能跑题了。

“不会吧！你可是我们业内的专家。”

“老了，不中用了，来，来，来喝酒，喝酒。”李木渔举起杯子敬大家。

众人也纷纷端起杯子。因为有的同志一会儿还要去上班，所以喝酒的人并不多，他们用水代替了酒。

随后，李木渔又言归正传告诉对方，服从上级领导，心底更要清楚自己的所作所为；没必要给嫌疑人施压，万一真是违规的事，省得以后把自己搭进去；领导有人保，自己可没人关照，千万别得不偿失。

这次对方诚恳接受了李木渔的教诲。

聊完这个话题，他们又给李木渔提供了几个其他案件的疑难问题，老李都是认真倾听，从中学着自己不知道的东西。

酒足饭饱后，众人各自散去。

知道了林筱筱的舅舅被批成了专案，至于谁批的，李木渔还不确定。于是他又打了几个电话，很快得知专案就是黄忠批的。

虽说曾有预料，但李木渔还是有些诧异。

林筱筱和黄玲玲是有些小摩擦，作为一个家长，都是成年人了，不应该啊！再怎么说，黄忠都当这么多年的领导了，不至于为了女儿的一点小事就毁了自己的名声吧！这要是传出去，或者被曝光了，那黄忠的脸上也搁不住啊！这么大领导就为儿女情长点小事护犊子，值得吗？

一顿饭吃得非常有意义，李木渔要到了他想要的信息，其他同志也学到了自己想学的知识。虽说花了老李不少银子，但他却收获了黄忠这条线索。

直觉告诉他，应该不只是为了报复林筱筱这件事。如果那样的话，给林筱筱换个单位就行了，和黄玲玲分开，谁也就不会影响谁了。

至于什么原因，李木渔还不知道。但他却有了工作目标，这就是如何对黄忠开展侦查了。黄忠是行内人，反侦查意识很强，侦查工作肯定不会一帆风顺。如果自己出面，目标肯定很大；可自己不出面，其他人又没有经过专业训练，很容易暴露目标。

李木渔盘算着谁可以堪此重任。盘算来盘算去，要说真正合适的人员并没有，但有两三个还可以用用看。只是这几个人，不到最后一刻，他不想搬出来。现在需要干的工作，也就是先摸清黄忠的工作生活规律，下一步再做打算。

于是李木渔就动用他的群防群治力量开始行动了。老李的群防群治力量，基本都是他帮助过的一些人。

既然要去趴活，就得像个趴活的样子，一身唐装打扮的华小兵看上去和开黑车的人也不搭啊！

他回家换了身旧衣服后，才开着林筱筱的桑塔纳轿车赶去精神病医院。到后，他就一直在医院门口趴活，谁打车也不走。他的目标就是要等放火的精神病患者出来，想方设法接近他。换上旧衣服的华小兵，又往自己脸上抹了点土。他这一刻意装扮，看上去还真像个长期趴活的。

精神病院在南沧北部的郊区，华小兵不知道那人会不会出来。到地方后，他给李木渔打过电话，想确定一下什么时候才能放人。老李说他也不知道，但明确告知，院方已答应放人，让他耐心等待。

华小兵就一直在医院门口等着。工作人员都下班了，班车也开走了，那人还没有出来。

已是华灯初上时间，华小兵想等到十二点。如果再接不到就回去，明天一大早自己再过来。

也就是晚上八点多钟，就看到从医院大门内走出来一个人。远远地看过去，看不清对方的脸。华小兵没有下车。

那人四周看了看，就向着华小兵的车子走了过来。因为门口只有华小兵这一辆车在趴活了。

“兄弟，走吗？”

华小兵一看，正是他要接的人。

“师傅，去哪？”

“大郭村。”

“大郭村在哪里？没听说过。”华小兵明知故问。

“就在西山旁边，八王庙知道吗？”

“知道。”

“八王庙后身就是大郭村。”

“师傅，那地方可是够远的啊！到那得几点了？”

“也就一个多小时，你看这时间点也没有车了，趴活的哪有嫌道远的，我多给你加点钱，到地二百。”

“这不是钱不钱的事，这一来一回就是两三个小时，家里还等着回去吃饭呐！”

“那我就再给你多加一百，算是给你个饭菜。”

“师傅，看你这人敞亮，行，那我去。一百块钱你就别加了，我这肚子也饿了，我找个地方去吃碗面，你把面钱给结了就行。”

“大兄弟，瞧你说的，这趟活不近，我也不能亏待你，哥哥也没有吃饭呐！咱俩先走着，我知道路上有家火锅店不错，咱吃火锅去。”

“好，那我给家里打个电话，咱这就出发。”华小兵拿出手机先拨通家里的电话，告诉老妈不回去吃饭了，然后又拨通了林筱筱的电话。

电话一接通，林筱筱刚开口“喂”了一声，华小兵直接道：“媳妇，我接了一单活，要去八王庙那边，回来可能比较晚，我就不去接你了。你自己回吧，到家后困了就早点睡啊！不用等我了。”

“好的，慢点开，路上小心着点。”林筱筱听出了华小兵的意思，知道他接近了目标，心中不免有些担心。

毕竟他面对的可是一个精神病患者，这要是发病了，什么事都能干得出来。

这一系列操作，华小兵都有些佩服自己了，怎么看都像个正儿八经趴活的人了，简直是天衣无缝啊！

华小兵发动汽车，向着八王庙方向开去。

路上，精神病患者指挥着他去了那个火锅店。两人要了一大桌子菜，热火朝天吃得好不热闹。精神病患者还整了瓶高度衡水老白干，喝着喝着就兴奋了，还一个劲地让华小兵喝。

华小兵说，为了保证大哥的安全，开车不喝酒，喝酒不开车。

酒越喝越高。俗话说，酒后吐真言，这大哥有的没有的，可就开始和华小兵嘚瑟上了。

“兄弟，不瞒你说，哥哥可是干过大事的人。知道他们为什么把我送进医院吗？就是想让我避避风头，但我不想在里边待着。一是外边自由，二是里边万一有他们的人呐！把老哥轻而易举给整死，那还不是分分钟的事。所以怎么着我也得想个办法出来。”他这话还真不假。他说自己是被人陷害的，让医生给做一番测试，如果各方面指标都合格，就得让他出院。医生测试后，所有指标都正常。

当然更重要的原因，是这家精神病院的院长和李木渔是朋友。李木渔给院长打去电话，问了问患者的情况。院长经过一番了解，得知患者很正常，收治的时候，是警察给强行塞进来的。所以李木渔提请放人，院长立马就同意放。

李木渔让晚点再放，说有人去接他，他牵涉进了一起案子。

院长一听，更不想让这么个人在医院待着了。万一以后再出个什么事，医院也脱不了干系。反正各项指标都合格，如果有人来找，医院也不怕。

“大哥，我一看你就不是一般人。”华小兵也是一番恭维，把个精神病患者高兴的，就把自己干过的那些缺德事吐露了一个遍，放火、劫人等，包括把人家的狗给溺死、猫给剥皮，说得华小兵浑身直起鸡皮疙瘩。

“这些事我都记下来了，谁让我干的，我心里得有个数。冤有头债有主，我可不想让那些小猫小狗来找我，得找真正的坏人去算账。”

“你记他们的小黑账，你不怕他们知道吗？”

“我藏得好着呐！只要我不说，谁也不知道；只要我不说，他们也找不到。”

两人吃过饭，精神病患者已不省人事。

华小兵把他扶上车，一路慢悠悠开到了大郭村。在村口碰到了一个村民，华小兵打听到了精神病患者的家，直接把他送到家门口。

他敲了半天门，才有人来开。开门的正是精神病患者的妻子，看到有人把丈夫送回来，她面无表情，也没有接过丈夫，而是让华小兵直接把丈夫扶进了屋。

华小兵打量了一下屋子里的情况，没有发现可疑的地方，只好找他妻子要了打车费就走了。

回到家后，已是入夜时分，华小兵简单收拾了一下就睡了。

侦查员们在命案现场已经工作了近二十四小时。他们对现场留有的所有足迹和指纹进行了比对，结果发现死者的家中只有夫妻二人的痕迹，根本没有发现第三者的痕迹出现。

勘查民警再次观看着现场翻动情况，分析着作案动机、活动规律，提取着现场足迹、指纹，但除了两人的痕迹外，还是什么都没有发现。

密室作案，嫌疑人没有留下任何痕迹，这只有在影视作品中才见过的情节，没想到在现实生活中还真就发生了。

不管什么样的现场，多多少少都会留有嫌疑人的痕迹。可这个现场太过诡异，难道是天外来客作案？

侦查陷入瓶颈。

林筱筱始终没有参与到案件当中。她彻彻底底当起了一个闲人，看着大家干活，听着大家分析。

丈夫痛失爱妻，一直声泪俱下。陆离、齐光，还有吴迪都向丈夫询问过一些情况，但他总是深陷在巨大的悲痛中，因悲伤过度几度晕厥，导致无法正常回答问题。

几天的忙碌，让林筱筱看上去很疲惫。她没有参与到案件中，但也没有闲着。

在受害人丈夫痛不欲生时，她就在旁边一直看着。受害人丈夫的哭泣不掺杂一点假，一声声对爱妻的呼唤，让人不禁动容。

等到丈夫稍微缓和后，林筱筱端了一杯水，递到了他的面前：“先生，喝口水吧！人死不能复生，请节哀。”

林筱筱的语气很轻柔。她是诚心安慰。

受害人丈夫睁开泪眼，看了林筱筱一眼，接过杯子喝了几口。

“先生，别哭了，身体最要紧。你的心情我理解，千万别把身体哭坏了，还有一大堆的事情需要处理呐！振作起来吧！”林筱筱轻声细语安慰道。

或许是哭累了，也或许是林筱筱的安慰起了作用，男人的哭声明显小了许多。

林筱筱又拿了一块面包，递到他的面前。

“这么长时间没吃东西了，吃口吧！”

“我吃不下。”受害人丈夫把林筱筱的手给推开了。

“不吃东西怎么能行，再壮的身体也扛不住的。”说着，林筱筱再次把面包递到了受害人丈夫的面前。

她是真心想让对方吃一点。从她到现场后，这人就在那儿一个劲儿地哭，就是刚才喝了几口水，一直没有吃过东西。这样下去，他的身体肯定会扛不住的。出于人道主义，林筱筱给她倒了水，拿了面包。

受害人丈夫终于接过面包，咬了一小口，艰难地在嘴里咀嚼着。

“早晨出门时，你妻子当时在干什么？穿的什么衣服？”林筱筱轻声问道。

“她……”受害人丈夫犹豫了一下，随即道，“她穿着睡衣，刚起床。”

“今天她不用上班吗？”

“不用，婚假还没有休完。”

“你走时，她在什么位置？”

“……”受害人丈夫犹豫了一下，没有说话。

“你几点到的单位？”

受害人丈夫的眉头皱了一下。

这一变化看在了林筱筱的眼中。

“我没有看表。”

是问题简单？还是林筱筱的声音太过柔弱？受害人丈夫回答起问题来竟然有些支支吾吾，没有说出他走时死者的具体位置。

受害人丈夫说不出见妻子最后一面的位置，此事实在蹊跷。

这一情况引起了林筱筱的注意。

林筱筱没再往下问。她转身走了，她把这一敏感信息和陆离做了汇报。

大家也曾对受害人丈夫有所怀疑，但并没有问出有用的东西。而且监控拍到他出楼门时，什么也没有带，两手空空走出了小区。所以对他的怀疑也就打消了。

“能不能逆向思维一下？”

“怎么个逆向思维？”

“看看他几点到的单位，沿途有什么异常？万一发现点线索呐！”听完林筱筱这个建议，陆离就让齐光带着林筱筱去受害人丈夫的单位调查一下，看看有没有特殊情况。其他同志继续留在原地观看小区监控，开展现场勘查。

林筱筱和齐光赶到受害人丈夫单位后，调取了大门口的监控。结果发现，受害人丈夫拉着一个行李箱进的单位。

出家门时，他是空着手出来的，什么时候多了一个行李箱呢？

这引起了两人的怀疑。

他们对受害人丈夫的办公室进行了检查，还真找到了那个行李箱。行李箱内有一个檀木花瓶，花瓶上有血迹。他们提取了血迹和指纹痕迹。经过比对，血迹正是受害人的，指纹痕迹正是受害人丈夫的。

在证据面前，受害人丈夫承认了杀死妻子的经过。

二人度完蜜月回来的当天晚上，就如何分配带回来的礼物问题发生争执。妻子想给娘家多一些，丈夫想给婆家多一些。双方争执不下，以至于动起手来。撕打中，丈夫一怒之下掐住了妻子的脖子。妻子又蹬又踹，一下子就踢到了丈夫的裆部。这下丈夫急了，抄起桌子上的檀木花瓶照着妻子的脑袋砸了下去。就这一下，妻子立马没了声息，不一会儿，人就断气了。

这下受害人丈夫害怕了，但为时已晚。受害人丈夫在平复了情绪后，经过激烈的思想斗争最终决定不去自首。他给妻子换了睡衣，又把她抱到床上，抹去了受害人脖颈处可能留下的指纹，随即又把家中翻得乱七八糟，制造成有人入室盗窃杀人的假象。

早起后，他把檀木花瓶装进了行李箱中。他们家住在一楼，后边是自家小花园，他把行李箱从后窗户放了出去。空手出了小区后，他又从另一个门进来，到楼后，拿着箱子打了辆车就去上班了。下班后，回到家，自己报警妻子被杀。

侦查员曾去楼后检查过，并没有发现异常。

一众人等忙活了一天都没有找到线索的案子，就这样被林筱筱轻而易举给破了。

工作结束了，大家都很高兴。可林筱筱高兴不起来，自己家的案子还没有任何眉目呐！她的内心急得就像一团火。

案子破完后，林筱筱接到了季青松的电话。

“林筱筱，行啊！你一出面就把案子破了。为这个案子，陆离可是急得团团转，他们都说你是女版福尔摩斯，看来还真不是徒有虚名啊！案子破了，收拾收拾东西，咱也该去新单位报到了。闫总可是等你好长时间了。”

林筱筱听到了个“咱”字，禁不住问道：“您也去?”

“当然了，我去陪你一段时间，监督你干活。至于说调过去，闫总可不稀罕我，以后还得请你林筱筱多关照我的工作了。”

“哈哈！队长，您可真会埋汰我。您要是这样说，我还不去了呐！我要永远当您手下的兵。”

“你想永远当我手下的兵，我还不想永远要你呐！这两天调令就该下发了，先和家里人商量一下吧！万一有什么想法，还来得及，等调令发了，可就没有反悔的余地了。”

"好咧，谢谢队长为我着想。"

没过几天，有人向李木渔反馈：黄忠经常去一个会所。

李木渔立刻赶了过去。

他也知道，会所不可能随便让人进，于是想化装成收废品的进去探探情况。他考虑了一下，最后还是放弃了这个想法。自己工作期间也接触过一些领导，这要是被他们认出来，而且万一不小心还被黄忠发现，势必会引起他的注意。最终他还是委托了真正收废品的丁师傅过去。

这丁师傅，是聋哑人，早年来南沧后，因为没有找到工作，身上又没有钱，饿得实在受不了了，就偷了包子铺三个包子。店主发现后，他被狠狠揍了一顿。李木渔正好经过，得知情况后，不但帮他付了包子钱，还把他安顿到老父亲留下的一处房子里居住。从那以后，丁师傅就以收废品为生。后来李木渔又帮他成了家，虽说妻子是盲人，但夫妻二人非常恩爱。

李木渔给了丁师傅一个窃听器，让他想法看看能不能放到会所内。如果行就放，不行千万不要冒失。

丁师傅在门口徘徊了一会儿，最终还是鼓足勇气走了进去。见到几个服务员，他非常有礼貌地举着个牌子，询问人家卖不卖废品。举完牌子正面，他又翻到背面，背面的牌子上写着："我是聋哑人"。

服务员并没有赶走他，因为老板交代过，做生意要和气为贵，不管什么样的人，都不要得罪。加上服务员又都是退役军人，受过正规教育，也就不可能难为聋哑人了。他们把一些破纸箱堆到了收废品的那人面前，让他直接拿走，不用给钱。

收拾完那些纸箱后，丁师傅拿出二十元钱放到柜台上。服务员追着他出来，非要把钱还给他。他掏出笔，拿出装在口袋里的小本，写下了："谢谢，施舍的饭不香，凭本事挣钱。"

丁师傅的这一举动，让服务员非常感动。他在本子上也给他写了一行字："你以后隔几天来一次，我们把这些东西都留给你。"

丁师傅朝着服务员深深鞠了一躬。从此他就成了会所的常客了。

这个会所不是别人的，正是马小虎他姨父赵强开的那个会所。

没过多长时间，丁师傅就看到黄忠从一辆宾利车上下来。

他默默记下了车牌号。出了会所后，他把这一情况写给李木渔。

李木渔立即找来一辆车，躲到车上，等着那辆宾利车出来。

很晚，宾利车才出来，李木渔开着车跟了一段路程。他怕再跟下去，会引起嫌疑，于是就叫来另外两辆车，轮流跟踪。虽然看不到宾利车上有没有黄忠，但却发现宾利车去了一处民房。

车到大门口后，大门自动打开，宾利车直接开了进去。后边的车无法再直接跟进，只好在路边等着。

半个小时后，车就出来了。车又开去了会所，随即不长时间又开了出来。应该是接了什么人。

李木渔不让再跟踪。

有了民房这一线索，李木渔决定先探探底。可这底怎么探，他得好好琢磨一下。

大家各自在忙活着，暂时还没有好消息。这天一早，华小兵还没有完全睡醒，就听到耳边有动静。睁开眼睛一看，是李家小家伙圆圆过来了。

小家伙泪眼婆娑正搂着他的脖子，看他醒来，委屈地说道：“叔爸，我要和您过，我不回家了。”

“宝贝，怎么了？为什么要和我过？”

“小朋友们都说我妈妈是个坏人，我不想和坏人在一起。”

“妈妈怎么坏了，她打你了？”

“没有，他把校长给送到监狱去了。”

“什么？”华小兵一听这话，禁不住诧异，“宝贝，怎么回事？”

“妈妈打电话时我听到了，她和一个阿姨说话，那个阿姨说，想让我妈妈去当演员。她说，‘你瞧瞧你，这么简简单单就把路校长给送进去了，路校长可能连你的大腿都没有摸到。’我和小朋友说了这事，小朋友们都说我妈妈是坏人，他们都不理我了。我也不知道路校长是谁，我不想和她一起过。”

一听路校长，华小兵的神经一下子就绷紧了。

难道小家伙说的路校长，就是林筱筱的舅舅？不会不是，哪有那么多姓路的校长。

华小兵可真是气坏了，千不该万不该，他没想到送林筱筱舅舅进去的，竟然是李浩然，自己这不是引狼入室嘛！

华小兵强压住心中的怒火，穿上衣服，拉着小家伙出了卧室。

李浩然并没有来，小家伙是和姥姥一起来的。华小兵也没有说话，拉着小家伙就要往外走，他要去找李浩然问清楚，究竟是怎么一回事。

见自己被拉着往外走，小家伙不干了，她没有搞明白华小兵是什么意思，还以为他不让自己在家住呐！于是大哭起来，一边哭还一边不停地叨叨着：“这个老奶奶能在您家住，我为什么不能在这里住，我也要在这里住，我不走。”

“不是不让你在这里住，我是要去找你妈妈。”华小兵压住性子，耐心解释着。

“不去，我不去，我不要见她。要去您自己去，我不要见她。”小家伙一边说，一边拽着椅背就是不撒手。

华家妈妈、李家阿姨都没有搞明白这是怎么一回事。

疼爱外孙女的李家阿姨赶紧上来打圆场：“她不想去，就别拉她了。在家已和她妈折腾过了，让她在这好好待会吧!”

华家妈妈虽然不知道儿子这是为何，但看到小家伙哭得可怜，而且当着孩子姥姥的面，这样拉小孩子显然不好，老人也赶紧过来解围。

华小兵松开小家伙的手，独自走了。剩下屋里的几人，大眼瞪小眼也没有搞明白什么状况。

华小兵出了门，给李浩然打了个电话，问她在哪里，一会儿过去找她。

在得到李浩然家的地址后，华小兵开上林筱筱那辆桑塔纳轿车就去找她了。

第十六章　法网恢恢

在李木渔还没有探听清楚民房的情况时，他又得到了一个重要线索，黄忠在一个叫水木兰亭的小区里经常出现。他常去的那家地址已经探听清楚，只是屋内情况还没有搞清楚。

李木渔通过物业安排了刘师傅和孙师傅两人去检修电路。

这两人开始并没有直接去那户人家，而是大张旗鼓真真实实检查了好几家后，才到那户人家敲门，开门的是一位三十多岁的漂亮女人。

两人说明情况后，女人让他们进了门。进门检查了一会儿后，年轻的孙师傅告诉漂亮女人，电表的一个零件需要更换了。他们翻了一下随身携带的工具包，发现没有那种零件。

于是年长的刘师傅自告奋勇回去找，孙师傅留在原地和女人聊起了天，聊了一会儿后，得知女人就是这家的主人。

就在孙师傅和女主人聊天时，进来了一个七八岁的小男孩。小男孩进门后，看到家中有陌生人，脸上立马充满了敌意。

他气哼哼进了里屋，嚷嚷着要玩游戏。女主人进里屋给他打开了计算机，小男孩这才安静下来。

但不一会儿，就听到噼里啪啦摔东西的声音，女主人说了一声“抱歉”，转身向里屋跑了过去说：“怎么了，宝贝?”

“我要买装备，我要买装备。”小男孩在里屋大吵大叫着。

“还要买？昨天不是刚买了吗？”

“那个不行，太 out 了，我要买新的，我要买新的。”小男孩大喊大叫着。

“昨天一天你就花了两万多，今儿还要买，哪有那么多钱。”女主人柔声细语劝说着孩子。

“我就要买，我就要买，我爸有钱，我爸说他有好多钱，你立刻马上给我爸打电话。”

“你说说你这孩子，被你爸宠成什么样子了。”

小男孩从里屋跑了出来，一边跑还一边大哭大叫着：“他宠我，那他怎么不带我出去玩，怎么不带我去坐过山车？我要出去玩，我要出去玩，我要去坐过山车。”

女主人也跟了出来。

见状，孙师傅立马走了过去，和蔼地和小男孩搭讪着：“怎么了宝贝，都是小男子汉了，不哭了好不好！”

“我乐意哭，你管得着吗？”小男孩直接开怼了。

“叔叔管不着，叔叔只是想问问，看能不能帮上你的忙？”

“哼！你能行？我的游戏玩不过去了，有本事你帮我玩啊！要是你能帮我玩过关，我就给你涨工资。”

“呵呵！行啊！叔叔帮你看看。”

“那好，你跟我来。”小男孩前边走，孙师傅跟在后边进了里屋。

孙师傅坐到了小男孩身边，拿过鼠标，不再说话，噼里啪啦一顿操作。小男孩在旁边静静地看着。

过了一会儿，小男孩高兴地拍起了巴掌：“叔叔，您真牛。”

孙师傅摸着小男孩的头，夸奖道：“宝贝，你很聪明啊！玩过这么多关了，以后记住再碰到这种情况，不要着急，慢慢来。一种方法不行，那就再试试其他方法，回头叔叔给你点装备。装备都是打出来的，打出来的装备用着顺手。买来的装备，武力是大，有时候反而用得不熟练，效果也就不怎么样了。”

就在两人谈论着游戏时，去拿零件的刘师傅回来了。孙师傅该去工作了，小男孩执意让他和自己玩游戏。

拿零件的刘师傅只好自己去换零件。换完零件，他们该去下一家检查了，小男孩还是不让走。

“宝贝，叔叔还得工作，等叔叔下班后，再来陪你玩好不好?”孙师傅和颜悦色地与小男孩商量着。

“不好，我就要现在玩。”

“那不行，叔叔不工作，人家可就要把我开除了。”

“妈，你去打个电话，给叔叔请个假。”

“嗯!”女主人出去了，没想到她还真去打电话了。只不过这电话没有当着孙师傅的面打，而是去了另一个屋子。

不一会儿，孙师傅的电话就响了，是物业经理打来的，告诉他不用去工作了，专心陪小男孩在家玩游戏。

孙师傅本以为也就是小孩子随口说说的事，没想到女主人还真去打了。

这让孙师傅很是诧异。这得是什么样的关系，得是什么样的能量啊！说不让自己工作就可以不用工作了。

既然领导都发话了，那就陪吧！于是孙师傅又专心致志陪着小男孩玩起了游戏，剩下刘师傅自己出去了。随后，刘师傅索性也不去工作了，直接回了物业办公室。

孙师傅在小男孩家吃的晚饭。女主人把饭给他们端到了计算机前，两人一边玩游戏一边吃饭。

小男孩胃口大开，没再挑食，而且还吃了很多，把女主人高兴得直夸孩子乖。

吃过饭后，孙师傅起身告辞，他说："太晚了，宝贝，你该写作业了，叔叔抽空再来陪你玩。"

小男孩看了一下表："叔叔，再陪我玩十分钟，就十分钟。"

"那好，就陪你再玩十分钟。"孙师傅又坐了下来，陪小男孩继续玩着游戏。

十分钟还不到，门响了。听到开门声，女主人迎了出去，小男孩也跑了出去，孙师傅也跟着出了屋。

一见来人，小男孩一个猴子上树，爬到来人的怀中，高兴地说道："爸爸，我今天可乖了，吃了好多饭，还玩过了两关游戏。"

"嗯，这点可是随我了。"来人一边回应，一边宠溺地刮了一下男孩的小鼻头。

"你就惯着他吧！哪有让小孩子天天玩游戏的？"女主人嗔怪道。

"这话，你就错了，玩游戏可以开发智力。你看看咱儿子多聪明啊！"男人一抬头看到家里还有人，不免惊讶了一下。

孙师傅赶紧自我介绍道："先生，我是来检修线路的。"

"爸爸，是我让叔叔留下来陪我玩游戏的，您老是没时间，他正好玩得不错，我就让他陪我了。"

"嗯！"男人没再说什么。

来人不是别人，正是黄忠。

孙师傅赶紧告辞。

小伙子走后，黄忠看着女人责备道：“以后不三不四的人不要往家里招，万一要是碰到坏人怎么办?”

“嗯，知道了。”女人低声应答着。

“爸爸，你是不是让坏蛋吓怕了？哪有那么多坏蛋啊！我怎么没看到。”

“你没有看到，那是因为爸爸把他们都抓起来了。我可不能让他们伤害到我的宝贝儿子。”

“嗯，爸爸真好。”小男孩抱着男人的脸使劲亲起来，一家人其乐融融享受着幸福时光。

出了小男孩家，孙师傅回了趟办公室。他和经理打了个招呼，把工作情况简单说了一下就出来了。

经理告诉他，这是一个大户人家，咱得罪不起，所以记住以后人家让干什么就干什么，人家的孩子都比咱的命金贵。

孙师傅连声“嗯！嗯！嗯!”应承着。

听完物业经理的教诲，孙师傅就下班了。出了小区，他打了一个电话。不一会儿，一辆车开过来，孙师傅上了车，车子随即扬长而去。

话说开车的不是别人，正是李木渔。孙师傅把自己看到的情况，一五一十向李木渔述说了一遍。

李木渔并没有吃惊，像是司空见惯。他告诉孙师傅，下次看看能不能整根小男孩的头发过来。

孙师傅笑着，举起自己的手机，翻开手机的外壳，从里边拿出了两根头发。

不但如此，他还拍了小男孩和女主人的照片，而且还录了音。本来是想录像，又怕被发现，最后只用手机录了个音。他后悔没整个隐形录像机带着。进门时，孙师傅就打开了录音功能。

“行啊！越来越像专业人员了啊！”李木渔夸奖道。

“跟师父学的。”车越开越远，两人的声音也越来越模糊。

孙师傅是李木渔的邻居。他从小就爱缠着李木渔给他讲破案故事，从小听到大，孙师傅从故事中学到了很多东西。只可惜招警时因为体能不达标，没有当成警察，但那颗热衷破案的心，却始终没有变。

李木渔通过关系安排他到水木兰亭小区工作。孙师傅还真不错，没有辜负老李这么多年的故事培养。本来李木渔是想让他打探一下屋中情况，没想到孙师傅随机应变，出色完成了任务。

华小兵到达李浩然家时，她正坐在家中发呆。

急促的敲门声，才把她从呆滞中惊醒过来，起身给华小兵开了门，也没打招呼，而是又坐回到原来的位置上。

华小兵也不客气，直接开门见山问道：“听说是你把路校长送进去的，能给我说说理由吗？究竟是怎么回事？”

对于华小兵的问话，李浩然就像没听到一样。她坐在哪里一言不发，低着头也不看他。她这一副表情显然把华小兵激怒了。

华小兵上前，托着李浩然的下巴，抬起她的脸，让她的眼睛直视着自己，他大声质问道：“你说话啊！你什么时候和他认识的？他真把你强奸了？”

华小兵这一不友好态度，明显也把李浩然惹恼了：“我什么时候和他认识的，和你有关吗？我有没有被他强奸，和你有关吗？你跑过来问我这些，我能理解成，你这是在关心我吗？”

“我也是为了你好，我希望这其中还有其他原因。你要好自为之，不要搬起石头最后砸了自己的脚。”

“你要是真关心我，那我告诉你，我没有被他强奸。至于什么理由，我不会告诉你的。”

“你知道路校长是谁吗?”

“我不知道，他爱谁谁！他是谁，和我没一毛钱关系!”

“他是破了你男人被杀案件的那个女警察的舅舅。”

“是又怎么样！她要是能阻止我男人被杀，那才叫有本事呐！人都死了，说这个还有用吗？她能破，别人照样也能破，破了又能怎么样？我男人就能活了，不照样是活不了了吗?”

“我就不明白了，平时看着很正常一个人，怎么现在变得这么混蛋，一点良心都没有了!”

“我没良心，那你有良心啊？这么长时间，我们一家都在讨好你，就连孩子都那么喜欢你。你又是怎么对待我们的？你的良心呢？跑这来和我说良心，你要是有良心，那今天你就和我去领证啊！领了证我就让你当个好人，把什么事情都告诉你。我也可以去当证人，只要你有勇气，你可以把他们全都扳倒。你要是没这本事，赶紧的，立马走人。”

这回轮到华小兵不说话了。

他真不知道如何回答李浩然，更没有想到李浩然竟然能说出这种话来。

李浩然根本就不管他了，自顾自地把一肚子的委屈一股脑地发泄了出来。

“你是真的看不出来？还是故意装聋作哑享受我们的爱？我们得到什么了？你倒是跑别处当好人去了，你让我说出来，我要是真说出来，我们孤儿寡母的还有活路吗？你跑去当好人了，我们谁来管？你不是想当好人吗？当啊！当啊！我让你当，只要是你和我领了证，我的孩子有了保障，我绝对全都说出来。怎么样？我这条件不为过吧！”

见华小兵没有回答，李浩然停顿了一会儿，接着暴吼道：“你要是不和我领证，那你现在就给我滚。别在这充什么大尾巴狼，赶紧的，给我滚。”

吼完，李浩然站起身子，抓住华小兵的胳膊使劲往外拽。昔日文文静静的她，一旦发起飙来，比个母老虎还要凶。

“你以为我愿意干，我那也是被逼得。我一个女人上有老下有小，原本指望你能给我撑片天。可是，我真小瞧你了，原以为你是个好男人，和别人不一样。没想到你根本就不配‘好男人’三个字！赶紧滚。”

“行，那我就和你去领证。领完证，你要是不把这事原原本本给我说出来，把背后的势力挖出来，我跟你没完。”华小兵也是被逼急了。虽说心有不甘，但为了给林筱筱一个真相，他决定和李浩然去领结婚证。

“行，君子一言驷马难追，那咱现在就去！领完了，我立马和你去报案，我什么都告诉你。不但能让她舅舅出来，还能让他们家从此高枕无忧。”

华小兵往外走，李浩然紧跟其后出了门，上了华小兵的车。

华小兵一摸兜，才发现出来得匆忙，钱包没带，身份证也没有带，户口簿更不可能带在身上了。他本来是往民政局的方向开，这会又调头往家的方向开去了。

等华小兵把车开到家门口后，李家阿姨和小家伙已经走了。

李浩然没有下车。华小兵独自回家找钱包去了，找了一圈也没有找到。

一时被愤懑冲昏头脑的华小兵，想不起来把钱包和身份证都放哪儿了，只好找母亲询问：“妈，见到我的身份证了吗？”

“没有。”

“户口簿在吗？”

“要户口簿干什么？”

“领证。”

“领什么证？”

“结婚证。”

“结婚证？”

“嗯！”

“好，我这就给你拿去。”华家妈妈进了里屋，不一会儿就拿出了户口簿。华小兵拿上就走。

“中午我给你们做好吃的！早点回来啊！”

华小兵没有吱声，头也不回就走了。

华小兵走后，华家妈妈开始犯嘀咕了，这么大的事，儿子事先什么都没有说，怎么就去领证了，这是搭错那根筋了。

华家妈妈吃不住劲了，她赶紧跑到林筱筱姥姥屋里，和老人家说了这事。

筱筱姥姥也纳闷了，要说领证，这可是大事，外孙女怎么着也会和自己商量一下吧！就算不商量，起码也会说声的，难道这其中有什么问题。

姥姥把她的猜测告诉了华家妈妈。华妈妈听姥姥一说，也觉得这事蹊跷。两位老人一时糊涂了。

“有筱筱的电话吗？我给她打个电话问问。”关键时刻，华家妈妈还是决定问问。

“对，对，对，打个电话问问。”姥姥也赶紧附和着。

“筱筱的电话号码是什么?”

“你等等，我想想。”一时性急，老人家竟然忘记了外孙女的电话号码。过了两三分钟，姥姥才想起来。

电话一接通，华家妈妈就焦急地问道：“筱筱啊！小兵是和你领证去了吗?”

“领什么证啊?”

“结婚证。”

“没有啊！我在单位上班呐!”

“那你赶紧去一趟民政局，小兵刚回来拿走了户口簿，他说要去领结婚证。”

“他领证就领呗！我去不合适吧!”

“筱筱啊！他喜欢的人是你，现在他和别人去领证，这其中肯定有什么缘故，你就去看看吧！算是阿姨求你了。”

“我……”林筱筱还在犹豫。

“把电话给我，”姥姥伸手从华家妈妈手里拿过了电话，“筱筱，你去看看吧！别到时办了错事，后悔就来不及了。”

“好的，那我去。”一向明白的姥姥都让她去，林筱筱知道肯定是出了什么事了。

林筱筱赶到民政局时，华小兵和李浩然正坐在凳子上照相，他们只顾着听摄影师招呼着摆姿势了，根本没注意到林筱筱的到来。

林筱筱走到两人身后，一把揪住华小兵的衣领子：“没经我允许，你就跑这来了，这事我还没批准呐！你怎么就不问问我同意不同意呢?”

林筱筱的力气很大，直接就把华小兵从椅子上拽了起来。

华小兵扭头一看是林筱筱，他的眼中一阵欣喜。

李浩然也没有想到身边的人竟然被拎了起来。

她一回头，也看到了林筱筱。虽说是林筱筱破的她丈夫的案子，但她并没有见过林筱筱，不知道半路怎么杀出这么一个程咬金来，冲着林筱筱就大叫起来，“你要干什么?”

“我要干什么！这是我男朋友!”林筱筱可认识李浩然，而且她刚刚得知把她舅舅送进去的就是这个女人。在来民政局的路上，李木渔刚给她打过电话，告诉她是李浩然干的好事。

“你……”

“我，我怎么了!”说完，林筱筱又扭头冲着华小兵，“别为了我搭上自己的大好前程。你要是为了我舅舅的事大可不必，我们已掌握全部证据。到时候我会告她诬蔑。没这点本事，我这警察也就白当了。”

听林筱筱这话，李浩然知道，这就是那个女刑警了。

在警察面前，本来就心虚的她，这会儿更心虚了。李浩然狠狠瞪了林筱筱一眼，扭头气哼哼地走了。

华小兵动了动脚跟，怔怔地站在那里，也没敢去追。

工作人员从来没有见过这种情况，他们一时还没有反应过来是怎么回事，看到刚才的新娘子走了，摄影师这才小声问道:“这相还照不照?”

华小兵看了林筱筱一眼，心想你把那位赶走了，是不是轮到你坐这儿了。

林筱筱没说，他也不敢问。

在和林筱筱交往的这段时间里，他的爱比林筱筱的爱多得多，他是那个主动的人。此时的他，还没有十足的把握肯定林筱筱的心是不是已经属于他了。

“今儿不照了，没带证件，下次再来。”林筱筱是真没带证件。

她接完两位老人的电话后，拿着车钥匙就跑出来了，身份证在钱包里，钱包在背包里，背包在办公室的柜子里锁着呐！

听林筱筱说下次再来，至于下次什么时候都无所谓了，只要她说了这句话，华小兵知道，林筱筱就是自己的了。

华小兵拉起林筱筱的手，两人并排走出了民政局的门。他们把一个茶余饭后的谈资，留给了登记处的工作人员。

李木渔最近的收获颇多。

他不但得知了林筱筱的舅舅是被李浩然给送进去的，而且还得知黄忠隔不长时间就会去银行一趟，给国外的一个账户汇一笔钱。那个账户的名字，和以前市局辞职的一个女民警同名。那位前女民警曾在一个比较清闲的部门工作，后来就辞职去了国外。不知道二者之间是同名同姓，还是就是一个人。

黄忠为什么要给那个账户汇钱？这只有一种可能，那就是他们之间的关系非同一般。至于什么关系，李木渔托人想办法去查了，可一时间还没有回信。李木渔也知道，自己在国内有些朋友战友可以派上用场，但要说国外，虽然也有关系，却不可能像国内这样给力。

这天，去会所收废品的丁师傅，看到黄忠的车子进了会所。他去买了些糖果也进去了。看到他拎着东西进来，服务员们并没有搞明白他这是个什么情况。

丁师傅就上前给服务员们分起了糖果。丁师傅一边分糖，一边举着手中的小本子，小本子上写着：“喜糖，喜糖，俺家婆姨生了个儿子。”

得知丁师傅家生了个儿子，服务员们都拿着喜糖吃了起来。他们和丁师傅都很熟悉了，也跟着丁师傅高兴。丁师傅边走边分，走着走着就进了大厅。大厅内黄忠正站在门口抽着烟和人说话。丁师傅也不见外，直接走了过去，举起那个写着“喜糖，喜糖，俺家婆姨生了个儿子”的小本子在黄忠面前晃了晃，晃完，他就抓起一把糖，还包了一块，递到黄忠面前。

黄忠正抽着烟，看到这人到处分糖，而且服务员们都拿着吃了，于是掐灭了烟，扔到旁边的烟灰缸中，接过大叔包开的那块吃了。

丁师傅一见这情况，赶紧把手中的那一大把也塞到了他手中，还给和黄忠聊天的那人也来了一大把。那人见黄忠吃了，也就接了过来。

看到两人都在吃糖，丁师傅识趣地走开了。他又给其他人分糖了，等他把糖分得差不多了，丁师傅又返回了大厅。

此时黄忠和那人已经离开了大厅。丁师傅走到刚才的那个烟灰缸前，黄忠掐灭的那个烟头还好好的立在那里。

丁师傅的袖子在烟灰缸上抚了一下，烟头就落进了他的袖口中。丁师傅没再停留，拎着剩下没几个的糖果袋子就出来了。

出门后，丁师傅就给李木渔发了个信息。

李木渔把丁师傅拿到的烟头和先前拿到的头发送去了检验部门，检验结果为父子。

对于那个民宅，李木渔始终没有找到合适的机会进去。最终他曾帮过的一个有盗窃前科的人自告奋勇进去了一次，发现里边都是成箱成箱的茅台、五粮液和一些名人字画、金条等，还有无人机、飞机驾驶证、多个身份的证件等。

得知这些后，李木渔急了。朗朗乾坤，光天化日之下，黄忠就敢这样，真是无法无天了。

李木渔准备坚决和这个败类斗下去了。

前路如何他不知道，但他已坚定了决心，共产党打下来的天下，不能坏在这些人手中，否则他将会对不起那些死在前线的战友，对不起那些常年驻守在边防的战士。

虽然手头有了这些证据，但李木渔却有些不知所措。

他知道，以自己的力量，要想扳倒这么一只老虎，简直比登天还难。可这事，又不能就此罢手，作为一个从南海一线回来的老兵，他决不允许一代一代军人用鲜血保卫的国家，被这样的人任意糟蹋。长此以往，我们的国家早晚会毁在这些人的手中。必须坚决把他们铲除。

李木渔想来想去，他决定去会一会闫红列。一是去摸摸他的底细，二来也是去探探实情。自己把徒弟交给他，可得是个知根知底的人，否则自己还不放心呐！

于是李木渔就打着林筱筱师父的名号，去了闫红列的工作地点。本来还以为凭自己的级别，要想见到闫红列可能有点困难。没想到报了名字后，不一会儿就有人来到会客室，领着他去了闫红列的办公室。

凭直觉，李木渔对闫红列有好感，可这第六感觉有时也不一定准确。

所以他还是决定先探探底，于是开门见山自我介绍道：“闫总好，我是林筱筱的师父，听说闫总想把林筱筱调到手下工作。今天来，我就是想和闫总套套近乎，我这个徒弟缺点不少，还请闫总以后多多关照。”

“林筱筱是位好同志，感谢您培养了一位好徒弟。至于我们为什么会选择她，是因为她根正苗红，思想过硬，是位不可多得的人才。人都是有脾气的，这个您放心，我们绝对不会亏待她。不过老李同志，您今天过来，我想不只是为了一个林筱筱吧！”

李木渔一愣，继续洗耳恭听。

“据我所知，这段时间，您可没闲着。不但咱们南沧的各路人才都被您用了一个遍，您这巴掌好像都伸到国外去了吧！没想到您这位老同志，竟然退休不退岗，真是宝刀不老啊！”

李木渔尴尬地笑了笑，心里则彻底踏实下来。

“哈哈哈，当总队长的就是不一样呵！关爱部下，体恤民情，我一个退了休的老头还被总队长如此关怀，万分荣幸啊！”

“老李同志，不瞒您说，这个事情，早就在我们的关注之中了。”闫红列指了指李木渔手边的茶杯，示意他喝茶，“我们已掌握了一些情况，因为还没有掌握关键性证据，所以一直没有动。没想到，您把证据都给我们找齐了。”

闫红列自己也喝了一口茶，接着说道：“您来得正好，国外那个查询结果也出来了。那是另一对母子，比这边这个大了好几岁。”

他开始踱起步来，边踱边道：“我们的一些干部啊！走着走着就走上歪路了。看着这样的同志掉队，说句真心话，我心里也不好受。可要是不清除这样的害群之马，我们的队伍就会被他们带离正确航向了。您放心，这下证据都有了，我立即向上级领导汇报，决不能让个别危险分子坏了我们党的事业。”

剩下的事情，自然就都由闫红列去负责了。

李木渔有侦查的能力，但已没有了办案的权限。就算没退休以前有办案权限，这么大的瓜，他也吃不动，而且没准还会把自己搭进去。

从闫红列那里出来后，李木渔给林筱筱打了个电话，告诉她，师父要请她吃饭。打完后，他又打给了华小兵，同样也是要请他吃饭。

师父请吃饭，自然是有好消息了。这饭肯定是要吃了。

林筱筱回到华家后，和姥姥商量了一下是否去省厅的问题。

姥姥说：“去吧！天地越大，你的眼界越开阔。不管走到哪里，记住自己就是一个为老百姓服务的警察，不要干任何违法的事。”

老人家的一番话，听得林筱筱非常感动。姥姥是一个经历过风霜的人，多少苦多少难都没有把她打趴下。面对这样的姥姥，林筱筱发誓也要做个堂堂正正的人，不给老人家抹黑。

不过姥姥又提了一个要求，她说：“去倒是可以，抽空把结婚证领了吧！老大不小了，别让人家老是等着你，起码给人家一个保证。”

“姥姥，您就这样巴不得我快点嫁人啊！”

“女人嫁人都是早晚的事，你要是认准他了，那就抓紧。你要是还有想法，那就再说。婚姻大事，姥姥替你做不了主，但姥姥可以要求你去做。”

“放心吧！姥姥，我这就去和他说。”说完，林筱筱跑到华小兵面前，扭扭捏捏小声说道，“咱俩去领证好不好？”

是因为林筱筱的声音太小，还是华小兵故意装作没听清，他又问了句：“你说什么?”

“我说咱俩去领证吧!”林筱筱又重复了一遍。

“什么时候?”

“你说什么时候就什么时候!”

“行，那就等把房子修好了再去。也算是我给姥姥、舅舅的一个交代，否则他们会说我趁火打劫了。”

“你要帮我们家修房子?”

“那当然了。我可不想让一家人睡在风雨中。等房子竣工那天，咱俩就去领证。”

“你就不怕我跑了?”

“就你那小短腿，跑了我也能追回来。”

“哈哈哈，哈哈哈！好。”

两人就这么愉快地约定了。

舅舅出来后，林筱筱又把自己要调动的事和舅舅、舅妈商量了一下，说是商量，也就是告知他们一声。他们对于林筱筱的事，向来都是你觉得好就去干，也不会提什么意见。

半月不到，黄忠就被隔离审查了。

黄忠和画家村所在的西川镇书记是好友。随着画家村的声名崛起，更多的开发商选择到西川镇开发，在那里建别墅，都打着山清水秀出人才的噱头，大搞基建工程，几年来给西川镇带来了丰厚利润。

但土地是有限的，这么多年发展过来，西川镇已没有多少土地可供开发。早期到来的画家们，每家每户都占地不少，这让很多人不爽，特别是大郭村的领导班子。为了获得更多利润，他们就找到了镇书记。

镇书记把这事又和黄忠沟通了一下。黄忠爱财，朋友们都知道，黄忠的能量也很大，只要给足了钱，黄忠就办事。于是镇书记就给黄忠备了相当丰厚的一份大礼。

黄忠说，你找人想办法在村子里制造点事端，他们害怕了，也就愿意走了。出了事，我在后边给兜着。

镇书记就把“大领导”的保证授意给了村支书。村支书高兴了，于是就在村子里开始折腾。又是黑衣人半夜打人，又是吓唬独自出门的女性，要不就是经常有小狗小猫横死门口，整个画家村被整得鸡犬不宁。

有几户人家因为害怕，已经签订了拆迁协议。

当问到林筱筱家时，舅舅一句话：“不拆不签，坚决不搬。”

就这一句，可把村支书给惹恼了。他以为林家舅舅有多大本事，一打听就是一小校长，家中还有个女孩当警察，于是就录了段视频，发给了黄忠，让黄忠把这个女警察给整掉。

黄忠就把那段视频发给了黄玲玲，让她确认一下这个女孩是谁。

黄玲玲一看是林筱筱，也就没有听父亲的话删除视频，而是私自保留下来。没想到还被她派了个用场，用来离间华小兵和林筱筱的关系，也就是她让华小兵看的那段视频。

针对林家舅舅“不拆不签，坚决不搬”的制裁措施就是，你不是不同意嘛！那我们也不会让你住舒服了。

林筱筱的舅舅每次下班后，一回到家就不出门了。黑衣人就是想收拾他，也找不到机会，他们又不能明目张胆去家里折腾。

村支书就找到了精神病患者和癌症患者，给了他们一笔钱，而且还坚决保证，以他们的特殊身份，不会被处理。

两人是发小儿，从小一块儿长大，默契度很高。看到钱后，两人一拍即合，于是就想出了放火这个馊主意。他们借了一辆三轮车，买了一车劈柴，又给劈柴浸了油，所以也就有了二人骑着三轮车去放火那事了。

与此同时，另一边准备将林筱筱舅舅送进去的行动也开始了。

李浩然和周冬冬一起找到路校长，请求校长给女儿开个绿灯。在被路校长婉拒后，在路校长的办公室，李浩然直接撕开了自己的上衣，几乎赤裸上身站到路校长的面前。路校长再想出门，门在外边已被周冬冬给锁上了。李浩然抓着路校长的手就往自己的胸前摸，在遭到路校长的严词拒绝后，她更是不管不顾，开始撕扯路校长的衣服，出不了门的路校长无奈，只好报了警。

看到路校长报警，李浩然更来劲了，她死死抱住路校长又咬又啃，而且还把路校长关键部位的衣服也给撕开了。

听到警车的鸣笛声，李浩然拼命抱住路校长倒在了沙发上。外边的周冬冬看到警察到来，悄悄打开门锁就溜了。所以在警察来到路校长办公室时，推门而入看到的也正是李浩然在下面，路校长正趴在她的身上。

警察带走二人后，李浩然更是一口咬定，路校长就是要强奸她。

一方是校长，一方是学生家长，怕影响太大，传出去不好，镇书记第一时间就把这事报告给了黄忠。

黄忠也就顺理成章给批成了专案，理由是为人师表，影响恶劣，必须严加惩治。

当然他就是想让路家找不到人，家里都是孤儿寡母肯定会害怕，一害怕也就把字签了。只要他们家签了字，一切也就结束了。要是还不签字，就再想想办法。

经过进一步调查，黄忠除合法的妻子黄妈和女儿黄玲玲外，还有两个家室，一个就是住在水木兰亭小区的小男孩和他妈，另外一个就是国外的那一对母子。

虽说黄玲玲是不是他的亲生女儿，还有待于进一步确定，但另外两个孩子的的确确是他的儿子，国外的孩子已经十七岁。

为了保证孩子们的生活，黄忠到处肆意敛财。而且为了达到目的，他经常不择手段，甚至到了杀人越货的地步。有句话说得好，出来混，早晚都要还的，最终黄忠只得为自己的所作所为承担严重的后果了。

当黄忠被审查后，黄妈才知道自己的丈夫竟然在外面另有家室，早就有了两个儿子，而且丈夫还贪污受贿了很多钱。

得知这些信息，黄妈感觉血一下子就冲到了头顶。她险些晕倒。对于审查人员提出的问题，她只是简单机械地重复着：“不知道，不知道……”对于黄忠的所作所为，她的确一概不知。

对于这样的妻子，询问人员非常同情。可该问的还得问，该走的程序一样也不能少，问清了一些问题后，就让她回家了。

回到家后，黄妈想来想去，没想到自己一生钟爱的丈夫，竟然是一个背信弃义的人。这么多年来，自己任劳任怨，到头来却是如此下场。就算等他出来，还有什么意义，而且他也未必能出来。

黄妈万念俱灰，最终给黄玲玲留了一封信，自己就走了。

不只是黄妈接受审查，就连黄玲玲也被叫去讯问了。

黄玲玲哪里见过这种阵势，早就吓得魂都丢了。纪委同志问一句，她就答一句，把自己知道的全都说了。她所说的，也就是家里来人送了点什么礼，还有父亲给她带回来的那些包包和衣服。

当然，她把怎么坑害林筱筱的事，如窃取书稿、故意叫走陆离，造谣被人包养、勾引马小虎等，也都交代了，这让问话的同志真是大吃了一惊。没想到姑娘人不大，歪心眼真不少。这要是用在工作上，肯定很出色，只不过是用错了地方。

纪委同志问她为什么要针对林筱筱。

她说，林筱筱长得并不好看，还有那么多人喜欢她，自己就是看她不顺眼，所以就想处处为难她。

当被问及是否真的了解林筱筱的情况时，黄玲玲沉默了。

她仔细想了想，除和林筱筱在工作中有接触外，生活中还真没有过什么接触。至于她的家庭状况根本就不了解，也没听她说过。

工作人员告诉她，林筱筱的父母都是大学教授，母亲更为优秀，只不过是英年早逝。她母亲的一幅画，目前市面的价格都能拍到上千万。她家住的才是真正的豪宅。当然他们家那片豪宅，已被你的父亲毁得差不多了。为了逼迫小区人们搬家，你父亲和镇书记、村支书联手，先是指使“黑衣人”打人，后又是放火烧人，林筱筱家的大火都和你父亲有关。虽说不是你父亲亲自放的火，但也是在他的授意下和犯罪分子沆瀣一气造成的。

黄玲玲听着这一切，就像是在听天书一样。在她的心目中，父亲就是一个勤恳工作，荣获过无数荣誉的先进人物。家里父亲的奖章奖杯在书房里都放不下了，母亲只好把它们收拾得干干净净放在箱子里。没想到自己那么引以为傲的父亲，私底下竟然干了这么多的坏事。

黄玲玲一下子就崩溃了。

同黄妈一样，黄玲玲也不知道父亲还有另外的家室，自己竟然还有两个弟弟。在她眼里，父亲就是她的天，父亲对她是有求必应。她一直以自己有位高官父亲而引以为自豪。这会儿，什么都没有了，原先还一直笑话林筱筱，没想到自己才是那个最大的笑话。

在黄妈的信中，黄玲玲才知道自己是抱养的。母亲对她的那些好历历在目，她怎么也不相信那个疼她爱她的母亲竟然不是亲生母亲，可母亲写得清清楚楚。信上说了河北的一个地方，当年母亲在那里下乡，遇到了父亲，两人相爱结婚。婚后两人一直没有孩子，后来父亲就抱来一个孩子，说是捡来的，也就是黄玲玲。父母回城，黄玲玲自然而然也就跟着了。回城后，父亲忙于工作，母亲一手把她养大。母亲是个普通女工，平时除了上班，就是在家照顾孩子。家里交往的朋友很少，而且他们又搬过几次家，因此也就没有人知道黄玲玲是抱养的了。黄玲玲是不是丈夫的亲骨肉她不知道，至于亲妈是谁她也不知道，想要知道的话，让黄玲玲去找她爸问问。

信中黄妈还说，无论如何，希望她做个踏实的人，不求她出人头地，只求她一生平安。

一段时间后，肖依依才得知林筱筱家被烧的事。

肖依依的第一反应，这得损失多少钱啊！随后赶紧给林筱筱打了个电话，问她在哪里，有没有受伤，家人怎么样了。

林筱筱说自己没事，家人也没事，自己正上班呐！不用惦记，踏实在家带孩子吧！

听林筱筱的语气并不是很难过，肖依依也就放心了。她又给石雨墨打了个电话，问他能不能帮帮林筱筱。在得知石雨墨已放弃家产，要用开演唱会挣的钱帮助林筱筱建房子时，肖依依撮合两人的劲头也就不大了。对于石雨墨所说的用开演唱会挣钱，肖依依觉得那就是天方夜谭，根本就不靠谱，她不相信石雨墨有这个能力。

话说石雨墨是彻底变了，为了林筱筱家房子的事，他到处开演唱会筹款。石雨墨告诉小伙伴们他要用钱，先不给他们分成了。小伙伴们纷纷表示慷慨解囊，问他什么事，他就把林筱筱家被烧的事给说了。

有一个小伙伴一听就不干了。他说：“石大公子，你说这话，我们能相信吗？开发商是你爹，你爹想开发，就在人家小区到处搞破坏。你这会又给修房子，你们父子干的这叫什么事，搞不定你爹，就算重建了又有什么用，你爹还会盯着那块地。那可是‘龙脉’，你不让你爹投资开发，其他事也就没有了。”

直到这时，石雨墨才知道画家村的开发商竟然是自己的父亲。

石雨墨马不停蹄找到父亲，想让他停止开发。

石董说：“你要是签订放弃继承财产和股份分红协议，我就不开发了。”其实石董早已知道西川镇出了问题，镇书记、村支书都隔离审查了，拆迁的事已经搁置。但他就是想看看儿子的态度，看看儿子对金钱到底感不感兴趣。

没想到石雨墨二话不说，坐下就签署了一份协议，放弃继承。

而且他立即打电话找来媒体报道此事，整得他老爹骑虎难下。

本来也就是想逗逗儿子，没想到儿子还真放弃了，也不知道自己给儿子断供后，儿子靠什么生活。他不知道石雨墨再也不是以前的那个石雨墨了，石雨墨自己能挣钱了。

经历了这么多，黄玲玲再也不像以前那样自以为是了。她去找了几次母亲，始终没有找到。后来听人说，母亲在一座山里的寺庙修行了。

黄玲玲准备再去找找。临行前，她办完辞职手续后，找到林筱筱，向她深深鞠了一躬，请求她原谅。

林筱筱问她今后有什么打算。

她苦笑了一下："暂时还没有，走一步算一步吧！我准备先去找我妈，等找到了再说。她养大我不容易，我也要陪她走好下半生。她虽然没有生我，但却给了我天底下最好的母爱，比起你来，我的童年幸福多了。"

"行，回头有什么需要我帮忙的，尽管给我打电话。"看到这样的黄玲玲，林筱筱始终对她怨恨不起来。虽说她以前干的那些事是气人，可也说不上对她有多恨，只不过是想离她远一点。

黄玲玲摇了摇头，嗓音有些哽咽："我们相望于江湖吧！我想把以前的事情都忘掉，只想陪着母亲，让她安度晚年。咱们一别两宽，各自安好。"

目送着黄玲玲远去的背影，直到她的身影消失在暮色中，林筱筱才转过身，回了办公室。

她也该收拾东西了，去新单位报到的调令已收到好几天了。

投资的事宜搁置，原本周冬冬就是西川镇过来的，这下赔了夫人又折兵，姑娘不干了。不拆迁了，他们家的地位在西川镇也就可有可无了，他们家的人也就不会被镇政府重用了，于是狐狸尾巴也就露出来了，对于石董的那些好也就不隐藏了。她发现石董是有钱，但钱都在公司账户里。作为个人，不经董事会讨论，一分钱也拿不出来。拆迁合同一终止，她就和石董翻车了，人也就飞了。

曾经被周冬冬拉下水的李浩然也是追悔莫及。周冬冬和李浩然二人是同学，为了孩子的事，李浩然请周冬冬帮忙。周冬冬就给她出了个主意，让她把校长送进去。至于怎么送，那就是她的事了。

李浩然送了，孩子上学的事也就落实了。

可东窗事发后，一切都回到了原点。

李浩然因诬陷罪差点没有入刑，要不是华小兵帮他找到林筱筱从中斡旋，还真就进去了，只不过最后落了个取保候审，倒是不影响生活。

一切都过去了，一切又都开始了，谁知道坎坷的人生路上还会碰到什么呢?

这天，吴迪找到林筱筱，说要请她吃饭。

他说，自己准备调出公安队伍了，郭茂华帮他找了一个新的单位，调令已发出。这几天处理一下手头的东西就准备过去。自己不像林筱筱那样热爱公安事业，自己就是找份工作而已，哪里舒服就去那里。

如果搁以前，林筱筱可能会劝他留下来，不希望他放弃自己的专业，只要努力工作肯定会有一番建树。但经历这么多事情后，她觉得已没有再说的必要，都是成年人，没必要站在自己的角度去评判别人的选择。

只不过感慨时间之快，她从和吴迪相识到现在，转眼十多年过去了。人生有几个十年啊！既然他想好了，就只有祝福他了。

这天，林筱筱举着一个手机盒子，递到李木渔面前：“师父，来，送您个新手机。”

“不要，师父不收礼。”

“师父，我才舍不得给您送礼呐！我是觉得您太土了，退休时间不长，就不与时俱进了。这是智能手机，就相当于一个小电脑，能上网，能查东西，能拍照，能留言，我还给您申请了一个微信号，有了微信很方便，以后您要是找不到我，可以直接给我发语音留言。”

“是吗？您教我一下，怎么用。”

“这样，这样……”林筱筱一边操作，一边给李木渔讲解着，把李木渔看得目瞪口呆。

他真没想到一个小小的手机，里边竟然有这么多功能。看来自己真是落伍了，连微信是什么东西都不知道了，幸好收了个好徒弟，让自己时刻没有脱离社会。

李木渔高高兴兴收下了手机。

石雨墨小有名气后，他竟然把开演唱会的地点，定在了画家村的小区内。经过媒体对演唱会和画家村一系列的报道，画家村更加有名了。

虽说很多开发商仍然对画家村虎视眈眈，但却没有人再敢动那个地方了。最后经过南沧市政府调研会商，把画家村连同着大郭村那一片区域都批成了特色旅游区，要打造成南沧有名的知识村，发展旅游产业，成立书画艺术一条街。

案子结束后，李木渔又无所事事了。他悠哉悠哉揉着两个核桃，行走在古城墙下。

一辆黑色的奥迪轿车从他的身旁驶过。

车经过老李身边时，坐在车内正准备去开会的闫红列看到了李木渔。他像是自言自语，又像是对司机道：“这老小子，挺自在嘛！不给您找点事干，您那一身本领，岂不是白白浪费了。”

司机不明就里，没有接话。

闫红列掏出手机拨了出去。他看着李木渔掏出手机，电话接通了，里边传来李木渔的声音：“怎么着，又有新任务？”

“新任务没有，看您挺自在。开完会请您喝两盅如何？表示一下感谢。”听闫红列这样说，李木渔知道他肯定是看到自己了，于是前后左右看了看，没发现人，禁不住又向路边望去。

“不用看了，我在车里，正准备去开会。”

“嗯！感谢就免了，有用得着我的地方，尽管说话。”

“您不来，怎么知道我用不用得着您呢？”

“哈哈，好，准时赴约。”

“回头地址发您。”

“不见不散！”

“不见不散！”

闫红列作为人大代表，正准备去参加党的十八大。

路上他想，党的十八大的胜利召开，在中国历史上是一个崭新的开端。我们的党真是一个伟大的党，在前行的道路上，虽说会有少数人掉队，但我们的党永远在引领着时代前进的方向中不断壮大。任何一个违背党的宗旨的人，都将会被历史的舞台淘汰。在历史的长河中，我们每一个党员都应该勇于自我革命，为党增光添彩，为中国共产党的新征程贡献各自的力量。

春天来了，林筱筱家的竹子又长出了新芽。新的小竹子一片一片的，远远望去，一派欣欣向荣的景象。

建筑工人正在给他们家盖房子，华小兵跑前跑后忙活着。

林筱筱的书稿整理完了，已交付出版社付梓。就像期待着新房落成一样，林筱筱在期待着她的第一本处女作顺利问世……

附录

2022 年“新时代中国法治文学精选”丛书入选作品名单

长篇小说

《血案寻踪》 作者：易买生

《刑警一中队》 作者：李　阳

《刑警的诺言》 作者：赵　迅

《越过陷阱》 作者：裘永进

《虚拟诱惑》 作者：李双其

《刑侦女警》 作者：郭秀景

中篇小说

《诡异现场》 作者：洪顺利

《小镇警察》 作者：颜永江

《软肋》 作者：刘 兟

《唤醒者》 作者：穆继文

《搭档》 作者：贺建华

短篇小说

《又见梨花开》 作者：薛景川

《阳光法槌》 作者：黄卓童

《运气》 作者：魏世仪

《青梅青青》 作者：奚同发

《报案人》 作者：胡 广

《偷梁换柱》 作者：郭秀景

《水平》 作者：丁钟文

报告文学

《千万里我追寻着你》 作者：程 华

《责任在肩》 作者：邢根民

《户籍室女警手记》 作者：胡 杰

《塞北雄鹰》 作者：韩金凯

《预审“工匠”》 作者：张 明

《阿坝警察》 作者：罗瑜权

《难忘的那个夏夜》 作者：宋瑞让